古典文獻研究輯刊

六　編

曾永義　主編

第 3 冊

中國古代性別與詩學研究

汪文學　著

國家圖書館出版品預行編目資料

中國古代性別與詩學研究／汪文學 著 — 初版 — 新北市：花
木蘭文化出版社，2012〔民101〕

目 2+260 面：19×26 公分

（古典文學研究輯刊　六編：第 3 冊）

ISBN：978-986-254-947-6（精裝）

1. 詩學 2.性別 3.詩評

820.8　　　　　　　　　　　　　　　　　101014836

ISBN-978-986-254-947-6

9 789862 549476

古典文學研究輯刊

六 編 第 三 冊　　　　　ISBN：978-986-254-947-6

中國古代性別與詩學研究

作　　者　汪文學

主　　編　曾永義

總 編 輯　杜潔祥

出　　版　花木蘭文化出版社

發 行 所　花木蘭文化出版社

發 行 人　高小娟

聯絡地址　新北市永和區中正路五九五號七樓

　　　　　電話：02-2923-1455／傳眞：02-2923-1452

網　　址　http://www.huamulan.tw 信箱 sut81518@gmail.com

印　　刷　普羅文化出版廣告事業

初　　版　2012 年 9 月

定　　價　六編 18 冊（精裝）新台幣 30,000 元

中國古代性別與詩學研究

汪文學　著

作者簡介

汪文學，男，1970 年 11 月生，苗族，貴州思南人。現任貴州民族大學教授、文學院院長，貴州省高校哲學社會科學學術帶頭人，兼任中華全國青年聯合會第十一屆委員會委員、貴州省古典文學學會副會長、貴州省少數民族語言文字學會副會長。主要從事中國古代文學史和思想史研究，先後獲貴州省第五次哲學社會科學優秀成果獎、第四屆全國各族青年團結進步獎、貴州青年五四獎章、貴州高校人文社會科學優秀成果二等獎、貴州省教學名師獎。發表學術論文 50 餘篇，出版學術專著多部，主要有：《正統論──發現東方政治智慧》（陝西人民出版社 2002 年）、《漢晉文化思潮變遷研究──以尚通意趣為中心》（貴州人民出版社 2003 年）、《傳統人倫關係的現代詮釋》（貴州民族出版社 2004 年）、《漢唐文化與文學論集》（貴州大學出版社 2008 年）、《貴州古近代文學理論輯釋》（民族出版社 2009 年）、《詩性風月──中國古典文學中的情愛》（中央編譯出版社 2011 年）。

提　　要

　　本書在中國傳統文化背景下討論性別與詩學問題，探討在傳統中國語境中性別裏的詩學問題，詩學裏的性別問題。將性別、情色、詩學三者聯繫起來，進行彼此滲透、相互聯動的思考和研究，是本書的基本內容。本書立足於問題之研究，不作系統周全的理論體系建構，共收論文二十篇，按其內容，分為五類，釐為五卷，分別命名曰「古典新義」、「文人情結」、「詩性風月」、「女性情色」和「性別詩學」。卷一「古典新義」收錄論文四篇，對諸如「君子之道造端乎夫婦」、「女子無才便是德」、「男女有別」、「男尊女卑」等古典名言，做追本溯源之探討，作接近歷史本真之詮釋。卷二「文人情結」收錄論文三篇，討論古代中國文人的春夢情結、青樓情結和相如情結，展現傳統中國文人的情色心理和詩性精神。卷三「詩性風月」收錄論文六篇，討論古代中國人的愛情理想、理想配偶、調情藝術，以及傳統中國社會情愛生活中的季節性特徵和地域性特點，和女性在情愛生活中的主動姿態，意在彰顯傳統中國士大夫文人在情愛生活中呈現出來的詩性精神。卷四「女性情色」收錄論文四篇，討論傳統中國社會女性美的特徵及其審美演變、女性妝飾觀念之演變與社會風氣之變遷、女性頭髮妝飾和沐浴行為的情色意義。卷五「性別詩學」收錄論文三篇，探討中國古典詩學的女性化特徵、情愛與詩學之隱秘關係、情愛發生與詩學生成的共同原理，展現古典情愛與古典詩學之間彼此滲透、相互聯動之關係。

序　論

　　近年來，我的學術興趣主要集中在性別和詩學兩個研究領域。我的專業背景是中國傳統文化，對西學知之甚少，因此，我基本上是在傳統中國文化背景上關注性別和詩學問題，在傳統中國語境中思考性別裏的詩學問題，詩學裏的性別問題。

　　關注傳統中國文化背景上的性別問題，應當追溯到十年前我對中國傳統人倫關係的現代詮釋。詮釋傳統人倫關係，夫婦倫理是其中的一項重要內容。由詮釋傳統社會的夫婦倫理，我進而探討傳統社會兩性之間的情愛關係。應該說，我在傳統中國性別研究領域，尤其是在兩性情愛和夫婦倫理等課題上，流連的時間已經不算短了。所以，對傳統中國社會的性別問題，有了比較深入的思考，積累了一些不同於流俗的想法，提出過一些自以爲頗有創意而又能自圓其說的觀點。近二十年來，我一直在大學裏從事中國古代文學課程的教學工作，尤其專注於中國古典詩學的研讀和講授，也積累了若干一得之見和管窺之想。兩個領域（性別和詩學）裏的問題同時進入我的學術視野，並長久地盤旋在我的頭腦中，因此，將性別、情色、詩學聯繫起來，進行彼此滲透、相互聯動的思考和探討，也就是順理成章的事情。

　　在傳統中國文化背景上，本書從性別的角度關注詩學問題，發掘古代中國性別觀念中的詩性精神；從詩學的角度探索性別問題，追尋中國古典詩學中的性別因素。至於本書的研究是否可以歸併到「性別詩學」領域？是否可以稱之爲「中國古代性別詩學研究」？老實說，我是有些底氣不足，態度上有點猶豫。因爲我對在西方女性主義文學批評之大潮中湧現出來的「性別詩學」研究，知之甚少。據說：「性別詩學所帶來的並不祇是添加在已有的各種

思考維度之上的又一種性別維度，而且還有反思、重估和重構我們已有的文學理論和文學史框架，更新我們的批評話語的一種契機。」〔註1〕其實，我的這項研究，祇是給中國古典詩學之研究增加了一個性別維度，給中國古代性別研究拓展了一個詩學視角，遠遠未能達到反思、重估和重構文學理論和文學史框架的高度，也未能實現更新批評話語的目的。所以，我以爲，我的這項研究，雖然可以歸併到「性別詩學」領域，但還不足以稱爲「中國古代性別詩學研究」，只能名之曰「中國古代性別與詩學研究」。讀者有心，當注意此名稱上的細微差別。

本書立足於問題之研究，不作系統周全的理論體系建構。事實上，這也是我目前做不到的事情。因爲理論體系的建構，乃建築在若干個案問題研究之基礎上，故今日所作之問題研究，是爲明日之體系建構打基礎，這也是我將本書命名爲「中國古代性別與詩學研究」，而不能徑直稱爲「中國古代性別詩學研究」的主要原因。

本書共收論文二十篇，按其內容，分爲五類，釐爲五卷，分別命名曰「古典新義」、「文人情結」、「詩性風月」、「女性情色」和「性別詩學」。

卷一「古典新義」收錄論文四篇，對諸如「君子之道造端乎夫婦」、「女子無才便是德」、「男女有別」、「男尊女卑」等古典名言，作追本溯源之探討，並且力圖回到歷史現場，依據當時歷史情狀，作接近歷史本眞之詮釋。此乃中國古代性別研究的正本清源之論，因爲後世諸多關於古代中國兩性關係的錯誤觀念，皆緣於對此幾句古典名言的歪曲理解。《禮記·中庸》說：「君子之道造端乎夫婦，及其至也察乎天地。」此言頗有深意，體現了古代中國人對夫婦倫理之高度重視，而歷代注家，或習焉不察，或略而不論，或論而不詳。故著《「君子之道造端乎夫婦」正解》一文，討論夫婦關係在人際五倫中的基礎地位，詮釋夫婦倫理與君子之道、宇宙生成論之關係，並據此進而對娛神場面中的戀愛氛圍、夫婦偶處的求雨儀式、以男女關係隱喻君臣際遇、房中書附會儒家經典等問題，進行解釋。在傳統中國社會，「女子無才便是德」是獲得普遍認同的一種價值觀念，但是，在近現代以來，則成爲思想家反封建禮教和批評男尊女卑觀念的重要口實。事實上，在近現代的反封建潮流中，在女性主義思潮中，「女子無才便是德」觀念在一定程度上是被誤解和歪曲了

〔註1〕 葉舒憲《導論：「性別詩學」及其意義》，見葉舒憲主編《性別詩學》，社會科學文獻出版社1999年版。

的。故撰《「女子無才便是德」新解》一文，從文學特性和文人性格，從才女的普遍命運，從文人士大夫追捧才女之情色動機等方面，探討古代中國人提倡「女子無才便是德」之真實動機，認為傳統主流社會普遍認同此種觀念，實際上是對女性現實人生之安頓做出的一種人道主義關懷。「男女有別」是傳統社會男女相處之最高法則，但是，近現代以來的反封建反傳統之思想家，則將之視為封建流毒，對之持完全否定的態度。其實，作為在傳統中國社會傳承了兩千餘年的倫理觀念，其應有之正面價值不容忽視。故寫《「男女有別」正義》一文，以為「男女有別」是人類進步和社會發展之必然要求，是傳統社會夫婦關係歷久彌安之重要原因。古代中國是一個男尊女卑的社會，傳統社會的婦女皆是祥林嫂，這差不多已經成為當代中國人頭腦中不證自明的歷史觀念。實際上，男尊女卑是古代道德家的理想觀念，現實生活並非完全如此；古代中國社會男尊女卑之性別特徵，是「五四」思想家建構起來的，歷史事實並非完全如此；傳統社會婦女之社會地位並非像我們想像的那樣低賤。故撰《「男尊女卑」重估》一文，探討傳統社會男女社會地位之真實狀態，以為男女地位之尊卑未可一概而論，它有表象與本質之別，有家**裏**與家外之別。並進一步對傳統社會普遍存在的丈夫懼內之現象，作別開生面的探討。以上四篇關於古典名言的新解，並非作者故作追新求奇的驚人之論，而是基於我對歷史材料的深入研究，拋開學術研究之外的政治目的和思想解放鬥爭之現實需要，平心靜氣地對歷史本身之情狀所做的呈現和解釋。之所以將之列為全書首卷，則又是基於對此四句古典名言的詮釋，關係到中國古代性別問題的總體理解和兩性關係的正確評估。

在傳統中國文人士大夫之內心深處，有諸多或明或暗的「情結」，這些「情結」是文人士大夫內在心理的基本構成。很長一段時間以來，撰寫一部名為「文人情結——中國古代文人心理研究」的著作，就成為我特別強烈的著述欲望。先期寫就的「傳統中國文人的春夢情結」、「傳統中國文人的青樓情結」、「傳統中國文人的相如情結」，就是這部著作的部份論文。大體上說，這三篇文章討論的皆是傳統中國文人的情色心理和詩性精神，與本書主題吻合，故而編錄成本書之第二卷，命名曰「文人情結」。在傳統士大夫文人的心靈深處，皆有一種深深的青樓情結和春夢情結。青樓是實現士大夫文人愛情理想的廣闊天地，春夢是展現士大夫文人情色欲望之自由空間。傳統中國文獻中記載的春夢故事，在世界文學史上，是最多的，傳統士大夫文人樂於做春夢，喜

歡編撰春夢故事，其中折射出來的是他們那濃鬱的情色欲望。當愛情理想和情色欲望在婚姻家庭中受挫，除了訴諸於青樓，再就是付諸於春夢。如果說青樓是傳統士大夫文人浪漫愛情的現實實現場所，那麼春夢則是他們的情色欲望之幻想展示空間。然而，無論是青樓情結，還是春夢情結，皆體現了傳統士大夫文人的詩性精神。或者說，他們皆是持著詩性的精神、審美的態度和藝術的方式出入青樓，幻入春夢。故撰《傳統中國文人的春夢情結》、《傳統中國文人的青樓情結》二文，探討傳統文人士大夫在出入青樓和幻入春夢中展現出來的情色心理和詩性精神。在傳統中國文人士大夫心中，普遍存在著一種「相如情結」。所謂「相如情結」，是傳統文人在世俗生活與精神追求之結合激蕩中產生的一種情愫、一種理想，其內涵有二：一是豔羨司馬相如以琴挑私奔的超常手段獲取美滿愛情之風流韻事；二是嚮往司馬相如以華彩辭章驚動天子而獲招引賞識之奇特經歷。故著《傳統中國文人的相如情結》一文，探討「相如情結」產生的背景和內涵，討論它對傳統中國文人之思想、行爲所發生的影響，以期進一步彰顯傳統士大夫文人的情色心理和詩性精神。

愛情是一種藝術化、審美化的人際情感，愛情之產生、發展和保持，與藝術創作之構思和寫作的各個環節，均有驚人的相似之處。人類對詩性愛情之追求，與對藝術審美之嚮往一樣，展顯了人類天性中不可抑制的對超越的、形而上的人生境界之追慕。卷三「詩性風月」所收六篇論文，皆在探討傳統中國士大夫文人在情愛生活中呈現出來的詩性精神。古代中國人理想的愛情模式有兩種：一是才子佳人，二是英雄美人。或者說，才子配佳人，美人配英雄，是傳統中國人的愛情理想。此種極富詩性精神的愛情理想，與愛情本身的詩意化、藝術化特點若合符契。故著《才子佳人與英雄美人：傳統中國人的愛情理想》一文，討論傳統中國士大夫文人愛情理想中的詩性精神。傳統中國文人士大夫的理想配偶，既不是「大家閨秀」，也不是「小家碧玉」，而是「舊家女郎」。「舊家女郎」的特徵有三：一是適度的藝術修養，二是天然的貴族氣質，三是敗落家境所養成的自卑心理和哀怨情緒。這三種特徵最對讀書人的口味，故而成爲傳統中國文人理想的婚配對象。故撰《舊家女郎：傳統中國文人士大夫的理想配偶》一文，研究傳統中國文人士大夫擇偶觀念中的詩性精神。調情是愛情發生的催化劑，是愛情發展的潤滑劑，是愛情生活中不可或缺的情感遊戲。傳統中國人的調情方式，或以音樂調情，如相如文君，如《詩經·關雎》；或以詩詞調情，如唐宋以來之才子佳人；或以歌聲

傳情，如少數民族青年男女，但其基本精神是一致的，即皆以藝術化的方式
進行情感的挑逗和激發。故著《琴心挑之：傳統中國社會的調情藝術》一文，
討論傳統中國人在調情活動中的詩性精神。談情說愛，本是一見鍾情，隨性
而發，初無時間、地點的限制，亦容不得等到特定的時間和固定的地點，才
發抒愛情，傾訴欲望。所以，時間和地點通常不能成爲制約愛情發生發展的
因素。但是，縱觀傳統中國文獻中記錄的愛情故事，有兩個引人注目的特點：
其一，對愛情的強烈渴望和戀愛活動的開展，多在春天。其二，談情說愛的
場所多在東門、桑中，或者江水之濱。由此便給人一種強烈的印象：傳統中
國社會的情愛生活具有明顯的季節性特徵和地域性特徵。故撰《有女懷春，
吉士誘之：傳統中國社會情愛生活的季節性特徵》、《東門・桑中・水濱：傳
統中國社會情愛生活的地域性特徵》二文，討論古代中國文人關於情愛季節
和情愛地域的詩意想像，呈現古代中國人在情愛生活中的詩性精神。在傳統
中國，無論是文人創作，還是民間文本，都比較突出地表現了女性在兩性情
愛關係中的主動姿態。所以，文學文本中的女性，多是以誘惑者的身份呈現。
故著《女子善懷：傳統中國女性在情愛生成過程中的主動姿態》一文，認爲
女性的誘惑，是詩性的誘惑，是審美的誘惑。「意密體疏」是女性誘惑的基本
特點。「意密」是本能，是發自於內心深處的情欲要求，是情欲驅使下的誘惑
姿態。「體疏」是拒色，是來自外在禮儀習俗之要求下呈現出來的拒色姿態，
是來自對超越人生境界之追求或者「詩意地棲居」的嚮往所呈現出來的拒色
姿態。女性的誘惑集誘惑與拒色爲一體，因此是詩性的誘惑、審美的誘惑。
古代中國人正是在這種詩性誘惑中，實現其詩性人生，成就其詩性人格。

　　女性美是最普遍的、最大眾化的審美對象，因而最能展現一個民族的文
化心理和審美趣味。所以，研究一個人、一個時代或一個民族的文化心理和
審美趣味，女性美觀念是一個特別有效的視角。卷四「女性情色」共收論文
四篇，從女性美之視角，討論古代中國人的審美觀念，研究女性妝飾中的情
色動機。傳統中國社會的女性美有一個歷史的演進過程，大致可以分爲三個
發展階段：先秦時期是以德爲主、以色爲輔的「素美」階段，漢唐時期是以
色爲主、以才德爲輔的「豔美」階段，宋元明清時期則是才色兼重的「韻美」
階段。故撰《傳統中國社會女性美特徵及其審美演變》一文，討論傳統中國
社會女性美的階段性特徵，及其由「素美」而「豔美」而「韻美」的演變發
展之內在原因。傳統社會女性妝飾之演變，體現了社會風尙之變遷，《傳統中

國社會女性妝飾觀念之演變與社會風氣之變遷》一文，以幾首古代詩詞作品
爲例，展現道德家的防微杜漸與世俗社會的時尙追求之間的矛盾，分析女性
妝飾觀念的演變及其所呈現出來的社會風尙之變遷。在中外文化史上，頭髮
與情色有著十分密切的關係。「首如飛蓬」在《詩經》時代和古代道德家眼中，
是女性堅守不移、忠貞愛情的標誌或象徵。自唐宋以來，則朝著背道而馳的
方向發展，逐漸具備了誘惑、調情、性感等文化意義。故撰《傳統社會女性
頭髮妝飾的情色意義》一文，討論女性頭髮的身份意義、審美意義、情愛意
義，特別是女性頭髮的零亂所傳達出來的情色誘惑意義。傳統中國人一向把
沐浴視作人生中的大事，如在嬰兒誕生禮中，有「洗三」儀式；在老人去世
之喪禮中，有「浴屍」儀式。亦視爲日常生活中的重事，如沐浴而朝，沐浴
而祀。同時亦將之與修德相提並論，如儒家所謂「藻身而浴德」是也。但是，
在傳統中國的文學藝術中，女性沐浴則有相當明顯的情色意義。美人是洗出
來的，沐浴中的女性是最美的，沐浴中的女性是性感的，因而也是有情色意
義的。故著《傳統中國藝術中女性沐浴的情色動機》一文，討論以沐浴附會
美人和仙女這樣一個具有普遍性的文化現象，分析女性沐浴的情色意義與人
類早期歷史上的沐浴祈子習俗之關係。

　　愛情是一種詩意化、審美化的人際情感，一段攝人心魄的愛情，就是一
首婉轉悠揚、激情浪漫的詩篇。愛情與詩學之間，有著十分密切的關係。卷
五「性別詩學」共收論文三篇，討論情愛與詩學之關係。在傳統中國文人的
心目中，女人如詩，詩似女人。傳統中國文人「愛詩如愛色」、「選詩如選色」。
或者說，傳統中國文人是按照詩歌的美學標準來設計女性之氣質神韻，傳統
中國女性之氣質神韻亦影響著傳統詩學的審美趣味。傳統中國女性最能體現
文人的詩學趣味和審美理想，傳統中國文人的詩學理想最能說明女性的氣質
特徵。《女人如詩，詩似女人：中國古典詩學的女性化特徵》一文，就古代中
國女性美觀念的詩性特徵、中國古典詩學的女性化特徵分別展開討論。在古
代中國，「風騷」一詞，由特指「十五國風」和《離騷》，到概指《詩經》和
《楚辭》，到泛指詩文作品，再引申爲文人之通稱，其義皆與文學有關。宋、
元以來，或用以襃指女性的俊俏體態，或喻指文人的才情風流，而最爲普遍
的用法，則是專指男女、特別是女性在兩性關係上的放蕩風流和不檢點行爲，
其義又與男女情愛之事相關。《說風騷：關於情愛與詩學之隱秘關係的探討》
一文，通過對「風騷」詞義引申過程之考辯，討論文學與情色、情愛與詩學

間的隱秘關係。愛情的發生、發展和保持，皆與藝術創作的各個環節有著驚人的相似之處。距離產生美，距離產生愛，距離說是情愛發生和詩學生成的共同原理。《距離產生美：情愛發生與詩學生成的共同原理》一文，就情愛與詩學共同遵循的距離原則展開分析與討論。

　　以上就本書各篇論文之要旨作簡要說明，大體而言，皆是圍繞中國古代性別和詩學中的問題，展開討論，對所提出的問題，作力所能及的解答。我要特別強調的是，首先，問題的提出，力圖前沿性和有效性；其次，問題的解答，力圖言之有物，自出機杼，不作因沿蹈襲的平庸之論和非此即彼的是非之論。雖然有些問題的解答或者未盡人意，或者未能深入，或者基於個人學識之局限而根本未能解答，但我還是很坦誠地將問題提出來，希望能傳輸給讀者一點思路，或者一點啓發，若能因此引發讀者之思考，並作進一步之研究，我想這也是有一定學術意義的。至於論文或長或短，主要依據論題本身之性質和含量而定；或詳或略，則與作者本人聞見之廣度和思考之深度有關，未可一概而論。

卷一：古典新義

「君子之道造端乎夫婦」正解

　　《禮記・中庸》曰：「君子之道造端乎夫婦，及其至也察乎天地。」即高深莫測、隱晦曲折的「君子之道」，是從夫婦倫理中演繹而來的。此言頗具深意，體現了古代中國人對夫婦倫理的高度重視，而歷代注家，或習焉不察，或略而不論，或論而不詳。至高無上的「君子之道」與卑之無甚高論的夫婦倫理之間，到底是一種什麼樣的關係？茲篇專題討論此言，擬從人倫關係之自然生成順序、古代中國人特有的家國觀念、以及古代中國宇宙生成論之形成等角度，進行考察。並據此對諸如娛神場面中的戀愛氛圍、令吏民夫婦偶處的求雨儀式、以男女關係喻君臣際遇、房中書和色情文學附會儒家經典等文化現象，做出恰當的解釋。

一

　　古代學者講人際五倫，一般皆按照君臣、父子、夫婦、兄弟、朋友之順序排列。這種排列順序，有明顯的主次、輕重之分，體現了古代學者高揚君威、隆顯父權的觀念意識。夫婦居於五倫之正中，可謂處於一個不主不次、不輕不重的兩可地位。其實，進一步討索，考之人際關係之自然生成順序，參之古代中國人的家國觀念，我們發現，在理論上，夫婦關係不僅先於君臣、父子而產生，而且，夫婦關係與君臣、父子關係，還有本末體用之別。

　　首先，從人際關係之自然生成順序看，是先有夫婦關係，然後由夫婦之生育繁殖而衍生出其它人際關係。因為，在動物界，兩性之愛早於親子之愛，而且比親子之愛更普遍。低等動物只有兩性之愛，沒有親子之愛。只有高等

動物才能由兩性之愛發展為親子之愛，再進一步由親子之愛發展為子對親的愛。又進一步，由親子之愛推演成兄弟、姊妹之愛。隨著人類社會的發展，人際關係的複雜和社會生活之多變，自然需要一個權威的公共機構或人物來管理社會，於是才產生國家和君主，君臣關係亦就應運而生。所以，從人際關係之自然生成順序看，人際五倫是沿著由夫婦而父子而兄弟而君臣之次序發生的。對於這個問題，古代中國人已有相當明確的認識，如《易·序卦傳下》曰：

> 有天地然後有萬物，有萬物然後有男女，有男女然後有夫婦，有夫婦然後有父子，有父子然後有君臣，有君臣然後有上下，有上下然後禮義有所錯。夫婦之道，不可以不久也，故受之以**恒**。

《禮記·昏義》曰：

> 男女有別，而後夫婦有義；夫婦有義，而後父子有親；父子有親，而後君臣有正。故曰：昏禮者，禮之本也。

《顏氏家訓·兄弟》亦云：

> 夫有人民而後有夫婦，有夫婦而後有父子，有父子而後有兄弟。一家之親，此三而已矣。自茲以往，至於九族，皆本於三親焉。故於人倫為重者也，不可不篤。

所以，從人際關係之生成順序看，從種族繁衍之角度考察，夫婦關係是一切人倫關係之根本。如果沒有男女結合成夫婦關係，並進行種族的繁衍，那麼，父子、兄弟、君臣等人倫關係皆無從產生。

其次，從古代中國人的家國觀念上考察，夫婦關係是君臣關係之前提和基礎，夫婦與君臣之別，是本末體用之別。

在五倫中，有「大倫」之稱的，惟君臣、夫婦二倫而已。如《論語·微子》載子路說：「不仕無義。長幼之節，不可廢也；君臣之義，如之何其廢之？欲潔其身，而亂大倫。君子之仕也，行其義也。道之不行，已知之矣。」此稱君臣為「大倫」之最早文獻依據，此後歷代公私文獻稱君臣為「大倫」者，觸目皆有，不勝枚舉。稱夫婦關係為「大倫」者，始於《孟子》，其云：「男女居室，人之大倫也。」〔註1〕此後亦成為歷代文獻中的習慣性說法。稱君臣、夫婦為人際「大倫」，體現了古人對此兩種人倫關係的高度重視。〔註2〕然而，

〔註1〕 《孟子·萬章上》。
〔註2〕 亦有稱夫婦關係為「大義」者，如《周易·歸妹》：「歸妹，天地之大義也。」

我認爲：其所重之態度相同，而其所以重之原因則大有區別。古人重君臣關係，其立足點在國，在於確立君主之權威，以確保天下國家之穩定；古人重夫婦關係，其立足點則在家，在於確保家庭秩序之和諧。或者說，君臣倫理維繫的是國家，夫婦倫理維繫的是家庭。根據古代中國人的家國觀念，天下的核心在家不在國，國之本在家，家和而國興，國家是一系列家族的集合體，家庭的和諧是國家穩定之前提和基礎。故《孟子·離婁上》說：「天下之本在國，國之本在家。」《大學》對於齊家與治國之關係有最爲詳盡的闡釋，其云：

> 古之欲明明德於天下者，先治其國。欲治其國者，先齊其家。欲齊其家者，先修其身……身修而後家齊，家齊而後國治，國治而後天下平。

> 所謂治國必先齊其家者，其家不可教，而能教人者，無之。故君子不出家而成教於國……一家仁，一國興仁；一家讓，一國興讓；一人貪戾，一國作亂。其機如此，此謂一言僨事，一人定國。

據此可知，齊家是治國之基礎和前提。如果將人際五倫與儒家之修齊步驟進行簡單之比附，可以這樣說，朋友倫理之功用，在於修身。〔註3〕夫婦、父子、兄弟倫理之作用，在於齊家。君臣倫理之功用，則在於治國平天下。

　　就齊家之夫婦、父子、兄弟倫理而言，雖然我們常說古代中國是一個父權制社會，與以夫婦爲核心的西方家庭結構不同，古代中國則是以父子關係爲核心的家庭結構。其實，這種觀點，和人們習以爲常的男尊女卑觀念一樣，是經不住推敲的，或者說祇是一種表象，事實並非完全如此。比如，近代以來的中國人，就過分誇大了傳統社會中的男尊女卑觀念。事實上，對古代中國的男尊女卑觀念，應作具體的分析，未可一概而論。我認爲：在家庭內部，是女尊男卑；在家庭外部，才是男尊女卑。〔註4〕從總體上看，古代中國確是一個以父子倫理爲軸心的社會。但是，從家庭生活之實際情況看，母親或妻子的家庭地位往往高於父親或丈夫，所謂女人「夫在從夫，夫死從子」的說法，只不過是封建道德家之人倫理想而已，實際生活並非如此。對於一個男人來說，婚前母親代表家，婚後妻子代表家。無母無妻，便意味著家的解體。

《孔雀東南飛》：「既欲結大義，故遣來貴門。」《列異傳·談生》婦謂談生曰：「與君雖大義永離，然顧念我兒。」
〔註3〕參見拙作《論古代中國人倫中的朋友倫理》，《江漢論壇》2007年12期。
〔註4〕詳見本書本卷《「男尊女卑」重估》。

所以，在人際五倫中，雖然夫婦、父子、兄弟倫理皆起著齊家之作用，但夫婦一倫的作用卻是至關重要的。故《詩·大雅·思齊》說：「刑於寡妻，至於兄弟，以御於家邦。」即以夫婦倫理為起點和中心，來展開齊家治國平天下的工作。因此，古代中國的家庭和社會，與西方一樣，在一定程度上亦是以夫婦關係為軸心的。

夫婦倫理之功用在於齊家，君臣倫理之功用在於治國平天下。齊家是治國平天下的前提和基礎。夫婦倫理亦是父子、兄弟倫理之基礎，是君臣倫理之前提。所以，同為人際「大倫」之夫婦、君臣倫理，實有本末體用之別。正是在這種意義上，《荀子·大略》說：「夫婦之道，不可不正也，君臣父子之本也。」

總之，無論是從人倫關係之自然生成順序上看，還是從中國古人特有的家國觀念和治國理念上考察，夫婦倫理實為人際五倫中最重要的一種倫理，夫婦關係是一切人倫關係之基礎和本源，夫婦關係是本，是體；父子、兄弟、君臣關係由夫婦關係衍生而來，是末，是用。因此，古代學者從高揚君威、隆顯父權的角度重視君臣、父子倫理，將之置於五倫之首。但從人際倫理之實際功用上講，則是非常重視夫婦倫理，把它作為人倫之根本，並將之與君臣並列，視為人際之「大倫」。

二

夫婦關係是一切人際倫理之基礎和前提，是人際五倫中最重要的一種倫理。值得注意的是，它雖屬於五倫之一，卻又有牢籠五倫之容量。如《儀禮》說婦人事夫之道有五：

> 平日纚笄而相，則有君臣之嚴；沃盥饋食，則有父母之敬；報反而行，則有兄弟之道；規過成德，則有朋友之義；惟寢席之交，而後有夫婦之情。

《白虎通德論·嫁娶》亦云：

> 婦事夫有四禮焉：雞初鳴，咸盥漱，櫛縰笄總而朝，君臣之道也；惻隱之恩，父子之道也；會計有無，兄弟之道也；閨閫之內，衽席之上，朋友之道也。

即在夫婦倫理中，蘊含著君臣之嚴、父子之道、兄弟之誼和朋友之義。能和諧地處理夫婦關係，就能有效地解決君臣、父子、兄弟、朋友的相處問題。

因此，在古代中國，齊家是治國平天下之前提。能齊家者，方才具備治國平天下之能力。考察一個人的政治才能，主要是審查他的齊家本領。據《史記‧五帝本紀》載：

> 堯乃以二女妻舜，以觀其內；使九男與處，以觀其外。舜居嬀汭，
>
> 內行彌謹。堯二女不敢以貴驕事舜親戚，甚有婦道。堯九男皆益篤。

堯為了考察舜是否具備治國平天下之才能，先將二女許配於他，以考察他是否具有正內齊家之能力。正因為舜能使二婦「甚有婦道」，使「堯九男皆益篤」，堯才放心將天下禪讓於他。

古代中國人不僅視夫婦之道為一切人際倫理之基礎，甚至還把它提升到本體高度，視其為「君子之道」或「人道」之根源，如《中庸》曰：

> 君子之道，造端乎夫婦。及其至也，察乎天地。
>
> 君子之道費而隱，夫婦之愚，可以與知焉；及其至也，雖聖人亦有不
>
> 知焉。夫婦之不肖，可以能行焉；及其至也，雖聖人亦有所不能焉。

「君子之道」隱晦曲折，高深莫測，有時連聖人都不能知曉，連聖人都難以力行。可是，愚夫愚婦卻能通曉，不肖夫婦卻可力行。究其原因，原來「君子之道，造端乎夫婦」，即「君子之道」是從夫婦倫理中演繹而來的。所以，即使愚夫愚婦亦能知曉它，亦可力行它。類似的觀點，在古代文獻中比較常見，如《白虎通德論‧號篇》說：

> 古之時未有三綱六紀，民人但知其母，不知其父。能覆前而不能覆後。
>
> 臥之詓詓，行之吁吁，饑即求食，飽即棄餘，茹毛飲血，而衣皮葦。
>
> 于是伏羲仰觀象于天，俯察法于地，因夫婦，正五行，始定人道。

「人道」即「君子之道」，是伏羲仰天俯地、「因夫婦」而製定的。此與《中庸》所謂「君子之道造端乎夫婦」的說法，頗為相近。故《周易‧歸妹》曰：「歸妹，天地之大義也。」班昭《女誡》之《夫婦第二》亦說：「夫婦之道，參配陰陽，通達神明，信天地之弘義，人倫之大節也。是以《禮》貴男女之際，《詩》著《關雎》之義。由斯言之，不可不重也。」

需要追問的是，一個在今人看來極為平常的夫婦之道，為何被古人推崇到如此高度？視為「天地之大義」，「君子之道」的源頭。我認為，這或與古代陰陽相生、乾坤相成的宇宙生成論有關。

陰和陽是中國古代哲學和文化中僅次於道的基本範疇，陰陽相生是中國古代哲學的核心觀念。《老子》第四十二章曰：「道生一，一生二，二生三，

三生萬物。萬物負陰而抱陽，沖氣以爲和。」「道」即「谷神」，《老子》第六章曰：「谷神不死，是謂玄牝。玄牝門，天地根。綿綿若存，用之不勤。」「谷神」即「玄牝」，是一個「玄之又玄」的女性生殖器，是產生天地萬物的「眾妙之門」。〔註5〕道生陰陽，陰氣靜，陽氣動，陰陽二氣動靜激蕩，便產生「三氣」（即「二生三」），即陰氣、陽氣、沖氣，沖氣作用於陰、陽二氣，便產生天地萬物。在《周易》中，陰陽概念轉化爲乾坤，如《周易·繫辭上》曰：「夫乾，其靜也專，其動也直，是以大生焉。夫坤，其靜也翕，其動也闢，是以廣生焉。」「乾，陽物也；坤，陰物也。」「乾道成男，坤道成女。」「天尊地卑，乾坤定矣。卑高以陳，貴賤位矣。動靜有常，剛柔斷矣。」「陰陽合德，而剛柔有體。以體天地之撰，以通神明之德。」乾坤即陰陽，故《莊子·天下》云：「《易》以道陰陽。」

　　古代中國以《老子》、《周易》爲代表所構建的陰陽、乾坤宇宙生成論，其內容大體如此。問題是，是古人先發明了此種宇宙生成論，然後才用此種理論去解釋夫婦關係？還是古人通過對夫婦性愛關係的觀察研究，從中得到啓發，建構起此種宇宙生成論的？根據存在決定意識的觀點，我認爲：答案可能是後者，即古人通過對男女關係的考察，通過對兩性性行爲的研究，從而建立起此種陰陽相生的宇宙生成論。董仲舒《春秋繁露·基義》曰：「君臣、父子、夫婦之意，皆與諸陰陽之道。」這句話應該反過來說：陰陽之道與諸夫婦之道，陰陽之道源於夫婦之道。陽尊陰卑、陽剛陰柔、陰陽相動而生萬物的觀點，皆來自於夫婦之道的啓示和激發。故《周易·歸妹》曰：「歸妹，天地之大義也，天地不交而萬物不興。」《易·繫辭下》曰：「天地姻緼，萬物化醇。男女構精，萬物化生。」《醫心方》卷二十八引彭祖之言：「男女相成，猶天地相生也。天地得交會之道，故無終竟之限。人失交接之道，故有夭折之漸。能避漸傷之事，而得陰陽之術，則不死之道也。」《洞玄子》曰：「夫天生萬物，唯人最貴。人之所上，莫過房欲，法天象地，規陽矩陰。悟其理者則養性延齡，慢其眞者則傷神夭壽。」交合之時，「其坐臥舒卷之形，

〔註5〕樊美筠先生認爲：老子的「道」是非常女性化的「道」，老子心目中的「道」的形象就是一個女性化的形象。《道德經》不僅讚美了「道」的「生生」之大德，而且對「道」之柔弱、「道」之虛靜亦讚不絕口，這種對「道」的特性的讚美，未嘗不可以理解爲是對女性之特質的讚美。「道」的可望而不可即，是中國男性對理想女性那種深層複雜心理的一種哲學表達（《中國傳統美學的當代闡釋》第102～103頁，北京大學出版社2006年版）。

偃伏開張之勢，側背前卻之法，出入深淺之規，並會二儀之理，俱合五行之
數」，〔註6〕講的皆是這個道理。

總之，古代中國的宇宙生成論產生於對兩性關係和性行為之觀察和研
究，反過來，兩性關係和性行為又得到宇宙生成論之支持和論證。因此，與
西方社會性行為的私密性相比，古代中國人的性行為是公開的；與西方人關
於性的醜惡、低俗的觀點相比，古代中國人認為性是美好的，性生活是健康
的。〔註7〕正是在這個意義上，才有「君子之道造端乎夫婦」的說法，而《周
易》所謂「一陰一陽謂之道」，可以理解為：一男一女構成夫婦之道，一陰一
陽構成天地之道，陰陽、男女鑄就君子之道。

三

理解了「君子之道造端乎夫婦」之本義，古代中國的幾個重要文化現象
就能得到合理的解釋。

其一，娛神場面中的戀愛氛圍問題。在世界各民族的原始宗教活動中，
大多皆伴隨有男歡女愛之生活場面和自由奔放之愛情歌唱。娛神即娛人，求
神即求愛。在宗教活動中，往往用取悅於情人的方法取悅於神，如屈原《九
歌》之《湘夫人》中，為了迎接湘夫人的到來，祭神者用各種香草裝飾為湘
夫人預備的殿堂。在《山鬼》中，獨處山阿的女神完全置身於芳草叢生的世
界裏。為了取悅神靈，祭神者亦儘量用香草裝點自身，以華麗芬芳的身體求
得神的認同，「在描寫祭神儀式的詩篇中，採集或贈送香草便成了表示人神交
接的神秘經驗慣用的套語」，此種以香草香花取悅於神的人神交接儀式，與世
俗生活中情人之間贈送鮮花的活動，甚為相近。《詩經・溱洧》曰：「維士與
女，伊其相謔，贈之以勺藥。」春秋時期鄭國上巳節士女秉蘭參加水邊的集
會，就有用蘭互相引誘的意圖。人類學家觀察到的土人，亦有用香料、花草
對意中人施行戀愛巫術的行為。總之，「在古人的意識中潛在著一種以花草媚
人的巫術動機，向情人贈花草就是對他（她）施行巫術」。

求神即求愛，在原始宗教活動中，除了往往伴隨有士女交接的歡愛活動

〔註6〕　見葉德輝編《雙梅景闇叢書》（影印部份）第 83 頁，海南國際新聞出版中心
　　　　 1995 年版。
〔註7〕　參見高羅佩《中國古代房內考》第 437～438 頁，李零、郭曉惠等譯，上海人
　　　　 民出版社 1990 年版。

外，值得注意的是，求神者還常常是以追求情人的心態和語氣與神對話，請求神靈的祐助。如《九歌》之《少司命》，寫神靈少司命降臨時：

> 滿堂兮美人，忽獨與余兮目成。入不言兮出不辭，乘回風兮載雲旗。
>
> 悲莫悲兮生別離，樂莫樂兮新相知。

這完全是用情人的心態和口吻來抒寫祭神者對神的追慕。

娛神即娛人，求神即求愛，「人神交往與男女相思的相通之處亦在於此，因爲求神和求愛都需要心誠志潔。這就是《九歌》中很多娛神的場面都彌漫著戀愛氣氛的主要原因」。〔註 8〕所以，男女之道與神道相通。或許，人們求神、娛神之心態和方式，正是受到男女交接方式之啓發和影響而產生的。從這個意義上看，「君子之道造端乎夫婦」。

其二，與此種求神娛神儀式相關的，是傳統社會的求雨儀式。據董仲舒《春秋繁露・求雨》云：「四時皆以庚子之日，令吏民夫婦皆偶處，凡求雨之大體，丈夫欲藏匿，女人欲和而樂。」《路史・餘論》引董仲舒《請雨法》曰：「令吏妻各往視其夫，到起雨而止。」據說古代中國還有妓女求雨之事，如在中國生活過若干年的中亞商人賽義德・阿里・阿克伯・契達伊在 1516 年撰著的《中國志》一書中，就提到明朝政府令妓女集體求雨的情形：

> 祈求豐收是這些聖役者（引者按：即指妓女）的日常事務。……當雨露遲遲未降時，皇帝便詔令進行公眾祈雨以改變天時。這些祈求豐收的活動就是勾欄女子們的事，她們組成長長的隊伍前往寺院中去。在出發往那**裏**之前，她們向其女侍及朋友們呼喊令人心碎的決別，甚至還要作出遺囑。

因爲在妓女的祈禱下，天仍不下雨，妓女們就要被處死。據季羨林先生《原始社會風俗殘餘——關於妓女禱雨的問題》一文說，《羅摩衍那》、巴利文《本生經》、漢譯佛經《大智度論》等經典中，亦有妓女與降雨相聯繫的情節。〔註 9〕

以「夫婦偶處」的儀式求雨，或以專門從事性職業的妓女求雨，皆是在天人感應的理論前提下，試圖以男女交合行爲感應天地雲雨。因爲古人深信：天地之陰陽交合才導致雲雨之發生，正如男女之交合才生育出子女一樣。天久不雨，是因爲陰陽久不交合之故。故人們企圖通過人間男女的交合，去感

〔註 8〕 康正果《風騷與豔情》第 64～66 頁，上海文藝出版社 2000 年版。
〔註 9〕 參見江曉原《性張力下的中國人》第 216～217 頁，上海人民出版社 1995 年版。

應、影響或啓發天地的陰陽交合，使其形成雲雨。這種以人間男女之性交誘發天地交合而降雨露的法術，被美國漢學家傑克・波德稱爲「性交感法術」（sexual sympathetic magic）。關於這個問題，葉舒憲先生說：

> 在神話思維中，風雨不時是因爲天地夫妻鬧了矛盾，有了「性冷淡」的苗頭。治療的辦法在於重新燃起天父地母的欲火。按照以類相感的法術邏輯，人類自身的性愛活動足以激發天父地母的性衝動，促使他們製造「雲雨」的活動。〔註10〕

在此基礎上，「雲雨」亦就成爲古典詩詞中象徵男女交合的原始意象。〔註11〕也許古人正是從男女之交合行爲中，感悟到天地陰陽交合而導致雲雨的發生機制，進而發明「夫婦偶處」之求雨儀式。從這個意義上看，「君子之道造端乎夫婦」。

其三，以男女關係隱喻君臣際遇。在古代中國，以男女關係隱喻君臣際遇，不僅是創作者的一個傳統，亦是解詩者的一個習慣。這個傳統習慣之形成，與古人對《詩經》的運用和解讀有關。春秋時期，貴族階層在賦詩言志之特殊場合，習慣於借用男女言情之作來傳達君臣之間的情意。這個詩歌創作傳統和解釋原則之形成，正如康正果先生所說：

> 首先，賦詩者借情詩傳達君臣朋友之間的感遇；然後，說詩者錯誤地把賦詩者的本事與該詩的本義混爲一談；隨著這種解釋原則的傳播，人們習慣於把凡是說男女的詩都理解爲說君臣；最後，以男女比君臣逐漸成爲文人遵循的創作方向。〔註12〕

康正果先生關於古代中國這個以男女喻君臣之傳統習慣的形成過程的清理，是極有理據的。所以，自漢宋以來，對《詩經》解釋者來說，他們確信：「凡《詩》中所說男女之事，不是說男女，皆是說君臣。」〔註13〕對於創作者來說，他們皆遵循：「必有大不得意於君臣朋友之間者，故借夫婦離合因緣以發其端。」〔註14〕

問題是，早在春秋時代的賦詩言志者，爲何要借男女情詩來表達君臣之

〔註10〕葉舒憲《高唐神女與維納斯》第338頁，中國社會科學出版社1997年版。
〔註11〕參見傅道彬《晚唐鐘聲——中國文學的原型批評》之第五章《雨：一個古典意象的原型分析》，中華書局2007年版。
〔註12〕康正果《風騷與豔情》第53～54頁，上海文藝出版社2001年版。
〔註13〕陳傳良《詩傳遺說》卷一。
〔註14〕李贄《雜說》，見《焚書・雜述》。

間的際遇？君臣感遇與男女情愛到底有何關係？這是需要進一步研究的問題。

　　根據春秋時期貴族階層「歌詩必類」的賦詩原則，賦詩者所賦之詩的詩意應當與所寄之志近似。其時之貴族賦男女情詩以傳達君臣間的際遇，說明男女情愛與君臣際遇有某種近似之處，求男女相知與求君臣遇合間有相通之處。今人或以爲以男女喻君臣，有辱君臣之尊嚴，稍顯不倫與不類。其實，在古代中國，男女關係尊貴而嚴肅，與君臣關係相比，其神聖性猶有過之。同時，人們亦並不忌諱公開談論兩性關係，如據《戰國策・韓策》載：

> 楚圍雍氏，韓令尚靳求救於秦。宣太后謂尚子曰：「妾事先王日，先王以髀加妾之身，妾固不支也。盡置其身於妾之上，而妾弗重也，何也？以其少有利焉。」

清人王士禎評宣太后語說：「此等淫褻語，出於婦人之口，入於使者之耳，載於國史之筆，皆大奇。」〔註 15〕清人以爲「大奇」之事，古人並不以爲然，以男女之事喻國家之事，在古人看來，正是題中應有之義。

　　據董仲舒《春秋繁露・基義》說：「君臣、父子、夫婦之意，皆與諸陰陽之道。」即君臣關係和男女關係皆合於陰陽之道，皆是至情。〔註 16〕古人的陰陽觀念是在男女之道的啓發下形成的，夫婦與君臣是本末體用關係，故以夫婦關係喻君臣際遇，正是取君臣關係之本源意義而喻之。

　　第四，關於房中書和色情文學附會經書的問題。高羅佩在《中國古代房內考》中提出這樣一個問題：

> 晚明春宮畫冊《花營錦陣》的序也是用同一種方式（引者按：即「集句」）寫成，它完全是用經書裏的句子寫成。似乎淫穢文字的編者特別喜歡用儒經和佛經來描寫淫穢的東西。值得注意的是，在日本也

〔註15〕王士禎《池北偶談》卷二十一。

〔註16〕夏曉虹《娶妻當妻……，嫁夫當嫁……——近代詩歌中的男人與女人》說：「中國的男女關係不正常，在詩中表現出來也不正常。現實生活中是男尊女卑，寫到詩中，『美人』倒成爲國君、君子這些可尊可敬的男性的代稱。以夫婦關係喻君臣關係，確是中國詩人的創造。大約男女之愛是發之至情，兄弟、朋友間總要隔一層，因此，非如此作比，不能顯出忠君愛賢的出乎天性，不可轉移。」近代以來，男女之間的交往自由了，貞操、名節觀念淡薄了，君臣之間的依附關係鬆弛了。於是，「在現代國民心目中，君王既不足以愛，要愛就愛國，令詩人們思慕不已的『情人』也就成了『祖國』。」（《同學非少年——陳平原夏曉虹隨筆》第 332～333 頁，太白文藝出版社 2005 年版）

有同一傾向。在日本有一部晚明中篇淫穢小說叫《癡婆子傳》，是
1891 年在京都用古活字版重印，保存於圓鏡寺，該寺就是印佛經的
地方。把淫穢與神聖結合在一起似乎是一種青春期的特點，但人們
恐怕很難把中國的和日本的文明叫做青春期的文明。無疑性學家們
將會對這一現象做出正確的解釋。〔註17〕

的確如此，在明清時期，愈是色情文學，愈要在開頭或者末尾點綴一些經典
中的話語，如李漁《十二樓・合影樓》開頭一段即是如此。這種現象，固然
可以說是房中書和色情小說作者有意「拉虎皮作大旗」，以經典話語點綴其
中，以證其合法性和權威性。但是，我認為最根本的原因，即是房中書和色
情小說中所展現的男女性愛，與經書中所闡釋的「道」，有相通之處。〔註18〕
所謂「一陰一陽謂之道」，這個「道」，既是「君子之道」，亦是「男女之道」。
或者說，房中書、色情小說和傳統經典所承載的內容是同一個東西，即「道」。
因此，不妨將經典中的話語點綴在房中書和色情小說中，亦不妨將表現男女
之情的內容載入經典中。在經過聖人刪定而又被歷代奉為經典的《詩經》裏，
居然還保存了「鄭衛之音」等眾多男女言情之作，就是這個原因。

〔註17〕高羅佩《中國古代房內考》第 444 頁，李零、郭曉惠等譯，上海人民出版社
　　　　1990 年版。
〔註18〕此正如《漢書・藝文志》所謂：「房中者，情性之極，至道之際。」

「女子無才便是德」新解

　　在傳統中國社會，自宋元以來，「女子無才便是德」便成爲一句家喻戶曉、不證自明的經典習語，是主流社會普遍認同的一種價值觀念。但是，近現代以來，「女子無才便是德」觀念，與女性纏足習俗一道，成爲思想家反封建禮教和批評男尊女卑觀念之主要目標，亦成爲女權主義者反對男性霸權之重要口實。事實上，在近現代以來之反封建潮流中，在批判男性霸權之女性主義思潮中，「女子無才便是德」觀念在一定程度上是被誤解和歪曲了的。我認爲：傳統道德家提出這種觀點，傳統主流社會認同這種觀念，並非是對女性的束縛和壓抑，而是基於對文學特點和文人特徵之認識，對傳統女性的現實人生之安頓，所做出的一種人文關懷。

一

　　考察「女子無才便是德」這句古典名言的起源，學者一般皆指向晚明名士陳繼儒。據曹臣《舌華錄》第一〇九條載：「陳眉公曰：男子有德便是才，女子無才便是德。」張岱《公祭祁夫人文》說：「眉公曰：丈夫有德便是才，女子無才便是德。此語殊爲未確。」事實上，據陳繼儒《安得長者言》一文所說，此語並非他所獨創，而是轉述一位「長者」之言。「女子無才便是德」這種觀念產生於宋元時期（詳後）。不過，使此語成爲一句家喻戶曉的經典名言，並產生重要影響，確與陳繼儒有密切關係。

　　討論「女子無才便是德」這句古典名言的眞實意圖，首先應該說明的是「才」的含義。一般而言，「才」即才能和智慧，智慧是根本，才能是智慧之

呈現。才能的內涵很寬泛，包括立身行事的所有能力，當然亦包括藝術創作和欣賞的能力。我認爲：「女子無才便是德」之「才」，主要是指藝術才能，而不是指立身行事之一般才能。揆諸常理，無論是父母之於女兒，還是丈夫之於妻子，皆不希望女兒或妻子是一個愚昧無知之人，一個連基本的立身行事之生存能力都不具備的人。所以，簡單地將「女子無才便是德」等同於「愚女」，有失客觀，是不正確的。

「女子無才便是德」之「才」，即指藝術才能，意謂女性不當擁有藝術上的能力和修養，不宜從事藝術創作和文藝欣賞。宋元以來之家訓、女訓，並不反對女性閱讀《孝經》、《論語》、《列女傳》之類的作品，但反對女性創作和閱讀詩詞、戲曲、小說類的藝術作品，如司馬光《溫公家範》曰：

> 是故女子在家，不可以不讀《孝經》、《論語》及《詩》、《禮》，略通大義。其女功，則不過桑麻、織績、製衣裳、爲酒食而已。至於刺繡華巧，管弦歌詩，皆非女子所宜習也。古之賢女，無不好學，左圖右史，以自儆戒。今人或教女子作詩歌，執俗樂，殊非所宜也。

如周亮工之父亦說：

> 婦女不識字，《列女》、《閨範》詩書，近日罕見；淫詞麗語，觸目而是。故寧可使人稱其無才，不可使人稱其無德。〔註1〕

藍鼎元《女學》卷六說：

> 女子讀書，但欲其明道理，養德行。詩詞浮華，多爲吟詠，無益也。必有功名教之書，乃許論著，不然，則寧習女紅而已矣。

呂坤《閨範序》說：

> 今人養女多不教讀書認字，蓋亦防微杜漸之意。然女子貞淫，卻不在此。果教以正道，令知道理，如《孝經》、《列女傳》、《女訓》、《女誡》之類，不可不熟讀講明，使心上開朗，亦閨教之不可少也。

然而，他卻把女性「弄柔翰，逞騷材」、「撥俗弦，歌豔詞」，視爲「邪教之流」。〔註2〕又《昏前翼·書史》一面認爲「女子固不宜弄文墨，但古之賢女未嘗不讀書，如《孝經》、《論語》、《女誡》、《女訓》之類，何可不讀」？另一面卻強調「詩詞歌詠，斷乎不可」。總之，宋元以來之道德家並不反對女性讀書，

〔註1〕周亮工《因樹屋書影》卷一。

〔註2〕呂坤《呂新吾先生閨範圖說》卷首，見陳弘謀輯《五種遺規·教女遺規》，臺灣中華書局1984年版。

而是主張讀道德之書，反對讀藝術之書。所以，「德本論」是宋元以來女子文化教育的核心理念。〔註3〕

貶抑女子接受文學教育，反對女性從事文學創作和欣賞，是宋元以來道德家的普遍見解。如清人石成金《家訓鈔‧靳河臺庭訓》說：

> 女子通文識字，而能明大義者，固爲賢德，然不可多得。其他便喜看曲本小說，挑動邪心，甚至舞文弄法，做出無恥醜事，反不如不識字，守拙守分之爲愈也。

車鼎晉《女學序》說：

> 女子以德爲本，而文詞原非所尚。……苟能明事父母舅姑之義，躬井臼織作之事，即才藝無聞，亦無失焉。

甚至有些頗有才華的女性作家，因受此種觀念之影響，亦以爲「詩非婦人所宜」，如朱淑眞《自責》詩云：

> 女子弄文誠可罪，那堪詠月更吟風。
>
> 磨穿鐵硯非吾事，繡折金針卻有功。

或「絕筆不作」，或將其已有之創作「恒秘藏之」，或「自焚其稿」。

因貶抑女性習讀詩詞，進一步反對女性習字讀書，如明溫璜之母認爲：「婦女只許粗識柴米魚肉數百字，多識字，無益而有損也。」〔註4〕如徐學謨《歸有園麈談》說：「婦人識字，多致誨淫。」這確是因噎廢食，是所謂眞正的「愚女」了。

二

明清時期的道德家對「女子無才便是德」觀念之普遍認同，是基於對當時女性從事詩詞創作和欣賞的高漲熱情之戒懼。

明清時期女性藝術創作熱情的高漲和才女之大量湧現，是一個引人注目的現象。如孫康宜說：

> 據我近年來研究中西文學的心得，我認爲有史以來最奇特的文學現象之一，就是中國明清時代才女的大量湧現。在那段三、四百年的

〔註3〕 參見郭英德《明清時期女子文學教育的文化生態述論》，《中山大學學報》2008年第5期。

〔註4〕 溫璜《溫氏母訓》，見陳弘謀輯《五種遺規‧教女遺規》，臺灣中華書局1984年版。

期間中，就有三千多位女詩人出版過專集。至於沒出版過專集、或
將自己的詩文焚毀的才女就更不知有多少了。〔註5〕

在胡文楷《歷代婦女著作考》一書中，共收錄歷代有著作成集的婦女共 4200
餘人，其中明朝之前的有 117 人，明朝有 242 人，清朝有 3800 餘人。另外，
史梅輯出未收入《歷代婦女著作考》的有 118 人，黃湘金補充《歷代婦女著作
考》不載而見於單士釐《清閨秀藝文略》的有 83 人。實際上，明清時期女性
詩人之著作總量當在 4200 種以上。〔註6〕

在中國歷史上，自先秦至宋元，傑出的女性作者，雖代不乏人，如漢之
班昭，晉之左棻，唐之薛濤，宋之李清照，元之管道升。但是，正如高彥頤
所說：「她們愈是有名氣，愈顯示了她們的孤單——她們的才華在當代是絕無
僅有的。」而在明清時期，特別是「在明末清初江南的每個城市，每一代人
中，都有寫作、出版和相互探討作品的婦女」，〔註7〕「一個女作家和讀者批
評群體的出現，是明末清初江南城市文化的一個顯著特徵」。〔註8〕值得注意
的是，此間不僅湧現了大量熱衷詩詞創作和欣賞的女性文學愛好者，還產生
了一批為女性文學文本進行整理、出版和傳播的男性文人，如鍾惺、胡抱一、
鄧漢儀就是這方面的代表人物。鍾惺的《名媛詩歸》、徐敏樹的《眾香詞》、
趙世傑的《古今女史》、田藝衡的《詩女史》、胡抱一的《本朝名媛詩歸》等
等，就是這方面的代表作品。女性文人適逢其會，盡情展示其文學才華；男
性文人成為女性文學的積極推動者，出版商在其中推波助瀾，理論家又盛讚
女性的藝術天賦。所以，在明末清初，女性文學文本成為熱門讀物，女性文
學的繁榮成為當時文學界最引人注目之現象。

女性文學才華的充分展現，體現了女性與藝術審美之親密關係。一般而
言，女性與藝術審美的親密關係，遠遠大於男性。概括地說，主要體現在三
個方面：其一，女性是最具審美意味的藝術題材；其二，女性是藝術創作靈

〔註5〕《走向「男女雙性」的理想——女性詩人在明清文人中的地位》，見葉舒憲主
編《性別詩學》第 3 頁，社會科學文獻出版社 1999 年版。
〔註6〕參見郭英德《明清時期女子文學教育的文化生態述論》，《中山大學學報》2008
年第 5 期。
〔註7〕高彥頤著，李志生譯《閨塾師——明末清初江南的才女文化》第 31 頁，江蘇
人民出版社 2005 年版。
〔註8〕高彥頤著，李志生譯《閨塾師——明末清初江南的才女文化》第 69 頁，江蘇
人民出版社 2005 年版。

感的源泉；其三，女性是天生的藝術家。〔註9〕

女性擅長詩詞，但不宜過分熱衷於詩詞的創作和欣賞；女性與文人氣質比較接近，但女性不宜做文人，這是傳統中國主流社會的一般觀念。這種觀念之形成和得到普遍認同，與傳統社會關於文學特點和文人性格之認識有關，與明清時期盡顯文學才華之女性詩人的身份特徵有關。

在傳統社會，文人常以「才子風流」自居，而道德家卻以「文人無行」貶之。或者說，文人自視甚高的「才子風流」，在道德家眼裏則是「文人無行」。「文人無行」是傳統道德家對文人身份的一個普遍性評價。所謂「文人無行」，是說文學家不重操行，其行為不符合道德規範和倫理綱常。一般而言，古代文人多有放任曠達、任性不羈、大言風流、孤芳自賞、自以為是、不安分守紀、好評論是非之特點，如林語堂所說：「古來文人就有一些特別壞脾氣，特別頹唐，特別放浪，特別傲慢，特別矜誇。」〔註10〕亦如魯迅所說：「文人墨客大概是感性太銳敏了之故罷，向來就很嬌氣，什麼也給他說不得，見不得，聽不得，想不得。」〔註11〕文人的這些特徵，因不符合傳統道德規範和倫理綱常，在道德家看來，便是「無行」。其實，文人受到「無行」的指責，是必然的，不是偶然的。「文人無行」是文學藝術的本質要求。

所以，林語堂曾把文人比作妓女，認為一個男人做什麼都可以，做官員、商人，甚至做強盜、土匪亦行，但在萬不得已之情況下，最好不要做文人。〔註12〕男人做文人尚且受到「無行」的指責，女人做文人就更難了。因為在傳統社會，家庭對女子的管束總是嚴於男性，社會輿論是薄責於男性而苛責於女性。男性的誇誕無節可以「風流」自居，甚至還可能被傳為佳話。女性的風流浪漫，則往往被視為無德無節。所以，照林語堂的話說，男性最好不要做文人，女性是千萬不能做文人。

三

文學就像一柄雙刃劍，它既有相當的魅力，有使人心智愉悅、解愁忘憂

〔註9〕 關於女性與藝術審美之關係，參見本書卷五《女人如詩，詩似女人：中國古典詩學的女性化特徵》。
〔註10〕 林語堂《人生的盛宴》第298頁，湖南文藝出版社1988年版。
〔註11〕 魯迅《從鬍鬚說到牙齒》，見《墳》，人民文學出版社1973年版。
〔註12〕 林語堂《人生的盛宴》第296頁，湖南文藝出版社1988年版。

的功能，如陸機《文賦》說：「伊茲事之可樂，固聖賢之所欽。」陸雲《與兄平原書》說：「文章既自可羨，且解憂忘愁。」顏之推《顏氏家訓‧文章》說：「入其滋味，亦樂事也。」所以，它是人類精神生活中的不可或缺之物。但是，它似乎又是有毒的，沾上它，男性文人常常遭到「輕薄」、「無行」的指責；女性作者亦往往有異乎常人的表現，故而引起道德家的憂慮。這種表現，約而言之，有如下數端：

其一，在行為上，才女往往風流浪漫，不安現狀。浪漫風流和不安現狀是文人的普遍特點，才女亦不例外。大凡熱衷文學創作和欣賞的女性，較之一般家庭婦女，總是更富於幻想，往往不安現狀，特別是不安於瑣碎的家庭生活，尋求浪漫和刺激，變得更加的「風騷」。如人們普遍認為崔鶯鶯的悲劇，在於她能詩善文。由「待月西廂下」演繹而成的悲劇，就緣於她與張生的和詩酬答。明清時期，《西廂記》流行於閨中的現實，使道德家普遍認為女性作詩讀詩是不恰當的。如在《牡丹亭‧驚夢》中杜麗娘感歎說：「天呵！春色惱人，信有之乎？常觀詩詞樂府，古之女子，因春感情，遇秋成恨，誠不謬矣。昔日韓夫人得遇於郎，張生偶逢崔氏，曾有《題紅記》、《崔徽傳》二書。此佳人才子，前以密約偷期，後皆得成秦晉。吾生於宦族，長在名門，年已及笄，不得早成佳配，誠為虛度青春。」杜麗娘的「驚夢」，固緣於「春色惱人」，然亦與其在閨中「常觀詩詞樂府」有關。明清時期，《西廂記》、《牡丹亭》、《紅樓夢》廣泛流行於女性閨房中。據清陳其元《庸閒齋筆記》卷八《紅樓夢》說：「淫書以《紅樓夢》為最，蓋描摹癡男女情性，其字面絕不露一淫字，令人目想神遊，而意為之移，所謂大盜不操干矛也。」其舉例說：「余弱冠時，讀書杭州，聞有某賈人女，明豔工詩，以酷嗜《紅樓夢》，致成瘵疾，當綿惙時，父母以是書貽禍，取投之火，女在床，乃大哭曰：奈何燒殺我寶玉。遂死，杭人傳以笑。」總之，詩詞點醒了女性的情愛欲望，創作和欣賞詩詞的活動，使她們獲得一種與平庸的日常生活不同的新奇感受。詩詞培育了她們的浪漫情性，使之不安於現狀。

其二，在體質上，才女常有體弱多病的特點。詩詞點醒了女性的情愛欲望，而在封建禮教之影響下，女性情愛欲望之實現空間遠遠小於男性，因此，女性所受情愛欲望之壓抑又遠遠大於男性。才女通常拒絕平庸的婚姻，如孫康宜說：在明清時期，「最傑出的早夭才女常是未嫁而卒」，「害怕結婚確是明清才女作品中的一大主題，因為從她們的創作道路看來，婚姻常常成為詩才的墳墓。平庸

的主婦生活有可能削弱一個才女的性靈，正如寶玉所謂女兒結婚之後，由珍珠變成了魚眼睛」。〔註13〕詩詞點醒了女性的情愛欲望，封建禮教制約了女性情愛欲望的實現，傳統婚姻又不利於女性才情的充分展現，在這種壓抑狀態下，多病早夭便成為明清才女的顯著特徵。如前引杭州才女所患之癆疾。據潘光旦說：「所云癆疾，就是近人所稱的癆症，從前的閨秀死於這種癆症的很多，名為癆症，其實不是癆症，或不止是癆症，其間往往有因抑制而發生的性心理的變態或病態。」〔註14〕非常奇特的是，明清才女並不害怕生病，倒是把生病視為莫大的福氣，因為虛弱體病是放棄各種家務之藉口，幫助她們退回到自我世界中，帶來大量的自吟自賞之機會及時間，所以，孫康宜感歎說：「把病中讀書之樂看成一種『清歡』，實是明清才女的一大發明。」雖然在當時才女早夭之現象極其普遍，但她們並不害怕早夭，她們的病容、病體以及對病的反應，「全都被美化為一種使她們顯得更可愛的詩意」，早夭被解釋為「愛才的仙界對才女的拯救」，死亡具有「自我超渡的意義」。〔註15〕

其三，在性格上，才女通常心高氣傲，往往敏感脆弱。文學和哲學皆以人的精神活動為研究對象，研究人之所以為人，研究人生的目的、價值和意義。所以，文學家和哲學家是自我意識和主體意識最濃厚的人群，因而亦是孤獨意識最強烈的人群。孤獨使哲學家能夠沈潛下來冷靜思考，而卓爾不群以求保持獨立人格是藝術家慣常的生活方式。前面提到明清時期的才女常常拒絕婚姻，就是這個原因。這正如孫康宜所說：「明清女詩人中，寡婦居多。」「這些『青年孀守之人』之所以成為傑出的詩人，顯然與她們很早就結束婚姻生活有關。」「無論如何，一個殘酷的事實就是：寡婦生活有利於寫作。這是因為它使寡婦詩人逃脫了某一種生活負擔，從而使她們發現了寫作與獨身生活的關係。」所以，才女往往是很自我的，主體意識很強，清高、孤傲、固執是她們的身份特點。

哲學家和文學家皆有孤獨而清高的特徵。不同的是，哲學家是理智的、冷靜的，而文學家則是激情的、浪漫的。女性本身就是很情緒化的動物，而才女因受文學情緒的感染，就顯得更加敏感，因而亦特別脆弱，什麼事情都

〔註13〕 孫康宜《走向「男女雙性」的理想》，見葉舒憲主編《性別詩學》第3頁，社會科學文獻出版社1999年版。
〔註14〕 潘光旦《性心理學譯注》第117頁，上海三聯書店2006年版。
〔註15〕 孫康宜《走向「男女雙性」的理想》，見葉舒憲主編《性別詩學》第3頁，社會科學文獻出版社1999年版。

會觸動她們的神經。情緒化是其主要性格特徵，她們內心深處總有一種莫名的孤獨感和漂泊感。爲春花秋月而感慨，爲悲歡離合而動情，傷春悲秋是家常便飯。如朱淑眞《自責》詩曰：「悶無消遣只看詩，又見詩中話別離。添得情懷轉蕭條，始知伶俐不如癡。」林黛玉就是這種情緒化才女的典型形象。

其四，在結局上，才女往往人生多桀，命運坎坷。才女在行爲上風流浪漫，不安現狀；在體質上體弱多病，往往早夭；在性格上心高氣傲，敏感脆弱。這使她們不但不能承擔世俗社會期待的賢妻良母角色，甚至很難適應世俗生活，與現實生活格格不入。因此，其結局往往都是悲劇，如蔡文姬、薛濤、嚴蕊、朱淑眞等等。在古代中國，除了有「紅顏薄命」一說，還有「才女福薄」一說。才女往往不能見容於塵世，所以，在走投無路之時，或者離世，或者遁世，更多的是墜入青樓。古代中國的才女，不是在青樓裏，就是在道觀中，而在青樓中的才女尤其佔多數。因此，在傳統中國文人心目中，才女如同青樓，往往有情色意味。

男性文人常常遭到輕薄無行的指責，女性詩人往往難逃福淺命薄的結局。所以，文學這東西，既可以解愁忘憂，又可以添愁供恨；既是可樂的，又是有毒的。

四

綜上，我們討論了才女的性格特點及其悲劇命運。接下來，我們看看傳統文人士大夫對才女的依違態度。在這方面，李漁的意見具有代表性，他說：

> 女子無才便是德，言雖近理，卻非無故而云然。因聰明子女，失節者多，不若無才之爲貴。蓋前人憤激之詞，與男子因官而得禍，遂以讀書作官爲畏途，遺言戒子孫，使之勿讀書，勿作官者等也。此皆因噎廢食之說，究竟書可盡棄，仕可盡廢乎？吾謂才德二字，原不相妨，有才之女，未必人人敗行；貪淫之婦，何嘗歷歷知書？但須爲之夫者，既有憐才之心，兼有馭才之術耳。

> 至於姬妾婢媵，又與正室不同。娶妻如買田莊，非五穀不殖，非桑麻不樹，稍涉遊觀之物，即拔而去之，以其爲衣食所出，地力有限，不能旁及其他也。買姬妾，如治園圃，結子之花亦種，不結子之花亦種，成陰之樹亦栽，不成陰之樹亦栽，以及原爲一情而設，所重

在耳目，則口腹有時而輕，不能顧名兼顧實也。使姬妾滿堂，皆是
蠢然一物，我欲言而彼默，我思靜而彼喧，所答非所問，所應非所
求，是何異於入狐狸之穴，捨宣淫而外，一無事事者乎。〔註16〕

在李漁看來，「女子無才便是德」的說法，雖是「憤激之詞」，但亦是「非
無故而云然」。所以，他的態度是含糊的，甚至有些自相矛盾。他一面認為「女
子無才便是德」之說法不可取，另一面又對女子是否應該有才做出區分。他
認為：正室不宜有才，因為正室乃「衣食所出」，猶如養家之田莊，當種植維
持生計之五穀、桑麻，所以「稍涉遊觀之物，即拔而去之」。質言之，即娶妻
不宜娶才女。而姬妾婢媵猶如園圃，「原為一情而設，所重在耳目」，僅供玩
賞，應當有趣。因此，應該善做詩詞，略能文藝。質言之，娶妾當娶才女。

李漁的態度具有普遍性，大體反映了傳統中國士大夫文人對才女的隱秘
態度和擇偶標準。如晚清文人王韜在《言志》一文中，談到娶妻的標準時說：

娶一舊家女郎，容不必豔，而自有一種嫵媚，不勝顧影自憐之態。
性情尤須和婉，明慧柔順而不妒，居家無疾言遽色。女紅細巧，烹
飪精潔，儻能作詩作字更佳。薄能飲酒，粗解音律。每值花晨月夕，
啜茗相對，茶香入牖，爐篆縈簾，時與鬢影蕭疏相間，是亦閨中之
樂事，而人生之一快也。

王韜的擇偶標準，亦涉及女性的才藝，但其用語相當審慎。所謂「儻能作詩
作字更佳」，即娶妻原不以才藝相要求，或者妻子不必非有才藝不可，但有一
點才藝當然更好；所謂「薄能飲酒，粗解音律」，強調的是適可而止。總之，
作為理想的配偶，若能粗通詩詞，稍解音律，略有才藝，可以增加夫妻生活
之樂趣。但才藝不宜太高，更不能技壓鬚眉。或者說，在王韜看來，才女不
適合做妻子。這亦如林語堂所說：

中國人認為：才學過高，對於婦女是危險的，故有「女子無才便是
德」的說法。

因為由男人想來，上等家庭的婦女而玩弄絲竹，如非正當，蓋恐有
傷她們的德行，亦不宜文學程度太高，太高的文學情緒同樣會破壞
道德，至於繪圖吟詩，雖亦很少鼓勵，然他們卻絕不尋找女性的文
藝伴侶。娼妓因乘機培養了詩畫的技能，因為她們不須用「無才」

〔註16〕《閒情偶寄·聲容部·習技第四》

來作德行的堡壘，遂使文人趨集秦淮河畔。〔註17〕

即不願娶文學程度太高之女性為妻，但不妨去秦淮河畔尋找多才多藝的女性文藝伴侶。

的確，在古代中國的女性群體中，論才情之高上，以青樓女子為最，「舊家女郎」次之，平民女子又次之。文人士大夫擇偶，為求心靈上的溝通，必然要求對方具有相當的才情和適當的藝術修養，完全沒有藝術修養不好，才情太高亦不合適。所以，以王韜為代表的傳統士大夫的理想配偶是有適度才情和藝術修養的「舊家女郎」。才女不適合作妻子，但是，文人士大夫內心深處卻有一種不可抑制的詩性嚮往，因此，最具才情之青樓女子常常成為他們留戀的文藝對象。在傳統中國文人士大夫的感情世界和文學世界裏，青樓妓女是其情感欲求和文學想像的依託之物。我們把這種依託關係，稱為士大夫文人的「青樓情結」。〔註18〕

在古代中國，才女與青樓有著含混不清的曖昧關係。文人士大夫娶妻不娶才女，但卻時時不忘對才女的追慕和愛戀。換言之，在傳統中國文化語境中，才女形象有著明顯的情色意味。文人士大夫樂於追捧才女但不願娶才女為妻之矛盾行為，實際上是其內心的情色欲望與現實功利的矛盾之產物。在歷史上，雖然不乏形象不佳的才情之女，但一般的才女往往兼具才情與美色，而且有美色的才女常常更能得到文人士大夫之青睞。其實，文人士大夫對才女之追捧，欣賞其才情祇是一個方面，有時甚至是比較次要的方面。通過欣賞其才情而漁獵其美色，也許才是其主要動機。如章學誠《文史通義·婦學》說：

> 飾時髦之中駟，為閨閣之絕塵。彼假藉以品題（或譽過其實，或改飾其文），不過憐其色也。無行文人，其心不可問也。嗚呼！己方以為才而炫之，人且以為色而憐之。不知其故而趨之，愚矣。微知其故而亦且趨之，愚之愚矣。女之佳稱，謂之「靜女」，靜則近於學矣。今之號才女者，何其動耶？何擾擾之甚耶？噫！

所以，在傳統中國，才女形象是曖昧的，有明顯的情色特徵。士大夫文人對才女之追捧，猶如對紅顏之欣賞，皆有明顯的情色動機，可視為知己，可作為心靈之寄託，可作為詩意之依歸，但不宜作為終身伴侶。因此，說「才女福薄」，亦猶言「紅顏薄命」。

〔註17〕林語堂《吾國與吾民》第137、144頁，陝西師範大學出版社2002年版。
〔註18〕參見本書卷二《傳統中國文人的青樓情結》。

五

綜上所述，「女子無才便是德」之「才」，是指女性的文才；這種觀念盛行於明清時期女性文學創作和欣賞漸成風尚之時代氛圍中；文學以抒發人的本眞性情爲特點，「文人無行」是文學藝術之本質要求。才女以文藝擅長，常有浪漫風流、體弱多病、心高氣傲、敏感脆弱、人生多桀、命運坎坷之特點。男性成爲「文人」，尚且受到無行輕薄之指責；女性成爲「才女」，其所承受的社會壓力和來自輿論的批評與指責，遠遠大於男性。「才女」是一個具有情色意味的稱謂，文人士大夫對才女的欣賞，體現出來的首先是情色欲望，其次才是藝術知音，實際上就是其心靈深處之「青樓情結」的外在表現。因此，在傳統中國社會的性別語境中，在傳統文學觀念之影響下，「才女福薄」是必然的，不是偶然的。

事實上，要正確理解「女子無才便是德」這句古典名言的眞實含義，必須認眞審視對女性才情問題的三種態度之眞實動機：一是宋元以來的文人士大夫欣賞和推崇才女之眞實動機；二是宋元以來的道德家反對女性接受文學教育，提倡「女子無才便是德」之眞實動機；三是近現代反封建反傳統的思想家批判「女子無才便是德」之眞實動機。

文人士大夫對才女之推崇和欣賞，具有明顯的情色動機，已如上述。這種有明顯情色意味的追捧，雖然在一定程度上張揚了女性的才情文藝，但在傳統社會的男權背景上，實際上是將女性的現實生活引入了歧途，使其陷入福薄、命淺之境地。

近現代以來反封建反傳統的思想家和當代的女權主義者，批判傳統社會男尊女卑之觀念，將「女子無才便是德」與女性纏足相提並論，視爲傳統社會壓抑、迫害女性的主要罪狀。認爲這種觀念的流行，是女性社會地位低下的一個標誌，是對女性尊嚴的一種踐踏。因爲它剝奪了女性受教育的權利，是與傳統社會「愚民政策」相似的「愚女政策」，目的是通過對女性的壓迫和控制以確保男權中心之統治地位。這種有明顯激進傾向的反撥，雖然爲提倡男女平等的當代價值提供了理論支撐，但皆不免感情用事，缺乏細緻的學理分析和回到歷史現場的眞切體驗，並非實事求是之論。因爲這是簡單地憑藉其反封建的激進立場，依據現代社會的男女兩性觀念，將「女子無才便是德」理解爲對女性的壓抑和控制，對女性智力才能的低估和扼殺，未能在傳統社會的語境中設身處地的考慮女性應有的生存姿態，未能對才女福薄之命運作

同情式的理解。因此，它不是基於歷史事實和才女生活現狀的實事求是之論。

傳統道德家提倡「女子無才便是德」，雖然在一定程度上壓抑了女性的才情展示，制約了女性的文學興趣和創作潛力，對文學的發展是一種損失。但是，在傳統中國文化背景下，才女的命運確是坎坷曲折的，因此，建議女性不必過分熱衷文學的創作和欣賞，這應當是一種人道主義的關懷，而不是對女性的壓抑和控制，更不是「愚女」。其次，畢竟生活是現實性的，詩是理想化的。對於一位正常人來說，現實的生活是最重要的，詩是次要的，爲著詩意的追求而拋棄現實的正常生活，是不理智的。所以，當面臨著一種選擇：選擇詩意生活而獲得薄命的結局，選擇平淡的生活而獲得平安的結局。於女性自身而言，應該是選擇後者。於培育女性之父母而言，亦當是選擇後者。因此，我認爲：傳統道德家提出「女子無才便是德」，並非是有意對女性的迫害和壓抑，而是基於文學的特質，基於傳統社會才女普遍的不幸命運，基於現實生活的世俗特點，對女性的命運和前程所做出的一種人道主義關懷。

「男女有別」正義

夫婦倫理是人際五倫之根本，夫婦關係是一切人倫關係之基礎和前提，是「君子之道」的本源。古人敬妻重婚，以「父母之命，媒妁之言」聯接婚姻。亦甚重男女、夫婦相處之道，以別與敬二者為男女相處之基本準則。近現代以來的反封建反傳統思想家，對傳統社會夫婦之間「相敬如賓」之相處方式，還有一定的尊重和理解；而對「夫婦有別」或「男女有別」，則視為封建流毒，持完全否定的態度。其實，無論是「夫婦有別」，還是「相敬如賓」，作為在傳統中國社會傳承了兩千餘年的人倫觀念，皆有其不可磨滅的正面價值。因為「男女有別」是人類進步和社會發展的必然要求，是中西傳統社會的共同觀念，「男女有別」和「相敬如賓」是傳統社會夫婦關係歷久彌安的重要原因。

一

在傳統中國人觀念中，夫婦有別，男女有界，此為人道之大倫，治國之大體，風俗淳美之標誌。如《孟子‧滕文公上》曰：

> 聖人有憂之，使契為司徒，教以人倫：父子有親，君臣有義，夫婦有別，長幼有序，朋友有信。

《禮記‧喪服小記》曰：

> 親親，尊尊，長長，男女之有別，人道之大者也。

《左傳‧莊公二十四年》曰：

> 男女之別，國之大節也。

《禮記‧哀公問》曰：

公曰：「敢問爲政如之何？」孔子對曰：「夫婦別，父子親，君臣嚴。

三者正，則庶物從之矣。」

即使行走於道路，亦講男女之別，如《禮記·王制》說：「道路：男子由右，婦人由左，車從中央。」鄭注：「道有三途，遠別也。」把男女異途視作風俗淳正之標誌，如《荀子·正論》說：「風俗之美，男女自不聚於途。」《呂氏春秋·樂成》曰：「孔子始用於魯，……用三年，男子行於途右，女子行於途左。」孔子用於魯，使民知禮，使男女有別，此乃孔子治魯之政績所在。

「男女有別」是風俗淳美之標誌，故古人詮釋作爲「王道之始」的《詩經》首篇《關雎》，皆重點闡發其「男女有別」之義。如《毛傳》曰：

關關，和聲也。雎鳩，王鳩也。鳥摯而有別。水中可居者曰洲。后妃說樂君子之德，無不和諧，又不淫其色，慎固幽深，若關雎之有別焉，然後可以風化天下。夫婦有別則父子親，父子親則君臣敬，君臣敬則朝廷正，朝廷正則王化成。

鄭《箋》云：

摯之言至也，謂王雎之鳥，雌雄情意至，然而有別。

《淮南子·泰族訓》曰：

《關雎》興於鳥，而君子美之，爲其雌雄之不乖居也。

《家語·好生》曰：

《關雎》興於鳥，而君子美之，取其雌雄之有別。

《抱朴子·疾謬》曰：

詩美雎鳩，貴其有別。

《文心雕龍·比興》曰：

關雎有別，故后妃方德。

據歷代《詩經》詮釋者之觀點，《詩經》首篇之《關雎》，標示「王道之始」；作爲標示「王道之始」之《關雎》所言者是「夫婦之義」，而所呈現的「夫婦之義」之核心，又是「男女有別」。可知，在古代中國人的觀念中，「男女有別」實爲「王道之始」的首要表徵。

在古代中國，男女婚姻之締結，皆須「媒妁之言」，皆當舉行濃重的親迎儀式，其目的亦是爲了彰顯「男女之別」，如《禮記·曲禮上》曰：

男女非有行媒，不相知名；非受幣，不交不親。故日月以告君，齋戒以告鬼神，爲酒食以召鄉黨僚友，以厚其別也。

《禮記‧郊特牲》曰：

> 男子親迎……執摯以相見，敬章別也。男女有別，然後父子親。父子親，然後義生。義生，然後禮作。禮作，然後萬物安。無別無義，禽獸之道也。

《禮記‧經解》曰：

> 昏姻之禮，所以明男女之別也……故昏姻之禮廢，則夫婦之道苦，而淫闢之罪多矣。

《禮記‧坊記》曰：

> 子云：夫禮，坊民所淫，章民之別，使民無嫌，以爲民紀者也。故男女無媒不交，無幣不相見，恐男女之無別也……以此坊民，民猶有自獻其身。子云：取妻不娶同姓，以厚別也。故買妾不知其姓，則卜之。

《禮記‧昏義》曰：

> 禮之大體，而所以成男女之別，而立夫婦之義也。男女有別，而後夫婦有義。夫婦有義，而後父子有親。父子有親，而後君臣有正。
> 故曰：昏禮者，禮之本也。

以「別」爲夫婦相處之道的觀點，在後世儒家文獻和家範家訓類著作中，更是觸目皆是，不勝枚舉。

考之古代文獻，「別」應爲一切男女相處之道，非僅夫婦而已。故《禮記‧曲禮上》限定男女相處，則曰：

> 男女不雜坐，不同椸枷，不同巾櫛，不親授。嫂叔不通問，諸母不漱裳。外言不入於梱，內言不出於梱。女子許嫁，纓，非有大故，不入其門。姑、姊妹、女子子，已嫁而反，兄弟弗與同席而坐，弗與同器而食。

《禮記‧內則》亦云：

> 男不言內，女不言外，非祭非喪，不相授器。其相授，則女受之以篚，其無篚，則皆坐，奠之，而後取之。外內不共井，不共湢浴，不通寢席，不能乞假。男女不通衣裳。內言不出，外言不入。男子入內，不嘯不指，夜行以燭，無燭則止。女子出門，必擁蔽其面，夜行以燭，無燭則止。

即使在情色問題上比較開明的孟子，亦主張「男女授受不親」。〔註1〕

〔註1〕　《孟子‧離婁上》。

「夫婦有別」作爲一項倫理規則，往往是衡量一個人的道德水準之標尺。最能說明這個問題的，莫過於西漢張敞爲妻畫眉而被有司彈劾一事，據《漢書·張敞傳》載：

> （張敞）爲婦畫眉，長安中傳張京兆眉嫵，有司以奏敞，上問之，對曰：「臣聞閨房之內，夫婦之私，有過於畫眉者。」上愛其能，弗備責也，然終不得大位。

這個故事典型地反映了當時社會輿論對於夫婦關係之態度，即夫婦間亦必須嚴守「男女有別」的相處之道。張敞雖然因才能和巧對而免於罪責，但「終不得大位」的結局，說明皇帝對他爲妻畫眉這件事，還是頗不以爲然的。另外，《世說新語·惑溺》載：

> 王安豐婦，常卿安豐，安豐曰：「婦人卿婿，於禮爲不敬，後勿復爾！」
> 婦曰：「親卿愛卿，是以卿卿；我不卿卿，誰當卿卿？」遂恆聽之。

「卿」相當於「你」，常用於平輩之間，表示親昵和不拘禮節。王戎妻以「你」稱呼王戎，是爲表示親昵。或以爲「卿」有親吻之義，即王戎妻常親吻丈夫。無論如何解釋，妻子「卿夫」和丈夫爲妻子「畫眉」一樣，皆不被社會正統觀念所認可。

總之，在古代中國，「男女有別」是多層次、多方位的，包括家庭內部的夫婦之別、叔嫂之別，兄妹姐弟之別，和家庭外一般的男女之別。似乎除了祖孫、母子間的親近關係被認可外，其它一切男女之間的親近關係，皆是被禁止的。而尤其令人費解的是，事實上已經親密無間的夫婦關係，亦被要求在公共場所表現出「有別」的姿態。即夫婦之間的親密關係和肉體接觸只能是在婚床上，一旦離開了婚床，就應該避免一切肉體接觸，儘量淡化親密關係，即使傳遞東西亦不要碰到對方的手。這種近乎苛刻的要求雖然未必能夠完全實現於現實生活中，但是這種觀念卻是深入人心的。

二

我認爲，「男女有別」觀念之形成，當有比較深刻的文化原因。男女相處，以「別」爲要道，實爲人類進步和社會發展之必然要求。據婚姻史家說，人類婚姻形式，在對偶婚之前，曾有一個長期的原始亂婚階段，在那時，男女無別，性事自由，故而呈現出「知母不知父」的生存狀態。這種生存狀態曾受到古代學者的普遍追憶，並將其原因歸結到男女無別上，如《呂氏春秋·

恃君》說：

> 昔太古嘗無君矣，其民聚生群處，知母不知父，無親戚、兄弟、夫
> 婦、男女之別。

《白虎通德論·號篇》說：

> 古之時未有三綱六紀，民人但知其母，不知其父，能覆前而不能覆
> 後，臥之詓詓，行之吁吁，饑即求食，飽即棄餘，茹毛飲血，而衣
> 皮葦。于是伏羲仰觀象于天，俯察法于地，因夫婦，正五行，始定
> 人道。

《論衡·書虛》說：

> 夫亂骨肉，犯親戚，無上下之序者，禽獸之性，則亂不知倫理。

《通鑑外紀》說：

> 上古男女無別，太昊始設嫁娶，以儷皮為禮，正姓氏，通媒妁，以
> 重人倫之本，而民始不瀆。

在亂婚階段，民眾「知母不知父」，如同禽獸，其原因就在於男女無別。所以，從人類進步和社會發展之角度看，強調「男女有別」，是有積極意義的。而所謂「男女有別」，非僅指男女雙方在心理和生理上的差別，而且亦指男女之間在交往上與其它人際關係之差別，即「不雜坐」、「不親授」、「不通問」是也，其目的是為預防淫亂邪僻之事的發生。因此，《禮記·郊特性》說：「男女有別，然後父子親。」亦就是說，在「男女有別」之前提下，才能使民眾既知其母亦知其父。《禮記·昏義》說：「男女有別，而後夫婦有義。」即在「男女有別」的前提下，才可能產生穩定的對偶婚形式的夫婦關係。而婚禮正是以儀式的形式「坊民所淫」，彰顯「男女有別」，明確「夫婦有義」，此即《禮記·經解》所謂「昏姻之禮，所以明男女之別」者也。

夫婦之間的隔離，是有時間限制的。據《禮記·內則》說：「夫婦之禮，唯及七十，同藏無間。」在七十歲以前，夫婦雙方的衣服不能放在同一個箱子裏，七十歲以後，不僅衣服可以放在一起，而且在臥室之外亦可以相互接觸。亦就是說，七十歲以後，「夫婦有別」的禁令才算解除。這個時候解除「夫婦有別」之禁令，大概是因為此種年齡段上的男女不再有性的要求，因而亦就無須防預淫亂邪僻之事的發生。

但是，需要指出的是，傳統中國人講的「夫婦有別」，與西方中世紀基督教會所講的男女有別，有本質的區別。這正如高羅佩所說：

不過所有這些規定都並不意味著儒家學者是像中世紀的基督教會那樣，認爲性行爲是「罪惡」，女人是罪惡之源。「憎惡肉欲」的概念與他們完全風馬牛不相及。儒家對性放縱的憎惡主要是由於害怕淫亂會破壞神聖的家庭生活和崇尚象徵宇宙萬物生生不已的人類繁衍。按他們的看法，這種嚴肅的事情絕不能因內情不節而有所減損。因此，雖然儒家認爲女比男低，但正如地比天低，這是天經地義的，這種觀念絕不意味著他們像中世紀基督教教士那樣憎惡女人。〔註2〕

所以，傳統中國社會強調的男女之別，並無輕賤女性和憎惡肉欲之含義。它在一定程度上是人類進步和社會發展之必然要求，是爲了維護穩定的社會秩序和高尚的倫理觀念，是爲了防禦淫亂邪僻之事的發生。

三

由主張「男女有別」，進而提倡夫婦相處「相敬如賓」，這是順理成章的。

「相敬如賓」是古代中國人理想的夫婦相處方式，如《國語·晉語》載：「卻缺耨，其妻饁之，敬，相待如賓。」韋昭注云：「夫婦相敬如賓。」《禮記·曲禮》說：「生曰父曰母曰妻，死曰考曰妣曰嬪。」妻死稱嬪，所謂「嬪」者，據劉熙《釋名·釋親屬》說：「天子有妾有嬪。嬪，賓也，諸妾之中見賓敬也。」陳澔《禮記集說》說：「嬪者，婦人之美稱。嬪猶賓也，夫所賓敬也。」

夫婦相處，相敬如賓，最爲人所熟知者，當數梁鴻、孟光夫婦的故事，據《後漢書·梁鴻傳》載：

> （梁鴻、孟光）至吳，依大家皋伯通，居廡下。爲人賃舂，每歸，妻爲具食，不敢於鴻前仰視，舉案齊眉。伯通察而異之，曰：「彼庸能使其妻敬之如此，非凡人也。」乃方舍之於家。

夫婦相敬如賓，以禮相待，向來爲道德家所看重，據《伊川先生文集》載：

> 侯夫人事舅姑以孝謹稱，與先公相待如賓客，先公賴其內助，禮敬尤至，而夫人謙順自牧，雖小事未嘗專，必稟而後行。〔註3〕

〔註2〕 高羅佩《中國古代房內考》第83頁，李零、郭曉惠等譯，上海人民出版社1990年版。

〔註3〕 轉引自《古今圖書集成·明倫彙編·家範典》卷六《家範總部·紀事二》，中華書局、巴蜀書社影印。

由講夫婦相敬如賓，進而要求夫婦間以禮相待。禮主敬，禮重別，以禮相待，以禮相別，方能相敬如賓，如《白虎通德論・三綱六紀》說：「夫婦者，何謂也？夫者扶也，以道相接也；婦者服也，以禮屈服。」金華鄭氏《家範》說：「諸婦必須安祥恭敬，奉舅姑以孝，事丈夫以禮，待娣姒以和。」夫婦之間，以道相接，以禮相待，即是為了彰顯「男女有別」，實現「相敬如賓」。

夫婦之間，以禮相待，相敬如賓。就夫敬妻一面言之，實與古代敬妻重婚之禮俗有關，據《禮記・哀公問》說：

> 孔子遂言曰：昔三代明王之政，必敬其妻子也有道。妻也者，親之主也，敢不敬與；子也者，親之後也，敢不敬與。

就妻敬夫一面言之，亦有不容忽略之重要意義。據班昭《女誡・敬慎》說：

> 敬順之道，婦人之大禮也。夫敬非它，持久之謂也。夫順非它，寬裕之謂也。持久者，知止足也。寬裕者，尚恭下也。夫婦之好，終身不離。房室周旋，遂生媟黷。媟黷既生，語言過矣。語言既過，縱恣必作。縱恣既作，則侮夫之心生矣。此由於不知止足者也。

過去我們對班昭《女誡》有太多的非議，特別是女權主義者，總認為班昭是自我作繭，束縛了女性的自由發展，卑賤了女性之尊嚴和人格。其實，妻敬夫，夫敬妻，夫妻之間相敬如賓，有何不好？據潘光旦先生說，夫婦之間「相敬如賓」，有增進愛情的作用，其云：

> 中國人對婚姻，責任觀念很重，而藝術觀念很輕，真正床第間的性愛的藝術自然也談不大到；不過對於此種藝術的第一步，即充分的積欲的準備，卻不能說全無理會，「相敬如賓」的原則，「上床夫妻，下地君子」的道理，從這個立場看，而不從禮教的立場看，是極有價值的。惟其下地能守君子之誼，上床才能盡夫婦之歡。〔註4〕

有保持婚姻美滿長久的作用，其云：

> 西洋說男女相愛，有「距離增添美麗」（Distance lend to beaty）和「睽違是十全十美之母」（Absence is the mother of ideal beaty）等說法。這些和中國「遠親遠親」和「近看一面麻，遠看一朵花」之類的成語最相近似。錯誤的婚姻，固然由此種因距離而產生的錯覺而來，但美滿婚姻的得以長久維持，也未始不由於夫婦間適當的距離的培

〔註4〕 潘光旦《性心理學譯注》第321頁，上海三聯書店2006年版。

植：「相敬如賓」的原則就是爲培植此種距離而設的。〔註5〕

總之，傳統社會的婚姻關係，在婚前，講求「父母之命，媒妁之言」；在婚後，講求「夫婦有別」、「相敬如賓」。過去，我們過於武斷地將之視作封建落後觀念進行批評。其實，平心而論，如此的婚姻關係，在婚前鄭重其事，在婚後又有一番培植的功夫來維持，這大概是傳統社會的夫婦關係能夠歷久彌安的主要原因之一。

〔註 5〕潘光旦《性心理學譯注》第 278 頁，上海三聯書店 2006 年版。

「男尊女卑」重估

　　古代中國是一個男尊女卑的社會，這在當代中國人的頭腦中是一種不證自明的歷史觀念，或者說，是當代中國人關於古代中國社會性別特徵的一個常識性表述。可是，實際情況並非完全如此。因爲在我看來，男尊女卑祇是古代道德家的理想觀念，而理想觀念與生活實際之間存在著較大的差距；「五四」以來反封建反傳統的思想家，爲著思想解放鬥爭之需要，提倡男女平等和婦女解放，依據傳統道德家之理想觀念，而論定古代中國社會是一個男尊女卑的社會，是不符合歷史實際的，以爲封建社會的婦女都是祥林嫂，有以偏概全之嫌疑。實際上，傳統社會婦女的社會地位並非像我們想像的那樣低賤，男女之尊卑地位也未可一概而論，它有表象與本質之別，有家裏與家外之分。更值得注意的是，在男尊女卑之表象下，在「三從」、「四德」之禮制教條下，實際生活中呈現出來的則是比較普遍的丈夫懼內之現象。

一

　　男女關係和夫婦倫理本是一種平等恩愛、充滿溫情的人際關係。但是，自周代以來，古代思想家爲了維護人倫秩序，爲了適應父權制社會特點之需要，逐漸消解了男女間的平等和夫婦間的溫情，給男女情誼和夫婦關係加上了若干不平等的倫理，從提倡「男女有別」，到主張夫婦「相敬如賓」，到界定男主外、女主內，男剛女柔，男陽女陰，逐漸形成一套以「三從」、「四德」爲核心內容的男尊女卑觀念體系。如《儀禮・喪服傳》云：

　　婦人有三從之義，無專用之道。故未嫁從父，既嫁從夫，夫死從子。

故父者子之天也，夫者妻之天也。

《禮記・郊特牲》曰：

婦人，從人者也。幼從父兄，嫁從夫，夫死從子。夫也者，夫也。

夫也者，以知率人者也。

《白虎通德論・嫁娶》曰：

夫婦者何謂也？夫者扶也，扶以人道者也。婦者服也，服於家事，

事人者也。

《三綱六紀》說：「夫爲妻綱。」又說：「婦者，服也，以禮屈服。」古代學者詮釋女子「四德」之首的婦德，又多以「妻柔」、「婦聽」、「婦順」、「婦貞」等語釋之。總之，男尊女卑已成爲古代中國高文典冊中無須證明就自然合理的理念，成爲傳統中國學者頭腦中的一種根深蒂固的觀念。

理論家大力宣傳和提倡的思想，不能完全等同於世俗生活中一般民眾實際奉行的觀念。正如知識精英所構建的思想史不能完全取代民間思想史一樣。〔註1〕有時候，理論家宣揚的思想，可能是從一般民眾實際奉行的觀念中提煉出來的。但是，在大多數情況下，理論家宣傳的思想則可能與民間觀念截然對立。或者說，理論家之所以大力宣傳某一種思想觀念，是因爲現實生活的迫切需要，是因爲現實生活中出現了某種「異端」觀念，理論家則必須提倡一種「正統」的思想，來加以引導和改造。從這個角度看，理論家的思想就與民間奉行的觀念呈現出完全不同之面目，理論家構建的思想史就不能完全等同或取代民間思想史。

古代中國男尊女卑的思想觀念，亦應該從這個角度去考察。我認爲：古代中國男尊女卑的觀念，主要是封建理論家提倡的一種倫理觀念，是一種理想化的觀念，民間社會實際奉行的男女尊卑觀念未必如此。理想與現實之間存在著較大的差距。在民間社會之家庭內部，在相當大的程度上，雖不能說是女尊男卑，但婦女的地位並不像我們想像的那般低賤。也許，正是在民間社會之家庭內部，普遍存在著與男權社會之一般特點相牴觸的男女尊卑觀念。理論家爲了適應男權社會之需要，才感覺到有提倡男尊女卑之必要，才不遺餘力地提倡和論證男尊女卑觀念之必要性和合理性。而近代以來在反傳統反禮教的時代潮流中，激進思想者發出的反男權之呼聲，描繪的血淋淋的女性

〔註1〕 參見葛兆光《中國思想史》（第一卷）第13～17頁，復旦大學出版社1998年版。

悲劇命運，以及對男尊女卑觀念之深惡痛絕，其所依據的往往是封建思想家提供的思想材料，或者說，激進思想者所反對的祇是封建思想家宣揚的男尊女卑觀念。對古代民間社會真正奉行的男女尊卑觀念，他們並未作過認真深入之考察。所以，高彥頤指出：「『五四』模式（引者按：即『五四』激進思想家構建的『男尊女卑』模式）在很大程度上，衍生於對理想化準則的靜態描述。」〔註2〕對於這個問題，我贊成劉明的看法，他說：

> 歷史而客觀地分析，並與同時期世界上其他民族相比，數千年間中國婦女的狀況並沒有近百年來流行意識所描繪的那麼糟糕。當然，中世紀以後中國的一些政治和文化幫閒先後搞出的裹足、貞節、守一等陋習極大地傷害了婦女同胞，但這並非中華主流倫理所爲，而是由於統治集團爲了強化封建秩序，漸漸脫離了中華主流倫理原本就有的人本和人道主義精神所致。〔註3〕

近百年來流行意識所描繪的婦女生活狀況之糟糕局面，其所依據的資料是封建思想家的高文典冊，民間社會的婦女生活狀況並非完全如此。我亦相信，自宋元以來，道德家提倡的一些殘害婦女的陋習，的確對婦女的身心造成了極大的傷害，但是，這些陋習實施的範圍到底有多廣，影響面到底有多大，是否對封建時代的大部份婦女都產生了極大之傷害，這實在是值得懷疑的。我更願意相信：封建道德家提倡的男尊女卑觀念，以及依照這種觀念而製定的若干傷害婦女的鄙陋規則，也許對官宦之家或書香門第之婦女的確造成過傷害，但對廣大平民社會之普通婦女，則沒有多大約束力和影響力。更爲重要的是，我們不僅不能忽視、而且應該特別注意的是理想觀念與實際生活之間的巨大差距。事實上，正如高彥頤所說：

> 倫理規範和生活實踐中間，難免存在著莫大的距離和緊張。儒家社會性別體系之所以能長期延續，應歸之於相當大範圍內的靈活性，在這一範圍內，各種階層、地區和年齡的女性，都在實踐層面享受著生活的樂趣。……「三從」這一規範，無疑剝奪了女性的法律人格和獨立的社會身份，但她的個性或主觀性並未被剝奪。〔註4〕

〔註2〕 高彥頤《閨塾師——明末清初江南的才女文化》第9頁，李志生譯，江蘇人民出版社2005年版。

〔註3〕 劉明《重建中華民族的價值理性》，見陳川雄《中華倫理讀本》第328頁，陝西人民出版社2002年版。

〔註4〕 高彥頤《閨塾師——明末清初江南的才女文化》第7頁，李志生譯，江蘇人

通過對傳統民間社會婦女生活的眞實情況的研究，可以證明：傳統社會婦女的社會地位並不像我們想像的那樣低賤，相反，倒是更普遍地存在著男女平等、甚至是女尊男卑的倫理現狀。

二

首先，爲了檢討男女雙方在家庭生活中的實際地位，必須對男主外、女主內的傳統觀念，作具體的分析辨證。

《易》「家人卦」：「家人利女貞。」《象》曰：「家人，女正位乎內，男正位乎外。男女正，天地之大義也。」《禮記・內則》曰：「禮始於謹夫婦，爲宮室，辨內外，男子居外，女子居內，深宮固門，閽寺守之，男不入，女不出。」又云：「外言不入於梱，內言不出於梱。」宋元以來的道德家依據此類元典文獻，進一步突出強調男主外、女主內之觀念。近代以來的學者，批判傳統封建觀念對女性的壓制，每每首先對男外女內之觀念進行攻擊，認爲它把女性限制在家庭中，制約了女性的發展，並把它視爲導致男尊女卑局面之重要原因。

其實，男主外，女主內，並不等於男尊女卑。或者說，男外女內並不必然導致男尊女卑現象之發生。男外女內不是男尊女卑的倫理觀念，而是基於男女生理和心理上的不同特點所作的社會分工。強調男外女內之社會分工，讓男子到外部世界去勞作，創造維持家庭生活的物質財富，讓女子在家中操持家務，教養孩子，主持家政，穩固家庭內部的和諧秩序。這種分工，既是出於實際生活之需要，亦在一定程度上體現了傳統思想的人道主義立場。

一般說來，雖然丈夫亦有教養子女的職責，但是，在世界上絕大多數民族的家庭中，甚至在整個動物界，生育、撫養子女的職責則主要是由女性來承擔。生育子女者是女性，哺乳期的孩子更是不能離開生育他的母親。女性與孩子朝夕相處，諳悉孩子性情，逐漸形成「一體狀態」的母子親近關係，亦說明女性更適合教養孩子，操持家政。是家庭生活的實際需要，決定了女性的活動舞臺在內不在外。

再說，從男女的生理特徵言，古代學者以男爲剛、爲陽，女爲柔、爲陰，並非基於男尊女卑之觀念立論，而是從生理、心理特徵出發，對男女性別的一個大體而又不失準確之區分。女性陰柔，其生理和心理承載能力，相對於

民出版社 2005 年版。

男子來說，都要弱小一些。同時，外部世界的生活壓力和風險，相對於家庭世界來說，亦要大一些。因此，以女主內，以男主外，在一定程度上正體現了傳統思想的人道主義立場。

男主外，女主內。新婦進門，即日便行「著代」之禮，由此而取得了主管家政之大權。據《禮記·昏義》曰：

> 厥明，舅姑共饗婦，以一獻之禮奠酬，舅姑先降自西階，婦降自阼階，以著代也。成婦禮，明婦順，又申之以著代，所以重責婦順焉也，婦順者，順於舅姑，和於室人，而後當於夫，以成絲麻布帛之事，以審守委積蓋藏。

所謂「著代」，即就是把管理家政的大權交給新婦。故《禮記大全》引嚴陵方氏云：

> 以舅姑之尊而降自賓階，以婦之卑而降自主人之階者，示授之室而為之主，男以女為室，故以室主之。

「健婦持門戶，勝一大丈夫。」〔註5〕據顏之推《顏氏家訓·治家篇》曰：

> 河北人事，多由內政。……鄴下風俗，專以婦持門戶，爭訟曲直，造請逢迎，車乘填街衢，綺羅盈府寺，代子求官，為夫訴屈。此乃**恒**、代之遺風乎！

恒、代之地，民風勁健，婦持門戶，或有「代子求官、為夫訴曲」者，其它地方雖未必有此等行事，但婦持門戶、主管家政則確是相當普遍的情況。與封建道德家提倡的「三從」之德相反，在家庭中，婦持家政，丈夫在一定程度上亦得聽從妻子的統籌安排。所以，高彥頤指出：

> 雖然男性一直宣稱對家庭財產擁有法律權力，並且父親享有對婦女和孩子的權威，但作為家務的實際管理者、母親及兒女的教育者，家庭主婦無疑擁有充分的機會，對家庭事務產生影響。在每日生活的場境中，女性很難是家庭體系的旁觀者。〔註6〕

丈夫和妻子在家庭中的地位，可以從夫婦雙方對家庭事務的決定權中體現，可以從夫婦雙方對家庭經濟權的控制中得以展現。劉增貴在《琴瑟和鳴——歷代婚禮》一文中，注意到婦女在家庭中的「鑰匙權」，他指出：

〔註5〕 《玉臺新詠》卷一《隴西行》。
〔註6〕 高彥頤《閨塾師——明末清初江南的才女文化》第12～13頁，李志生譯，江蘇人民出版社2005年版。

> 主婦負責家內事務，主中饋（管理膳食）、督導婦工、接待賓客之外，
> 還擁有「鑰匙權」，掌握了全家重要箱籠與門戶。唐代李光進的母親
> 於娶得媳婦後，就將鑰匙交出。宋代趙彥霄跟兄長同居，也把鑰匙
> 交給他嫂嫂。《紅樓夢》中的鳳姐也是鑰匙的保管人。鑰匙象徵著家
> 務的獨立處分權。在實際事務的執行上，所謂「三從」並不是絕對
> 的。在這點上，禮制的主張跟社會實情有相當距離。〔註7〕

婦女掌握家庭的「鑰匙權」，實際上就是控制了家庭的經濟大權，掌握了家庭
事務之決定權。家道之興衰，很大程度上就取決於妻子持家之水平和能力。
因此，妻子在家庭中的地位，絕不是一個旁觀者，而是一個事實上的總管身
份，在普通百姓家庭中尤其如此。〔註8〕

所以，在傳統社會的一般家庭中，父親雖然是權威，在表面上看來其地
位亦是至高無上的，但是，實際掌管家庭，作為家庭成員之核心者，則是母
親。在一個不和諧的家庭中，子女往往是站在母親一邊的。母親可以操縱子
女對抗其父親，父親卻沒有能力團結起子女來反對他們的母親。父親在家庭
中往往是孤立無援的，亦是無能為力的。他只有表象上的權威地位，卻無管
理家庭、操縱家庭成員之實際能力。樂國安等人通過對晉中建都村的家庭人
際關係之調查研究，就發現了類似的情況，其云：

> 在建都村，「夫為妻綱」的傳統在近五十年內似乎是失敗的，家庭中
> 的很多大權掌握在妻子手中，儘管丈夫在家裏是不做家務的，但同時
> 也失去了財政主管和獨立決策重大事件的權力。在我們訪談 20 餘戶
> 的過程中，大多數都是女主人熱情接待，口齒伶俐地回答問題且對問
> 題進行擴展，即使與自己無關的問題也要插上幾句。而男主人則悠閒
> 地坐在一旁或是抽煙，只有問到有關自己的問題才回答。〔註9〕

作為一個內陸傳統村落，建都村的家庭人倫關係之現狀，是有代表性的。實
際上，「夫為妻綱」的傳統不僅在近五十年內是失敗的，甚至在整個中國傳統

〔註7〕 劉岱主編《中國文化新論・宗教禮俗篇・敬天與親人》第 452 頁，生活・讀
書・新知三聯書店 1992 年版。

〔註8〕 趙浴沛《兩漢家庭內部關係及相關問題研究》說：「一般而言，我們在王侯貴
族家庭的夫婦關係中，看不到女性在家庭生活中有什麼權力，而普通百姓家
庭中女性的地位比較高。」（第 162 頁，湖北人民出版社 2006 年版）這說明
禮教對貴族家庭的影響大於普通百姓家庭。

〔註9〕 樂國安主編《當代中國人際關係研究》第 336 頁，南開大學出版社 2002 年版。

社會，亦祇是停留在道德家的觀念中，並未得到完全的實施。因此，準確地說，在家庭生活中，不是男尊女卑，而是女尊男卑。

其次，民間文學最能反映世俗社會眞正奉行的思想觀念，因此，考察世俗社會之男女尊卑觀念，民間文學是一個値得特別珍視的文本依據。我發現，民間文學中的「巧女故事」，就突出地體現了婦女在民間社會家庭中的實際地位，與傳統道德家在高文典冊裏發表的男尊女卑觀念，截然不同。在「巧女故事」中，婦女被描繪成女強人，她以超出常人之智慧和能力，解決人生之種種難題，克服生活之重重艱險，其智慧和能力，往往是在與身爲丈夫或情人的男子之對比中展示出來的。所以，在「巧女故事」中，與智慧和能幹的巧女相對照的，是男子的愚笨和軟弱。如趙景深在《中國的吉訶德先生》一文中，通過對「東方呆丈夫」和「西方呆老婆」故事之比較研究，指出：「大約西方的呆子大半是老婆，東方的呆子大半是丈夫或男子。」〔註10〕德裔美籍學者艾伯華（wolfram eberhard）通過對中國民間故事的研究，亦發現中國民間社會女性的地位相當的高，他甚至懷疑這是共產黨人對民間文學材料的「僞造」。〔註11〕其實，這種懷疑是沒有依據的，因爲中國民間社會婦女地位高的現象，不僅表現在民間故事中，而且亦體現在宋元以來的戲曲、小說中，如《碾玉觀音》、《白蛇傳》等愛情小說，就常常把女性描繪成智慧和能幹的強人，這和「巧女故事」一樣，展示了民間社會女性的實際生活狀態和社會地位。有人認爲：古代戲曲、小說中塑造的這種女強人形象，「多半是因爲中國社會女性所受的苦難深重，因而更値得同情和表彰的緣故」。〔註12〕這種解釋亦是缺乏根據的，古代戲曲、小說和民間故事所展示的應是民間社會婦女的實際生活狀況。丁乃通先生通過對中西民間故事之比較研究，就指出：中國民間故事中，女性形象獨呈異彩，灼人眼目，讚美女性聰明、丈夫怕老婆的故事特別多，「一般人通常認爲中國舊社會傳統上是以男性爲中心，但若和其他國家比較，就可以知道中國稱讚女性聰明的故事特別多。笨妻當然也有，但僅是在跟巧婦對比時才提到。丈夫很少能占上風，而且在家裏經常受妻子的管束（1375 的次類型）。1384 型【丈夫尋找三個和妻子一樣笨的人】在中

〔註10〕趙景深《民間故事研究》，上海復旦書店 1928 年版。

〔註11〕見艾伯華編《中國民間故事集·前言》，王燕生、周祖生譯，商務印書館 1999 年版。

〔註12〕何滿子《中國愛情小說中的兩性關係》第 107 頁，上海書店出版社 1999 年版。

國成了 1384*【妻子遇到和丈夫一樣笨的人】。」〔註13〕這與上引趙景深先生
的觀點是完全一致的。

三

從表象上看，在中國傳統家庭中，男人是家長，是權威，是家庭的核心，
但實際情況並非如此，民間故事和古代戲曲、小說中反映出來的家庭核心和
權威是女人，而不是男人。深受傳統中國文化之影響，像中國人一樣，特重
家庭觀念的日本人，在家庭生活中，男女社會地位的公開姿態和真實情況之
間，亦像傳統中國社會一樣，存在著極大的差距。荷蘭學者伊恩‧布魯瑪在
《日本文化中的性角色》一書中，就對這種現象作過形象的描述和深刻的分
析，他說：

> 我記得在一次晚餐聚會時，外國客人們吃驚地看到那個日本丈夫隨
> 意扔下並打碎盛滿食物的盤子，坐著一動不動地命令他的妻子迅速
> 打掃乾淨。

由於當事人的表演技巧，這幕啞劇毫不奇怪地欺騙了一般的外人。在許多情
況下，那位家庭主婦的溫順的外表不過是一位實權在手的厲害母親的公開面
具，而「爸爸」的粗魯的咆哮後面則隱藏著一位抱住男性特權不放的孤獨的
男人。奴隸和軍士長都是公開的角色，它們與每個人的真正氣魄無多大關係。
妻子當眾尊敬她的丈夫，因為那是社會期望於她的。但她尊重的是丈夫扮演
的角色，而不是他本人。至於他們私下的關係如何，則又另當別論了。

他通過對日本文學的考察，發現日本文學中之父親，「不是荒唐可笑，便
是可憐巴巴的孤獨的老者，呆在一角以酒澆愁。他肯定從未當過英雄。如果
有家庭英雄的話，那便是那位好母親」。在日本民間文化中，丈夫不但不享有
作為權威家長之榮光，反而常常成為妻兒虐待的對象。伊恩‧布魯瑪列舉了
日本流行的連環畫《愚蠢的爹》為例子，該書始終以爹為虐待對象：爹像隻
狗一樣被用鎖鏈拴在一根樹椿上，他一說話，他的老婆便踢他的腦袋；他帶
著滿身可怕的燒傷和鮮血淋漓之傷口，蜷縮在他老婆之大腳下，她像一個獲
勝的獵人踩在他身上，而他的兒子則圍著父親手舞足蹈，如同發瘋的吃人魔
鬼……。對於這種現象，伊恩‧布魯瑪不無困惑地感歎說：

〔註13〕丁乃通《中國民間故事類型索引》之《前言》第25頁，中國民間文藝出版社
　　　　1986年版。

在一個往往被（正確地或錯誤地）稱爲半封建的國家**裏**，出現這一
現象會使人困惑不解。那**裏**嚴格的等級劃分有強盛的軍事傳統爲基
礎，本應提倡對家長的某種尊敬。然而，即使對大眾文化浮光掠影
地瞥一眼，也將看到，這套連環畫儘管也許有些過份，並不異乎尋
常。〔註 14〕

日本大眾文化中男女社會地位的此種公開姿態和實際情況之間的差距，在傳統
中國民間社會亦是非常普遍的。這是由兩國大體相近的民間文化背景所決定
的。正像一般的外國人到了日本，看到如伊恩・布魯瑪所描繪的那幅晚餐聚會
場景，往往容易被矇騙，誤認爲丈夫是家庭的發號施令者，日本家庭中存在著
嚴重的男尊女卑現象。初次深入到傳統中國民間家庭中的外國人，亦容易被這
種表象所迷惑，產生類似的誤解。我贊同伊恩・布魯瑪的見解，並認爲中國傳
統家庭與日本一樣，「妻子當眾尊敬她的丈夫，因爲那是社會期望於她的。但她
尊重的是丈夫扮演的角色，而不是他本人」。社會期待妻子尊敬、服從她的丈夫，
這個期待，準確的說，是男權社會或男人的期待。產生這種期待的背景則可能
是妻子不尊敬、不服從丈夫。在期待與對立中，則自然出現妻子尊重「丈夫扮
演的角色，而不是他本人」的折衷現象。所以，我認爲，傳統社會男女的社會
地位，有表象、本質之別，有家**裏**、家外之分。從表象上看，是男尊女卑；從
本質上看，則是女尊男卑。在家**裏**是女尊男卑；在家外則是男尊女卑。

綜上所述，「男尊女卑」是一種理想化的或者說有時代政治色彩的觀念。
準確地說，是「五四」時期的激進思想家，爲著反封建之需要，爲著解放思
想、解放婦女之目的，而建構起來的一種倫理觀念；是古代思想家爲著整合
家庭秩序，解決家庭權力紛爭，而建立起來的一種理想觀念。〔註 15〕如果我
們把這種理想化的觀念或有時代政治色彩之觀念，當作現實生活中實際奉行
的觀念，則是一種錯位的理解。事實上，我倒是比較贊同林語堂先生的觀點，
他說：「凡較能熟悉中國人民生活者，則尤能確信所謂壓迫婦女乃爲西方的一

〔註 14〕 伊恩・布魯瑪《日本文化中的性角色》第 203～205 頁，張曉凌、季南譯，光
明日報出版社 1989 年版。

〔註 15〕 季乃禮《三綱六紀與社會整合》說：「夫尊婦卑解決了家庭中的權力統一問題，
父（母）子關係主要解決了家庭中上下兩代人的權力問題。父（母）子關係
尊卑明顯，但是父（母）子關係卻無法解決父母的權力分配問題。這樣就有
可能導致家庭中的權力分散，從而影響家庭的穩定。而夫婦關係則很好地解
決了這個問題：夫尊婦卑，婦要聽命於夫。這樣整個家庭惟父親是瞻，權力
的統一使家庭趨於穩定。」（第 211 頁，中國人民大學出版社 2004 年版）

種獨斷的批判，非產生於瞭解中國生活者之知識。」「實際生活上，女人究並未受男人之壓迫。」〔註16〕同時，「男尊女卑」觀念，當是倫理上的一種序次，一種對天地陰陽觀念的比附，與社會地位不同，並不意味著婦女就肯定受壓迫。〔註17〕如班昭《女誡・敬慎》曰：「陰陽殊性，男女異行。陽以剛爲德，陰以柔爲用；男以強爲貴，女以弱爲美。故鄙諺有云：生男如狼，猶恐其尪；生女如鼠，猶恐其虎。」這裏僅就生理、性格特點言男女之別，並無壓迫、輕視女性的意義。所以，高羅佩的觀點是有借鑒意義的，其云：「雖然儒家認爲女比男低，但正如地比天低，這是天經地義的，這種觀念絕不意味著他們像中世紀基督教教士那樣憎惡女人。」〔註18〕

四

男女的尊卑地位，有表象、本質之別，有家裏、家外之分。在表象上，在公開場合，是男尊女卑，是妻子尊服丈夫；在本質上，在家庭內部，則是女尊男卑，是丈夫服從妻子。在男尊女卑之表象下，在「三從」、「四德」之禮制教條下，實際生活中呈現出來的則是比較普遍的丈夫懼怕老婆之現象。

在傳統中國社會，丈夫懼內具有相當的普遍性，甚或如蒲松齡所說：「懼內，天下之通病也。」〔註19〕上至王公貴族，下到平民百姓，勇猛如刺客俠少，文雅如書生才子，皆不免有此通病。如封建帝王，作爲天下的最高統治者，亦不免懼內之通病。不然，歷史上屢見不鮮的外戚干政、皇后臨朝事件，就不能得到正確的解釋，亦無法理解一個卑弱的女人何以能夠成爲亡國滅族之「禍水」（詳後）。如據《吳越春秋》載：

> 專諸者，堂邑人也。伍胥之亡楚如吳時，遇之於塗。專諸方與人鬥，將就敵，其怒有萬人之氣，甚不可當，其妻一呼即還。子胥怪而問其狀：「何夫子之盛怒也，聞一女子之聲而折還，寧有說乎？」專諸曰：「子觀吾之儀，寧類愚者也？何言之鄙也！夫屈一人之下，必伸萬人之上。」

〔註16〕林語堂《吾國與吾民》第128、130頁，陝西師範大學出版社2002年版。
〔註17〕參見羅錦錦《論古代禮教與婦女地位——對婦女史一些問題的辯論》，《中國典籍與文化論叢》二，第226～265頁，中華書局1995年版。
〔註18〕高羅佩《中國古代房內考》第83頁，李零、郭曉惠等譯，上海人民出版社1990年版。
〔註19〕《聊齋誌異》卷六《馬介甫》「異史氏曰」。

勇武如刺客專諸，當「其怒有萬人之氣」之時，聞一女子之聲而氣餒如是，若謂此非爲懼內，則不得其解。意味深長的是，專諸並不以懼內爲羞，不以懼內爲愚者所爲。他批評嘲弄懼內者之言爲「鄙」，認爲懼內是男子的美德，能達到「屈一人之下，必伸萬人之上」的目的。顏之推《顏氏家訓・序致篇》曰：

> 禁童子之暴謔，則師友之誡，不如傅婢之指揮。止凡人之鬥鬩，則堯舜之道，不如寡妻之誨諭。吾望此書爲汝曹之所信，猶賢於傅婢寡妻耳。

對男子來說，「師友之誡」、「堯舜之道」，不如「傅婢之指揮」和「寡妻之誨諭」，這固有如孔子所謂「吾未見好德如好色者」的緣故。然而，這裏亦隱約地表現出男子對女子的某種誠服心理，或者說是男子的懼內心理。名高如堯舜，尊嚴如師長，其「道」與「誡」之作用於人心者，往往是表面上的。讓男子心悅誠服並進而循規蹈矩者，是女性，特別是妻子。男人的懼內，於此斑斑可見。

　　傳統社會男子懼內的普遍現象，在民間故事中亦有充分的反映。丁乃通先生就發現在中國民間故事中，讚美女性聰明，描繪丈夫怕老婆的故事特別多。〔註20〕比如，灰姑娘型故事就體現了此種懼內現象。在灰姑娘型故事中，有一個類型化的情節：灰姑娘幼年喪母，後母來到家中，生了自己的女兒，灰姑娘受盡了後母的虐待，而灰姑娘的父親，或者只出現在故事的開頭，或者根本不知道灰姑娘被虐待的事情，更常見的情況則是助紂爲虐，夥同後母虐待自己的親生女兒。灰姑娘的父親之所以助紂爲虐，夥同後母虐待自己的親生女兒。我認爲：這與灰姑娘父親的懼內有關，因懼內而不惜手刃父女親情。此種現象，在古代中國的歷史文獻中亦時有可見，如舜的父親夥同後妻後子數次迫害舜，並欲置之於死地的故事，就是其中一個最有名的例子。同時，這種因懼內而手刃父子親情之現象，亦受到封建道德家的關注，如顏之推《顏氏家訓・後娶篇》云：「凡庸之性，後夫多寵前夫之孤，後妻必虐前妻之子。」後妻敢於虐待前妻之子，忽視丈夫與前妻之子的血緣親情，說明在新組成的家庭中，妻子的地位是至高無上的，敢於忽略丈夫之情感而爲所欲爲；亦說明丈夫在家庭內部的卑弱地位和無權處境。丈夫不痛惜自己的親生子女，反而寵愛非親生的「前夫之孤」，這說明丈夫在新家庭中的卑弱及其對

〔註20〕丁乃通《中國民間故事類型索引》之《導言》第 25 頁，中國民間文藝出版社1986 年版。

後妻的遷就；犧牲父子親情而遷就後妻，並進而寵愛「前夫之孤」，亦體現了
丈夫無奈的懼內心理。所以，宋人袁采在《袁氏世範·睦親篇》中指出：

> 凡人之子，性行不相遠，有後母者，獨不為父所喜。父無正室，而
> 有寵婢，亦然。此固父之昵於私愛。

準確地說，此種現象之發生，是由丈夫懼內所致。

　　丈夫懼內，在宋元以來的戲曲、小說中亦多有體現，其中最為人熟知者，
當數蒲松齡《聊齋誌異》中的《馬介甫》和《江城》二篇。《馬介甫》中的楊萬
石，畏妻如虎，其弟、其父亦是聞聲喪膽。他常是「長跪床上」，或被「操鞭逐
出」，其弟被迫投井自殺，其父亦往往被「批頰摘鬚」。後得好友馬介甫之助，
服下「丈夫再造散」，著實威風了一陣。但藥力過後，卻又軟弱懼內如故。《江
城》中的高蕃，亦是畏妻若虎狼，常被妻子「撻逐出戶」，批頰刮臉，「如犴狴
中人，仰獄吏之尊也」，「其初，長跪猶可解；漸至屈膝無靈，而丈夫益苦矣」。
後得老叟授法，方解被虐之苦。世俗生活中懼內的丈夫，雖未必皆如楊萬石、
高蕃這般，被折磨得生不如死。但是，我們說，在傳統社會中，丈夫或輕或重
都有懼內之跡，則是符合實情的。蒲松齡嘗作《妙音經》之《續言》，描述丈夫
懼內之跡，可謂有感而發，曲盡其實。古今言丈夫懼內之深且切者，無過此篇。

五

　　男人懼內是傳統社會的一種普遍現象。可是，自「五四」以來，以反傳
統禮教為己任的激進思想者，不僅把數千年中國婦女的卑賤地位大大地誇張
了，而且亦完全忽視了傳統社會男子懼內的普遍現象。導致此種思想格局之
原因有二：一是激進思想者所據以立論之材料，是古代思想家、道德家的高
文典冊，未能對古代民間社會男女之真實生活狀態作認真的調查研究，故其
所述是表象而非實質。二是激進思想者為證成己說，為思想解放運動之需要，
往往對那些不利於論證男尊女卑論點之史料，或視而不見，或略而不論。男
人懼內之行為與激進思想者深惡痛絕的男尊女卑現象，可謂格格不入。故深
惡男尊女卑傳統的激進思想者，於男人懼內行為之普遍性，或視而不見，或
曲為之說。如聶紺駑撰《論怕老婆》一文，認為男人怕老婆是假象，老婆怕
男人即男尊女卑才是實情，他說：「怕老婆者，一般的即是怕老公的反常現象
也。也許包括真怕老婆者在內，主要的祇是指未叫老婆怕而已。」在他看來，
「怕老婆不一定是真怕老婆」，有以敬愛老婆為怕老婆的；有以失掉偷情納寵

的自由為怕老婆的；有以不屑與老婆計較為怕老婆的；有仗老婆而陞官發財如駙馬都尉、豪門贅婿之類的怕老婆者。所以，他認為，世上沒有真怕老婆的人，如果有，「恐怕多少都具有武大郎或者別種缺點」。〔註21〕聶紺弩之論，雖不乏雜文家之犀利與雄辯，但亦少學問家之嚴謹。故其所言，雖大快人心，但亦不無偏激之處。

接下來，我們要討論的是，七尺鬚眉男兒何以或輕或重都不免於懼內。唐人杜正倫曾嘲弄以「怕妻」聞名的任環說：

> 婦當怕者三：初娶之時，端居若菩薩，豈有人不怕菩薩耶？既長，生男女，如養大蟲，豈有人不怕大蟲耶？年老面皺，如鳩盤荼鬼，豈有人不怕鬼耶？以此怕婦，亦何怪焉！〔註22〕

杜氏之論，純屬玩笑，可置而勿論。或以女子之嫉妒為男子懼內之根源，因為男子朝三暮四，尋花問柳，娶妾納寵，必遭女子之嫉妒，故男子為了取得妻子之寬容而遷就於她。此說亦有不通之處。一方面，大多數懼內的男子並無問柳娶妾之事；另一方面，就體力言，男強於女，男子如《聊齋》中的楊太石、高蕃，為何強忍悍妻之刮臉批頰而不還手反擊。再說，古代男子有提出離婚的優先權，為何大多數懼內的丈夫，寧可強忍不平之氣，而不施「七出」之權。或以男子懼內是依戀情色。其實，古代社會男子的性生活是比較開放自由的，並且性事之高峰體驗往往是在青樓楚館，而不是在閨房繡榻，妻子並不是男人情感體驗或情欲渲瀉的最佳對象。因為古代夫妻關係的成立，並不是因為愛情或性誘惑，而是「父母之命，媒妁之言」。所以，男子之懼內，既與女子之嫉妒關係不大，亦與丈夫對妻子的情色依戀無關。或以為丈夫懼內，與禮教尚未大力弘揚或禮教之鬆弛有關。其實，這亦是經不起推敲的觀點。固然，在隋唐時期，禮教尚未大力發揚，「夫為妻綱」之禮教觀念並未十分嚴格地控制人們的生活，故而其時丈夫懼內竟成一時風氣，如段成式《酉陽雜俎》前集卷八曰：「大曆以前，士大夫之妻多妒悍者。」如隋文帝受制於獨孤皇后，私生活受到嚴格限制，幾個兒子都是一母所生，甚至召幸一位宮女都受到獨孤皇后的干涉，這在古代帝王中並不多見。唐高宗受制於武則天。唐中宗更以「怕婦」著稱，以至伶人當面調侃道：「回波爾如栲栳，

〔註21〕小琪、春琳編《怕老婆的哲學——文人筆下的男女與情愛》第327～330頁，群言出版社1993年版。
〔註22〕《太平廣記》卷二四八《詼諧四》。

怕婦也是大好。外邊只有裴談，內**裏**無過李老。」〔註23〕大臣中以懼內著名者有任環、裴談、阮嵩等人。但是，宋元以來，禮教已經大力發揚，「夫為妻綱」之觀念已經產生了深入人心的影響，而懼內、畏妻之現象仍然非常普遍。除陳慥之妻柳氏有著名的「河東獅吼」外。學者沈括亦受妻子的虐待，常被妻子打罵，甚至被拔掉鬍鬚。宋人陶穀《清異錄》、洪邁《夷堅志》等筆記小說記載了不少此類夫弱妻強、丈夫畏妻如畏虎的事例，頗為引人注目。〔註24〕而明清時期的丈夫懼內事例，就多得不勝枚舉了。因此，我認為：丈夫懼內，與禮教尚未大力弘揚無關，與禮教的鬆弛無關。它根本就是傳統中國男人的一種基本品性。這種品性的形成，與女性貌似柔弱實為堅強的特點有關，應該從傳統中國男人特有的家國意識上去尋找原因。

首先，在傳統中國，女性以柔弱為美，以敬順為德。但是，柔弱並不等於軟弱無力，敬順並不等於絕對服從。事實上，女性正是因為柔弱、敬順而能以柔克剛、無往不利。女性貌似柔弱而實則堅強，這種性別特點，與老子所謂的「道」的特性甚為近似。

在老子哲學中，「道」產生萬物、養育萬物，是萬物的生命之源。但「道」在萬物面前又是一個弱者形象，它雖有逞強於萬物的資本而不逞其強，反而以弱者之姿態呈現。「反者道之動，弱者道之用」，〔註25〕柔弱是「道」的基本特徵。「物壯則老，謂之不道，不道早已」，〔註26〕「道」與「強壯」是相背的。但是，「弱」並不等於無力，而是含孕著有力，所謂「天下之至柔，馳騁天下之至堅」是也。〔註27〕因此，老子說：「天下柔弱莫過於水，而攻堅，強莫之能先。其无以易之。故弱勝強，柔勝剛，天下莫能知，莫能行。」〔註28〕「故堅強者死之徒，柔弱者生之徒。」「故堅強處下，柔弱處上。」〔註29〕所以，「道」之力量來自於它的柔弱而不是強大，「道」有貌似柔弱而實則堅強的特點。

女人似道。據說，老子的「道」是非常女性化的「道」，「道」形象就是女性化的形象。老子對「道」的「生生」之德的讚美，對「道」之柔弱、虛

〔註23〕孟棨《本事詩》，見《歷代詩話續編》，中華書局1959年版。
〔註24〕參見閔家胤主編、中國夥伴關係研究小組著《陽剛與陰柔的變奏——兩性關係和社會模式》第220～222頁，中國社會科學出版社1995年版。
〔註25〕《老子》第四十章。
〔註26〕《老子》第五十五章。
〔註27〕《老子》第四十三章。
〔註28〕《老子》第七十八章。
〔註29〕《老子》第七十六章。

靜特點的讚美，就是對女性之德的讚美。〔註30〕所以，女人如「道」，以柔弱為美。女人像「道」一樣，具有貌似柔弱而實則堅強的特點。女人之於男人，正像老子所說，是「柔勝剛，弱勝強」。〔註31〕表面剛強的男人，敵不過貌似柔弱的女人，這是符合老子的辨證法的，亦是男人的宿命。

其次，在傳統社會，妻子負責家內事務，掌管「鑰匙權」，主持家政，家庭中一切大小事務由妻子統籌安排，家庭內的勞作安排和利益分配的決定權往往在妻子手裏。妻子在家庭中是實質上的核心和權威，子女多半都自動團結在她的周圍。在家庭中，丈夫是卑弱的，亦是無能為力的。他不僅要順從妻子，有時還得遷就子女，因為他取得子女的信任和喜愛，往往還要妻子從中撮合。因此，在家庭內部，是女尊男卑，丈夫必須服從妻子，以懼內之心理和行為來維持家庭的現存狀態。除非你有勇氣拋妻離子，背井離鄉，獨自浪遊天下，否則你將永遠無法擺脫懼內之生存處境。甚至推翻舊家庭建立新家庭亦無濟於事，因為新家庭的存在，亦仍然是以丈夫懼內為前提的。

對於一個傳統中國男人來說，家庭必不可少，至關重要。沒有家的男人，或者家庭殘缺不全、飄飄欲墜的男人，其人生是不成功的。除非在萬不得已之情況下，他們不會拋妻離子、背井離鄉。即便背井離鄉，他們心靈深處最牽掛的是家，並且盡可能營計著早日回家，盡可能盤算著多呆在家中，以享受天倫之樂。這種極強的家庭觀念，是在獨特的家國意識之影響下形成的。在古代中國人的觀念中，國之本在家，國家是一系列家族的集合體，國的統一和穩定端賴於家的團結和祥和。所以，欲治國平天下者，首先必須齊家，或者說，欲成為一個合格的政治家，首先必須成為一個合格的家長。齊家是治國平天下的基礎和前提。一個男子，若能通過自己的努力使家庭祥和穩定，亦算是盡了治國平天下的責任。因此，作為統治者，便要帶頭齊家，鼓勵訓導民眾盡力齊家；作為普通民眾，更要以齊家為職責，以愛家護家為主要工作。家是什麼？女性的代名詞也。一個男子，在結婚以前，母親就代表家，沒有母親的家庭是散亂不堪的，隨時都有分崩離析的可能；結婚以後，妻子就代表家，民間稱男女結婚為「成家」，《詩經》裏稱男女婚娶為「宜室宜家」，說明沒有妻子就不成其為家。中國傳統男人的重家觀念，不妨說是重妻觀念。

〔註30〕參見樊美筠《中國傳統美學的當代闡釋》第 102 頁，北京大學出版社 2006 年版。
〔註31〕《老子》第三十六章。

重家者必重妻，甚至敬妻畏妻。因爲妻代表家，你若不敬懼她，就會發生家庭矛盾，動搖家庭的根基；你如果想推翻她，家亦就不存在了。所以，我認爲，男人懼內，即爲重家，懼內是爲了維持家庭的現存秩序，是爲了齊家，以便進一步實現治國平天下的政治目的，此專諸所謂「屈一人之下，必伸萬人之上」的眞實含義。

從這個意義上看，懼內與其說是男人的缺點，不如說是中國傳統男人的美德。實際上，只有知書識禮、對家庭社會有極強責任心的男人，才懼內。並且責任心的強弱和懼內程度之深淺往往是成正比關係的。上世紀四十年代李宗吾先生曾著《怕老婆的哲學》一文，力倡男人懼內，認爲「古時的文化，建築在孝字上」，「今後的文化，應當建築在怕字上。」李文雖然詼諧幽默，不無誇張，但它提出的下列觀點，如「怕老婆這件事，不但要高人逸士才做得來，並且要英雄豪傑才做得來」，「官之越大者，怕老婆之程度越深，幾乎成爲正比例」，「非讀書明理之士，不知道忠孝。同時非讀書明理之士，不知道怕。鄉間小民，往往將其妻生搥死打，其人率皆蠢蠢如鹿豕，是其明證」，〔註32〕確是極有理據之眞知灼見。

六

因中國古人獨特的家國意識和極強的家庭觀念，因妻子在家庭中的特殊地位，致使懼內成爲傳統中國男人的一種普遍行爲。男人懼內，是爲齊家，是爲治國平天下。懼內的男人，多半知書識禮，於國於家皆有極強的責任心。懼內是傳統中國男人的美德。但是，男人懼內之結果，亦未可一概而論。因爲男人懼內，既可齊家，亦可敗家。男人懼內，服從妻子對家庭的統籌安排，甚至隱忍妻子某些無傷大局的缺點，以維持和諧的家庭秩序，此之謂齊家，這是懼內的積極意義所在。男人懼內，惟妻子之馬首是瞻，惟妻子之言論是從，聽任妻子離間兄弟，殘賊骨肉，結果導致父子反目，兄弟成仇，釀成亡家之恨，這是懼內之消極意義所在。懼內之積極意義一面，上已詳述。茲就其消極意義一面，略爲申述之。

懼內之積極意義的實現，在於夫妻雙方能夠在行爲上保持一個適當的度。丈夫懼內，並非不問是非，言聽計從；妻子主持家政，並非殘暴的專制。

〔註32〕小琪、春林編《怕老婆的哲學——文人筆下的男女與情愛》第117～118頁，群言出版社1993年版。

丈夫既能懼內又能「正內」，雙方皆遵循理性，保持適度，其積極意義方能昭顯。然而，凡庸之性，非此即彼，往往失去理性而走向極端，常常因懼內而不能「正內」，如楊太石、高蕃，畏妻如虎如狼；如尹氏、樊江城，御夫如奴如僕，則必然導致家庭悲劇，致使妻離子散，家道中落。由此，懼內亦就不再是男人的美德，女人亦就成了「禍水」。

歷史上眾多家庭悲劇的發生和王朝政權的衰替，多半是由丈夫軟弱、妻子驕悍所造成。這正如環碧主人《〈醒世姻緣傳〉弁語》所說：

> 五倫有君臣、父子、兄弟、朋友，而夫婦處其中，俱應合重。但從古到今，能得幾個忠臣？能得幾個孝子？又能得幾個相敬相愛的兄弟？幾個志同道合的朋友？倒只恩恩愛愛的夫妻比比皆是。約那不做忠臣，不做孝子，成不得好兄弟，做不來好朋友，都爲溺在夫婦一倫去了。〔註33〕

男人因爲沈溺於夫婦之愛，由於懼內，惟妻子之言計是聽是從，不但做不了忠臣孝子，亦當不了好兄弟好朋友。因此，西周生在《〈姻緣傳〉引起》中，感於「中人的性格，別人說話不肯依，老婆解勸偏肯信，挑一挑消固能起火，按一按亦自冰消」的夫婦相處之隱情，認爲孟子所謂人生「三樂」（即「父母俱存，兄弟無故」、「仰不愧於天，俯不怍於人」和「得天下英才而教育之」）的實現，應以得「賢德妻房」爲前提，他說：

> 依我議論，還得再添一樂（引者按：即「賢德妻房」），居於那三樂之前，方可成就那三樂的事。若不添此一樂，總然父母俱存，攪亂的那父母生不如死；總然兄弟目下無故，將來必竟成了仇讎；也做不得那仰不愧天俯不怍人的品格，也教育不得那天下的英才。〔註34〕

所以，封建道德家爲了維持人倫秩序，特別強調齊家和正內，尤其是站在男性的立場，強調男尊女卑，提倡婦德，預防妻子驕悍強橫，離間骨肉，亂家亡國。如《易‧家人卦》說：「家人利女貞。」「女貞」則「家人利」，故《象》辭云：「家人女正位乎內，男正位乎外，男女正，天地之大義也。」程《傳》說：「家人之道，利在女正，女正則家道正矣。夫夫婦婦而家道正，獨云利女貞者，夫正者身正也，女正者家正也，女正則男正可知矣。」朱熹《大義》亦云：「家人利女貞者，欲先正乎內也，內正則外無不正矣。」

〔註33〕《醒世姻緣傳》書首，人民中國出版社1993年版。
〔註34〕《醒世姻緣傳》書首，人民中國出版社1993年版。

　　「齊家」以「正內」為首務，其原因有三：其一，妻子為家政之主持者，是家庭中實質上的最高統治者，上樑不正下樑歪，妻正則整個家庭成員皆趨於正，故「正內」即可「齊家」。其二，懼內是丈夫之通病，故在家庭中妻子的權力往往處於無限制、無監督的境地。丈夫懼內，往往惟妻子之言計是聽是從，結果必然出現妻子濫用權力的現象，「正內」即是對妻子使用權力的規範和制約。其三，喜歡閒言碎語，說三道四，是婦女的一般特點，如《詩經‧瞻印》所說：「婦有長舌，惟厲之階。亂匪降自天，生自婦人。」許多家庭悲劇的發生，如父子反目、兄弟成仇、妯娌怨忿，皆由婦女之閒言碎語所致。所以，「齊家」必須首先「正內」。

　　適度的懼內與「正內」並不矛盾。適度的懼內是為了「齊家」，「正內」亦是為了「齊家」。在傳統社會，衡量一個男子是否具備治國平天下的才能，看看他的「正內」能力就知道了。據《史記‧五帝本紀》載：

> 堯乃以二女妻舜，以觀其內；使九男與處，以觀其外。舜居媯汭，
> 內行彌謹。堯二女不敢以貴驕事舜親戚，甚有婦道。堯九男皆益篤。

堯為了考察舜是否具備治國平天下的才能，先將二女許配於他，以考察他是否有「正內」之能力。能「正內」者，方能「齊家」；能「齊家」者，方能「治國平天下」。正因舜能使二婦「甚有婦道」，可見其有「正內」、「齊家」之本領，故堯才將天下禪讓於他。所以，周子《通書‧家人睽復論》說：

> 家人離，必起於婦人，故睽次家人，以二女同居而志不同行也。堯
> 所以降二女於媯汭，舜可禪乎？吾茲試矣。是治天下觀於家，治家
> 觀於身而已矣。

世間凡人，往往因懼內而失去立場和理性，惟妻子之言計是聽是從，結果釀成了家庭悲劇，有的甚至被罷職免官。因此，在古代中國，或有公開張揚不以懼內為恥者。但在「夫為妻綱」已成為士大夫公認的倫理準則之背景下，過分的懼內還是被視為士大夫的一種缺點，歷史上就不乏因懼內而被免官的。如，據張鷟《朝野僉載》卷四記載：貞觀年間，桂陽縣令阮嵩的妻子閻氏極為悍妒，一次阮嵩在家與客人飲酒，召女奴侑酒歌唱，其妻閻氏得知，披頭散髮，赤臂光腳，持刀衝至席前，趕跑了客人和女奴，阮嵩亦嚇得躲到了床下。此事傳開後，上司在考察官吏時，給他這樣一個評價：「婦強夫弱，內剛外柔。一妻不能禁，百姓如何整肅？妻既禮教不修，夫又精神何在？」結果評為下等，免去官職。另外，據張端義《貴耳集》下載：宋朝高官呂正

巳之妻「嚴毅不可當」，一次呂正巳召友人於家飲酒，友人召姬妾侍酒，呂妻
竟然爬到牆頭上破口大罵。皇帝得知此事，就罷免了呂正巳的官職。阮、呂
二氏被免官，就是由於他們不能正內齊家。

因此，古代道德家一再警告男人要「正內」，保持理性，提防妻子離間骨
肉，分離兄弟，如西漢匡衡云：

> 臣又聞室家之道修，則天下之理得，故《詩》始國風，《禮》本冠婚。
> 始乎國風，原性情而明人倫也。本乎冠婚，正基兆而防未然也。福
> 之興，莫不本乎室家；道之衰，莫不始乎梱內。故聖王必慎妃后之
> 際，別嫡長之位。〔註35〕

顏之推《顏氏家訓·兄弟篇》曰：

> 兄弟者，分形連氣之人也。方其幼也，父母左提右挈，前襟後裾，食
> 則同案，衣則傳服，學則連業，遊則共方。雖有悖亂之人，不能不相
> 愛也。及其壯也，各妻其妻，各子其子，雖有篤厚之人，不能不少衰
> 也。娣姒之比兄弟，則疏薄矣；今使疏薄之人，而節量親厚之恩，猶
> 方底而圓蓋，必不合矣。惟友悌深至，不為旁人之所移者，免夫！……
> 兄弟之際，異於他人，望深則易怨，地親則易弭。譬猶居室，一穴則
> 塞之，一隙則塗之，則無頹毀之慮；如雀鼠之不恤，風雨之不防，壁
> 陷楹淪，無可救矣。僕妾之為雀鼠，妻子之為風雨，甚哉！

顏之推以妻子為「旁人」，為「疏薄之人」，此實本於傳統婚姻觀念之偏見，
然其論娣姒離間兄弟，以風雨之侵蝕房屋比喻妻子之分離兄弟，可謂深切著
明，極近情理，非有切膚之體驗者，不能道及此。又柳開《家誡》曰：

> 皇考訓戒曰：人家兄弟無不義者，盡因娶婦入門，異姓相聚，爭長
> 競短，漸漬日聞，偏愛私藏，以至背戾，分門割戶，患若賊讎，皆
> 汝婦人所作。男子剛腸者，幾人能不為婦人言所惑，吾見多矣。

妻子離間兄弟骨肉，確為古今家庭中常見之事。古今道德家於此，除了勸誡
男人「不為婦人言所惑」外，亦無可奈何。婦人之為「風雨」，不但離間兄弟，
而且還可能分離骨肉，傳統民間社會後婦虐待前妻之子，離間父子（女）親
情者，屢見不鮮，而道德家一再勸誡男人慎後娶，其原因亦在於此。袁采《袁
氏世範·睦親篇》說：

> 人家不和，多因婦女以言激怒其夫及同氣。蓋婦女所見不廣不遠不

〔註35〕《漢書·匡衡傳》。

公不平，又其所謂舅姑伯叔妯娌，皆假合強爲之稱呼，非自然天屬，故輕於割恩，易於修怨。非丈夫有遠識，則爲其役而不自覺，一家之中，乖變生矣。

袁采於家道人倫之分析，常能從人之處境和心理以探求之，故時有卓見。其以婦女所見不廣不遠不公不平，解釋婦女離間家人，確有傳統男尊女卑觀念影響下的歧視心理。但他指出妻子與家人是「假合強爲之稱呼，非自然之屬」，由此而使其「輕於割恩，易於修怨」，確是頗切實情的。同樣的意見，亦見於大定十四年四月金世宗對皇太子和親王們的一番訓話中，其云：

自古兄弟之際，多因妻妾離間，以至相違。且妻妾，乃外屬耳，可比兄弟之親乎？若妻言是聽，而兄弟相違，甚非理也。汝等當以朕言常銘於心。〔註36〕

錢大昕《潛研堂文集》卷八亦云：

堯舜之道，不外乎孝弟。孝弟之衰，自各私其妻始。妻之於夫，其初固路人也，以室家之恩聯之，其情易親。至於夫之父母，夫之兄弟姊妹，夫之兄弟之妻，皆路人也，非有一日之恩。

亦就是說，妻子與丈夫的父母、兄弟和姊妹形同「路人」，無天然親合之情，故其離間兄弟、分離骨肉，往往是必然的現象，並非偶然之特例。所以，作爲丈夫，既要懼內，亦要正內。懼內是爲齊家，正內亦是爲齊家。

七

家室之衰，緣自婦人；天下之亂，起於後宮。歷史上許多王朝的更替和政權之旁落，皆緣於後宮之婦人，這就是封建道德家一再宣揚的「紅顏禍水」論。「紅顏禍水」論源遠流長，《尚書·夏書》所載《五子之歌》，已對君王發出「內作色荒」的警告。所謂「內作色荒」，即在閨房內爲美色所迷惑而荒疏國政，這當是最早的「紅顏禍水」論。在《詩經》時代，紅顏誤國已成定論，如《小雅·正月》曰：「赫赫宗周，褒姒滅之。」《大雅·瞻卬》曰：「哲夫成城，哲婦傾城。懿厥哲婦，爲梟爲鴟。婦有長舌，維厲之階。亂匪降自天，生自婦人。」佛教傳入中國，對「紅顏禍水」論的流傳起著推波助瀾的作用。佛教主張禁欲，強調色戒，認爲女人「不淨」，是「禍水」。如《智度論》說：

「菩薩觀欲種種不淨，於諸衰中女衰最重，火、刀、雷、電、霹靂、怨家、毒蛇之屬猶可暫近，女人慳、瞋、諂、妖、穢、斗諍、貪嫉不可親近。」《增一阿含經》說：「莫與女交通，亦莫共言語。有能遠離者，則離於八難。」《優填王經》說：「女人爲最惡，難與爲因緣。恩愛一傳著，牽人入罪門。」所以，說女人善妒，說女人是禍水，說女人是狐狸精，說女人「不淨」，皆是六朝以來佛教大行其道之後，才流傳開來的。

事實上，說女人是「禍水」，女人未必同意，如花蕊夫人詩曰：

君主城頭豎降旗，妾在深宮那得知。

三十萬人齊解甲，更無一個是男兒。

「紅顏禍水」論在近代以來受到反封建的激進思想者的猛烈攻擊，如魯迅先生在《女人未必多說謊》一文中說：

關於楊妃，祿山之亂以後的文人就都撒著大謊，玄宗逍遙事外，倒說是許多壞事情都由她，敢說「不聞夏殷衰，中自誅褒妲」的有幾個。就是妲己，褒姒，也還不是一樣的事？女人的替自己和男人伏罪，眞是太長遠了。〔註37〕

在《我之節烈觀》一文中亦說：

歷史上亡國敗家的原因，每每歸咎女子。糊糊塗塗的代擔全體的罪惡，已經三千年了。〔註38〕

把天下敗亡之責任完全歸咎於女子，就像把家庭分裂之責任完全歸咎於妻婦一樣，是有失公正的。但是，歷史生活中呈現出來的事實，是單靠意氣或激情無法迴避的。就像一個成功的男人後面往往站著一個聰明能幹的賢內助一樣；一個敗國亡家之君王後面，亦常常站著一個驕淫放蕩的女人，如夏桀之於末喜，商紂王之於妲己，周幽王之於褒姒，陳後主之於張愛妃、孔貴人，唐高宗之於武則天，唐玄宗之於楊貴妃……這當然不是偶然的巧合，其中必有某種必然的因素在。我認爲，這種必然的因素，就是女人以色相迷惑君主，離間君臣，荒亂國政，結果導致了國家的敗亡。所以，片面地講「女人禍水」論當然不可靠，認爲國家之敗亡與女人無關，亦缺乏依據。不然，中國歷史上層出不窮的外戚輔政、女后臨朝的歷史現象，就不能獲得圓滿的解釋。

女性對男人的影響力不容低估，小至家庭，大到國家，無不如此。宋人

〔註37〕魯迅《花邊文學》，人民文學出版社 1973 年版。
〔註38〕魯迅《墳》，人民文學出版社 1973 年版。

卓田《題蘇小樓》詩云：

> 丈夫只手把吳鉤，能斷萬人頭。
>
> 因何鐵石打肝鑿膽，劉爲花柔。
>
> 君看項籍與劉季，一怒世人愁。
>
> 只因撞著虞姬戚氏，豪氣都休。

又如張燧《千百年眼》卷四《虞美人、戚姬》云：

> 宋鄭叔友論劉、項曰：項王有吞丘意氣，咸陽三月火，骸骨亂如麻，
> 哭聲慘怛，天日眉容不斂，是必鐵作心腸者。然當垓下訣別之際，
> 寶區血廟，了不經意，唯眷眷一婦人，悲歌悵飲，情不自禁。高帝
> 非天人與？能決意於太公、呂后，而不能決意於戚夫人。杯羹已成，
> 則唏噓不止。乃知尤物移人，雖大智大勇者而不能免，況其下者乎？
>
> 夏君憲曰：如此情景，正是大智大勇做的。道學先生又著幾般嘴臉
> 謾過去矣，不然，則所謂「最不及情者」也。

項羽於「寶區血廟」了不經意，於虞姬則「情不自禁」；劉邦能絕意於太公、
呂后，而於一寵倖之女人如此眷眷不已，可見女性對男人之影響力的確不容
低估。柳開《家誡》說：「男子剛腸者，幾人能不爲婦人言所惑。」吳偉業《圓
圓曲》所謂「痛哭六軍皆縞素，衝冠一怒爲紅顏」，「妻子豈應關大計？英雄
無奈是多情」，正說明紅顏對男性的巨大影響力。另外，莎士比亞《安東尼與
克婁奧佩特拉》中亦有一段類似的感慨：

> 嘿，咱們的主帥這樣迷戀，真太不成話啦。從前他指揮大軍的時候，
> 他的英勇的眼睛像全身盔甲的戰神一樣發出棱棱威光，現在卻如醉
> 如癡地儘是盯在一張黃褐色的臉上。他的大將的雄心曾經在激烈的
> 鏖戰中漲斷了胸前的扣帶，現在卻失掉了一切常態，甘願做一具風
> 扇，扇涼一個吉卜賽女人的欲望。

拿破崙亦說：「多少男子的犯罪，只爲他們對於女人示弱之故。」此言雖不無
偏激，但亦頗近情理。其實，這亦體現了男子的矛盾心理或不穩定立場。對
於男人來說，女人是不可須臾或缺的情感和欲望的寄託之物，同時又痛斥此
寄託之物迷人心志，既戀之又懼之，既愛之又恨之。「夫有尤物，足以移人。
苟非德義，則女有禍」，《鶯鶯傳》中張生爲己辯護說：「大凡天之所命尤物，
不妖其身，必妖其人。……予德不足以勝妖孽，是用補情。」正是此種矛盾
心理之坦陳。

古代中國的道德家以女人為禍水。在西方基督教和猶太教的神話傳說中，將女人視為男人身上的一個器官，亦以女人為一切罪惡之源。比如，在伊甸園裏，夏娃不聽上帝的勸告，在蛇的誘惑下，偷吃了善惡之樹上的果子，並拉丈夫下水，這樣，夏娃便成了禍水，成為人類失樂園的罪魁禍首。因此，宗教家認為，在人類被放逐之後，要想重新回到樂園，禁欲是必修的功課，目的就是為了防備女人再次將人類的幸福葬送掉。這個傳說所隱喻的亦是「女人禍水」論。

我認為：女人之所以成為禍水，在於男子的懼內，在於男子因懼內而不能正內。

卷二：文人情結

傳統中國文人的春夢情結

　　在傳統中國社會，以家族本位為特點的「社會婚姻」沒有愛情生存之空間，以「敦倫」為主要職能的夫婦關係亦缺乏醞釀愛情之氛圍。因此，在傳統中國的婚姻家庭中，愛情是稀見之物，傳統中國人面臨著愛情與婚姻之兩難困境。但是，超越意識和詩性精神是人類天性中不可抑制的執著追求，作為此種意識或精神之具體體現的愛情，亦是人類必需的一種情感。尤其是對詩性精神特別濃厚的傳統中國士大夫文人來說，愛情這種詩意化的情感，更是不可或缺的精神寄託。既然在婚姻家庭中找不到愛情生存的土壤和空間，那麼，中國古代士大夫文人又向何處去實現他們的愛情夢想呢？

　　事實上，在任何一位傳統士大夫文人之心靈深處，皆有一種深深的青樓情結和春夢情結。青樓是實現士大夫文人愛情理想的廣闊天地，春夢是展現士大夫文人情色欲望的自由空間。傳統中國文獻中記載的春夢故事，在世界文學史上，是最多的，傳統士大夫文人樂於做春夢，喜歡編撰春夢故事，其中折射出來的是他們那濃鬱的情色欲望。當愛情理想和情色欲望在婚姻家庭中受挫，除了訴諸於青樓，再就是付諸於春夢。如果說青樓是傳統士大夫文人浪漫愛情的現實實現場所，那麼春夢則是他們的情色欲望之幻想展示空間。無論是青樓情結，還是春夢情結，皆體現了傳統士大夫文人的詩性精神。或者說，他們皆是持著詩性的精神、審美的態度和藝術的方式出入青樓，幻入春夢。

一

　　據現存文獻考察，「春夢」一詞最早出現在唐代，如沈佺期《雜詩》之二：

「妾家臨渭北，春夢著遼西。」岑參《閿鄉送上官秀才歸關西別業》詩云：「醉眠輕白髮，春夢渡黃河。」劉禹錫《春日懷遠》詩云：「眼前名利同春夢，醉裏風情敵少年。」宋元以來，便成為常用之詞，如蘇軾《正月二十日與潘郭二生出郊尋春》詩云：「人似秋鴻來有信，事如春夢了無痕。」《紅樓夢》第五回賈寶玉入夢前聽得有人放歌：「春夢隨雲散，飛花逐水流。寄言眾兒女，何必覓閒愁。」以上用例，或指春天之夢，或指世事無常，繁華易逝，似乎與男女情色之關係不明顯。

不過，在中國古典文化語境中，「春」、「夢」二詞以及以它們為詞根構成的「春夢」一詞，容易引發人產生聯想，並且往往與男女情愛相關聯。在古代中國，「春」常常與男女情色之事相關，傳統社會的愛情故事，多發生在春天。〔註1〕人們稱求歡之情為「懷春」，稱懷春之女為「春女」，稱懷春之心為「春心」，稱男女愛戀之情為「春情」等等。在傳統中國，「夢」涉及的範圍相當廣泛，但是，自宋玉創作《高唐》、《神女》賦以來，在其影響下所產生的「高唐神女」系列文學作品中，皆有男性夢遇神女或者與之同歡的情節，故而「夢」又與男女情色之事產生了聯繫。在「夢」中與理想的美人交歡，成為文人才子普遍的白日夢。由這兩個皆與情色相關之詞根構成的「春夢」一詞，其情色意味是相當明顯的。準確地說，春夢就是情色之夢，就是性夢。其「春」當有二義：一是指人生的青春期，二是指四季中的春天。情色之夢或性夢，之所以頻頻出現在人生的青春期和四季中的春天，是因為這兩個時期是人的情欲衝動最強烈同時亦是最壓抑的時期。

在人類的各種欲望中，情欲的願望是本能的，因而亦是最強烈的。但是，在各種願望之實現過程中，情欲願望受到的壓抑又是最深沈的。這種最強烈而又最受壓抑的欲望，必須找到一個釋放的通道，否則便會危及身心健康。釋放情欲之正常途徑，是戀愛、婚姻。其非正常途徑很多，如意淫、手淫、觀覽色情藝術、講黃色笑話等等，其中最常見的當是情色之夢，即春夢或性夢。弗洛伊德說：

> 我們愈是尋求夢的解答就愈會發現成人大多數都與性的資料及表達情欲願望有關。……因為從孩提時期開始，沒有一個本能有像性本能和其他各種成份遭到那麼大的潛抑；因此也就沒有其他的本能會

〔註1〕 參見本書卷三《有女懷春，吉士誘之——傳統中國社會情愛生活的季節性特徵》。

留下那麼多以及那麼強烈的潛在意識願望，能夠在睡眠狀態產生出
夢。〔註2〕

日有所思，夜有所夢，夢是人的潛在欲望之自由表達，春夢是情色欲望得以
自由實現的理想天地。雖然像弗洛伊德那樣認為所有的夢象都蘊含著情色意
味之觀點，有失偏頗。但是，說情色隱意是人類夢象之重要內容，應當是切
合實際的。

在禮教思想之束縛下，士大夫文人的情色欲望所受之壓抑頗為嚴重。因
此，當婚姻家庭不能滿足其情色欲望，涉足青樓又受到種種限制時，士大夫
文人的情色欲望便在春夢場境中無所遮攔地、自由自在地表現出來。如果說
「秦樓楚館是中國式愛情的大尾閭和大市場」（李敖語），那麼，春夢則是士
大夫文人釋放情色欲望的最自由的通道和最寬廣之舞臺。甚至可以說，傳統
中國的愛情文學就是以表現春夢為中心題材的文學，傳統中國的愛情文學就
是春夢文學。因此，我認為：正像士大夫文人內心深處皆存在一種幻想多情
女子主動投懷送抱的「奔女情結」，其內心深處亦存在一種具有情色意味的「春
夢情結」。二者在本質上是一致的，即春夢的欲望對象是奔女，所謂春夢，就
是幻想美麗多情的女子主動投懷送抱，「春夢情結」就是「奔女情結」。

二

在民族心理、文化特徵和封建專制政治等多重因素之影響下，士大夫文
人的春夢在文學作品中的展現，從宋玉《高唐》、《神女賦》，至曹植《洛神賦》，
到湯顯祖《牡丹亭》中「遊園驚夢」，到曹雪芹《紅樓夢》中的賈寶玉夢遊太
虛幻境，到蒲松齡《聊齋誌異》中的系列故事，形成了這樣一個大致近似的
敘述模式，即：白日入夢——遇見佳人——兒女之事——驟然驚醒。〔註3〕以
下分述之，並略論其原因。

首先，春夢又稱「白日夢」。大多數春夢皆是晝眠而入夢，如宋玉《高唐
賦》中楚懷王「嘗遊高唐，怠而晝寢，夢見一婦人」，《牡丹亭》中的杜麗娘
和《紅樓夢》中的賈寶玉亦是晝寢入夢。

討論白日夢之發生及其特徵，首先應當考察的是傳統中國人對晝寢行為
的評價。據葉舒憲的研究，晝寢行為在古代中國遭到以儒家禮法為代表的正

〔註2〕 弗洛伊德《釋夢》第291～292頁，商務印書館1996年版。
〔註3〕 參見張方《風流人格》第140頁，華文出版社1997年版。

統意識形態之排斥，如宰予晝寢，孔子極端嚴厲地斥責說：「朽木不可雕也，糞土之牆不可杇也，於予與何誅。」〔註4〕因爲這從根本上違背了取法天道陰陽的人類行爲準則。但是，道家學者卻對晝寢行爲持完全不同的態度和認識，如《莊子‧知北遊》中的神農因晝寢而悟道，《列子‧黃帝》中的黃帝在晝寢之夢中神遊華胥氏之國，醒來悟出了治國之道。亦就是說，在儒家學者看來，晝寢入夢是不道德的非禮行爲；而在道家學者看來，晝寢入夢則是體悟至道妙理的重要途徑。〔註5〕傳統中國文人編織的白日春夢，當近於道家而遠於儒家。道家以晝寢入夢爲體悟至道妙理之重要途徑，士大夫文人以白日春夢爲體驗男女情欲的重要方式。事實上，二者是相通的，因爲傳統中國人深信「君子之道造端乎夫婦」，即男女情欲與至道妙理是一回事，〔註6〕皆可於晝寢之夢境中去體驗和感悟。

其次是「遇見佳人」。傳統春夢多是以女性爲欲望對象的男性春夢，像《牡丹亭》那樣以男性爲欲望對象的女性春夢比較少見。在形形色色的春夢故事中，通常是男性爲「某生」，女性爲仙鬼，女性仙鬼主動向男性「某生」投懷送抱。男性是被動的，是被誘惑者；女性是主動的，是誘惑者。「男鬼戀女子的情況很少見，即使有，也祇是一種強姦性的佔有，沒有愛欲的成分」。〔註7〕造成這種現象的主要原因，在於古代中國是一個男權社會，男性掌握話語權，眾多春夢故事皆是男性編撰的。因此，在此種男性視角之春夢故事**裏**，男性是欲望之主體，女性是欲望之客體，表現的祇是男性的情色欲望。

另外，在春夢故事中，所遇見的佳人常常是很模糊的，無以實指。如杜麗娘夢見的是一個未曾謀面的陌生青年。賈寶玉夢見的佳人，「其鮮豔嫵媚，有似乎寶釵；風流嫋娜，則又如黛玉」，其姓名又是喚作可卿的，總之，大體是他後來傾慕的幾個女子之綜合幻影。更爲普遍的，是春夢中所遇見之佳人，往往是神仙、妖精或鬼怪，而不是現實生活中的常人。按照女性仙鬼的特徵，春夢故事可以分爲這樣幾種類型：一是神像系列，多寫廟宇院觀中雕塑畫像幻化成人與凡人交接，或者從男性的視角，寫男性仰慕某女子神像而產生的性夢幻，或者從女性的角度，寫神像幻化成美人誘惑男性。二是厝棺系列，

〔註4〕 《論語‧公冶長》。
〔註5〕 葉舒憲《高唐神女與維納斯》第 368～370 頁，中國社會科學出版社 1997 年版。
〔註6〕 參見本書卷一《「君子之道造端乎夫婦」正解》。
〔註7〕 吳康《中國古代夢幻》第 186 頁，海南出版社 2002 年版。

寫那些新死或長期停棺未葬的女子現身引誘男性，並與之交歡。三是墓鬼系列，寫那些墳塋墓鬼，尤其是歷史上久負盛名的風流名妓、嬪妃宮娥死後的精魂，幻化爲人間美女，與男性交歡。四是遊魂野鬼系列，寫那些既無厝棺停柩可依、又無墳塋墓室可靠的怨魂女鬼，幻化成美人，與男性交歡。五是狐魅精靈系列，寫動植物精靈變化爲美麗的女子，與男性歡愛。因此，傳統中國的春夢故事，不妨稱作「人鬼之戀」故事。〔註8〕

　　春夢故事以女性爲欲望對象，這是由男性掌握話語權的男權社會特點所決定的。那麼，爲什麼作爲欲望對象的女性通常都是神仙、妖精和鬼精，而不是普通女子呢？康正果認爲這與性神秘和精靈的特點有關，他解釋說：

　　在對性普遍抱著神秘態度的古代，人們把夢中的情影視爲神仙或妖精
　　是很容易理解的，因爲他們相信神靈能從外界侵入人的夢境。〔註9〕

潘光旦從狐的特點解釋春夢故事中普遍出現的狐仙現象，他說：

　　這種性夢的對象何以必爲狐所幻化的美男或美女，則大概是因爲傳
　　統的信仰中，一向以狐在動物中爲最狡點的緣故。《說文》說：狐，
　　妖獸也，鬼所乘之。一說狐多疑，故有狐疑之詞，疑與惑近，多疑
　　與善惑近。一說狐能含沙射人，使人迷惑。〔註10〕

吳康更從傳統社會的性壓抑方面做出解釋，其云：

　　在社會的性壓抑方面，有史以來恐怕沒有超過我們中國的了。唯其
　　如此，我們所生發的性夢幻也更其強烈和更其奇特。我們甚至都無
　　法以正常人的身份、以正常的想像，像印度和歐洲人那樣，來展示
　　我們的性夢故事。在夢和幻想裏，我們甚至都無法想像我們是夢裏
　　的白馬王子與美麗的公主，我們遠沒有這樣的怡人美妙。我們的性
　　夢故事是奇特的，別出心裁的，因而也是異化了的人鬼之戀。作爲
　　正常人，我們不僅無法在現實生活中，甚至都無法在夢幻中經歷我
　　們的性愛，而只好將它們寄託給非人的鬼神之戀。〔註11〕

以上諸家之解釋，各有其理，亦能說明部份問題，但皆不能夠完全愜當人意。我推測，這可能主要還是與在傳統中國文化背景和民族性格之影響下培育出

〔註8〕　參見吳康《中國古代夢幻》第四章《性夢幻》，海南出版社 2002 年版。
〔註9〕　康正果《風騷與豔情》第 92 頁，上海文藝出版社 2001 年版。
〔註10〕潘光旦《性心理學譯注》第 119 頁，上海三聯書店 2006 年版。
〔註11〕吳康《中國古代夢幻》第 186 頁，海南出版社 2002 年版。

來的男性性心理有關。這個問題，我們留給性學史專家去解答。

下面，我們討論春夢敘述模式的最後兩個環節，即「兒女之事」和「驟然驚醒」環節。在春夢故事中，「兒女之事」環節是常有的，但不是必需的；「驟然驚醒」環節不僅是常有的，而且是必需的。在大多數情況下，在男女雙方情意纏綿，即將雲雨歡愛之際，便「驟然驚醒」。如在宋玉《神女賦》中，神女不斷挑起襄王的欲望，同時又拒絕他的尋歡要求，並沒有自薦枕席以緩解他的情欲，神女的幻影消失後，襄王「情獨懷私，誰可告語？惆悵垂涕，求之至曙」，全賦以襄王的失戀告終。這種感傷的結尾幾乎貫穿了從《神女賦》到《洛神賦》的所有此類作品。〔註12〕在某些情況下，則是雲雨歡愛剛剛結束，便受到某種恐怖驚懼而「驟然驚醒」。總之，在即將歡愛或者雲散雨收之際，總有一個外在的力量促使其驚醒，並使其處於懊惱、恐懼的陰影中，還常常伴隨著虛脫、抑鬱的感覺。如《牡丹亭》「驚夢」一場，杜麗娘自述夢境：

> 偶到後花園中，百花開遍，觀景傷情。沒興而回，晝眠香閣，忽見一生，年可弱冠，豐姿俊妍。於園中折得柳絲一枝，笑對奴家說：「姐姐既淹通書史，何不將柳枝題賞一篇？」那時待要應他一聲，心中自忖，素昧平生，不知名姓，何得輕與交言。正如此想間，只見那生向前，說了幾句傷心話兒，將奴摟抱去牡丹亭畔，芍藥蘭邊，共成雲雨之歡。兩情相合，真個是千般愛惜，萬種溫存。歡畢之時，又送我睡眠，幾聲「將息」。正待自送那生出門，忽直母親來到，喚醒將來。我一身冷汗，乃是南柯一夢。忙身參禮母親，又被母親絮了許多閒話。奴家口雖無言答應，心內思想夢中之事，何曾放懷。行坐不寧，自覺如有所失。

又如《紅樓夢》第五回賈寶玉夢遊太虛幻境：

> 那寶玉恍恍惚惚，依警幻所囑之言，未免有兒女之事，難以盡述。至次日，便柔情繾綣，軟語溫存，與可卿難解難分。因二人攜手出去遊玩之時，忽至一個所在，但見荊榛遍地，狼虎同群，迎面一道黑溪阻路，並無橋樑可通。正在猶豫之間，忽見警幻後面追來，告道：「快休前進，作速回頭要緊。」寶玉忙止步問道：「此係何處？」警幻道：「此即迷津也。深有萬丈，遙亙千里，中無舟楫可通，只有一個木筏，乃木居士掌舵，灰侍者撐篙，不受金銀之謝，但遇有緣

〔註12〕參見康正果《風騷與艷情》第91～92頁，上海文藝出版社2001年版。

者渡之。爾今偶遊至此，設如墮落其中，則深負我從前諄諄警戒之
語矣。」話猶未了，只聽迷津內水響如雷，竟有許多夜叉海鬼將寶
玉拖將下去。嚇得寶玉汗下如雨，一面失聲喊叫：「可卿救我！」嚇
得襲人輩眾丫鬟忙上來攙住，叫：「寶玉別怕，我們在這裏。」

這兩場春夢有兩個共同特點：其一，主人公皆有恐懼、虛脫之感，或「一身
冷汗」，或「汗下如雨」。其二，皆有如母親或警幻仙姑這樣的「第三者」出
現。這樣的情節，在傳統春夢故事中差不多是普遍存在的。比如，上述神像
類人鬼之戀故事中，在鋪陳男女豔情、詳述女子對男子之誘惑後，接下來的
安排就是引入第三者角色，展開驅鬼禳妖的情節。在厝棺女鬼類人鬼之戀故
事中，在故事之結尾，引進第三者的視角，揭破這類男女之戀的迷人外衣下
的恐怖實質，表達作者對這類戀愛的否定性傾向。在墓鬼系列故事中，亦常
有第三者如道士、法師、友人或親人出來，幫助耽於夢境而不能自拔之男性，
使他從被祟的惡夢中醒來。在遊魂野鬼的狐魅精靈系列故事中，亦不乏這個
第三者。〔註13〕

三

夢境本是釋放情色欲望最自由的空間，可是傳統中國人在夢境中亦顯得不
自由了，在春夢中受到第三者的監督，在美妙的春夢境界中夾雜著恐懼情緒。
傳統春夢故事為何皆以如此方式結局呢？張方將春夢的此種特點概括為「性愛
及其恐懼」原型，並從人類社會性愛禁忌觀念發生之角度，解釋這個原型的成
因。他認為：在人類早期，兩性間的性愛關係自由奔放，充滿活力；隨著人類
的進化，人的各種行為受到越來越多的約束和禁忌，性行為受到的約束和禁忌
首當其衝，而且特別嚴重。這樣便大大削減了性愛體驗的強度和力度，對性本
能的渲洩產生了恐懼心理。如果按照以往的方式去實施性愛行為就要受到懲
罰，那麼人的性本能必定受到來自外界的壓力，回到無意識，進而形成某種情
結，不再為意識感知，只有在某些特殊的場合——比如夢境——才顯露出來，
而且時常伴隨著對禁忌的恐懼，即極度快感後的極度恐懼。〔註14〕這種解釋具
有普泛性，其正確性不言而喻。可是，當我們把春夢的此種特點放在傳統中國
文化背景上考察，從講故事的作者——傳統中國士大夫文人——的文化心理和

〔註13〕參見吳康《中國古代夢幻》第四章《性夢幻》，海南出版社2002年版。
〔註14〕張方《風流人格》第137頁，華文出版社1997年版。

審美趣味之角度來研究，事情就不會這麼簡單。或者說，春夢故事的此種特點，體現了士大夫文人某種特殊的文化心理和審美趣味。

我們並不否認道德禁忌和倫理觀念的滲透對傳統中國人的性心理之影響，以及由此造成的在春夢中極度快感後必然伴隨著極度恐懼之特點。我們祇是強調講故事的作者——傳統中國士大夫文人——的文化心理和審美趣味對春夢模式之滲透。

我認為：傳統中國文獻中載錄的形形色色的春夢故事，部份或有所本，大部份作品當是才子文人模倣敷衍而成的，其中必然體現了士大夫文人的文化心理和審美趣味。春夢故事中普遍出現的在極度快感的「兒女之事」即將發生或者剛剛完成之際的恐懼情緒，實際上體現的是故事講述人對「兒女之事」的否定性傾向，而普遍出現的第三者視角，往往代表的就是講故事的作者的態度，進一步說，就是士大夫文人的態度。值得追問的是，士大夫文人內心深處皆有一種深深的「春夢情結」，皆把春夢視為情色欲望的自由實現空間，可為什麼又要在春夢場境中為情色欲望的自由實現設置種種障礙？雖然這種種障礙（包括第三者視角的監督，夢中的虛脫和恐懼、驟然驚醒）可能是春夢中的自然現象，但成為一種普遍的文化心理，則與春夢故事之講述者——士大夫文人——的反覆講述和過度誇張有關。所以，士大夫文人為什麼要這樣反覆講述這樣的春夢故事，是值得深究的。我以為，它一定與士大夫文人的某種文化心理和審美趣味有關係。

比如，《紅樓夢》中的賈寶玉夢遊太虛幻境，「司人間之風情月債，掌塵世之女怨男癡」的警幻仙姑這個第三者的態度，實際上就是故事講述人曹雪芹的態度，亦代表士大夫文人的普遍見解。且看警幻仙姑對賈寶玉的一段談話：

> 忽警幻道：「塵世中多少富貴之家，那些綠窗風月，繡閣煙霞，皆被淫污紈袴與那些流蕩女子悉皆玷辱。更可恨者，自古來多少輕薄浪子，皆以『好色不淫』為飾，又以『情而不淫』作案，此皆飾非掩醜之語也。好色即淫，知情更淫。是以巫山之會，雲雨之歡，皆由既悅其色，復戀其情所致也。吾所愛汝者，乃天下古今第一淫人也。」
>
> 寶玉聽了，唬的忙答道：「仙姑差了，我因懶於讀書，家父母尚每垂訓飭，豈敢再冒『淫』字。況且年紀尚小，不知『淫』字為何物。」
>
> 警幻道：「非也，淫雖一理，意則有別。如世之好淫者，不過悅容貌，喜歌舞，調笑無厭，雲雨無時，恨不能盡天下之美女供我片時之趣

興，此皆皮膚淫濫之蠢物耳！如爾則天分中生成一段癡情，吾輩推
之爲『意淫』。『意淫』二字，惟心會而不可口傳，可神通而不可語
達。汝今獨得此二字，在閨閣中，固可爲良友，然於世道中未免迂
闊怪詭，百口嘲謗，萬目睚眥，⋯⋯」

「好色」是人之本性，早期儒家著作中普遍存在此種看法，如在《論語・子
罕》和《衛靈公》兩篇中，兩次出現孔子「吾未見好德如好色者也」這句話，
但他並沒有將「好德」與「好色」對立起來，衹是感歎人的「好德」不如「好
色」那樣出自天性。孔子沒有對人的「好色」天性加以否定，當然亦沒有提
倡和肯定，衹是承認此種事實。孟子的意見與此相同，他說：「好色，人之所
欲。」〔註15〕他在勸說齊宣王行「王道」時的一段「好色」之論深可注意，
其云：

> 昔者太王好色，愛厥妃。《詩》云：古公亶父，來朝走馬，率西水滸，
> 至於岐下，爰及姜女，聿來胥宇。當是時也，內無怨女，外無曠夫。
> 王如好色，與百姓同之，於王何有。〔註16〕

孟子的本意是要求君王「與民同樂」，並非鼓勵「好色」。他同孔子一樣，承
認「好色」是人之本性，但並不鼓勵和提倡。事實上，自先秦以來，男人從
不敢以「好色」自我標榜，因爲「好色」雖出自本性但從來不是美德，「好色
之徒」向來就不是一個體面的稱號。所以，像齊宣王那樣的好色之徒，在對
好色行爲持開明態度的孟子面前，亦仍然很難爲情地說：「寡人有疾，寡人好
色。」〔註17〕把「好色」視爲一種疾病，這與宋元以來的道德家視「好色」
爲惡德，雖略有不同，但其淵源關係則是很顯明的。總之，在傳統中國的主
流意識中，「好色」不僅從未得到提倡，而且是逐漸被限制和否定的。但是，
在春夢中，好色的欲望得到自由釋放。春夢故事的講述者是肯定、甚至是提
倡和鼓勵「好色」的。如警幻仙姑（實際上是曹雪芹的代言人）不反對寶玉
的「好色」，甚至推崇寶玉的「好色」，以爲「我所愛汝者，乃天下古今第一
淫人也」。在這裏，甚至在所有的春夢故事中，「好色」得到寬容，甚至還得
到肯定，拒色之人反而成爲不可理喻的怪物。〔註18〕但是，在警幻仙姑的「好

〔註15〕《孟子・萬章上》。
〔註16〕《孟子・梁惠王下》。
〔註17〕《孟子・梁惠王上》。
〔註18〕這使人想到袁枚《子不語》卷十一借妓女之口所說的一段話：「惜玉憐香而心
不動者，聖也；惜玉憐香而心動者，人也；不知玉不知香者，禽獸也。」

色」理論中，甚至在所有春夢故事的講述者眼裏，「好色」是有限度的，「好色」以「意淫」爲最高境界。警幻仙姑把「淫」（即「好色」）分爲二類，即「皮膚淫濫」和「意淫」。二者皆是「淫」，皆是「好色」，但其區別亦是顯而易見的。即「皮膚淫濫」僅僅是悅容貌、喜歌舞、泄情欲；而「意淫」是既淫其色，更淫其情（「好色即淫，知情更淫」），是「既悅其色，復戀其情」。只有「天分中生成一段癡情」者，才是眞正的「意淫」。寶玉之「淫」是「意淫」，故被警幻仙姑稱爲「天下古今第一淫人」，當然亦是春夢故事之講述者——曹雪芹——心目中的最佳情愛境界的代言人。

「意淫」是春夢的最佳境界，亦是士大夫文人理想愛情的最佳境界。如李漁《笠翁偶集摘錄・選姿》說：

> 想當然之妙境，較身醉溫柔鄉者倍覺有情。如其不信，但以往事驗
> 之。楚襄王，人主也，六宮窈窕，充塞內庭，握雨攜雲，何事不有，
> 而千古以下，不聞傳其實事，止有陽臺一夢，膾炙人口。陽臺今落
> 何處？神女家在何方？朝爲行雲，暮爲行雨，畢竟是何情狀？皆有
> 蹤跡可考、實事可縷陳乎？皆幻境也。幻境之妙，十倍於眞，故千
> 古傳之。能以十倍於眞之事，譜而爲法，未有不入閒情三昧者。〔註
> 19〕

李漁之言頗堪玩味，其所謂「幻境」，即「想當然之妙境」，亦即《紅樓夢》所謂之「意淫」。其所謂「眞」，即「身醉溫柔鄉者」，亦即《紅樓夢》所謂之「皮膚淫濫」。李漁以爲「幻境之妙，十倍於眞」，或云「想當然之妙境，較身醉溫柔鄉者倍覺有情」，亦是《紅樓夢》所謂「意淫」勝於「皮膚淫濫」之意。

何謂「意淫」？警幻仙姑以爲「惟心會而不可言傳，可神通而不可語達」，未予明言。現當代學者提出了幾種解釋，如潘光旦說：

> 凡直接由內心的想像所喚起而不由外緣的刺戟激發的性戀現象，譯
> 者在這裏叫做「意淫」。以前有人說《紅樓夢》一書的大患，在導人
> 意淫。清陳其元《庸閒齋筆記》（卷八）說：「淫書以《紅樓夢》爲
> 最，蓋描摹癡男女情性，其字面絕不露一淫字，令人目想神遊，而
> 意爲之移，所謂大盜不操干矛也。」此段評語有何價值，是別一問
> 題，但用作「意淫」的解釋是再貼切沒有的。不過讀者得辨別，《紅
> 樓夢》一書所描摹的種種，終始屬於「異性戀」的範圍，而不屬於

〔註19〕《香豔叢書》二十集卷一。

「自動戀」的意淫的範圍，若因其所描摹的始終爲異性戀的積欲的
段落，而難得涉及解欲的段落，因而文字比較蘊藉，「絕不露一淫
字」，便以爲這就叫「意淫」，那就錯了。《紅樓夢》所描摹的不是意
淫，但可以在閱讀的人身上間接喚起意淫，或供給不少意淫的資料，
那是對的。不過這又是一切性愛的說部所共有的功用，初不限於《紅
樓夢》一種了。〔註20〕

江曉原說：

「意淫」一詞，明、清文人常用之。在大多數情況下，這被用來指
停留在思想或意念中而未付諸肉體行動的性愛場景。……與「意淫」
相對的是「皮膚濫淫」——可以理解爲肉體上的性行爲；所以只要
未達到這一步，其餘各種行動，諸如眉目傳情、語言調笑，乃至素
手相攜、深夜晤談等等，都可以成爲「意淫」——只要行動者自己
內心對這些行動賦予性意味即可。〔註21〕

聶鑫森解釋賈寶玉的「意淫」，以爲其中包括三方面的內容：第一，對嬌美女
性的高度讚譽和尊重，對男子（包括自身在內）的極端鄙薄和貶低。第二，
對嬌美女性，因情致癡，情感眞摯，沒有半點玩弄的意思。第三，用整個身
心去感悟女性世界的種種妙旨，由「悅其色」到「悅其情」。〔註22〕

綜觀以上三家對於「意淫」的解說，江說最全，聶說近似，潘說另有所
指。潘光旦以「意淫」譯藹理士《性心理學》中的「自動戀」一詞，故處處
以「自動戀」的特徵解說「意淫」。其實，僅從字面上看，「意淫」與「自動
戀」相近，但從明清以來之用例看，特別是從《紅樓夢》中警幻仙姑所用的
「意淫」一詞看，它與藹理士所說的「自動戀」截然有別。它的準確含義，
應當如江曉原所說，是指「停留在思想或意念中而未付諸肉體行動的性愛情
景」，或如朱正琳所說，是「一種極爲高級的性活動方式——用思想和語言來
進行性活動」。〔註23〕它的基本特徵，應當如聶鑫森所說，是對嬌美女性的尊
重、認眞和癡情，是情色並重。

「紅樓夢」是傳統中國社會最大的一場春夢，《紅樓夢》是中國古典文學中

〔註20〕 潘光旦《性心理學譯注》第 116 頁，上海三聯書店 2006 年版。
〔註21〕 江曉原《性張力上的中國人》第 148～150 頁，上海人民出版社 1995 年版。
〔註22〕 聶鑫森《紅樓夢性愛揭秘》第 11 頁，灕江出版社 2005 年版。
〔註23〕 轉引自江曉原《性張力下的中國人》第 149 頁，上海人民出版社 1995 年版。

春夢故事之集大成者，《紅樓夢》中的春夢結局是「意淫」。或者說，傳統中國春夢故事的最佳結局是「意淫」。進言之，士大夫文人情愛生活的最高境界是「意淫」。傳統春夢故事中普遍出現的第三者視角和經歷「兒女之事」後普遍出現的懊惱、恐懼、不安情緒，實際上就是對「皮膚淫濫」的戒懼，以「皮膚淫濫」為情愛之「迷津」，希望真正的情愛停駐在「意淫」狀態。士大夫文人構建的、自《詩經‧蒹葭》至《洛神賦》以來的「美人幻象」，亦不妨視為一種「意淫」，一種以精神愉悅為宗旨而不是以情欲渲泄為目的的「意淫」。

以精神愉悅為宗旨的「意淫」，近似於西方所稱的「柏拉圖式的精神戀愛」，雖然它並不完全否定身體欲望的滿足。我認為，傳統春夢故事宣揚「好色」，對於面對美色而無動於衷之人不懷好感，但它提倡的是以「意淫」為特點的「好色」，反對以「皮膚淫濫」為特點的「好色」。簡言之，「意淫」是一種境界，是一種詩意化、審美化的藝術境界。「意淫」是審美化的，那種若隱若現的距離感是營造詩意的津梁，那種在意淫情景中彌漫著的淡淡憂傷和淺淺抑鬱，那種欲罷不能、欲求不得的猶豫彷徨，正是其詩意之內涵。士大夫文人以「意淫」為情愛之最高境界，以「意淫」為春夢之最佳境界，正體現了他們的詩意生活方式和對詩性精神的執著追求。

傳統中國文人的青樓情結

　　傳統中國士大夫文人的愛情夢想，不在婚姻家庭**裏**，不在夫婦關係中，而是在青樓楚館的妓女身上，「秦樓楚館是中國式愛情的大尾閭和大市場」。〔註1〕如果沒有青樓楚館，士大夫文人的愛情就找不到容身之地；如果沒有妓女群體，士大夫文人的愛情就找不著寄託之處。與此相關，古代中國的愛情文學，主要不是寫夫妻戀情，甚至較少涉及兩小無猜的少男少女間的浪漫情懷，更多著墨於成年男女間的婚外戀情，特別是文人才子與青樓妓女間的詩意愛情。在一定程度上可以這樣說，傳統中國的愛情文學，就是青樓文學。如果沒有青樓這個特殊場所和妓女這個特殊群體，傳統中國的愛情文學亦將黯然失色。所以，在士大夫文人的感情世界和文學場域**裏**，青樓妓女是不可或缺之物，是情感欲望和文學想像的依託之物。我們把這種依託關係，稱爲士大夫文人的「青樓情結」。

一

　　在古今中外的主流意識語境中，青樓楚館從來就是受人唾棄的藏污納垢之所，青樓妓女一般皆是受社會普遍輕視的低賤人群，青樓文化亦常常被視爲社會陰暗面的具體體現。這種主流意識的正確性是不容置疑的，因爲娼妓業的發展必然給社會穩定和家庭和諧帶來極大的破壞，亦給女性的身心健康帶來嚴重摧殘。不過，在對主流意識保持基本認同之前提下，我認爲，研究

〔註1〕 李敖《大中華‧小愛情》，見小琪、春林編《怕老婆的哲學——文人筆下的男女與情愛》第 108 頁，群言出版社 1993 年版。

士大夫文人的「青樓情結」，應當對傳統中國的青樓文化作具體而客觀的分析，對傳統中國社會妓女的身份特徵、青樓場所的文化內涵及其對中國社會文化所發生的影響，作辯證的評價。關於這個問題，龔斌先生的意見值得參考，他說：

> 中國的青樓文化，大致可以區分爲兩種形態：一種是古典的，一種是近世的，我稱之爲古典青樓文化與近世青樓文化。古典青樓文化是士大夫文人文化的一部份，鮮明地體現出這些純粹文化人的生活情趣和審美情趣。近世青樓文化則屬新興的商人和市井平民文化的範疇，反映市民階層的思想意識與審美情趣。前者更多地表現出典雅的文學藝術氛圍，伴生著詩歌、音樂及各種藝術；後者更多地表現爲世俗的實用主義特徵，與金錢、肉欲聯繫在一起，其審美取向是市井式的眞實，乃至把無聊庸俗當作有趣。〔註2〕

傳統青樓文化有古典青樓文化和近世青樓文化兩種形態，相應地，青樓和妓女亦有古典和近世兩種類型。我們討論青樓妓女的身份特徵及其文化內涵時，應該對這兩種類型的妓女作區別分析。爲了敘述方便，避免這種時間性質的概念（即「古典」、「近世」）引起理解上的分歧，我在下文稱「古典的妓女」爲「典雅妓女」，稱「近世的妓女」爲「世俗妓女」。

　　大體而言，「世俗妓女」就是我們通常所說的賣淫婦，從事金錢與肉欲的置換工作，這種類型的妓女以近現代的商業社會居多，在宋元以前亦有，但不普遍。「典雅妓女」不同於一般的賣淫婦，雖然她們有時亦操皮肉生涯，但是，獨領風騷並爲文人雅士所醉心的「典雅妓女」，往往以才情自居，一般皆有較高的藝術才能和清雅的審美趣味，有文人化和名士化的特點。這種妓女在古代較爲常見，近現代商業社會中亦有，但畢竟是鳳毛麟角。一般來說，士大夫文人的「青樓情結」所牽繫的是「典雅妓女」，不是「世俗妓女」。或者說，士大夫文人所倚重的、引以爲知音的，是「典雅妓女」，不是「世俗妓女」。

二

　　「典雅妓女」在士大夫文人的心目中具有較高的社會地位，他們同情其遭遇，讚賞其才情，稱道其名節，或引爲情感上的知己，或視爲藝術上的知

〔註2〕 龔斌《情有千千結──青樓文化與中國文學研究》之《緒論》第14～15頁，漢語大詞典出版社2001年版。

音，或爲之集資送葬，或爲之寫墓誌銘等等。他們把與絕色名妓之交往，視爲可以炫耀的社會資本，視爲高貴社會地位和名士身份之象徵。

一般人常常認爲，男人嫖娼宿妓，不外乎就是與妓女發生性交易。明清以來商業社會中的青樓楚館**裏**，的確如此。但是，在古典的青樓**裏**，在士大夫文人與「典雅妓女」之交往中，性關係不佔主要地位，而且不是必須發生的。這正如高羅佩所說：「尋歡作樂的人可以到青樓宴飲，讓姑娘們爲他們跳舞唱歌，隨後在那**裏**過夜。在十九世紀和二十世紀之前，有教養的男人僅爲泄欲而涉足妓院是罕見的，即此可見中國人之情趣。」〔註3〕即有教養的男人不妨出入青樓，但發生性關係是次要的，主要還是爲了尋求情感寄託和精神慰藉。所以，士大夫文人與妓女之關係，僅是「三陪」之類的，性關係不是必須的。即使要發生性關係，亦不是世俗青樓中的那種金錢與美色的簡單交易，而是必須有條件的：一是狎客必須具備引人注目的風度、儀態、才情和學識，金錢和權勢往往是次要的。如李師師不願接待裝扮成富商、易名爲趙乙的宋徽宗，便屬此類。其二，必須有一個漫長的追求、相思和戀愛過程，包括饋贈財物、寫詩吹捧等等。明清時期眾多的世情小說中，對這種追求過程有比較生動的反映。

對於「典雅妓女」，人們首先看重的是其社會作用，其次才是在性方面的作用。高羅佩說：「肉欲的滿足也是藝妓制度持續不衰的原因之一，但我們仍然有充分理由認爲這是第二位的因素。」其一，那些能夠結交藝妓（相當於我們所說的「典雅妓女」）的文人雅士，家中有妻妾多人，「他們有義務給妻妾以性滿足，那就很難期望一個正常的男人竟是因性欲的驅使而與外面的女人發生性交」，所以，「男人常與藝妓往來，多半是爲了逃避性愛，但願能夠擺脫家**裏**的沈悶空氣和出於義務的性關係。」其二，「男人與藝妓的關係中性交只佔次要地位，這一觀點還可從高級妓女的經濟狀況得到證實」，藝妓一生中賺大錢的機會有兩次，一是破身之時，二是贖身之時。日常經濟收入主要靠在青樓**裏**包辦筵席和在筵席上侍客賺來的錢。出賣肉體賺來的錢祇是其日常收入之小部份。所以，藝妓與鴇母都不刻意鼓勵發生性關係。因此，士大夫文人與藝妓的交往，性交的滿足是次要的，他們渴望建立一種無拘無束的「朋友般的關係」，他們交往的目的與其說是性欲之發洩，不如說

〔註3〕 高羅佩《中國古代房內考》第 90 頁，李零、郭曉惠等譯，上海人民出版社 1990年版。

是追求一種「優雅的娛樂」。所以，這種關係常常帶有「柏拉圖式的味道」。高羅佩認為，只有如此理解士大夫文人與藝妓的關係，才能有效回答以下問題：一、爲什麼在描寫才子與藝妓的戲曲小說中，才子總是熱衷於長期而複雜的求愛過程？二、爲什麼在中國古典詩詞作品中，作者與藝妓關係之描寫，總是充滿著傷感的情調？三、爲什麼在名妓的傳記中，總是對她們的社會成就格外重視，她們的歌舞技藝和善於應對總是被首先提到，而動人姿色總是放在第二位，甚至頗有一些名妓的姿色並不出眾。〔註4〕

所以，在傳統社會，出入青樓的男性，雖不乏「皮膚濫淫之蠹物」，但亦不乏追求異性情誼、情感寄託和精神慰藉的文人雅士。對於大多數文人雅士來說，他們赴青樓，訪妓女，與之建立親密關係，不僅是爲了發洩性的欲望，更主要是爲了追求詩意化的生活情趣和浪漫溫馨的異性情誼，或者說，是爲了尋找紅顏知己，追尋愛情之夢，是情感和精神上的需求。而名妓之於才子，亦非專爲錢財銀兩，更有尋找異性知己，以作情感和精神上的溝通者。文人雅士與名妓的這種關係，具有比較濃厚的超越性和詩意性，確有點「柏拉圖式的味道」。因此，中國古代那些纏綿動人的愛情故事，多發生在青樓裏，多發生在青樓名妓和文人才子之間。比較而言，「妓女是以叫許多中國男子嘗嘗羅曼斯的戀愛的滋味，而中國妻子則使丈夫享受比較入世的近乎實際生活的愛情」。〔註5〕

正是基於這種關係的超越性和詩意化特點，傳統社會對文人才子出入青樓，往往能持一種包容、庇護態度。文人才子狎妓，通常不妨礙其聲譽，反而常常被傳爲風流佳話而引來世人的豔羨。如唐代進士及第之後的「曲江之會」，幾可視爲奉旨狎妓。如牛僧儒出鎮揚州，辟杜牧爲掌書記，一再包容杜牧的「揚州夢」，甚至還暗中派人保護他的人身安全。更值得注意的是，宋元以來的帝王與名妓的關係，如宋徽宗與李師師，如宋理宗與唐安安等等，這就不是僅僅能用肉欲釋放可解釋的了。故余懷《板橋雜記後跋》說：「狹邪之遊，君子所戒。然謝安石東山攜妓，白香山眷戀溫柔，一則稱江左風流，一則稱廣大教主。因偶適其性情，亦何害爲君子哉！」〔註6〕

〔註4〕 高羅佩《中國古代房內考》第236～240頁，李零、郭曉惠等譯，上海人民出版社1990年版。

〔註5〕 林語堂《人生盛宴》第113頁，湖南文藝出版社1988年版。

〔註6〕 《香豔叢書》十三集卷三。

三

　　唐宋以來的著名文人，大多皆與青樓妓女或宗教藝妓（即女道士）有著或深或淺的情戀關係。在文人與妓女之間，有著發生情戀關係的適宜環境和條件。愛情的培養，需要特殊的環境和氣氛。男女間卿卿我我的詩意情懷，往往孕育於花前月下之詩意環境中，家庭內平凡而瑣碎的鍋碗盆瓢和油鹽醬醋，不適合孕育愛情。余懷《板橋雜記》述南京青樓說：「妓家各分門戶，爭妍獻媚，鬥勝誇奇。凌晨則卯飲淫淫，蘭湯灔灔，衣香一室。停午乃蘭花茉莉，沈水甲煎，馨聞數里。入夜而撇笛掃箏，梨園搬演，聲徹九霄。」〔註7〕其它時代和地區的青樓亦大致如此。在如此環境和氣氛中，最容易培養出詩意化的愛情。再說，在文人與妓女之間，才和色是愛情的媒介，郎才女貌是建立情愛關係的基礎。「有情必有才，才若疏，則情不摯」。〔註8〕妓女之倚重文人者，正是其才情。才、色是愛情的催化劑，文人之醉心於青樓者，亦在妓女之才色。妓女之色固不待論。而妓女之才，亦遠遠高出於家庭主婦。這是由傳統社會的倫理觀念決定的，「因爲由男子想來，上等家庭的婦女而玩弄絲竹，爲非正當，蓋恐有傷她們的德行，亦不宜文學程度太高，太高的文學情緒同樣會破壞道德，至於繪畫吟詩，雖亦很少鼓勵，然他們卻絕不尋找女性的文藝伴侶，娼妓因乘機培養了詩畫的技能，因爲她們不須用『無才』來作德行的堡壘」。所以，林語堂說：「青樓妓女適應著許多男性的求愛的、羅曼斯的需要，蓋許多男子在婚前的青年時代錯過了這樣風流的機會。我用『求愛』這個字眼是曾經熟思的。因爲青樓妓女不同於一般普通放浪的賣淫婦也。」〔註9〕因此，歷史上著名的女性文學家，絕大部份出自於青樓楚館。而文人之所以到青樓楚館尋找女性文藝伴侶，是因爲女性文藝伴侶多集中在青樓楚館。作爲藝術知音和詩性精神的寄託，妓女強於妻子。更爲重要的是，在古代社會，妓女是唯一自由的女性，較能獨立生活，較能自由用情。因此，比之於妻子，妓女更適合作爲建立超越的、審美的愛情關係的對象。

　　中國古代的經典愛情多發生在青樓楚館，文人才子的愛情夢想多集中在妓女身上，由此導致中國古代的愛情小說呈現出鮮明的民族特色，何滿子先生說：

〔註7〕 《香豔叢書》十三集卷三。
〔註8〕 《青樓夢》第一回瀟湘館侍者評語。
〔註9〕 林語堂《吾國與吾民》第 145 頁，湖南文藝出版社 1988 年版。

西方小說描寫娼妓和妓院生活的，大多在於暴露妓院的黑暗，控訴被侮辱與被損害的婦女的不幸命運和喪失人道的娼妓制度的罪惡，描寫妓女愛情的不多。……中國小說卻從唐代白行簡開始就出現了寫妓女愛情的《李娃傳》，……宋、元以後，則有敫桂英、玉堂春、杜十娘等數量頗多的妓女愛情小說，乃至清代末葉專寫妓女的狹邪小說竟成爲一個品類。這現象和中國社會制度和中國人的愛情生活有極大的關係。……中國男女在正式夫妻間獲得愛情的不多，即使有愛情的夫妻，在禮法、家規的約束下也不敢大膽肆意地享受愛情，而熱烈的愛情、奔放的愛情行爲，卻常須訴之於擺脫了禮法約束的場合。因此，自由的愛情只有求之於婚外戀，娶妾蓄婢嚴格說來也是婚外戀的變相。而婚外戀最方便的途徑就是嫖妓。妓院的存在具有一定限度內的合法性，男子嫖妓在一定限度內也不受輿論的、道德的譴責。男子帶著在家庭中恪守禮法的妻子身上得不到的新鮮而狂放的感情追求的願望到妓院去，反而有較婚姻中更能滿足的身心授予與獲得；而妓女這一邊爲了掙脫苦海，也只有從嫖客中選擇可靠的男人從良，她們的擇配反而要比未出閣的家庭女性更自由、更自主些，於是便有嫖男與妓女發生愛情的較多可能。〔註10〕

何滿子先生指出的中西娼妓題材小說的區別，極有理據。他關於產生此種區別的原因之解釋，以及對中國古人愛情生活之總結，是相當正確的、深刻的。

〔註10〕何滿子《中國愛情小說中的兩性關係》第 77～78 頁，上海書店出版社 1999年版。

傳統中國文人的相如情結

　　在世界文化史上，每一個民族皆有自己的文化偶像，偶像崇拜意識深入人心，逐漸積澱和凝練，便演繹成一種情結，成爲影響日常生活的潛在意識。此種偶像意識或情結，由個別發展到一般，進而成爲社會中某一群體甚或全社會的自覺意識或情結。比如，在傳統中國，有全社會共同的「皇帝情結」，有道德家群體的「孔聖情結」，有文學家群體的「詩聖情結」。茲篇就文學家群體的「相如情結」作專題討論，探討其產生的文化背景和內涵，討論其對傳統中國文人之思想、行爲所發生的影響。

一

　　司馬相如，蜀郡成都人，西漢武帝時代著名的辭賦家，著有《子虛上林賦》等作品。其一生中有兩件大事，最爲後人所稱道或豔羨，亦爲其本人所誇耀和自豪。其一，是以一篇《子虛上林賦》驚動天子，致使武帝有「朕獨不得與此人同時」之浩歎，進而召至京城，授職封官；其二，是以超奇手段獲得美豔文君和巨額嫁妝之風流韻事。漢魏以來的文人學士，由驚訝司馬相如的獨特經歷，到豔羨司馬相如的文采風流，到模倣崇拜司馬相如，而最終積澱成一種在大部份傳統文人學士心靈深處普遍存在的「相如情結」，並對其日常生活發生了比較重要的影響。

　　關於對司馬相如的評價，猶如對他所代表的賦體文學一樣，在中國文學史上是常常引起爭議的。推崇者和指責者意見分歧甚大，而最爲奇特的是，推崇者常常又是指責者，兩者往往兼於一身，僅僅有表達意見的時間或場所

的不同而已。

　　就其所代表的賦體文學而言。賦體，尤其是司馬相如代表的大賦，在中國文學史上的地位及其所獲致之評價，是相當的特殊。一方面，大賦鋪張揚厲，縱橫馳騁，是歌功頌德、呈祥示瑞的最佳文體，故而統治者出於潤色鴻業之需要，提倡它，鼓勵文人的創作；而文人學士爲了「幫忙」或「幫閒」以獲取統治者的好感，亦窮心盡力地創作。所以，大賦雖盛行於漢代而衰敗於魏晉以後，但其衰而不亡，自唐以來直至今日，其創作仍不絕如縷，其原因部份即是因此。其次，大賦創作之艱難，古代文體無有出其右者，天才如司馬相如寫作《子虛上林賦》，都要「幾百日而後成」；左思創作《三都賦》，亦費盡十餘年的功夫；揚雄作賦，竟致體病，「夢五臟墜地」；而桓譚諸人便乾脆放棄創作。大賦創作如此艱難，可它卻對文人又有相當的吸引力。因爲它應是古代諸種文體中最能展示淵博學識和藝術才華的體裁之一。一般而言，賦詩吟詞於杯酒之間，固能展示文采風流，但因其篇幅較小，製作甚易，未足以充分展示作者之學識才情。愈是困難的就愈有吸引力，因爲它能展示眞功夫，炫耀眞才學。因此，翻檢魏晉以來文人之詩文總集，你將發現：知名的和不知名的、入流者與不入流的、擅長的與不擅長的，其文集之卷首或多或少都有幾篇賦作。這似乎是一種態度，標誌著你對文學的虔誠；亦好像是一張門票，表明你已經踏入了文學的聖殿。總之，魏晉以來的文人創作大賦，或爲潤色鴻業的目的，或爲顯示才情學識，故其創作雖衰敗但不衰亡，仍在文人學士之心目中佔有相當重要的地位。另一方面，對於大賦的指斥，自漢代以來就從未停止過。比如在漢代，大賦便被指斥爲「虛辭濫說」、「勸百諷一」，而唐宋以來的道德家和理學家，對其批評指責更是不遺餘力，甚至幾乎是全盤否定。所以，在傳統中國，文體有六（詩、文、賦、詞、曲、小說）而正統有三（詩、文、賦），賦之一體雖與詩、文並居正統，但它在傳統中國文人心目中的地位，則是居於正統與非正統之間。所以我們說它的地位是特殊的，甚至是奇特的。

　　再說司馬相如其人。人如其文，司馬相如在中國文學史上的地位及其所獲致之評價，猶如他代表的賦體文學一樣，是相當特殊的，甚至是奇特的。相如之性情及其一生經歷，就猶如一篇大賦。其出使西南夷，爲漢王朝之疆域擴張與統一，立下了汗馬功勞。此間撰寫的《喻巴蜀檄》、《難蜀父老》，表明他對大漢帝國的熱愛，對「非常之人」漢武帝之欽仰與崇敬，是發自內心

的，是眞誠的。臨終之際抱病草撰《封禪書》，亦體現了他對王朝的眞誠和對政治的熱情，是至死不渝、保持終身的。在如此背景下理解《子虛上林賦》，其以鋪張揚厲之手段所進行的歌功頌德，是可以獲得同情之理解的，因爲他是眞誠的。眞誠的頌贊與虛僞的奉承，不可等量齊觀。其次，猶如漢賦之鋪張揚厲和虛辭濫說，司馬相如其人又是放縱的、誇誕的。他在道德家眼裏常常是一個異端分子，其出使受金，琴挑私奔，臨邛當鑪近乎巧取，貪戀美色發疾終身，都表現出其誇誕與放縱的一面。然而，他的才情風流，他以一篇《子虛上林賦》而獲得天子之賞識，他以獨具的才情獲得文君之青睞，並以超常的方式獲得美滿愛情。此種極具魅力的傳奇經歷，獲得了後世文人學士的豔羨和崇拜。

總之，文如其人，人亦如其文。司馬相如及其代表的大賦，在中國文學史上的地位及其所獲致的評價，是指責與推崇並存，鄙薄與豔羨同在。因此，相如其人其賦便成爲一個富於個性的矛盾體，所謂的傳統中國文人的「相如情結」，便在這個矛盾體中產生。

二

對於傳統中國文人來說，「洞房花燭夜，金榜題名時」，是一生中最重要的兩個時刻。或者說，傳統中國文人一生中最重要的兩件大事：一是洞房花燭，二是金榜題名。前者是指婚姻，後者是指爲官。二者構成了傳統中國人「成家立業」的人生理想。它雖然不如「治國平天下」的豪情和「家事國事天下事事事關心」的壯志；亦缺乏隱居南山、濯足清流之清高和睥睨世俗、仗劍遠遊之瀟灑。但它是眞實的，是實實在在的個人生活，沒有虛張聲勢，沒有虛情作秀，它雖然是世俗的，但更符合人之自然本性，是「治國平天下」的豪情壯志之基礎和前提。

在傳統中國文人的這兩件人生大事上，司馬相如皆爲之提供了一個神奇而浪漫的經典範例。其一，是他與卓文君演繹的由琴挑而私奔的愛情傳奇，爲後世才子佳人樹立了一個雖然不是人人皆能實現但確是人人皆在夢想的情愛典範；其二，是他以華采辭章驚動天子而獲得君王賞識並賜官職的奇特經歷，亦爲後世才子提示了一條富有傳奇色彩的、雖然未必人人都能走通但確是人人皆嚮往的入仕途徑。

先說「洞房花燭」。

　　婚姻爲人生之所必須。傳統中國人講結婚爲「完婚」，意謂一個人只有通過婚姻才能達致人生之完整境界；儒家學者講「治國平天下」，必以「修身齊家」爲前提，亦重「齊家」之婚姻於人格健全的意義；或如辜鴻銘所謂，沒有婚姻家庭的愛國者只能被稱作「強盜愛國者」。因此，經歷洞房花燭的美妙時刻，是實現健全人格和完整人生的必要條件。但是，在傳統社會，男女婚姻不是「情人婚姻」，而是「社會婚姻」，婚姻中滲透著非常濃厚的功利色彩，聯姻方式是父母之命與媒妁之言，聯姻目的是廣家族與繁子孫。即男女雙方皆本著社會使命和家族責任，經歷洞房花燭，體驗夫妻生活。

　　相如與文君的婚姻一反傳統模式，它拋棄了社會使命和家族責任，是基於愛情的結合，是才色之戀，極富浪漫精神和傳奇色彩。其「奇」主要體現在以下幾個方面：其一，是一見鍾情。眞正的愛情必須是一見鍾情，在一見之中發生的那種類似高峰體驗的迷醉情緒，才是愛情。男女間通過熟悉瞭解、長期磨合逐漸培養起來的感情是友情，不是愛情。相如文君是典型的一見鍾情，準確的說，是「一聞」而非「一見」，此爲一奇。其二，是「以琴心挑之」的傳情方式。傳統婚姻是以父母之命、媒妁之言促成，以紅娘或月老往來其間傳遞情意、溝通資訊。而司馬相如與卓文君則是以文人特有的藝術化、審美化的手段傳情達意。一「挑」字，當然足見司馬遷用詞之精妙，但亦頗能準確傳神地展現司馬相如的浪漫風流。其三，是才色之戀。傳統婚姻講門當戶對。「家徒四壁立」的司馬相如吸引卓文君的不是門戶，而是才情；豪商出身的卓文君吸引司馬相如的不是財物，而是美色。故《西京雜記》卷二載：「文君姣好，眉色如望遠山，臉際常若芙蓉，肌膚柔滑如脂，十七而寡，爲人放誕風流，故悅長卿之才而越禮焉。長卿素有消渴疾，及還成都，悅文君之色，遂以發痼疾。」其四，是私奔。傳統婚姻講名媒正娶，以儀式形式確定婚姻雙方的名份，見證婚姻的合法性質。而相如文君不求名份，不論是否合法，一任激情之自然流露，極具浪漫精神。其五，是臨邛當鑪，以近乎巧取的方式獲得巨額嫁妝，此雖爲道德家所不恥，卻奠定了相如文君浪漫愛情生活的物質基礎。

　　相如文君的婚姻愛情有此五奇，故其浪漫精神和傳奇色彩特別顯著，在中國文化史、文學史上皆有比較重要的影響。它作爲傳統中國人的兩大愛情理想模式（才子佳人和英雄美人）之一——才子佳人——的原型，不僅爲後來才子佳人的談情說愛樹立了一個典範，而且傳載此事的《史記・司馬相如

列傳》也成爲唐宋以來才子佳人愛情小說所仿傚的一個範本。因此，它不僅在中國古代情愛生活史上具有原型意義，而且在古代中國愛情小說史上亦具有典範價值。

現實生活中並沒有那麼多才子佳人的風流韻事，可我們的古代小說家卻編撰了如此豐富的才子佳人的愛情小說，以致一提及愛情小說，就自然聯想到才子佳人；古代讀者如此熱衷閱讀才子佳人的愛情小說，以致於它在明末清初形成一項文化產業，眾多書商邀請寫手編撰此類小說，以滿足讀者的需要和自己的賺錢目的。作者的熱心創作和讀者的熱情閱讀，其所呈現出來的社會心理，是文人對現實婚姻的不滿足和對理想愛情的嚮往。從嚮往才子佳人的風流韻事到追捧才子佳人的愛情小說，歸根結蒂，就是對相如文君之追慕與嚮往，就是每一位作者和讀者之心靈深處，皆有一種深深的「相如情結」。

三

再說「金榜題名」。

傳統中國文人皆有較強的功業意識，把「治國平天下」作爲人生的重要追求，把「大濟蒼生」、「兼濟天下」作爲人生之理想目標。實現此種理想追求之動機，或有盡國民一己之義務而報效國家和獲取功名富貴以光宗耀祖之不同，但其最終目的皆是爲展示個人在社會上的價值和意義。因此，「十年寒窗」的苦心求學，是爲「貨與帝王家」和光宗耀祖作前期準備。

「學而優則仕」，傳統中國學子經過「十年寒窗」之苦心經營後，欲步入仕途，實現「兼濟天下」和光宗耀祖之宏願，首要的路徑就是參加科舉考試。自隋唐以來推行的開科考試，的確給社會中下層文人提供了一條步入仕途、擠進上層和實現人生理想的方便途徑，讓社會中下層文人與上層貴族子弟同臺競技，一定程度上體現了社會發展之公平化趨勢；而宋代以來糊名製之實施，又使此項制度更加的公平和公正；宋元以來推行的以四書爲依據、以八股爲模式之考試方式，又使考試有了規範化、程式化的特點。歷代文人在科舉道路上經歷的坎坷曲折和體驗的辛酸苦辣，於吳敬梓《儒林外史》一書中有最充分、最深刻之表現。客觀地說，科舉制度在封建國家的人才選拔中的確發揮過重要作用，更爲社會的公平公正的發展起了重要的推動作用。但是，另一方面，它那種日趨規範化、程式化的考試模式，如以四書爲依據的八股取士，又反過來束縛了人的創造性，限制了天才的自由發揮，桎梏了社會文

化的發展。當然，這是任何一項制度走向規範化、程式化後必然可能出現的
現象，非僅科舉制度如此。因此，科舉考試雖然有種種優點，千餘年來若干
文人學士爲之努力拚搏，頭懸樑，椎刺股，備嘗艱辛苦難。但是，在其內心
深處則有一種反感與叛逆，特別是個性精神和主體意識比較強烈的文人，只
不過他們別無選擇，只能如此。要不然，就像李白這樣的天縱奇才，乾脆拒
絕參加考試。

在抗拒程式化的科舉考試之進程中，另一條入仕路徑被開闢出來，即所
謂的「終南捷徑」。「終南捷徑」之所以可能走通，主要是基於傳統中國文化
對隱士的美化和讚賞，以爲隱士必有高風亮節和淵博學識。統治者招選隱士，
亦並非完全是因其人格與學識，主要還是爲展示一種包容萬象的文化姿態，
以點綴其統治之開放與胸襟之寬博。「終南捷徑」雖較科舉考試自由灑脫，不
拘一格，但它更加具有不確定性，或者說是可遇而不可求的，是特例而非慣
例，且有虛僞作態如《北山移文》所諷刺者，故對仕進心較爲強烈的文人學
士，並不具備很大的吸引力。

科舉考試是文人入仕的主要途徑，「終南捷徑」祇是一個可遇而不可求的
入仕通道上之小小補充。對文人學士有著較強吸引力的入仕方式，還有司馬
相如開闢的以華采辭章動天子而獲得君臣契合的路徑。據《史記・司馬相如
傳》載：相如以貲爲郎，會景帝不好辭賦，便客遊梁國，作《子虛賦》，武帝
讀之，有「朕獨不得與此人同時」之感歎，楊得意薦相如於武帝，作《上林
賦》，武帝大悅，以爲郎。司馬相如開闢的此種入仕方式，對文人學士具有相
當的吸引力。首先，文人之特長是詩賦創作，文人用以入世之資本是華彩辭
章。以華彩辭章奉獻君王而受器重，或君王讀其華彩辭章而召引之賞識之，
此最符合文人之身份特徵，或者是文人份內應有之榮幸。其次，文人浪漫風
流，率眞自然，參加科舉考試則受程式化考試制度之拘束，而倍感壓抑。即
使走通「終南捷徑」，亦會招來虛僞作態之譏諷。不以傳統規矩，而是出奇制
勝，以華彩辭章驚動天子而獲器重，則與文人率眞自然之本性特徵正相吻合，
亦更能獲致聲名，更能產生轟動效應。其三，以華彩辭章驚動天子而獲招引，
此乃文人與君王間因共同的文學愛好而達成的契合，是一種精神上的默契，
近乎文友關係，部份實現了自孟子以來之文人學士企望與天子建立師友關係
之夢想，因而對文人亦有相當的吸引力。在中國文學史上，文人與君王間達
成此種關係的，可能僅有相如與漢武帝、李白與唐玄宗。

　　總之，在中國文學史上，司馬相如是第一個單靠華彩辭章驚動天子而獲
得招引器重的文士，正如他以非常規的情挑私奔之方式獲取美滿婚姻，他亦
以超奇的途徑獲得至尊天子之青睞賞識。司馬相如的華彩辭章，自漢代以來
便在文學史上凝練成一個標誌性的符號，如西漢長安人慶虯之著《清思賦》，
人不甚重，後託以爲相如所作，遂大見重於世。〔註1〕揚雄作《成都城四隅銘》，
「蜀人有楊莊者爲郎，誦之於成帝，以爲似相如，雄遂以此得見」。〔註2〕至
於有很深「相如情結」的李白，拒絕以科舉入仕，最終以詩歌得到玄宗召見，
亦近乎相如經歷之重演。杜甫於開元中春節向唐玄宗獻《三大禮賦》，而獲得
待詔翰林之賞譽。……總之，這是一條最符合文人身份、最能展示文人才情
風流、最契合文人之個性特徵的入仕道路，因而對文人學士最具誘惑力。此
爲傳統中國文人「相如情結」的另一項重要內容。

四

　　綜上所述，傳統中國文人的「相如情結」，其內涵有二；一是豔羨司馬相
如以琴挑私奔的超常手段獲取美滿愛情之風流韻事；二是嚮往司馬相如以華
彩辭章驚動天子而獲招引賞識之奇特經歷。此二事的共同特點就是超常出
奇，因而亦極富浪漫精神，與文人的精神境界正相契合；此二事乃文人一生
中最重要的兩件大事，與文人的現實生活關聯緊密，因而亦很有現實意義。
所以，所謂「相如情結」，就是在傳統文人的世俗生活和精神追求相結合激蕩
中而產生的一種情愫、一種理想。當然，並不是每一位文人都有司馬相如這
種與文君的風流豔遇和與武帝的神情契合，但是，作爲一種理想追求，作爲
一種願望情結，每一位文人都幻想這種可能性發生在自己的身上。這亦是傳
統文人熱衷編撰和閱讀才子佳人愛情小說的一個深層心理因素。

　　根據弗洛伊德的精神分析學觀點，人的深層心理結構分爲潛意識、前意
識和意識三層次，或本我、自我和超我三層次。所謂潛意識是指被排斥在意
識之外的、潛伏於內心深處的最原始的本能，它不僅不易爲外人所知曉，有
時自己亦未必能自覺到它的存在，即使自覺到它的存在，亦未必有勇氣公諸
於眾，用中國人的話說，是擺不上桌面的，但它在人的生活中起著支配性作
用。所謂意識，就是顯現於外的，主體可以明確認識到的，它在整個人的心

〔註1〕　《西京雜記》卷三。
〔註2〕　李善注《文選》引揚雄《答劉歆書》。

靈中，起著檢查官的作用，控制著人的明確的願望和動機，是可以公諸於眾而毫無愧色的，用中國人的話說，是擺得上桌面的。根據弗洛伊德的觀點，潛意識和意識都是客觀存在的，相較而言，潛意識更真實，更具內驅力，它是一種本能的衝動。弗洛伊德在潛意識之基礎上提出了「情結」這個概念，以為「情結」是在個體的潛意識領域所形成的創傷性記憶。本文所使用的「情結」一詞是泛指，即概指某種文化意識對人類發生深入影響後所積澱而成的一種共同的心理或情愫，而非特指在潛意識領域所形成的創傷性記憶。我認為：「情結」作為一種意識，亦有顯、潛之分，亦有擺得上桌面的「情結」和擺不上桌面的「潛情結」之區別。若就本文開篇所謂之「孔聖情結」、「詩聖情結」和「相如情結」而言，前者是文人學士的「顯情結」，後者則是「潛情結」。

先說前者。傳統中國社會的教育是一種正本清源的德性教育，以四書五經為教材，以德行操守為教學內容，意在培育國民以德行操守為根基的家國意識，使之進可成為治國平天下的國家棟樑，退可成為風化一鄉之道德君子，此即儒家所謂「達則兼濟天下，窮則獨善其身」。在此種教育背景上成長起來的傳統文人，自然便有極強的家國意識和功業意識，並且往往高自標持，以澄清天下為己任，以治國平天下為職責，以「先天下之憂而憂，後天下之樂而樂」為人生信條。因此，在道德境界上，推崇孔孟，形成「孔聖情結」，在文學藝術與人生境界上，仰慕杜甫「致君堯舜上，再使風俗淳」的摯著精神，積澱成「詩聖情結」。對這種因德性教育而激發出來的崇高理想，以及由此積澱而成的聖人情結，後人理當報以深摯的敬意。因為中華民族兩千多年的輝煌歷史，亦正是在傳統文人此種崇高理想和聖人情結之激勵下創造而成，歷史上亦的確出現了若干被這種精神所感召和被這種情結所驅動的聖人、準聖人、聖人後。但是，正如民眾仰仗清流，社會上便出現若干假清流；輿論推崇隱士，社會上便出現若干偽隱士；國家社會期待治國平天下的君子，社會上必然便有諸多偽君子。因此，仰仗孔孟、推崇詩聖，以經邦治國、關注民生為內涵的「聖人情結」，常常成為一般文人學士高自標持的政治表態，其內心深處之真實想法未必如此。

如果說「聖人情結」是高雅的，那麼「相如情結」則是世俗的；如果說前者是顯現的，後者則是潛藏著的；前者相當於弗洛伊德所說的「意識」，後者則是「潛意識」；前者是王牌，後者則是底牌。前者往往由雅而偽，變成一

種政治表態；後者則是因俗而真，實為一種人生之本能需求。我們不必因「聖人情結」之雅潔而特致頌辭，亦不可因「相如情結」之凡俗而心懷貶意。因為它們雖有雅俗之別，但並無高下之分，倒是常常有真偽之別。正如我們不太相信李塨所謂夫婦行房事是為「敦倫」的表態，寧可相信孔融所謂「父之於子，當有何親，實為情欲發耳」之說辭，因為後者更切近實情。

「聖人情結」和「相如情結」並存於你心中，你自可標持你安邦治國之雄心壯志，你也不妨常將孔孟、屈原、杜甫掛在嘴邊，作為你人生之楷模，但你萬萬不可否認潛藏於你心中的「相如情結」，否則便有虛偽作態之歉疑。就像李塨不妨視夫婦性事為「敦倫」，但你絕對不能否認潛藏在心底的情欲，否則你的「敦倫」亦無法進行。所以，平心而論，任何一位心智健全的傳統文人，其心靈深處皆有一種不容否定的「相如情結」，你盡可批評文君的「放誕風流」，指責相如的情挑私奔，但作為一位有性情的文人，如果不是過分的麻木不仁，或者心如死灰，你對司馬相如必有一種不可言說的豔羨心理。不可言說亦罷，但不承認就是虛偽作態。

所以，我以為，傳統中國文學家心中必有兩位聖人：一位是杜甫，一位是司馬相如。

卷三：詩性風月

才子佳人與英雄美人：傳統中國人的愛情理想

舊家女郎：傳統中國文人的理想配偶

琴心挑之：傳統中國人的調情藝術

有女懷春，吉士誘之：傳統中國社會情愛生活的季節性特徵

東門・桑中・水濱：傳統中國社會情愛生活的地域性特徵

女子善懷：傳統中國女性在情愛生成過程中的主動姿態

才子佳人與英雄美人：
傳統中國人的愛情理想

　　由於傳統婚姻觀念之影響和封建禮法制度之制約，致使古代中國人的愛情生活呈顯畸形，愛情活動從婚姻家庭被擠向秦樓楚館。但是，作爲極富詩性精神的古代中國人，尤其是文人，其對愛情的理解和感悟，至爲深邃，極富詩意，流傳至今難以數計的以婚姻愛情爲題材之詩詞文賦和戲曲小說，就充分體現了古代中國人個性化的愛情感悟和獨特的愛情理想。概括地說，古代中國人理想的愛情模式有兩種：一是才子佳人式，二是英雄美人式。或者說，才子配佳人，美人配英雄，是傳統中國人的愛情理想。而此種極富詩性精神的愛情理想，又與愛情本身的詩意化、藝術化特點若合符契。

一

　　先說才子佳人式的理想愛情模式。追尋才子佳人的愛情模式，當溯源於司馬相如與卓文君。追溯才子佳人愛情小說程式之遠源，則是司馬遷的《史記·司馬相如列傳》。較爲集中地按照這種程式演繹愛情的，是唐代的傳奇小說。爾後於明清之際，蔚爲大宗，儼然成爲數百年間人情小說之主流。

　　才子佳人的愛情模式，以及以此爲題材演繹而成的愛情小說，都與司馬相如和卓文君有關。可以說，司馬相如與卓文君的傳奇愛情，和司馬遷據此撰著的《司馬相如列傳》，在中國古代情愛史和愛情小說史上，皆具有典範意義。自漢代以來，中國文人在內心深處或輕或重地皆有一種「相如情結」。這種「相如情結」，除了指仰慕司馬相如之華彩辭章以及憑辭章動天子的傳奇經歷外，更主要的則是豔羨司馬相如以才情動文君而得美妻，以及由此展現的

浪漫飄逸之風流人格。所以，傳統中國文人的「相如情結」，隱現的實際上就是中國人的愛情理想——才子配佳人。由司馬相如和卓文君的傳奇愛情所典範的才子佳人之愛情理想，主要有以下特點：

其一，一見鍾情，才色互動。才子佳人的愛情往往是一見鍾情式的，如《霍小玉傳》中的李益與霍小玉，《鶯鶯傳》中的張生與崔鶯鶯，《柳氏傳》中的韓翊與柳氏，《李娃傳》中的鄭生與李娃等等。才子佳人一見鍾情，是古代愛情故事中最動人的情節，亦是古代文人愛情理想中最富詩意的部份。因為青年男女在一見之際，在心靈相互碰撞之瞬間，能產生一種類似高峰體驗的迷醉情緒，這是愛情中最富詩意的一種情緒。所以，小說家樂於構築這個情節來加強作品之詩意性和戲劇性，才子亦幻想能遇到一見鍾情的佳人，以便充分體驗愛情的神秘與迷醉。一見鍾情的戀愛模式，與傳統主流社會依靠「父母之命，媒妁之言」聯結的婚姻模式不同，它具有自主性和選擇性。才子幻想與佳人一見鍾情，潛意識中流露出來的，就是對「父母之命，媒妁之言」這種主流婚姻模式之背叛與反抗。

才子佳人一見鍾情，觸動此情緣之媒介是才與色，是才子之「才」與佳人之「色」的互動，引發了愛戀之情的發生。所以，才子佳人的匹配，實際上就是郎才與女貌之結合。如司馬相如與卓文君的相戀，就是大才與絕色的相戀，據《西京雜記》卷二載：

> 文君姣好，眉色如望遠山，臉際常若芙蓉，肌膚柔滑如脂，十七而寡，為人放誕風流，故悅長卿之才而越禮焉。長卿素有消渴疾，及還成都，悅文君之色，遂以發痼疾。

文君「悅長卿之才」，相如「悅文君之色」，文君與相如之結合，正是才與色的絕妙組合。後世的愛情小說，大致皆不出才色相配的類型程式，並且對此亦往往是直言不諱。如《霍小玉傳》中李益對霍小玉說：「小娘子愛才，鄙夫重色。兩好相映，才貌相兼。」《柳氏傳》中的李生，在撮合柳氏與韓翊之才色相戀時，說：「柳夫人容色非常，韓秀才文章特異。欲以柳枕薦於韓君，可乎？」更值得注意的是，柳氏原為李生的幸姬，李生忍痛割愛，撮合自己的幸姬柳氏與韓翊的才色之戀。從李生的態度，足以反映出古人對才色之戀，有著何等突出的艷羨心理和成全態度，這正如楊義所說，李生「似乎超脫了人間倫理俗態，以詩人的靜觀，去鑒賞兩美的聚頭」。〔註1〕

〔註1〕 楊義《中國古典小說史論》第150頁，中國社會科學出版社1995年版。

　　其二，重情義輕勢利。才子佳人的才色之戀，具有重情義輕勢利的特點，如卓文君之戀司馬相如，非戀相如之勢與利，「家徒四壁立」和託病離職的司馬相如，亦無任何勢利可言，文君所戀者，乃相如之才情風流。又如崔鶯鶯之戀張生，雖然最終必得以金榜題名爲條件，促成皆大歡喜之大團圓結局，但崔鶯鶯本人卻是以爲「但得一個並頭蓮，煞強如狀元及第」，「重功名而薄恩愛者，誠有淺見貪饕之罪」。鶯鶯之所戀者，亦是張生之才情風流。所以，才子佳人的愛情模式，較之以金錢和門第爲準繩的勢利婚姻，的確要高雅脫俗得多。這種才情風流有兩層含義：首先，才子的才情風流，有提升愛情，使愛情超越化、審美化之功效。追求超越化、審美化的情感，是人類（包括佳人）天性中不可抑制的本能要求。其次，「有情必有才，才若疏，則情不摯」（《青樓夢》第一回瀟湘館侍者評語），有大才者必尚義氣重感情，故有「才氣」、「才情」之說。佳人鍾情於才子之「才」，即鍾情於才子之深情義氣。所以，才子佳人的愛情模式，實際上就是對傳統主流社會的門當戶對婚姻的抗拒與叛逆，體現了中國古人平等自由、重情尚義的愛情理想。

　　當然，在世俗生活中，才子亦不乏始亂終棄、薄情寡恩者，才子佳人在由戀愛過度到婚姻時，亦不乏追求門當戶對者。但是，作爲一種愛情理想，才子佳人之心靈深處自有一種超越的浪漫情懷在。中國古人常言「才子佳人」、「郎才女貌」，而不說商賈佳人、官吏佳人或郎財女貌、郎官女貌，這在一定程度上就說明了只有才子才能配佳人，商賈、官吏不是佳人用情的最佳人選，只有才色之戀，沒有財色之戀或官色之戀。所以，傳統社會的經典愛情多發生在才子佳人或英雄美人之間，官吏和商賈從來不曾成爲超越性愛情之主角。即使出現在愛情故事中，一般都是反面角色，因爲他們往往把勢利帶入情場，以勢利交換愛情，是破壞詩意愛情之禍首。如《杜十娘怒沈百寶箱》中的孫富，就是一個典型的例子。

　　如果青樓妓女亦可稱佳人，那麼，看看她們對嫖客的不同態度，便可明瞭官、商和才子在她們心目中的不同地位。在白居易《琵琶行》詩中，琵琶女「老大嫁作商人婦」，斥責「商人重利輕離別」，商人在這裏已是美滿愛情的反面角色。又，據《李師師外傳》記載：宋徽宗於大觀三年八月十七日以「大賈趙乙」的身份拜會名妓李師師，師師「意似不屑，貌殊倨，不爲禮」，李姥埋怨道：「趙人禮意不薄，汝何落落乃爾？」師師說：「彼賈奴耳，我何爲者？」李師師不屑於「賈奴」，商賈在佳人心目中的地位，於此可見一斑。

又據俞樾《右臺仙館筆記》載：漢皐妓李玉桂鍾情於旅食京華的清貧才子李孝廉，「有富商某，豔其色，強委千金於其假母，劫之去」，李玉桂仰藥而死。佳人重才情，假母重錢財。故於嫖客，佳人重才子，假母愛富商。而青樓妓女往往提出折衷的兩全之策：「價由母定，客則聽女自擇之。」青樓中此類財、情衝突事件，於「三言」、「二拍」的才子佳人故事中，時有可見，應該說這是有一定現實基礎的。官吏在愛情故事中的角色形象，亦不甚光彩。雖然古代中國是一個官本位社會，但才子佳人以官爲臭腐的觀念卻是普遍存在的。因爲官吏混跡官場，不免溜鬚拍馬，逢迎阿諛，爾虞我詐，勾心鬥角，養成狡詐貪婪、背信棄義的不良品性。因此，在風月場中，官吏往往被預想爲道貌岸然、仗勢陵人、驕橫跋扈的角色形象，佳人對之總是持著一種懼怕和厭惡心理。

總之，在才子佳人的愛情故事中，佳人重才子而輕商厭官，體現了中國古人重情義而輕勢利的愛情理想。

其三，藝術化、審美化的交接方式。才子佳人的愛情多半是一見鍾情式的，它雖然來得迅捷，但卻一點亦不讓人覺得粗俗、鄙陋，相反，倒是頗有詩情畫意。這主要得自於男女雙方在交接過程中，採用的一種具有審美意味的挑逗方式。這種具有審美意味的挑逗方式，首先在司馬相如與卓文君之交接中表現出來，用《史記‧司馬相如列傳》的話說，就是「以琴心挑之」。這種挑逗方式是一種「把內心的欲念而且是突如其來的欲念化爲一種緩和的具有審美和抒情意味的表達方式」，它在中國情愛史上具有原型和典範意義，是後代才子佳人愛情中「性欲昇華爲情愛和美感的必要途徑」。

青年男女一見鍾情，將幻想中的情意變成兩心相依之愛情，必有某種挑逗手段以促成之。不同身份、階層和個性的人，將會採用不同的手段，其間又有高下、雅俗和美醜之分。司馬相如率先採用並爲歷代才子所仿傚的「以琴心挑之」之手段，無疑是符合文人身份的一種高雅、脫俗的手段。作爲一種原型，「以琴心挑之」的手段得到不斷的豐富和發展，逐漸演繹成以彈琴、做詩、填詞等爲主要內容的綜合性手段。此種具有藝術審美特徵之挑逗手段，不僅符合文人的身份，而且還與愛情本身的藝術審美特點相吻合。因爲愛情是以精神契合爲最終目的一種人際情感，具有明顯的藝術審美特點。在所有人際情感中，除友情外，愛情與藝術審美之親合關係是最密切的。因此，處理愛情之最佳手段莫過於藝術的方式。「以琴心挑之」正是這樣一種藝術化的

手段，它不僅與愛情本身之藝術審美特點相吻合，而且還有推動愛情審美化、藝術化的獨特功效。〔註2〕

才子佳人的愛情理想，建立在傳統文人獨具特色的詩性精神之基礎上。在中國古代詩性精神和重文傳統特別厚重的人文背景中，人們對才子佳人的浪漫愛情，總能持一種寬容和庇護態度。比如，司馬相如與卓文君的私奔，雖然亦頗遭封建道德家之批評指責，但亦往往能夠得到大多數文人才士之寬容和庇護，甚至是豔羨。黃家遵先生通過對才子佳人風流韻事的考察，指出傳統社會人們對才子佳人的兩點態度：

> 第一，調戲人家婦女，在唐宋時自然是一種妨害風化而應受處罰的事，可是如果他是一個書生，他是一個能詩者，他們就可以任意胡為，不受責罰，甚至反要加賞。第二，才子佳人好像是天生的配偶，所以統治者遇到才子佳人私奔或單戀的案件，卻反要替他們撮合，好像這是「替天行道」。這種現象是當時社會制度上的矛盾，這種矛盾顯示著禮教對於性的禁壓的無用。〔註3〕

所以，我們認為，才子佳人的浪漫愛情，不僅是才子佳人，而且是整個中國古人的愛情理想。

二

中國古人的愛情理想，除了「才子佳人」外，還有「英雄美人」。「英雄美人」式的愛情，雖不及「才子佳人」那般常見，以「英雄美人」為題材的小說，亦遠不如「才子佳人」式的愛情小說多。但是，作為一種愛情理想，它仍然深深植根於中國古人之心靈中，並且在精神上與「才子佳人」是相通的。

「美人」與「佳人」無甚區別。「英雄」與「才子」雖有一武一文之顯著區別，但其本質精神是相通的。這裏，首先從中國古人的英雄崇拜說起。

英雄崇拜，作為一種文化現象，存在於世界各民族的文化中。在中國古代，「英雄」作為一種特殊的人物類型，受到社會各階層之關注和重視，則是在漢魏轉折之際。其時文人，如王粲著《英雄記》，記錄當時人物的英雄事蹟；

〔註2〕 以上兩段論述，部份參照了張方《風流人格》第三章《琴心人心》，華文出版社 1997 年版。

〔註3〕 黃家遵著、卞恩才整理《中國古代婚姻史研究》第 339～340 頁，廣東人民出版社 1995 年版。

學者劉劭在《人物志》裏，專著《英雄》一篇，討論「英雄」的質性特點。
嵇康著《明膽論》，討論與「英雄」直接相關的明、膽問題。「英雄」一目，
亦屢見於當時清談家和政治家之言論中，如曹操、劉備、孫權、孔融等人皆
曾被時人目爲「英雄」。關於「英雄」品目之特定內涵，劉劭《人物志・英雄
篇》解釋說：

> 夫草之精秀者爲英，獸之特群者爲雄。故人之文武茂異，取名於此。
> 是故聰明秀出謂之英，膽力過人謂之雄，此其大體之別名也……夫
> 聰明者，英之分也，不得雄之膽，則說不行。膽力者，雄之分也，
> 不得英之智，則事不立。是故英以其聰謀始，以其明見機，待雄之
> 膽行之。雄以其力服眾，以其勇排難，待英之智成之。然後乃能各
> 濟其所長也……故英雄異名，然皆偏至之材，人臣之任也。故英可
> 以爲相，雄可以爲將。若一人之身兼有英、雄，則能長世，高祖、
> 項羽是也。然英之分以多於雄，而英不可以少也。英分少，則智者
> 去之。故項羽氣力蓋世，明能合變，而不能聽采奇異，有一范增不
> 用，是以陳平之徒皆亡歸。高祖英分多，故群雄服之，英材歸之。
> 兩得其用，故能吞秦破楚，宅有天下……故一人之身，兼有英、雄，
> 乃能役英與雄。能役英與雄，故能成大業也。

考察劉劭這段文字，可注意者有三：其一，劉劭認爲「英雄」由「英」和「雄」
兩種質性構成，並以「聰明秀出」釋「英」，以「膽力過人」釋「雄」。其二，
劉劭認爲「英雄」必須同時兼備英才和雄分，只有英才或只有雄分，都是「偏
至之才」。只有兼備英才和雄分，才能長世，才能成就大業。第三點，也是最
重要的一點。雖然劉劭一再強調英才和雄分對於「英雄」來說都是不可或缺
的，但他還是對英才和雄分作了輕重主次之分，特別提出「英之分以多於雄，
而英不可少」的觀點，並舉劉邦、項羽之得失成敗爲證，說明英才的重要性。
指出這一點很重要，因爲它至少可以說明魏晉時期人們對於「英雄」之推崇，
明顯有重英輕雄之傾向。「英雄」中「英」的一面得到特別的強調，或者說「英
雄」亦應具備「名士」的文采風流。中國人崇拜的英雄具有藝術化性人格的
特點。「英雄」中「英」的一面得到特別的強調，這與魏晉時期「貴智尚藝」
之時代風氣密切相關。

「英雄」作爲一種人格範型，它以「文武茂異」爲特點，兼備英才與雄
氣兩個方面。與才子相比，他雖以雄氣爲優，但在英才方面亦不亞於才子。

其實，才亦好，氣亦罷，皆與情相通。雄於氣者必深於情，美於才者亦必重於情。亦與藝術審美相通，才子、英雄皆是具有詩性精神之人格範型。牟宗三指出：

> 從草莽中起而打天下的英雄人物，其背後精神，吾曾名之曰「綜合的盡氣之精神」。盡才盡情盡氣，這是一串。盡心盡性盡倫盡制這一串代表中國文化的理性世界，而盡才盡情盡氣，則代表天才世界。詩人、情人、江湖義俠，以至於打天下的草莽英雄，都是天才世界中的人物。……這是一種藝術性的人格表現。與「綜合的盡理之精神」下的聖賢人格相反。這兩種基本精神籠罩了中國的整個文化生命。〔註4〕

牟氏之論，高屋建瓴，很深刻地指出了才、情、氣三者的相通之處，以及詩人、情人、義俠和英雄的藝術性人格特徵。分而言之，才子代表才，情人代表情，英雄代表氣。才、情、氣相通，故才子、情人、英雄三者間具有天然的親和力。合而言之，才、情、氣三者皆是具有詩性精神之品格，才子、情人、英雄身上皆具有此種綜合的詩性精神，因而亦較其它群體更有親和力。「英雄美人」之愛情理想，與「才子佳人」一樣，充分地展示了古代中國人的詩意生存精神。

美人「盡才盡氣盡情」，是一種富於詩性精神之人格範型。在對美人的種種比喻裏，最為人稱道者，莫過於花與水。以花喻美人，重在美人或華豔或素淡之外在形式美，詩性精神的追求離不開對形式美之鑒賞。美人因其花容月貌而具備了詩性精神之形式美。曹雪芹在《紅樓夢》中，借賈寶玉之口讚賞女性是「水做的骨肉」，這實在是一個精妙絕倫的比喻。水是具有詩性的，甚至可以這樣說，詩性就是水性。水之細膩、潔淨、柔順的特性，正是詩性之絕妙體現，亦是女性溫柔、善良、真愛、體貼之最佳展現。美人因其水性而具備了詩性精神的內在美。

才子佳人的愛情理想模式，示範於司馬相如與卓文君。英雄美人之愛情理想模式，示範於項羽與虞姬。雖然歷史文獻中少有關於項羽與虞姬之浪漫愛情的記載，但項羽「當垓下決別之際，寶區血廟，了不經意，惟眷眷一婦人，悲歌悵飲，情不自禁」，〔註5〕一曲《垓下歌》中「虞兮虞兮奈若何」的盪氣迴腸

〔註4〕 牟宗三《中國文化的特質》，見《道德理想主義的重建》第 60 頁，中國廣播
　　　　電視出版社 1993 年版。
〔註5〕 張燧《千百年眼》卷四《虞美人、戚姬》。

的悲歡，以及後世文人演繹的「霸王別姬」的悲烈局面，足以讓我們感受到英雄美人間的情深意長。英雄自有美人伴，只有美人才配得上英雄，只有英雄才配得上美人。古今俠義小說中的英雄，其身邊差不多都有美人陪伴。英雄美人之聚首，最爲人稱道者，莫過於隋朝李靖與紅拂妓。此事或有所本，而經傳奇小說家的渲染，著爲《虯鬚客傳》，遂使李靖與紅拂的英雄美人之戀，成爲千古美談。紅拂本隋朝重臣楊素之家妓，她慧眼獨具，以爲「奢貴自奉，禮異人臣」的楊素，不過「尸居餘氣，不足畏也」，而與氣宇軒昂、神采飛揚之英雄李靖一見鍾情，便於當夜私奔，以終身相托。此正如虯鬚客所說：「非一妹（即紅拂）不能識李郎，非李郎不能榮一妹」。虯鬚客以巨額財產贈與李靖與紅拂，助其與李世民重造天下。〔註6〕虯鬚客正像《柳氏傳》中撮合柳氏與詩人韓翃之才色之戀的李生，是「以詩人之靜觀，去鑒賞兩美之聚頭」。

三

在傳統文化精神之感召下，才子、英雄的人生定位常常是治國平天下。在治國平天下的過程中，時時不忘對美人的眷顧與思念。當治國平天下的雄心受挫時，美人亦就往往成爲他們精神依歸之家園。故屈原在「美政」理想受挫時，出國求女的願望就非常強烈。辛棄疾亦是在保家衛國的願望受挫時，才「喚經巾翠袖，揾英雄淚」。

詩性精神是人類天性中的一種終極關懷，富於詩性精神的美人亦就成爲男人精神皈依之家園。男人群體中最富詩性精神之才子、英雄，總能得到佳人、美女的青睞。而他們對佳人、美女，亦有一種揮之不去的眷戀情節。才子配佳人，中國古代文學中層出不窮的「美人幻象」，就體現了才子對佳人所代表的詩性精神的不懈追求。就是屈原《離騷》中的「求女」，亦未可隨意坐實爲求賢君、賢臣，或者理解爲詩人自喻，或者解釋爲「成家之私事」，或依據弗洛伊德的觀點詮釋爲對「母性情懷」的追求。而是與《詩經·蒹葭》、《洛神賦》中的「美人幻象」一樣，表現了人類對詩性精神之嚮往和追求。

「才子佳人」和「英雄美人」的愛情理想，與歐洲中世紀騎士貴婦之愛情，有驚人的相似之處。歐洲中世紀的騎士，有如中國古代的才子和英雄，是獲得嬌妻美妾的超越階層。十二世紀至十四世紀歐洲詩人創作的以騎士貴婦之愛情

〔註6〕 李時人編校《全唐五代小說》卷六十四，陝西人民出版社 1998 年版。「鬚」，
通行本作「髯」，此依李時人校改。

為題材的戀歌，有如中國古代描寫才子佳人和英雄美人之婚戀的愛情小說，體現了理想愛情的詩意化特點。黃家遵先生曾對此作過有趣的比較，他說：

> 我國唐宋以後佳人才子的婚姻，實和歐洲武士與貴女的戀愛「不相
> 徑庭」。不過，歐洲是「騎士式」的，我國卻是「書生式」的而已。
> 歐洲的武士是用刀、劍、拳、腳來達到「吊膀」的目的，而我國的
> 書生則是用詩、詞、歌、賦來博得女人的歡心。手段與方法雖然不
> 同，而目的和用心則是完全無異。歐洲的故事和戲劇描述著許多武
> 士與貴婦的風流案，我國的故事與戲劇流傳下不少書生與小姐的浪
> 漫史。這確是值得加以比較研究的史實。〔註7〕

需要補充說明的有兩點：其一，騎士貴婦之愛情，不僅與「才子佳人」相似，
而且與「英雄美人」亦完全無異。其二，騎士獲取女人之歡心，靠的不僅僅
是刀、劍、拳、腳，而是同才子、英雄一樣，主要靠的還是才氣風流。他們
具備強健之體魄，周全之禮儀，任俠之性格，冒險征戰之傳奇經歷和優雅之
詩才，他們既是武士亦是詩人，他們以武功和情詩獲得貴婦的青睞。總之，
他們之所以成為西方中古社會獲得嬌妻美妾之超越階層，是因為他們與中國
古代的才子、英雄一樣，是具有詩性品格的人物群體。同時，正像中國古代
的「才子佳人」和「英雄美人」之愛情，總能得到人們的寬容和庇護一樣，
西方中世紀騎士與貴婦之愛情，亦能得到社會的寬容，甚至是縱容。這個近
似的歷史事實，一定程度上說明了古代中西方人在對理想愛情的追求上的某
些相通之處，具體地說，體現了古代中西方人共同的詩意生存精神。

〔註7〕黃家遵著、卞恩才整理《中國古代婚姻史研究》第 338 頁，廣東人民出版社
1995 年版。

舊家女郎：傳統中國文人的理想配偶

　　傳統中國人聯結婚姻，講「門當戶對」，即男女雙方之家庭在經濟能力和社會地位上大體相當。「門當戶對」是古代中國「合二姓之好」的基本原則。不過，在此總體原則下，亦有諸多變通，其中有兩個問題值得注意：一是娶妻當娶「舊家女郎」之問題；二是「娶婦須不若吾家」之問題。傳統中國文人的理想配偶，既不是「大家閨秀」，也不是「小家碧玉」，而是「舊家女郎」，這種婚配觀念，反映了傳統中國人普遍存在的男強女弱之情愛心理，也與傳統士大夫文人的詩性生活追求有關。在此種婚配觀念之影響下，遂形成「娶婦須不若吾家」的擇偶原則。

一

　　一般地說，傳統中國文人的理想配偶，是那種將實用型角色與夢幻型角色兼於一身之女性，亦即我們常說的「上得廳堂，下得廚房」的女性。不過，這種理想終歸是一種幻想。愛情和婚姻難以兼容，夢幻型女性進入婚姻家庭中就變成了實用型女性，實用型女性在丈夫眼中永遠不能再變成夢幻型的。或者說，女性不可能將實用功能和夢幻功能兼於一身。因此，傳統中國文人把妻子和情人的身份和職能區分得很清楚。妻子是管家的，是養育孩子和奉養公婆的；情人是玩樂的，是滿足自己的精神追求的。或者說，妻子是實用型的，情人是夢幻型的。對妻子的愛近於兄弟之愛或朋友之愛，對情人的愛則是愛情。

　　將實用功能與夢幻功能集於一身的異性追求，往往會落空。不過，傳統中國文人對此倒是有一種執著不懈的追求，如終身有狎妓癖好的晚清文人王

韜，在《言志》一文中，就樹立了一個傳統中國文人理想的配偶形象，其云：

> 娶一舊家女郎，容不必豔，而自有一種嫵媚，不勝顧影自憐之態。
> 性情尤須和婉，明慧柔順而不妒，居家無疾言遽色。女紅細巧，烹
> 飪精潔，儻能作詩作字更佳。薄能飲酒，粗解音律。每值花晨月夕，
> 啜茗相對，茶香入牖，爐篆縈簾，時與鬢影蕭疏相間，是亦閨中之
> 樂事，而人生之一快也。〔註1〕

王韜這段文字，可圈可點之處甚多。它道出了傳統中國文人理想中的配偶形
象特徵，即包括德、言、容、功四個方面。傳統社會對理想女性的評價，概
括起來，亦就是這四個方面。如班昭《女誡·婦行》說：

> 女有四行：一曰婦德，二曰婦言，三曰婦容，四曰婦功。夫云婦德，
> 不必才明絕異也；婦言，不必辯口利辭也；婦容，不必顏色美麗也；
> 婦功，不必功巧過人也。清閒真靜，守節整齊，行己有恥，動靜有
> 法，是謂婦德。擇辭而說，不道惡語，時然後言，不厭於人，是謂
> 婦言。盥浣塵穢，服飾鮮潔，沐浴以時，身不垢辱，是謂婦容。專
> 心紡績，不好戲笑，潔齋酒食，以奉賓客，是爲婦功。此四者，女
> 人之大德，而不可乏之者也。

兩相比較，班昭與王韜的說法大同小異。就其異者言之，班昭之言是道德家
的標準，道德意味濃厚一些。王韜的標準雖亦不乏道德家的色彩，但卻有很
明顯的文人趣味，突出強調女性之才情和媚趣。如就婦容言，王韜認爲理想
之妻子應當是「容不必豔」，此與班昭所謂「不必顏色美麗」同，否則，太妖
豔，便顯得俗氣。但是，王韜認爲女人「自有一種嫵媚，不勝顧影自憐之態」，
這便是典型的文人理想和士大夫趣味，這是道德家言所不具備的。而尤其重
要的是，王韜理想中的妻子還須具備相當的才能和才情，所謂「薄能飲酒，
粗解音律」、「作詩作字」是也，而這恰恰是道德家嗤之以鼻的。

所以，概括地說，班昭理想的女性是實用型女人，是賢妻良母；王韜理想
的妻子是實用功能與夢幻特點兼於一體的女性，是傳統中國文人的理想配偶。

二

傳統中國人聯結婚姻，講「門當戶對」，「門當戶對」是古代中國「合二

〔註1〕 王韜《弢園文錄外編》，上海書店出版社 2002 年版。

姓之好」的基本原則。不過，在此總體原則下，有兩個問題值得注意：一是娶妻當娶「舊家女郎」的問題；二是「娶婦須不若吾家」的問題。

先就前者言之。

上引王韜《言志》一文，開宗明義，講理想配偶的出身之「舊家女郎」。作為傳統中國文人理想配偶的第一項身份要求，就是「舊家女郎」，這是頗耐人尋味的。何謂「舊家女郎」？夏曉虹解釋說：

> 提到女子的身份，在中國最常用的對比關係是「大家閨秀」與「小家碧玉」。前者出身名門望族，起碼也是豪富之家；後者則生長於平民小戶，即所謂「良家女子」。這當然還都是文人可以慎重考慮婚姻的女性，自鴇以下不論也。而舊家女子則越出於兩者之外，她可以說是大家閨秀向小家碧玉轉化的中間形態。思想起來，這種女子自有其獨到的可愛之處。

> 她家風猶存，具備大家閨秀那種很好的文化素養。又因其家世畢竟已經敗落，而不會有貴族豪門女子那種掩藏不盡、咄咄逼人的盛氣驕心。她的家庭生計已跌落到小戶人家水平，但舊有的文化背景還是使她區別於小家碧玉很難脫盡的狹隘與小家子氣。……這類女子總是以氣質、涵養上的高層次與經濟狀況的低層次兼而有之為特徵。而舊家女子更有一種好處。由於她經歷了世道滄桑，體味過人情冷暖，心靈敏感，時時流露出一股哀怨之情，楚楚動人，很容易吸引、打動才士文人的心。王韜之所以欣賞「不勝顧影自憐之態」，道理在此。因而舊家女子最對讀書人的口味。〔註2〕

「舊家女郎」之可貴，在於她以「氣質、涵養上之高層次與經濟狀況之低層次兼而有之為特徵」，因而「最對讀書人的口味」，夏曉虹言之有理，論之甚詳。

其實，「舊家女郎」這種「氣質、涵養上的高層次與經濟狀況的低層次兼而有之」的特徵，正體現了傳統中國文人力圖將夢幻特點與實用功能兼於一身的理想配偶的追求。

氣質涵養上之高層次，決定「舊家女郎」具有夢幻型女人的特點。「舊家女郎」經歷過人情冷暖和世道滄桑，故而「流露出一股哀怨之情」和呈現的

〔註2〕 夏曉虹《酒不醉人人自醉》，見《同學非少年——陳平原夏曉虹隨筆》第295～296頁，太白文藝出版社2005年版。

「不勝顧影自憐之態」，固然能吸引和打動讀書人的心；其「區別於小家碧玉很難脫盡的狹隘和小家子氣」，表現的貴族氣質，亦頗對才士文人之口味。但尤其重要的還是「舊家女郎」的才情，是才情決定其夢幻特點。

在古代中國的女性群體中，論才情之高尚，以青樓女子爲最，舊家女子次之，平民女子又次之。讀書人擇偶，爲求心靈上的溝通，必然要求對方具有相當的才情和藝術修養。作爲理想的配偶，不能沒有才情，否則就沒有了情趣，缺乏夢幻特點。但亦不能太高。傳統中國人認爲，才情過高，對於婦女是危險的，故有「女子無才便是德」的說法。「因爲由男人想來，上等家庭的婦女而玩弄絲竹，如非正當，蓋恐有傷她們的德行，亦不宜文學程度太高，太高的文學情緒同樣會破壞道德，至於繪圖吟詩，雖亦很少鼓勵，然他們卻絕不尋找女性的文藝伴侶」。〔註3〕所以，王韜在描述理想配偶的才情時，其用詞是很有分寸的，所謂「粗解音律」、「薄能飲酒」、「儻能作詩作字更佳」，指的就是這種適中的才情。「舊家女郎」正好適合讀書人的此種才情要求。她們成長於「詩書傳家」的大戶人家，縱使沒有刻意在文藝上用過功，亦能略通文墨，粗解音律。因此，她們「最對讀書人的口味」。比如，在唐代，讀書人有兩大理想：一是考中進士，二是娶高門女爲妻。其實，唐代的高門女，正是王韜所謂的「舊家女郎」。

三

再就「舊家女郎」的「經濟狀況的低層次」言之。

所謂「舊家」，即是破落貴族之家，其家境曾經可能輝煌一時，眼下卻成了破落戶，在經濟上處於較低的地位。在經濟上處於較低地位之「舊家女郎」，之所以能成爲讀書人理想之婚配對象，這與傳統中國人所謂「娶婦須不若吾家」的觀念有關。

我們先看《世說新語·方正》中的一段材料：

> 王文度爲桓公長史時，桓爲兒求王女，王許咨藍田（引者按：即王述，文度之父，襲封藍田侯，故稱）。既還，藍田愛念文度，雖長大，猶抱著膝上。文度因言桓求己女婚。藍田大怒，排文度下膝，曰：「惡見文度已復癡，畏桓溫面？兵，那可嫁女與之！」文度還報云：「下官家中先得婚處。」桓曰：「吾知矣，此尊府君不肯耳。」後桓女遂

〔註3〕 林語堂《吾國與吾民》第 144 頁，陝西師範大學出版社 2002 年版。

嫁文度兒。

魏晉婚姻重門閥，門第不相當者不通婚。桓溫雖貴盛，但他出生寒族，故名門王藍田不肯將孫女嫁與其子。值得注意的是，王藍田卻同意孫子娶桓溫女為妻。原來，在傳統社會有這樣一種普遍的婚姻習俗，即名門之女不可下嫁寒族，但寒族之女可以嫁名門。或者說，擇女婿要擇乘龍快婿，娶兒媳要娶貧賤之女。即古人所謂「嫁女須勝吾家者，娶婦須不若吾家者」是也。

這種婚姻觀念在傳統社會具有相當的普遍性。美國學者 E・O 威爾遜在《論人的天性》一書中，對此予以了特別的關注。他指出：革命前的中國和擺脫殖民統治前的印度，女子通過與較高社會階層的男子結婚而向社會較高階層流動，是一個較為普遍的現象，結果使財富和婦女集中在一小部份上層階級手中，幾乎把最窮的男性排斥在生育系統之外去了。他稱這種婚姻為「攀附婚姻」，並從生物學角度解釋說：「除了把它看作是一種遺傳性傾向，是為了在與社會其他成員的競爭中最大限度地增加後代的數量外，是難以作出其他解釋的。」〔註4〕威爾遜從生物學角度做出的解釋，自有道理。不過，從社會心理學的角度看，此種婚姻形式的形成與推行，當有兩方面的原因：

其一，它在一定程度上反映了傳統社會對婦女獨攬家政、持家專權的戒懼心理，這正如胡瑗《清坡雜志》所說：

> 嫁女須勝吾家者，娶婦須不若吾家者。或問其故，曰：「嫁勝吾家，
> 則女之事人必欽必戒；娶婦不若吾家，則婦事舅姑必執婦道。」

潘光旦認為這種婚配觀念與經濟財產有關係，其云：

> 中國舊日婚姻極重財產，人所共知。宋理學家胡瑗（後人都稱胡安
> 定）有「娶婦當不如吾家，嫁女當勝於吾家」之說，雖不明言財產，
> 其實指的還是財產，意謂女家不妨略窮，男家最好較富，因為父系
> 社會，女就男婚，經濟地位相差不多，而男稍勝於女，則可以知足，
> 而容易相安。後世言所謂家範的人多接受此說。〔註5〕

的確，在傳統社會，因婦女主持家政，掌握家庭的「鑰匙權」，極易形成專制獨裁。他不僅有能力操縱子女對抗其丈夫，而且還有可能刻薄無禮地對待年老的公婆。因此，無論是嫁女之家還是娶婦之家，都盡力將女子處在一個弱

〔註4〕E・O 威爾遜《論人的天性》第38頁，林和生等譯，貴州人民出版社1987年版。
〔註5〕潘光旦《〈家庭、私有制與國家的起源〉譯注》，見潘乃谷、潘乃和選編《潘光旦選集》第三卷第155頁，光明日報出版社1999年版。

勢地位，使之從一個較低的社會階層流入較高的社會階層，這樣，女子就始終帶著一種小戶人家的自卑感，以「必欽必戒」的態度生活在大戶人家，便能免於過分地專制和囂張。大戶人家的女子嫁到小戶人家，如公主嫁附馬，這種女子往往有一種強烈的優越感，仗著娘家的權勢地位和自身操持家政的特權，囂張跋扈，為所欲為，使丈夫和公婆處於難堪之境地。所以，我認為，此種婚配形式之施行，一定程度上是為了從心理上給予女性一種自卑感，限制婦權在家庭內部的膨脹，以維持傳統家庭秩序之平衡和穩定。

其二，它與古代中國社會男尊女卑、男強女弱的傳統觀念有關。「齊大非偶」，鄭太子忽留下的這句名言，一定程度上體現了傳統中國人的婚姻觀念。或者說，傳統中國人只能接受男強女弱的婚姻，不能接受男女「齊大」和女強男弱的婚姻。因此，小說戲曲中常常講到的落難才子中狀元，被皇帝家招為附馬，或者入贅相府，作為大團圓的結局。其實，這樣的婚姻並不美滿，亦不是讀書人所理想的。在男尊女卑、男強女弱傳統觀念之影響下，男人往往心高氣傲，沒人心甘情願吃軟飯，總是想方設法維持其在家庭中的獨尊地位和家長權威。

所以，在傳統家庭中，女強男弱的婚姻常常使男人感到不快和壓抑。如《紅樓夢》第二十三回，講到賈璉與鳳姐性生活的不和諧，其中一段文字云：

> 賈璉道：「果這樣也罷了，祇是昨兒晚上，我不過要改個樣兒，你就扭手扭腳的。」鳳姐聽了，「嗤」的一聲笑了，向賈璉啐了一口，低下頭便吃飯。

鳳姐的自矜，與她出身的門第和具備的能力有關，她出身的名門、自身之美貌以及極強的能力，使她不願意受制於人，不願意聽人擺佈，即使在性生活中亦是如此。賈璉雖然亦出身名門，但其能力遠遜於鳳姐。因此，在鳳姐面前有自卑感，缺乏自信心，即使在性生活上亦發揮不好，影響質量。但是，他與多姑娘、鮑二媳婦等出身低賤而又毫無教養的女人，發生性關係時，得到的性快感，和鳳姐相比，則要強烈得多。他可以盡情地驅使她們，她們亦曲意相隨，雙方注重的是肉欲，沒有門第和教養方面的顧忌。女性一方亦沒有受強制和驅使的感覺，即使有，亦覺得理所當然。而豪門閨秀和富家小姐則不能忍受這種強制和驅使。

因此，在傳統社會，從名義上講，「尚主」是極大的榮譽，攀上了皇親國戚，自然讓人羨慕。可是，許多人卻視為畏途，特別是獨立意識較強的讀書

人，往往避之惟恐不及。其原因就在於皇室公主挾帶著皇家之權勢和地位下嫁臣子，不免驕橫跋扈，附馬對之無可奈何，只能忍氣吞聲。同樣，在傳統社會，做上門女婿亦絕非男人心甘情願，甚至還被視為男人的恥辱，亦是這個原因。

女強男弱的婚姻，不僅使男人感到壓抑，亦使女子覺得不快。據《世說新語・賢媛》載：

> 王凝之謝夫人既往王氏，大薄凝之。既還謝家，意大不說。太傅慰
> 釋之曰：「王郎，逸少之子，人身亦不惡，汝何以恨迺爾？」答曰：
> 「一門叔父，則有阿大、中郎，群從兄弟，則有封、胡、遏、末，
> 不意天壤之中，乃有王郎！」

王、謝二家是東晉時期最顯赫的兩大家族，王、謝聯姻，正可謂門當戶對。可是，謝道蘊卻「意大不說」，對這椿婚事頗不滿意。原因在於，謝道蘊是一個才女，頗有才華，自視甚高，而丈夫是一個粗鄙無知、語言無味的人。因此，謝氏在這種男弱女強之婚姻狀態下，產生了一種不適應的情緒，故而「意大不說」。這種狀況，近似於當今女博士愁嫁的現象。

值得注意的是，在傳統中國社會，情人之間甚至夫妻之間，以哥妹相稱，稱情哥哥情妹妹，是常見的現象，在少數民族民歌中尤其普遍。至於像妻大姐小丈夫的情況，則是個別現象，並且常常是遭到控訴的反常現象。亦就是說，傳統中國人以丈夫大於妻子為正常，以妻子大於丈夫為反常。甚至情哥情妹成為一種習慣性的稱呼，而不論事實上的年齡大小。這在一定程度上反映了傳統中國人習慣性的男強女弱的情愛心理。

綜上所述，「舊家女郎」既不同於「大家閨秀」，也與「小家碧玉」有別，她的特徵有三：一是適度的藝術修養，二是天然的貴族氣質，三是敗落家境所養成的自卑心理和哀怨情緒。這三種特徵最對讀書人的口味，故而成為傳統中國文人理想的婚配對象。

琴心挑之：傳統中國人的調情藝術

　　兩性情愛之發生，需要某種外在的因緣或刺激，點醒其潛藏在心底**裏**的欲望與情愫，最終才有可能建立起心心相印的浪漫愛情。因此，在愛情生活中，點醒或激發必不可少。這種點醒或激發，一般稱爲調情。調情是愛情發生的催化劑，是愛情發展的潤滑劑，是愛情生活中不可或缺的情感遊戲。傳統中國人的調情方式，或以音樂調情，如相如文君，如《詩經·關雎》；或以詩詞調情，如唐宋以來之才子佳人；或以歌聲傳情，如少數民族青年男女，但其基本精神是一致的，即皆以藝術化的方式進行情感的挑逗和愛情的點醒。此種藝術化的調情方式，又與愛情本身的詩性化、審美化特點，是合若符契的。

一

　　調情是男女之間吸引或誘惑對方的一種手段，或者說是一種愛情遊戲。用法國學者法碧恩·卡斯塔·洛箚茲的話說，調情是「將羞恥心的鉗制與欲望的表達這無法結合的兩者結合起來的行爲秘則」，〔註1〕它的最大特點是曖昧，即以「曖昧的語言」和「曖昧的輕觸」在男女之間展開的一種具有消遣、娛樂功能的誘惑遊戲。

　　傳統中國的道德家對男女之間的調情深懷戒心，如孔子所謂「鄭聲淫」，就是其顯例。在當代中國，調情仍被視爲一種情感墮落的低俗遊戲。因此，在漢語語境**裏**，「調情」基本上是作爲一個貶義詞來使用的。傳統中國人對「調

〔註1〕 法碧恩·卡斯塔·洛箚茲《調情的歷史——純眞與墮落遊戲》第32頁，林長傑譯，百花文藝出版社2003年版。

情」的貶斥，恰如西方道德家對丹麥哲學家索倫‧克爾凱戈爾《引誘者日記》中的「引誘」所產生的誤解一樣，是僅把「調情」或「引誘」理解爲「總是在麻木或迷惑人的意識而使人幹出在正常情況下不會去幹的事」。事實上，「引誘本身在克氏那裏不具有違背對方意志而誘導人走下坡路的成份，克氏之所以熱衷這個話題，是因爲他將其視爲一個性愛力量得以展開的美好過程，甚至他將這個過程視爲目的本身」。〔註2〕所以，客觀地說，調情是一柄雙刃劍，它既有促進人類心智健全發展之娛樂功能，爲人的壓抑情欲提供一個釋放的出口，是「一個性愛力量得以展開的美好過程」；當然亦有導致心智低俗墮落之腐化功能，爲非份情欲提供一條實現的通道。

調情活動貫穿於人生之始終，既有「郎騎竹馬來，繞床弄青梅」式的純真調情，亦有少男少女間情竇初開之際的「點醒」式的調情，還有已婚男女間曖昧猥褻的調情。不過，調情作爲一種「愛情密碼」，其「點醒」功能是最主要的，它猶如克氏所謂的「引誘」，是「性愛力量得以展開的美好過程」。因此，在一定程度上，亦是值得稱道的一種健康的情感遊戲。

所謂「點醒」功能，是指在情竇初開之少男少女間，通過「曖昧的語言」或「曖昧的輕觸」誘惑對方，激發和喚醒其潛藏在心底裏的欲望與情愫，最終建立起心心相印的浪漫愛情。從這個功能看，調情是愛情發生的催化劑，是愛情發展的潤滑劑，是愛情生活中不可或缺的情感遊戲。愛情的發生、發展需要誘導，調情就執行著此項誘導工作，使潛藏於個人心靈深處的愛情需求得以點醒和展開。可以設想，愛情生活中若沒有調情這種遊戲，那將是何等的枯燥無味。可以說，愛情生活之多姿多彩，或動人心魄，或婉轉纏綿，皆建立在調情遊戲基礎之上；還可以說，愛情生活質量之高低或濃淡程度，與調情水平成正比。方式正確、程度適中的調情，可點醒愛情，增進愛情；方式拙劣、程度過極的調情，其結果適得其反。

調情的方式多種多樣，或用「曖昧的語言」，或以「曖昧的輕觸」，或是脈脈的眼波，或是有意的微笑，甚至一個神情，或者一個簡單的肢體動作，都會產生調情的效果。〔註3〕

〔註2〕 王才勇《譯者前言》第8頁，見索倫‧克爾凱戈爾《愛之誘惑》之卷首，上海社會科學院出版社2002年版。

〔註3〕 德國文化人類學家衣萊那烏斯‧愛伯爾‧愛伯斯菲爾德，於二十世紀六十年代對男女調情的身體語言進行過深入的調查研究，發現女性在誘惑意中人時，開始是對其微笑，睜大眼睛盯著他，暗送秋波，搖動腦袋，然後垂下眼

二

　　傳統中國社會的情愛生活雖然是以畸形的面目呈現，但天性浪漫之中國人對戀愛活動自有一種特別的理想，其調情藝術亦別具一格。約而言之，其調情方式略有如下數種：

　　其一，以《詩經·關雎》為代表的「琴瑟友之」、「鐘鼓樂之」的方式。《關雎》一詩在傳統中國情愛史上具有典範意義，其中君子淑女間的調情遊戲，對後世才子佳人之談情說愛有示範作用。詩云：

> 關關雎鳩，在河之洲。窈窕淑女，君子好逑。
> 參差荇菜，左右流之。窈窕淑女，寤寐求之。
> 求之不得，寤寐思服。優哉遊哉，輾轉反側。
> 參差荇菜，左右采之。窈窕淑女，琴瑟友之。
> 參差荇菜，左右芼之。窈窕淑女，鐘鼓樂之。

關於此詩之主旨，《詩序》所謂頌揚「后妃之德」，實屬附會，不足採信。事實上，當如鄭樵《詩辨妄》所說：

> 關關雎鳩，在河之洲。每思淑女之時，或興見關雎在河之洲，或興感關雎在河之洲。雎在河中洲上，不可得也，以喻淑女不可致之義；何必以關雎而喻淑女也。

亦如康正果所說：

> 該詩以下各章寫荇菜在水中飄蕩不定的狀態，也是興欲求不遂之情。淑女的不可徑取愈益增加了「君子」的悅慕之情，於是他「寤寐思服」呀！「輾轉反側」呀！希望把她娶過來。〔註4〕

臉，低下頭扭到一邊，眼睛看著側面，不停地搖擺著秀髮。男人誘惑女性時，最明顯的動作就是挺胸。美國人類學家海倫·費什在研究人類的調情行為時，特別提到一本歐洲雜誌上的一組漫畫，認為頗能說明男性誘惑女性的一般特點：第一幅漫畫**裏**，一個男人躺在海濱遊泳池邊上的躺椅**裏**——他的腦袋萎縮著，肚子挺著，胸部凹下去；在第二幅漫畫**裏**，有一位正在海灘上漫步的漂亮女郎經過這個男人身邊，這時，他的腦袋挺直，他的腹部收了回去，胸部則鼓了起來；在最後一幅漫畫**裏**，女郎不見了，他又回到了原來頹廢的萎縮狀態。另外，互送眼波可能是人類求偶行為或調情活動中最為突出的一項策略，這種眼睛的對話，實質上就是心的交流。據海倫·費什說：「眼睛——不是心，不是性器官，不是大腦——才是浪漫開始的器官，因為互相盯著看容易使人微笑。」（見海倫·費什《人類的浪漫之旅——迷戀、婚姻、婚外情、離婚的本質透析》第3～6頁，劉建偉、楊愛紅譯，海天出版社1998年版）

〔註4〕 康正果《風騷與豔情》第31頁，上海文藝出版社2001年版。

亦就是說，此詩純然便是描述君子挑逗淑女、想與之永結同心的情詩。其挑逗或調情之手段是「鐘鼓樂之」、「琴瑟友之」。論者或以爲是君子「寤寐思服」、「輾轉反側」，迷入幻境，夢想求愛成功而與淑女成婚時，以鐘鼓、琴瑟慶祝婚禮之歡樂情景。此說或通，但是，我以爲，將之解釋爲君子於苦苦追求過程中所使用的調情手段，更合詩意。陸侃如在《中國詩史》中說：「《關雎》與《野有死麕》都是寫男子求婚的，一以音樂歆動她，一以禮物媚她（胡適之師說南歐常以音樂做求婚的工具，可證《關雎》非結婚詩，我想我國司馬相如的故事，也可助證）。」〔註5〕就正是這樣理解的。

其二，以司馬相如和卓文君爲原型的「琴心挑之」的方式。據《史記・司馬相如列傳》載：

> 臨邛中多富人，而卓王孫家僮八百人，程鄭亦數百人，二人乃相謂曰：「令有貴客，爲具召之。」並召令。令既至，卓氏客以百數。至日中，謁司馬長卿，長卿謝病不能往，臨邛令不敢嘗食，自往迎相如。相如不得已，彊往，一坐盡傾。酒酣，臨邛令前奏琴曰：「竊聞長卿好之，願以自娛。」相如辭謝，爲鼓一再行。是時卓王孫有女文君新寡，好音，故相如繆與令相重，而以琴心挑之。相如之臨邛，從車騎，雍容閒雅甚都。及飲卓氏，弄琴，文君竊從戶窺之，心悅而好之，恐不得當也。既罷，相如乃使人重賜侍者通殷勤。文君夜亡奔相如，相如乃與馳歸成都。

司馬相如愛慕卓文君，「以琴心挑之」，促成文君與之私奔，這是《史記・司馬相如列傳》中的一個經典情節。如果說司馬遷《司馬相如列傳》是本之相如自傳而寫成的說法可信，那麼這段琴挑私奔之韻事，亦當是司馬相如一生中引爲自豪的雅事，而且亦是傳統中國才子佳人之現實戀愛和理想文學中的一個具有「原型」意義的情節。一個「挑」字，用得恰到好處，猶如「繞床弄青梅」之「弄」字，亦如「雲破月來花弄影」之「弄」字，與情竇初開之際那種曖昧而含糊的情愫特點，甚爲吻合，故而極有情趣，極富詩意。而用以「挑之」之「琴心」，極富魅力，與愛情本身的詩意化特點契合若神。「琴心挑之」的方式，與「琴瑟友之」、「鐘鼓樂之」的方式，是一脈相承的。不同的是，與「友之」、「樂之」相比，「挑之」更有世俗化特點，更具調情、挑逗和誘惑之意味。

〔註5〕轉引自朱自清《古詩歌箋釋三種》第 74 頁，上海古籍出版社 1980 年版。

其三，以才子佳人的愛情傳奇爲代表的「情詩以亂之」的方式。唐宋以來才子佳人愛情小說的情愛模式，皆脫胎於《史記·司馬相如列傳》。其中「以琴心挑之」情節基本上被才子佳人小說傳承下來。其稍有不同者，是有的小說改「琴心」爲詩詞，即以詩詞挑之，以詩詞傳情。如《遊仙窟》，男女情愛之表達，基本上全靠占全篇絕大篇幅的詩歌來完成。又如元稹《鶯鶯傳》，張生有意於崔鶯鶯，而無由近之，紅娘爲之計曰：

> 崔之貞慎自保，雖所尊，不可以非語犯之。下人之謀，固難入矣。
> 然而善屬文，往往沈吟章句，怨慕者久之。君試爲喻情詩以亂之。
> 不然，則無由也。

張生以《春詞》二首挑之，崔鶯鶯則以《明月三五夜》答之。一來一往，情款潛通，情意綿綿，遂有一月西廂之好。在才子佳人小說中，通常的敘事模式是：才子有意，先尋機賦詩一首以試探之；佳人有情，則和詩一首以應答之。這樣一唱一和，才子佳人之情愫逐漸點醒，逐漸升溫，最終噴發爲激越之情，直至以身相許，私訂終身。在此，詩詞作品成爲才子佳人調情之觸媒，並且是必不可少之觸媒。〔註6〕它不僅對才子佳人之愛情有點醒功能，而且還有潤滑作用，甚至還有消遣、娛樂功能。因此，在明末清初盛極一時的才子佳人小說中，才子佳人愛情之發生與發展，皆「以詩爲媒」，詩歌在才子和佳人的邂逅相逢中起著穿針引線之作用，如《春柳鶯》中的石池齋與梅凌春，《宛如約》中的司空約與趙如子，《定情人》中的雙星與蕊珠小姐等等，皆以詩詞傳情達意，這種幾乎成爲類型化的敘事模式，實際上亦是所有才子佳人小說中的「有意味的形式」。〔註7〕

其四，以少數民族青年男女戀愛活動爲代表的情歌對唱之方式。能歌善舞是少數民族的一個重要特點，舉凡生活中的所作所爲所思所想，皆以歌的形式表達。少數民族青年男女談情說愛，常以情歌作爲傳情示愛的工具。如，苗族至今尚存的對歌戀愛方式「串串坡」，每年正月初三至初七，苗族未婚青年到山上對歌，他們於村邊山坡上立一棵花樹，樹上掛一塊四米長的紅布。對歌時，姑娘先唱，唱完一首，在紅布上打一個結。然後小夥子對唱，唱完一首解開一個結，解完全部歌結後，他就可以取走紅布和姑娘的衣服，並以

〔註6〕 用紅娘的話說，便是：「不然，則無由也。」
〔註7〕 參見邱江寧《清初才子佳人小說敘事模式研究》第二章第一節《詩歌在小說敘事模式中的意義》，上海三聯書店 2005 年版。

此爲憑信託人上門求婚。侗族青年男女以「行歌坐妹」的方式交往和戀愛，他們或者在山坡上、大樹下對歌傳情；或者姑娘結伴在家裏引針走線，男青年前來伴奏對唱，傾訴情意。布依族青年男女以「趕表」的形式交往，在「趕表」途中男女未婚青年對唱情歌，表達戀愛之意。壯族青年男女亦在每年的傳統節日「三月三」這一天，聚在一起，互以歌聲問答，在唱和中挑選自己的意中人，尋覓自己的情侶。〔註8〕許多少數民族每年皆有定期的賽歌會，實際上就是爲青年男女提供一個公開的調情機會。其調情手段，無一例外皆是採用情歌對唱之方式。情歌在戀愛中的作用，在少數民族青年男女的情愛活動中，特別重要，如藏族民歌云：

> 蜜蜂和野花相愛，春風就是媒人。
>
> 小夥和姑娘相愛，山歌就是媒人。

彝族畢摩舉奢哲《彝族詩文論》云：

> 有種詩歌呀！世間的男女，
>
> 他們成年後，相親的時刻，
>
> 相愛的時光，又把它當作，
>
> 相知的門徑，傳情的樂章。

土家族情歌：

> 男：高山跑馬路不平，平地跑馬起灰塵。
>
> 　　千里聽見歌聲響，萬里來尋合心人。
>
> 女：高山種蕎不用肥，小郎說妹不用媒。
>
> 　　不看日子不看期，唱首山歌帶妹回。
>
> 男：未曾砍柴先扯藤，未曾唱歌先找人。
>
> 　　有柴無藤捆不起，有歌無妹唱不成。
>
> 女：你一聲來我一聲，好比花線與花針。
>
> 　　哥是花針朝前走，妹是花線隨後跟。〔註9〕

布依族情歌《木葉好比撥燈棍》：

> 堂屋點燈屋角明，屋後傳來木葉聲。
>
> 木葉好比撥燈棍，夜夜撥動妹的心。〔註10〕

〔註8〕 參見毛秀月《女性文化閒談》第111～113頁，團結出版社2000年版。

〔註9〕 《德江土家族文藝資料集》第5～6頁，德江縣民族事務委員會、貴州民族學院民族研究所編1986年。

哈尼族情歌《阿妹再傻也知甜》：

> 男：金黃穀穗沈甸甸，雀鳥飛來團團轉。
>
> 　　阿哥一唱風傳情，我要阿妹坐身邊。
>
> 女：楊梅一出紅滿山，畫眉再傻也知鮮。
>
> 　　阿哥山歌飛出口，阿妹再傻也知甜。〔註11〕

羌族情歌《唱個山歌試妹心》：

> 隔河看見妹穿青，心想過河水又深。
>
> 丟個石頭試深淺，唱支山歌試妹心。〔註12〕

與才子佳人的詩詞傳情一樣，在少數民族青年男女間，男子有意，便以情歌試探對方；女子有情，亦以情歌暗示男子。在這**裏**，山歌就是「相知的門徑，傳情的樂章」，是「媒人」，是挑動情弦的「撥燈棍」，是試探「深淺」的工具。男女雙方通過對唱山歌，一來一往，情意漸通，雙雙便可把臂入林，言情說愛了。

三

上述四種調情方式，其具體手段或有不同，或以音樂調情，如相如文君，如《詩經·關雎》；或以詩詞調情，如唐宋以來之才子佳人；或以歌聲傳情，如少數民族青年男女。但其基本精神是一致的，即皆以藝術化的方式進行情感之挑逗和激發。

值得注意的是，以唱歌或彈奏樂器調情，誘惑異性，是一種在世界各民族的情愛生活中普遍存在的社會現象，甚至在動物世界亦是如此。據美國學者海倫·費什說：

> 在世界各地，唱歌或者彈奏一種樂器是一種非常普遍的吸引異性的方法。在美國西南部霍安皮印第安人當中，按照傳統，男人是要向未來的配偶唱一支複雜的情歌的，有這種社會習慣的還有西太平洋的薩莫安人、美國西南部的奇里卡華人和華盛頓州東部的桑波伊爾人。阿帕卡地方的男人通過吹笛子來吸引樹林中的女子，而菲律賓呂宋島中部的伊夫高族男人和女人都利用愛人的豎琴來表達自己心中的激情。

〔註10〕《中國少數民族情歌選》第 136 頁，四川民族出版社 1985 年版。

〔註11〕《中國少數民族情歌選》第 244 頁，四川民族出版社 1985 年版。

〔註12〕《中國少數民族文學作品選》第四分冊第 381 頁，上海文藝出版社 1981 年版。

在海倫・費什看來，悶熱的夏夜**裏**，青蛙的鳴叫，蟋蟀的歌唱，貓兒的叫春，昆蟲的啼叫，豪豬的吼叫等等，都是作為求偶信號發出來的，與人類用唱歌或者彈奏樂器的方法吸引異性，性質完全相同。〔註13〕如此看來，以藝術化的方式進行情感之挑逗和激發，是人類社會的一個普遍現象。問題是，世界各民族的青年男女為何皆不約而同地採取此種藝術化之手段進行調情呢？我認為，此與男女情愛本身的特性有密切關係。

在人際交往所產生的所有情感中，愛情作為一種特殊的人際情感，是人類心靈深處發出的一種深沈而又強烈的情感衝動，具有審美化和藝術化特點。保加利亞學者瓦西列夫對愛情與藝術審美之關係，作過深入的探討。墨西哥文學家奧克塔維奧・帕斯亦對愛情與詩歌之關係作過專門討論，特別注意到詩歌與色欲間的密切關係，他說：

> 詩歌的證言向我們揭示出此世界**裏**的彼世界，彼世界即此世界。感覺既不丟失原有的能力，又變成了想像的僕人，讓我們聽到不可聽之物，見到不可見之物。可是這一切難道不是夢幻和性交中所發生的事情嗎？當我們做夢和做愛時，我們擁抱幻想。交合的一對人都有一個肉體，一張臉，一個名字，但是他們真正的現實就在擁抱最熱烈的那一刻消散在感覺的瀑布中，而瀑布也隨之消逝。所有戀人都相互追問一個問題，性愛的奧秘就凝縮在這個問題中：你是誰？一個沒有答案的問題……感官既是在這個世界**裏**的，又不是這個世界**裏**的……色欲與詩歌之間的關係是如此密切，因此可以毫不誇張地說，色欲是肉體之詩，詩是語言之色欲。它們是對立互補的關係。〔註14〕

色欲與詩歌關係密切，詩歌激發色欲，詩歌提升色欲，使之不至於落入淫佚俗套。《平山冷燕》第七回評語說：

> 凡男女悅慕，必假眉目勾挑，縱不涉淫，亦難免落套；況眉目勾挑，縱有情，亦不深不奇。若平如衡與冷絳雪，風中馬牛也，海內浮萍也。欲無端撮合，作江皋之遇，相遇又不欲墮前人窠臼，既遇又不欲借眉目為緣，此中蹊徑，實難闊置。此則全若不知，但以覽古作

〔註13〕海倫・費什《人類的浪漫之旅——迷戀、婚姻、婚外情、高婚的本質透析》第21～22頁，劉建偉、楊愛紅譯，海天出版社1998年版。
〔註14〕奧克塔維奧・帕斯《雙重火焰——愛與欲》第2頁，蔣顯璟、真漫亞譯，東方出版社1998年版。

才女之高情，但以覽古題詩作才女之俠致，何嘗作道路相逢之想？
既題詩感慨，亦不過自負堅貞，又何嘗為悅慕相思之地？無心中忽
然而見詩，又忽然而相遇，又忽然而悅慕相思，而悅慕相思甚已終
身不已；眉目雖亦霎時相對，而眉目勾挑工夫全用不著。〔註15〕

讓兩位邂逅相遇的青年男女傳情達意，詩歌是最雅致而不落俗套的手段。或
者說，詩歌是最適合傳達男女戀情的工具。

丹麥哲學家索倫‧克爾凱戈爾在《直接性愛諸階段或音樂性愛》一文中，
通過對莫札特音樂的感悟，揭示了性愛與音樂感受的一致性，以為性愛的精
神感受最適合用音樂來傳達。〔註16〕藹理士在《性心理學》一書中，亦注意
到音樂與情愛之關係，他說：

伐希特與伏爾巴（Vurpas）又告訴我們，音樂對於女子即或不引起
什麼特殊的與狹義的性影響，至少也可以引起一些生理上的反應，
而此種反應又是和性的興奮十分相像而不易辨別的。大多數身心健
全而受過教育的女子，聽了音樂以後，總感覺到幾分性的刺激，所
聽的音樂雖不限於一定的一類，而其感受刺激則一。對於神經上有
變態的女子，這種刺激不免見得格外有力。而對於已成病態的女子，
性交合的時候，必須有音樂的伴奏。

還有一點值得留意的，就是春機發陳的年齡來到以後，青年人對於音樂及其
它藝術總會表示一些特別的愛好。教育階級的子女，尤其是女的，在這時期
裏，對於藝術總有一陣衝動，有的只維持幾個月，有的維持到一兩年。〔註17〕

此與傳統中國人喜歡用音樂來比喻男女性愛類似，如《詩經‧女曰雞鳴》
曰：「琴瑟在御，莫不靜好。」《常棣》曰：「妻子好合，如鼓琴瑟。」〔註18〕
實際上，置身於戀愛中的男女，往往具有高出一般人的審美能力，其對詩歌、
音樂等藝術，亦會表現出特別的愛好和興趣。所以，戀愛中的人，常常都有
寫詩的衝動。假如你正在戀愛中，卻沒有產生寫詩的衝動，那就說明你的戀
愛可能有些問題。

愛情與詩歌、音樂等藝術的關係既如此緊密，那麼，「點醒」愛情和潤滑

〔註15〕《平山冷燕》，「古本小說集成」本，上海古籍出版社1996年版。
〔註16〕索倫‧克爾凱戈爾《愛之誘惑》，王才勇譯，上海社會科學院出版社2002年
　　　　版。
〔註17〕藹理士《性心理學》第42～43頁，潘光旦譯注，上海三聯書店2006年版。
〔註18〕參見潘光旦《性心理學譯注》第61頁，上海三聯書店2006年版。

情愛之手段，亦必然與其藝術化、審美化特點相適應，方能行之有效，才有希望達到預期目的。這便決定了調情的手段亦當具有藝術化、審美化之特點。另外，愛情與「淡如水」之友情不同，它是一種激情，並且常常是一見鍾情。它雖然來得迅速，但卻一點亦不會讓人覺得粗俗鄙陋，相反，倒是頗具詩情畫意。這主要就是得自於男女雙方在交接過程中採取的藝術化、審美化的調情方式，能把內心的欲念轉化爲具有審美意味和抒情色彩的表達方式。

傳統社會男女之間普遍採用的這種藝術化、審美化之調情方式，一定程度上體現了傳統中國人靈魂深處的詩性精神和浪漫情懷。而這種精神情懷正是人類區別於其它動物之根本所在。記得上世紀八十年代的大學校園裏，青年男女間談情說愛，互贈情詩，互通情書，猶有古代才子佳人以詩詞互通情款之遺風。或者精通某一樂器，如有「愛情衝鋒槍」之稱的吉它，則尤得女學生之青睞，此亦猶有「鐘鼓樂之」、「琴瑟友之」之餘韻。如今西部少數民族地區在傳統節日舉辦的賽歌會，搞的情歌對唱，多由中年男女出場，未婚男女青年或者已經不會演唱，或者不屑於參加此種活動，或者根本就不需要用這種方式談情說愛了。因此由中年男女從事的這種活動，多有表演性質，即主要以此吸引外地的觀光旅遊者，已經基本失落了其原初意義。如今大學校園或城市裏的青年男女談情說愛，視贈情詩爲可笑，以通情書爲迂腐，常常以通電話、發短信、聊 QQ 等方式傳遞情愛。科技的進步帶來資訊傳播的方便快捷，但卻因此失落了一件非常重要的東西，即人類的詩性精神和浪漫情懷，而這恰恰是人類區別於其它動物的一個最基本的特徵。所以，科技進步和社會的現代化發展亦是一柄雙刃劍，它一方面推動了人類物質生活的巨大進步，另一方面卻使人類的精神生活日趨貧乏，精神生活水準逐漸降低。

有女懷春，吉士誘之：
傳統中國社會情愛生活的季節性特徵

　　談情說愛，本是一見鍾情，隨性而發，初無時間、地點之限制，亦容不得等到特定的時間和固定的地點，才發抒愛情，傾訴欲望。愛情的產生具有突發性和偶然性，陷入情網中的青年男女常常有身不由己、在劫難逃之感覺，所以，時間和地點通常不能成為制約愛情發生發展的因素。但是，縱觀傳統中國文獻中記錄的愛情故事，有兩個引人注目的特點：其一，愛情的強烈渴望和戀愛活動的開展，多在春天。其二，談情說愛的場所多在江水之濱。由此便給人一個強烈的印象：傳統中國人的情愛生活具有明顯的季節性特徵和地域性特徵。特別是其中的季節性特徵，當有歷史文化、風俗習慣的影響，亦有情愛心理方面的原因，甚至有自然環境方面的原因。

一

　　在中國傳統文化語境中，「春」既是一個時間概念，亦是一個極富情感內涵的語詞。在表示一年四季的春、夏、秋、冬這四個概念中，就其情感內涵和文化意蘊之豐富性而言，惟有「秋」堪與「春」比肩並論，而其內涵本身又大有區別。一般地說，「春」之一詞，在季節時間內涵之外的文化意義，主要有青春年華、朝氣生機、歡快喜悅、美好迷人等等，而以「春」為詞根構成的詞彙，又常常與青年男女的戀愛之情有關係，如稱兩性愛戀的情意為「春意」或「春情」或「春心」，稱男女情歌為「春歌」，稱女子的閨房為「春房」，稱男女情欲為「春興」，稱男女性夢為「春夢」，稱有關男女戀情的書信或文

辭爲「春詞」，稱男女約會之期爲「春期」，稱男女纏綿之夜爲「春宵」，稱男女相思之病爲「春病」，稱男女間的歡愛爲「春風一度」或「春事」，稱情色圖畫爲「春宮畫」，稱妓院爲「春院」等等。另外，以「春」爲詞根構成的詞，又往往是具有女性意味的詞彙，如稱嬌豔的女子或女子的嬌豔之態爲「春嬌」，形容女子的眉毛爲「春黛」，稱女子細嫩的手指爲「春竹」或「春蔥」，形容少女紅潤的面色爲「春纈」，稱女子的美髮爲「春雲」，喻女子嬌豔的容顏爲「春華」或「春色」，稱女子的愁緒、怨情爲「春怨」，稱女子的小腳爲「春尖」，稱懷春的女子爲「春女」或「春人」等等。總之，「春」以及以「春」爲詞根構成的詞語，其情色意味是相當濃厚的。

　　春季常常是青年男女求偶欲望最強烈的季節，亦是談情說愛之最佳季節。如《詩經·召南·野有死麕》曰：「有女懷春，吉士誘之。」所謂「懷春」，即「思春」，因情欲萌動而產生求偶欲嫁之念。「女子善懷」，多情善感，在春天尤其容易動情。如《詩經·豳風·七月》曰：「春日遲遲，采蘩祁祁。女心傷悲，殆及公子同歸。」《鄭箋》云：「春，女感陽氣而思男；秋，士感陰氣而思女。是其物化，所以悲也，悲則始有與公子同歸之志，欲嫁焉。」因春而動情，進而發生求偶欲望，最著名的例子，莫過於湯顯祖《牡丹亭》之「驚夢」。在這齣戲中，杜麗娘春日遊園，見百花開遍，觸景生情，感歎道：

> 天呵！春色惱人，信有之乎！常觀詩詞樂府，古之女子，因春感情，
> 遇秋成恨，誠不謬矣。吾今年已二八，未逢折桂之夫；忽慕春情，
> 怎得蟾宮之客？昔日韓夫人得遇于郎，張生偶逢崔氏，曾有《題紅
> 記》、《崔徽傳》二書。此佳人才子，前以密約偷期，後皆得成秦晉。
> 吾生於宦族，長在名門，年已及笄，不得早成佳配，誠爲虛度青春。
> 光陰如過隙耳。可惜妾身顏色如花，豈料命如一葉乎？

杜麗娘目睹大好春光，發生了性覺醒，進而產生強烈的求偶欲望，以至感傷入夢，與柳夢梅「千般愛惜，萬種溫存」，「共成雲雨之歡」。

　　「花朝月夜動春心，誰忍相思不相見」，[註1] 春天是人的性愛欲望最旺盛的季節，亦是人的懷春、思偶欲望最強烈的季節。所以，明清以來的才子佳人小說中，「春恨之於女性的心理描寫幾乎是不可或缺的」，許多情色事件都發生在春天。如，浦安迪發現《西遊記》中第五十三回、第七十三回、第

〔註1〕 蕭繹《春別應令四首》（其一），見逯欽立《先秦漢魏晉南北朝詩·梁詩》卷二十五。

九十三回中，「有色欲含意的事件都放在春天」。吳宓《石頭記評讚》認為：《紅樓夢》「全書前半多寫春夏之事，後半多寫秋冬之事」，即前三十回的男女情欲之事，多半置於春夏季節中敘寫。〔註2〕

為適應人們在春天發生的強烈的懷春情緒和求偶欲望，在傳統社會，上自官方，下至民間，皆為這種情欲的釋放和願望的實現，大開方便之門。據《管子》卷十八《入國》載：

> 凡國都皆有掌媒。丈夫無妻曰鰥，婦人無夫曰寡。取鰥寡而合之，
> 予田宅而家室之，三年然而事之，此之謂合獨。

所謂「合獨」，就是以官方的名義促成孤男寡女之求偶願望，相當於《周禮》中的「會男女」。據《周禮・地官・媒氏》載：

> 媒氏掌萬民之判，……仲春之月，令會男女，於是時也，奔者不禁。
> 若無故而不用令者，罰之，司男女之無夫家者而會之。……凡男女
> 之陰訟，聽之於勝國之社。

這項政策的實施情況及其效果如何，不得而知。然其制度之周密則是顯而易見的。其用意或有「令會男女」而鼓勵生殖之意義，然其結果確是滿足了懷春男女之情欲釋放和求偶願望。據孫作雲考察，《詩經》中的情詩多半就是在這種環境下產生的。此項制度相沿成習，在後代便演繹成三月上巳節臨水被禊的風俗，後代盛行的朝會娘娘廟，亦能在這裏找到淵源。〔註3〕無論是上巳節的臨水被

〔註2〕 參見王立、劉衛英《紅豆：女性情愛文學的文化心理透視》第29～31頁，人民文學出版社2002年版。另外，魏崇新《比較文學視閾中的中國古典文學》一書亦說：「曹雪芹基本是按著春夏秋冬四季循環的運行規律來敘述這些故事的。如在敘述寶黛愛情的喜劇發展、賈府興盛時，以對春夏的描寫為主；而在敘述寶黛愛情悲劇的發生、賈府的衰敗時，則以對秋冬的描寫為主。」「從《紅樓夢》的神話敘述程式的發展看，從第一回的女媧煉石補天神話到第二十三回賈寶玉、林黛玉讀《西廂》的故事，對應著春天的描寫，屬於神話傳奇階段。前五回主要以介紹神話為主，說明賈寶玉的身世來源及寶黛愛情產生的宿緣。第六回以後轉入現實描寫，其中的主要情節如寶玉、黛玉共讀《西廂》，元春被選為貴妃等都發生在春天。」（第147、149頁，外語教學與研究出版社2009年版）

〔註3〕 參見孫作雲《詩經戀歌發微》，見孫著《詩經與周代社會研究》，中華書局1966年版。以後的文獻中亦有關於「仲春之會」的記載，如《後漢書・鮮卑傳》：「以春季大會，饒樂水上，飲宴畢，然後配合。」《太平寰宇記・南儀州》：「每月中旬，年少兒女吹笙，相召明月下，以相調弄號，日夜為娛，二更後匹耦兩相攜，隨母相合，至曉方散。」《漢書・地理志》引《鄭風・溱洧》顏師古注曰：「謂仲春之月，二水流盛，而士與女執芳草於其間，以相贈遺，信大樂

禊，還是娘娘廟的朝會，都是在春天舉行的一個男女遊樂歡會的節日。無論是名媛貴女、大家小姐，還是小家碧玉、村姑俗女，都不妨參加這個明顯具有情色意味的節日。另外，西部少數民族地區的傳統節日，如三月三、四月八、潑水節等等，皆是在春天舉行，這些節日的一個重要功能，就是通過唱歌跳舞，爲青年男女提供一個擇偶尋歡之機會。而產生於這種背景上的《詩經》戀歌，據孫作雲考察，有一個共同的模式，即：戀愛＋春天＋水邊。亦就是說，《詩經》中講述的愛情故事，大都是在春天的江水之濱發生的。

春天是戀愛的季節，因而亦是年輕人的季節。於是，傷春或春恨常常成爲年輕人的專利。如元代仇遠《寒食雨》云：「老人豈有傷春事，酒後情懷是感秋。」傷春是年輕人的事，老人傷春就有點不合時宜了。錢鍾書小說《圍城》中的主人公方鴻漸請求父母解除婚約，寫信給父親說：「邇來觸緒善感，歡寡愁殷，懷抱別有秋氣。」其父回信申斥說：「汝託詞悲秋，吾知汝實爲傷春，難逃老夫洞鑒也。」〔註4〕

在中國傳統文化語境中，「春」以及以「春」爲詞根構成之詞語，其情色意味相當濃厚。同時，在藝術作品中，置身於春天環境中的女性，亦有較爲明顯的情色意味。桑女和織女在中國古典文學中的形象特點，就很能說明這個問題。在傳統社會，採桑和織作是社會給婦女規定的「模範角色」，亦是周秦以來文學作品中刻畫的正面女性人物形象。但是，她們的工作環境和工作時間的不同，致使其形象特點便有了顯著之區別。桑女採桑是野外勞作，通常是在人來人往的大路邊，並且是在具有情色意味之春天。因此，採桑似乎別有一番牧歌情調，採桑女身上常有情色意味，詩人強調的是她的風神趣味。織女織布是室內勞作，其工作季節是在蕭瑟的秋天。因此，織作通常被渲染爲一種枯燥無味之工作，織女身上多有枯寂色彩，詩人強調的是她的善良勤勞。如《孔雀東南飛》中的劉蘭芝，她「十三學織素，十四學裁衣」，「雞鳴入機織，夜夜不得息。三日斷五匹，大人故嫌遲。非爲織作遲，君家婦難爲」。又如《上山采蘼蕪》詩中的棄婦，在故夫的眼中，看重的是她的勞作和勤奮。劉蘭芝和棄婦皆以悲劇結局，絕無採桑女身上的歡快情調和情色意味。採桑女是歡快的，如《詩經·魏風·十畝之間》鋪寫採桑女的喜悅之情，她有悲

矣，惟以戲謔也。」

〔註4〕 參見王立、劉衛英《紅豆：女性情愛文學的文化心理透視》第37頁，人民文學出版社2002年版。

傷，但她的悲傷是傷春，而不是厭煩勞作。《豳風・七月》中的採桑女亦是如
此。傳統中國文學中的採桑母題，常常含有這樣兩個要點：一是寫美麗多情
的採桑女，二是寫一個風流男子與她調情。文學家創造的採桑女形象，常常
是有意識地突出其情色意味，如《陌上桑》中的採桑女羅敷，就是一個典型，
作者在這裏「插入了調情，但並未流於放蕩；它強調了女子的操守，但又始
終洋溢著十足的風趣」。〔註5〕實際上，傳統中國文學中描述的男歡女愛，除
了常常發生在春天的江水之濱外，亦往往發生在春天的桑林中，《詩經・鄘風・
桑中》說：「美孟姜兮，期我乎桑中，要我乎上宮。」桑中常常是男女幽會的
場所。〔註6〕正因如此，詩歌中出現的採桑女形象，似乎總帶有一定的情色意
味，包括《陌上桑》中的羅敷，她雖然拒絕了使君的調情，但她本身亦誘惑
著「少年」、「行者」、「耕者」、「鋤者」。所以，自魏晉以來模倣《陌上桑》創
作之作家，就僅僅抓住《陌上桑》寫羅敷美貌及其誘惑的片斷，將它成倍放
大，敷衍成篇，使漢樂府中不乏情色意味但仍是良家婦女之羅敷，一變而爲
妖豔多姿的情色妖姬。

二

　　綜上所述，在傳統中國社會，「春」是一個具有情色意味的語詞，春季是
人的情欲最旺盛的季節，因而亦是求偶欲望最強烈的季節，故而亦是青年男
女談情說愛最適宜的季節，甚至置身於春季環境中的青年女性，亦常常具有
情色意味。以下，我們要討論的是，春天與欲望、情色的關係。我們希望通
過討論能夠解釋這樣一些疑問：春天和春天中的女性爲何具有情色意味？爲
什麼人的情色欲望和求偶意圖在春天最強烈？爲什麼談情說愛的浪漫風流之
事多發生在春天？

　　孫作雲從先民的作息時間和節日民俗之角度，對《詩經》中的戀愛故事
何以多發生在春天的現象，做出了令人信服的解釋。他認爲：《詩經》時代的

〔註5〕　參見康正果《風騷與豔情》第97～100頁，上海文藝出版社2001年版。
〔註6〕　《墨子・明鬼下》云：「燕之有祖，當齊之社稷，宋之桑林，楚之雲夢也。此
　　　男女之所屬而觀也。」即「桑林」如楚之雲夢，是青年男女幽會野合的場所。
　　　因桑樹葉片紛披，桑椹累累，桑葉形似女陰，故被遠古人類視爲女性生殖器
　　　的象徵物。桑林、桑間亦就逐漸成爲中國語言中表示淫穢場所的隱語（參見
　　　鄭曉江、萬建中主編《中國生育文化大觀》第54頁，百花洲文藝出版社1999
　　　年）。因此，置身於採桑環境中的女性，亦就有了情色意味。

先民，其生活被「春耕、夏耘、秋獲、冬藏」這種季節性特徵所規定。根據《詩經·豳風·七月》的記錄，在那時，「農夫們的生活，大致可以分爲兩大季節：從舊曆二月起，他們到野外耕地，一直到九月把禾稼收割完了以後，才結束他們的野外生活。從十月起，到來年一月底止，主要地在家中生活。總計一年十二個月之中，在野外的生活約占八個月，在家裏的生活約占四個月。這就是廣大農夫生活的主要節奏。許多活動、許多風俗習慣，以至於凝固爲一種典禮、一種節日，皆由此而起」。大概人們居家活動的四個月裏，很少和外界接觸，因此，人與人之間，特別是青年男女之間，相見相愛之機會就減少了。春天一到，萬物萌動，人們開始到田野裏勞動，許多風俗、禮儀、儀式，亦多在舊曆的二月或三月舉行，這便增加了青年男女接觸的機會。《周禮·地官·媒氏》中載錄的「仲春之月令會男女」之禮俗，便是在這個時候的這種環境中展開的，祭祀高媒神，以及用洗滌方法求子的習俗，皆在此間舉行。後代的三月上巳節臨水祓禊的風俗和娘娘廟會，皆是這種風俗的延續。無論是祭祀高媒，還是臨水祓禊，還是娘娘廟會，大體上皆是男女遊樂的節日，所以男女戀愛活動亦就在這種節日的氣氛中展開了。〔註7〕

孫氏的解釋是有文獻依據的，亦是有現實根據的。即便是在當代的西部少數民族地區，亦仍然在春季舉行各種各樣的歌舞歡會，青年男女的談情說愛，就常常在這種歡娛的環境氛圍中展開。所以，孫氏的解釋愜當人心，令人信服。不過，需要質疑的是，先民在室外活動的時期大體包括春、夏、秋三季，這種「令會男女」之民俗節日爲何僅在春天進行？而不是在夏天，或者其它時候。相應地，戀愛活動爲什麼常常發生在春天？而不是夏天或者秋天。我認爲：孫氏的解釋，無疑是正確的，但它祇是說明了《詩經》戀愛事件發生在春天的外部原因，而不是內部原因，是現象而非本質。實際上，談情說愛之事多發生在春天，與人類在春天的情色欲望和求偶意願特別強烈有關；強烈的情欲衝動和迫切的求偶願望多發生在春天，與人類的情愛心理有關，是由春天的季候特徵決定的。

與其它季節相比，春天最明顯的季候特點，就是「生氣」。如《呂氏春秋》在討論十二紀的季候變化特點時指出：在孟春，「是月也，天氣下降，地氣上騰，天地和同，草木繁動」〔註8〕。在仲春，「是月也，日夜分，雷乃發聲，

〔註7〕 孫作雲《詩經戀歌發微》，見孫著《詩經與周代社會研究》，中華書局 1966 年版。
〔註8〕 《呂氏春秋·孟春紀》。

始電，蟄蟲咸動蘇，開戶始出」。〔註9〕在季春，「是月也，生氣方盛，陽氣發洩，牙者畢出，萌者盡達，不可以內」。〔註10〕從孟春到季春，是「生氣」由弱到強的發展過程，亦是萬物復蘇、漸長、繁盛的過程，即從「草木繁動」至「蟄蟲咸動蘇」到「牙者畢出，萌者盡達」的過程。故《季夏紀・音律篇》說：「太簇之月（孟春），陽氣始生，草木繁動。」《孝行覽・義賞篇》說：「春氣至則草木產，秋氣至則草木落。」「春氣」，或稱「陽氣」，又叫「生氣」，「氣之動物」，促使萬物復蘇、生長。即萬物的復蘇與生長，得自於春氣之感動。春天是生長的季節，春意即生意，故《呂氏春秋》於《孟春紀》著《本生篇》，於《仲春季》著《貴生篇》，以明生生之理。

此種以「生」或「生氣」為春天季候特徵的觀點，是古人對春天季節特徵的認真觀察所得，這種觀點亦體現在周漢時期的其它文獻中，如《尚書大傳》曰：「春，出也。言萬物所出也。」《管子・形勢解》說：「春者，陽氣始上，故萬物生。」《禮記・鄉飲酒》曰：「東方者春，為之言蠢也，產萬物者，聖也。」《尚書大傳》曰：「東方者，動方也，物之動。何以謂春？春，出也。物之出，故謂東方春也。」班固《白虎通德論・四時》曰：「四時據物為名，春當生，冬當終。」《楚辭・大招》曰：「青春受謝，白日昭只。春氣奮發，萬物遽只。」王逸《章句》解釋說：「言歲始春，青帝用事，盛陰已去，少陽受之，則日色黃白，昭然光明，草木之類，皆含氣，芽孽而生。以言魂魄亦宜順陽氣而長養也。」又云：「春陽氣奮起，上帝發洩，和氣溫燠，萬物蠢然，競起而生，各欲滋茂。」《漢書・律曆志》亦說：「春為陽中，可以得生。」

春天的「生氣」，既能「動物」，亦能「感人」，並且常常是通過「動物」以「感人」，此即鍾嶸《詩品序》所謂「氣之動物，物之感人」是也。如《淮南子・謬稱訓》曰：「春，女思；秋，士悲。而知物化矣。」高誘注云：「春，女感陽而思；秋，士見陰而悲。」所謂「感陽」，即為春天的陽氣所感發。正如萬物因「陽氣」感發而復蘇、生長；女性亦因春天的「陽氣」感發而產生懷春之意，此即所謂「女思」。如《詩經・豳風・七月》「女心傷悲」句，鄭玄《箋》解釋說：「春，女感陽氣而思男；秋，士感陰氣而思女。是其物化，所以悲也，悲則始有與公子同歸之志，欲嫁焉。」孔穎達《正義》亦云：「春則女悲，秋則士悲，感其萬物之化，故所以悲也。」女性在春天感陽氣而懷

〔註9〕《呂氏春秋・仲春紀》。
〔註10〕《呂氏春秋・季春紀》。

春、思嫁，這應當是一個普遍現象，如阮籍《詠懷詩》（其十一）云：「遠望令人悲，春氣感我心。」劉履《選詩補注》解釋說：「春氣感心，言春氣發動，鳥獸孳尾之時，人心不能無感。《詩經》言：有女懷春。亦此意也。」劉履以為人在春天見「鳥獸孳尾」，觸景生情，萌動春心，雖然切近事理，似乎又迂曲了一些。倒不如馮夢龍所謂：「草木之生意，動而為芽；情亦人之生意，誰能不芽者。」〔註11〕更深刻妥帖。即人之情欲，作為一種生命激情，亦是一種「生意」，與「草木之生意」相通，在受到春季「生氣」之感發下，「動而為芽」，產生懷春、思嫁的強烈願望。女性在春天感陽氣而懷春、思嫁，春天的逝去，則使之產生一種失時的恐懼。中國古代文學史上為數眾多的「傷春詩」，多出於女性之手，就是在這樣的心理背景上產生的。

春天的「生氣」促使萬物復蘇、生長，亦激發女性的懷春、思嫁之情。動人春色與人的性本能之間似乎有天然的聯繫。英國性心理學家藹理士注意到這種情欲萌動之季節性特徵，他說：

> 大部份的高等動物有它們的蕃育的季候，一年一度或兩度，即在春季、秋季，或春秋兩季。有的未開化的民族也有這種季候，世界上有許多分散得很遠而很不相干的這種民族，在春季、秋季、或春秋二季，都有盛大的歡樂的節氣，讓青年男女有性交合與結婚的機會。在文明的國家，得胎成孕的頻數也有它的時期性，一年中的曲線，大抵春季要高些，有時候秋季也比較的高，看來就是這種節氣的一些流風餘韻了。〔註12〕

藹理士的態度有些曖昧，或春或秋，初無定論，而且亦沒有解釋其原因。不像中國古代學者那樣，異口同聲地說是在春季，並且都很明確地認為是「春氣」或「生氣」感動所致。或許事情本身很複雜，未能輕易定論。或許在此問題上可能男女有別，未可一概而論。不過，值得注意的是，藹理士為我們介紹了幾個西方學者獨特的、有趣的解釋，他說：

> 無論如何，這些現象（引者按：即上文所謂「許多分散得很遠而很不相干」的民族所共有現象）的原因是一個的，不管這原因究竟是什麼。這原因究竟是什麼，各家的見解到現在還不一致。有的，例如法國社會學家塗開姆（Durkheim，引者按，今通譯為涂爾幹）認

〔註11〕馮夢龍《情史・情芽類・孫氏》。
〔註12〕藹理士《性心理學》第22〜23頁，潘光旦譯，上海三聯書店2006年版。

為這種季候性大半是社會的原因所造成的，好比犯罪與自殺的現象
一樣；有的，例如蓋德根（Gaedeken），以為真正的原因是太陽的化
學的光線，這種光線在春天是最有力量的；有的，例如黑克拉夫脫
（Haycraft），認為和季候的溫度有關；有的一面承認春初的暖氣的
刺激，一面也承認秋末冬初的蕭殺之氣也未嘗不是一種刺激。看來
最後一說比較的最為近情。〔註13〕

這些有趣的說法是否正確，需要科學實驗加以驗證，我不能妄加評論。不過，
可以補充的是，春天的光線和溫度可能確會激發人的情欲，如《詩經·豳風·
七月》說「女心傷悲」，不正是因為「春日遲遲」嗎？涂爾幹以為是社會原因造
成的，這個說法值得懷疑，這正如潘光旦解釋周代「仲春之月令會男女」之風
俗時所說：「這大概不是周官的一種嶄新的法令，而是有悠久的習慣做根據的，
而這習慣自身則又建築在性的時期性之上。」〔註14〕即自然原因當是最主要的。
當然，我們亦不完全排斥社會原因。如周代的「仲春之會」，延續到漢代的三月
上巳節的臨水祓禊，以及後來的娘娘廟會，逐漸積澱成民族集體無意識中的春
日原型。後代之人一到春天，面對動人春色，便激活其集體無意識中的春日原
型。也許這就是涂爾幹所說的社會原因。上引孫作雲的解釋，亦當如此理解。

三

最後，需要提出來討論的，是一個我們暫時無法論斷的問題。在上引傳
統中國文獻中，細心的讀者可能會注意到，在春天容易發生懷春、動情和求
偶欲望的，多是女性，而不是男性。這並不是我們有意迴避，事實材料本身
就是如此。比如，《淮南子·謬稱訓》曰：「春，女思；秋，士悲。」高誘注
云：「春，女感陽而思；秋，士見陰而悲。」皆是男女對舉，分屬春秋，而且
情感上亦有思與悲之別。《詩經·豳風·七月》之鄭《箋》和孔穎達《正義》，
亦是如此。的確，在古代中國文學史上，大量的「傷春」、「懷春」、「惜春」
類詩文作品，多出自女性作者之手，或者是以「男子作閨音」之面目出現，
即便是士大夫文人「傷春」、「惜春」之作，亦多半具有女性化色彩。因此，
在傳統社會，「傷春」、「惜春」似乎是女性的專利，女性在春天特別容易發生
感傷情懷，求偶、懷春的欲望特別強烈。男性在春天當然亦是春心蕩漾，情

〔註13〕藹理士《性心理學》第22頁，潘光旦譯，上海三聯書店2006年版。
〔註14〕潘光旦《性心理學譯注》第56頁，上海三聯書店2006年版。

欲高漲，但男性似乎在秋天更容易發生傷感之情。從理論上講，男女情緒的這種季節性特徵，似乎是有根據的。比如，在傳統中國，思想家習慣以陰陽比附男女，女為陰，男為陽。陰陽結合而生萬物，陰陽協調而維持宇宙之平衡，陰陽和諧而維持人體之均衡。作為陰性之女性，在春天感陽氣而動，正是女性為達到身體之均衡所做出的反映。陰性的女性需要陽氣補充，春天正是陽氣萌動、高漲之季節。女性的「懷春」，就是「懷陽」；女性的「傷春」、「惜春」，實際上就是未能實現陰陽和諧而發生的感傷、憐惜情緒。作為陽性之男性，在秋天感陰氣而動，正是男性為達成身體之和諧所做出的反映，陽性男體需要陰氣之補充，秋天正是陰氣蕭森之季節。因此，男性的「悲秋」，正是男性未能實現陰陽和諧而發生的悲傷情緒。在中國文化語境中，進行如此的男女、陰陽、春秋的比附，是有理論根據的。現實的生活實例，亦可提供一些證據。例如，藹理士在研究人類性愛之周期性問題時，發現男性的性周期與女性略有不同，多集中在秋季，他說：「所有的證據都指著一年之中，（男性）性衝動自然而然的特別活躍的時期確有兩個，一在初春，一在秋季，並且往往秋季比春初還要見得活躍。」〔註15〕潘光旦在譯注這段文字時，亦在中國古代文獻中發現了一則有價值的史料，他說：

> 《禮記·月令》裏有一節文字很值得參考。在「季秋之月」下面寫著：「是月也，申嚴號令，命百官貴賤無不務內，以會天地之藏，無有宣出。」譯者疑心「務內」的內字不見得是注疏裏所稱「收斂」的意思，而是同於《內則》的內容，即所務是「男女居室」的事。這種號令，到仲冬之月，就變換了：「是月也，命奄尹，申宮令，審門閭，謹房室，必重閉，省婦事，毋得淫，雖有貴戚近習，毋有不禁。」〔註16〕

依據潘光旦的解釋，在季秋之月「命百官貴賤無不務內」的政令，實際上就是以政府行政命令的形式，要求「百官貴賤」行夫妻房事。這套政令，近似於「仲春之月令會男女」的那道政令。略有不同的是，「仲春之月令會男女」的政令，似乎是針對女性的，因為《詩經》戀歌反映出來的，在戀愛生活中，是女性居於主導地位，是女性戲謔男性，女性的欲望遠比男性強烈。季秋之月「命百官貴賤無不務內」的政令，好像主要是針對男性的。因為，在秋天，

〔註15〕藹理士《性心理學》第 23 頁，潘光旦譯注，上海三聯書店 2006 年版。
〔註16〕潘光旦《性心理學譯注》第 56 頁，上海三聯書店 2006 年版。

男性的欲望似乎比女性更強烈一些。

春天是女性「懷春」之季節，我們可以找到眾多民俗學上的例子加以證明。秋天是男性動情之季節，從理論上講是說得通的，因而亦是有理論依據的。但是，我們現在缺乏民俗學上的例子進行證實。所以，需要特別聲明的是，這雖是一個有趣的課題，但卻是我目前無法論斷的問題。

東門・桑中・水濱：
傳統中國社會情愛生活的地域性特徵

　　談情說愛，隨性而發，初無時間的限制，亦無地點之拘泥。但是，在古代中西方民族的神話傳說中，在關於愛情之詩意想像中，皆有獨具特色的愛情樂園。如西方的伊甸園，古代中國的東門、桑中和水濱等等，就是中西方情愛精神史上極富詩意想像之男女情愛樂園。傳統中國文人士大夫的心靈深處皆有深深的「青樓情結」，青樓是文人士大夫愛情的「大尾閭和大市場」。相對於文人士大夫情愛理想上的「青樓情結」，傳統民間社會青年男女的情愛交歡之地，則比較集中在東門、桑中，或者水濱這些地方。東門、桑中和水濱，既是世俗社會青年男女嬉戲玩樂之所，亦是傳統中國情愛文學中具有豐富內涵的詩性想像空間。質言之，東門、桑中和水濱，就是古代東方的伊甸園。

一

　　先說東門。

　　門是人類文化發展和社會進步的產物，是自然與文化之聯結點。在古典中國詩學裏，門是一個有豐富內涵的特殊語彙，具有單純而原始的語源意義、衍申而複雜的文化意義、詩意而清新的象徵意義。[註1] 在門的眾多種類和型態中，東門又具有獨特的文化象徵意義，大體與青年男女之婚戀情愛相關，如《詩經》中共有五首以「東門」為題的詩，即「陳風」中的《東門之枌》、

〔註1〕　參見傅道彬《晚唐鐘聲──中國文學的原型批評》第六章《門：一個語詞的詩學批評》，北京大學出版社 2007 年版。

《東門之池》、《東門之楊》，「鄭風」中的《東門之墠》、《出其東門》，皆是以男女戀情爲題材之詩歌。如「陳風」《東門之枌》云：

> 東門之枌，宛丘之栩。子仲之子，婆娑其下。
>
> 穀旦於差，南方之原。不績其麻，市也婆娑。
>
> 穀旦于逝，越以鬷邁。視爾如荍，貽我握椒。

此詩寫詩人與一位績麻的女子在歌舞相樂中發生戀愛之經歷，故朱熹解釋說：「此男女聚會歌舞，而賦其事以相樂也。」〔註2〕《東門之池》首章曰：

> 東門之池，可以漚麻。彼美淑姬，可與晤歌。

《詩序》云：「東門之池，刺時也。疾其君子淫昏，而思賢女以配君子也。」「疾其君子淫昏」之說不可信，崔述《讀風偶識》已駁之，而所謂「思賢女以配君子」，涉及男女婚戀之義，庶幾近之。故朱熹解釋說：「此亦男女會遇之辭，蓋因其會遇之地，所見之物，以起興也。」〔註3〕即此詩是表達男子對女子愛戀之意之情歌。又《東門之楊》首章曰：

> 東門之楊，其葉牂牂。昏以爲期，明星煌煌。

這是一首男女相期約會之詩歌。朱熹解釋說：「東門，相期之地也。……此亦男女期會而有負約不至者，故因其所見以起興也。」〔註4〕或以爲是「俟黃昏男女相約幽會，直至啟明星升起方散。此詩不是男女失約，而是如約」。〔註5〕又「鄭風」《東門之墠》曰：

> 東門之墠，茹藘在阪。其室則邇，其人甚遠。
>
> 東門之栗，有踐家室。豈不爾思，子不我即。

《詩序》說：「東門之墠，刺亂也。男女有待禮而相奔者也。」鄭《箋》亦云：「此女欲奔男之辭。」朱熹解釋說：「東門，城東門也。……門之旁有墠，之外有阪，阪之上有草，識其所與淫者之居也。室邇人遠者，思之而未得見之之辭也。」〔註6〕「淫奔」之說，實屬偏見，但亦確是男女相悅相戀，「有所思而未得見」的情歌。〔註7〕《出其東門》首章六句云：

> 出其東門，有女如雲。雖則如雲，匪我思存。縞衣綦巾，聊樂我員。

〔註2〕　朱熹《詩集傳》卷三。
〔註3〕　朱熹《詩集傳》卷三。
〔註4〕　朱熹《詩集傳》卷三。
〔註5〕　蘇東天《詩經辨義》第188頁，浙江古籍出版社1992年版。
〔註6〕　朱熹《詩集傳》卷三。
〔註7〕　方玉潤《詩經原始》上冊第219頁，中華書局1986年版。

這是一首表現情欲與道德相矛盾的詩歌。朱熹說：「人見淫奔之女而作此詩。以爲此女雖美且眾，而非我思之所存。不如己之室家，雖貧且陋，而聊可以自樂也。是時淫風大行，而其間乃有如此之人，亦可謂能自好而不爲習俗所移矣。」〔註8〕除「淫奔」之說稍嫌牽強外，其它大體可信。

上述以「東門」爲題的詩篇，或寫青年男女的東門歌舞相戀（《東門之枌》），或寫男女相期約會於東門（《東門之楊》），或寫男子在東門觸景生情而引發對女性之嚮往（《東門之池》、《東門之墠》、《出其東門》），皆以男女戀情爲題材。另外，《詩經・陳風》中的《宛丘》，其「宛丘」，地近東門，〔註9〕其詩之主旨亦是寫青年男女的情愛活動。〔註10〕而疑是東門的，有「陳風」《衡門》之「衡」，〔註11〕此詩寫詩人行遊於東門之下，見美女如雲而浮想連連。總之，《詩經》中以「東門」爲題之詩作，或以「東門」爲地點展開之詩篇，皆與男女情愛之事有關，「東門」實際上就是《詩經》時代陳、鄭二國男女歡聚之所。據考察，在《詩經》中描寫男女遊樂歡愛的作品，凡有具體地名可供考證者，亦以「東門」爲最多。《詩經》「東門」戀歌向我們展示的男女戀情，並非個體化、穩秘性的，而是具有某種開放性和群體性特徵。〔註12〕

需要追問的是，《詩經》以「東門」爲題的詩篇，爲何皆是敘寫男女戀情的情詩？「東門」何以在《詩經》時代成爲男女歡會之重要場所？「東門」意象與男女戀情有何關係？古代學者對此做過一些探討，如陳啓源《稽古編・附錄》云：「意此門（東門）當國要衝，爲市廛之墟與！故諸門載於《左傳》，亦惟東門則數及第一。蓋師之屯聚，賓客之往來，無不由是，其爲鄭之孔道可知。」陳奐說：「傳云：東門，城東門也者。鄭城西南，溱、洧之所經流，

〔註8〕 朱熹《詩集傳》卷三。

〔註9〕 王先謙《詩三家義集疏》：「宛丘蓋地近東門，陳國之城門也。」故《東門之枌》詩曰：「東門之枌，宛丘之栩。」

〔註10〕 魏炯若《讀風知新記》認爲這是遊蕩少年追求巫女的情詩，其云：「遊蕩（廢棄正業）於宛丘之上的，乃是一個青年男子，他是爲了山下的持其鷺羽的姑娘而來的。這人信有情啊！然而無望。爲什麼無望呢？因爲此女巫無冬無夏地持其鷺羽婆娑樂神。要和她接近都不可能，還能說到更高的希望麼？」（第419頁，陝西人民出版社1987年版）

〔註11〕 王引之《經義述聞》說：「竊疑衡門、墓門亦是城門之名。」衡門，《韓詩》作「橫門」，「東西曰橫」，衡門疑即東門（黃維華《「東方」時空觀中的生育主題——兼議〈詩經〉東門情歌》，《文化研究》2005年第2期）。

〔註12〕 參見董雪靜《〈詩經〉東門戀歌與周代禮俗》，《淮陰師範學院學報》2005年第5期。

惟東門無水，故城東門皆民人所居。」〔註13〕王先謙亦說：「鄭城西南爲溱、洧二水所經，故以東門爲遊人所集。」〔註14〕以「鄭之孔道」、「遊人所集」、「民人所居」解釋東門之熱鬧繁華，似可，但不能解釋它何以成爲男女歡會之主要地點。且「無水」之說亦稍嫌牽強，因爲它雖能解釋「鄭風」中的「東門」意象，卻不能解釋「陳風」中的「東門」意象。「東門」作爲男女歡會的主要地點，當另有原因。

我認爲，「東門」成爲《詩經》時代男女歡會之主要地點，與古代以殷商爲主體之東夷族的尚東意識有關，與東方方位的生命意識以及在此舉行的祭日、祭社、祭媒等宗教活動有關。

在上古時代，「東」或「東方」不是一般意義上的方位名詞，而是包含著豐富內涵和廣泛象徵意義的文化意象。

首先，在上古，以殷商爲主體之東夷族，有比較普遍的尚東意識。據考察，東夷族的居民皆東向開門，城門皆以東門爲正門，城東門是主要的出入通道。由於尚東的意識，城東門具有了特殊的意義，人們出入主要經由城東門，那裏是吉祥門，是繁華熱鬧之地，是人們過世俗生活的地方，亦是國家舉行重要典禮的地方。〔註15〕上述《詩經》中以「東門」爲題的詩篇，皆出自鄭、陳二國，鄭、陳二國是東夷族之後裔。鄭在今河南中部地區，陳在今河南東南和安徽北部，這些地方皆是上古東夷族的故地。所以，《詩經》中以「東門」爲題之詩篇，皆是出自東夷故地的作品，應當與東夷族的尚東意識有關。

其次，在上古，「東方」是一個與春季相搭配的、有生命意識和生殖意義的概念。如《漢書‧律曆志》曰：「東，動也，陽氣動物，於時爲春。春，蠢也，物蠢生，乃動運。」《呂氏春秋‧季春》高誘注云：「天子城門十二，東方三門，王氣所在處，尚生育。」說的就是這個意思。所以，在古代，凡是與生殖、生命力有關的人類活動，一般都是於春天在東郊舉行。這正如葉舒憲所說：「東方由於同春天相認同，在空間意義之外又有了生命、誕生、發生等多種原型價值。所以，各種與上述原型價值相聯繫的神話、傳說、儀式和風俗都照例要以東方和春季爲其時空背景。」〔註16〕既然東方在空間意義之外又擁有了生命、生殖

〔註13〕陳奐《詩毛氏傳疏》第425頁，中國書店1984年版。
〔註14〕王先謙《詩三家義集疏》第367頁，中華書局1987年版。
〔註15〕參見李炳海《部族文化與先秦文學》第366頁，高等教育出版社1995年版。
〔註16〕葉舒憲《中國神話哲學》第66頁，陝西人民出版社2005年版。

和誕生等內涵，那麼在此舉行以生育爲目的的男女嬉戲和戀愛活動，便是有意味之選擇，《詩經》「東門」情詩就是在這樣的文化背景上產生的。

第三，在尚東意識之影響下，古代國家之重要典禮亦多在東門舉行。古代文獻中多有於東門祭祀日神的記載，如《儀禮・覲禮》「拜日於東門之外」，《禮記・玉藻》「玄端而朝日於東門之外」，《禮記・祭義》「祭日於東」等等。這種祭日活動，皆在春季舉行，而此時亦正是男女求愛擇偶的季節。〔註17〕因此，這種以國家名義舉行的規模盛大的祭祀活動，誘發了民眾的參與熱情，爲青年男女提供了嬉遊的機會，祭祀場所亦就成了情愛樂土。另外，文獻中記載的上古祭祀高媒神和「仲春之月，令會男女」的習俗，於地點或場所皆語焉未詳。據考證和推斷，這些活動大體上亦是在東門舉行，《詩經》「東門」情詩，極有可能就是以這些活動爲背景展開的。〔註18〕又，古代國家典禮中的求雨止雨儀式，多於春季在社壇舉行。據考證，古代的社壇多設在城東門外的水邊高地，而且是以「令吏民夫婦偶處」的方式求雨。所以，在東門社壇上傳達愛戀之意，表達男女歡情，與求雨儀式亦有密切關係。〔註19〕

總之，在《詩經》時代的文化語境中，東門、春天、祭祀、戀愛大體是可以互通互釋的文化符號。東方對應春季，春季蘊含著情欲，祭祀爲情欲釋放提供了時間和空間。所以，在春光明媚的日子，人們懷著參與祭祀活動的熱情和釋放情欲之激情，來到東門外，尋找理想的伴侶。

二

再說桑中。

所謂「桑中」，或稱「桑間」，即桑林之中。在傳統中國文化語境中，桑中不僅是一個勞動場所，而且亦是一個神聖的祭祀空間和世俗男女春日狂歡場所。特別是在中國文學史上，以採桑爲題材或者以桑林爲背景的文學作品，或者以採桑、桑、桑中、採桑女爲意象的作品，或多或少，或明或暗，皆與男女情愛有著或深或淺的關係。特別是在漢魏以來的文學作品中，桑中作爲勞動場所和祭祀空間之意義被逐漸淡化，而作爲男女春日狂歡場所之意義，

〔註17〕 參見本書本卷《有女懷春，吉士誘之——傳統中國社會情愛生活的季節性特徵》。
〔註18〕 參見黃維華《「東方」時空觀中的生育主題——兼議〈詩經〉東門情歌》，《文化研究》2005年第2期。
〔註19〕 參見張強《〈詩〉「東門」辨》，《文教資料》1999年第6期。

幾乎成爲文學化桑中的唯一內涵。

在早期的神話傳說中，桑中就是男女歡愛之場所。如屈原《天問》曰：「禹之力獻功，降省下土方，焉得彼塗山女，而通之於臺桑？」〔註20〕傳說禹與塗山氏女曾在「臺桑」野合。王嘉《拾遺記》卷一載：「商之始也，有神女簡狄遊於桑野，見黑鳥遺卵於地，……狄乃懷卵，一年而有娠，經十四月而生契。」簡狄是殷人的始祖，其「遊於桑野」而有娠，實乃殷商男女桑林野合風俗之明證。同書亦載少昊氏之母皇娥遊於「窮桑之浦」，遇白帝之子，野合而生少昊。另外，還有不少關於空桑生人的神話傳說，如《呂氏春秋·本味》云：「先侁氏女子採桑，得嬰兒於空桑之中。」傳說殷商大臣伊尹亦誕生於空桑之中。而最爲人熟知的是孔子生於空桑的傳說。孔子生於空桑，實際上就是顏氏徵在與叔梁紇於桑中野合所生。其它關於空桑生人的傳說，大抵亦是桑中野合之委婉表述。總之，在上古神話傳說中，桑中大體上就是一個男女野合的世俗空間。

在《詩經》中，桑中與男女情愛之密切關聯，得到更充分的展現。首先，在《詩經》戀歌中，桑中是男女約會的地點，如《鄘風·桑中》云：

爰采唐矣，沬之鄉矣。云誰之思，美孟姜矣。

期我乎桑中，要我乎上宮，送我乎淇之上矣。

很明顯，詩中所說的「桑中」，就是青年男女的幽會之所。《小雅·隰桑》云：

隰桑有阿，其葉有難。既見君子，其樂如何？

隰桑有阿，其葉有沃。既見君子，云何不樂？

《魏風·十畝之間》云：

十畝之間兮，桑者閑閑兮。行與子還兮。

十畝之外兮，桑者泄泄兮。行與子逝兮。

所謂「隰桑」、「十畝之間」，即指桑中，亦是男女幽會之處。所以，《墨子·明鬼》曰：「燕之有祖，當齊之社稷，宋之有桑林，楚之有雲夢也，此男女之所屬而觀也。」〔註21〕《漢書·地理志》曰：「衛地有桑間濮上之阻，男女亦亟聚會，聲色生焉，故俗稱鄭衛之音。」顏師古注云：「阻者，言其隱厄，得肆淫僻之情也。」即「桑林」或「桑間」是情投意合之男女前往歡會的地方。因此，「桑中

〔註20〕《楚辭集注》卷三。

〔註21〕孫詒讓《墨子閒詁》引《周禮·州長》鄭注云：「屬猶合也，聚也。」所謂「觀」，即遊觀、歡會。

之喜」、「桑中之約」便成爲男女幽會之代名詞，如《左傳・成公二年》載：「申叔跪從其父，將適郢，遇之，曰：異哉！夫子有三軍之懼，而又有桑中之喜，宜將竊妻以逃者也。」楊伯峻注云：「《詩・鄘風》有《桑中》，爲民間男女幽會戀歌，……此借用『桑中』一詞，暗指巫臣與夏姬私約。」〔註22〕總之，在《詩經》時代，桑中確是一個具有浪漫意味的春季狂歡場所。

在這個具有浪漫意味的春季狂歡場所，女子的採桑行爲亦別有浪漫情思。如《魏風・汾沮洳》曰：

　　彼汾一方，言采其桑。彼其之子，美如英。美如英，殊異乎公行。

在汾河岸邊桑林裏採桑的女子，對採桑心不在焉，倒是從桑林邊路過的英俊小夥引起了她的注意，並產生了愛慕之情。《豳風・七月》曰：

　　春日載陽，有鳴倉庚。女執懿筐，遵彼微行，爰求柔桑。

　　春日遲遲，采蘩祁祁。女心傷悲，殆及公子同歸。

此女子雖然手上在採摘桑葉，可心裏卻因萌動的春情而「傷悲」。總之，上述二詩之採桑行爲成爲表達情欲衝動的背景，採桑行爲本身亦被塗上濃郁的情欲色彩。漢魏以後，女性採桑行爲的情欲色彩得到進一步強化，漢樂府《陌上桑》和模倣它的若干詩作，以及唐詩宋詞中以採桑爲題材的作品，皆體現了這種特點。可以說，在中國古代文學中，以採桑爲題材、以桑爲意象或涉及採桑的作品，往往都與愛情有關係。女性「採桑」具有尋求愛情、締結姻緣的意義。文學中的女性「採桑」，猶如男性的「採花」。

女性採桑行爲具有情欲色彩，置身於桑林中的採桑女亦往往具有濃厚的情色意味。如歷史上流傳的下述四個採桑故事：

　　陳辨女者，陳國採桑之女也。晉大夫解君甫使於宋，道過陳，遇採桑之女，止而戲之曰：女爲我歌，我將舍汝。採桑之女乃爲之歌曰：墓門有棘，斧以斬之。夫也不良，國人知之。……大夫乃服而釋之。〔註23〕

　　齊宿瘤女者，齊東部採桑之女，閔王之後也。……初，齊閔王遊東郭，百姓盡觀，宿瘤女採桑如故。王怪之，……使者以金百鎰，往聘迎之。〔註24〕

<hr>

〔註22〕楊伯峻《春秋左傳注》（修訂本）第二冊第805頁，中華書局1990年版。
〔註23〕《列女傳》卷八。
〔註24〕《列女傳》卷六。

魯秋潔婦者，魯秋胡之妻也。既納之五日，去而宦於陳，五年乃歸。
未至其家，見路旁有美婦人方採桑而悦之。下車謂曰：力田不如逢
年，力桑不如見國卿。今吾有金，願以與夫人。婦曰：……夫子已
矣，不願人之金。秋胡歸家，使人呼其婦，乃嚮之採桑者也。〔註25〕

秦氏，邯鄲人。有女名羅敷，爲邑人千乘王仁妻。王仁後爲趙王家
令。羅敷出採桑於陌上，趙王登臺見而悦之。因置酒欲奪焉。羅敷
巧彈箏，乃作《陌上桑》之歌以自明，趙王乃止。〔註26〕

爲什麼這樣多的男子對採桑女「見而悦之」、「止而戲之」呢？在傳統社會，
採桑女好像具有特別的吸引力，似乎成爲可以公開調戲的對象。暫且擱置道
德家賦予採桑女身上的道德因素不論，實際上，我認爲，是因爲置身於桑林
環境中的女子較其她女子更性感，更有情色意味和挑逗意味，才引起男子的
情欲衝動。同時，在桑林中與女子嬉戲，或者與採桑女發生曖昧關係，似乎
可以避免社會的道德譴責，才致使男子一見到採桑女就產生非份之想。採桑
女的情色特徵和挑逗意味，在秦漢以來的文學作品中得到更充分的渲染，如
宋玉《登徒子好色賦》、枚乘《梁王菟園賦》、司馬相如《美人賦》、樂府詩《陌
上桑》，以及六朝時期模倣《陌上桑》的數十篇作品和唐詩宋詞中以採桑爲題
材的作品，皆主要彰顯採桑女的情色特徵和挑逗意味。採桑勞作不是目的，
借採桑以展示美色，以實現誘惑，才是文學化採桑女的眞正意圖。

綜上所述，在傳統中國文學語境中，桑中不僅僅是一個勞動場所，而且
主要是一個具有浪漫色彩的春日男女幽會之所；採桑不是枯燥費力的艱苦勞
作，而是充滿牧歌情調的情欲寄託；採桑女不是以勤勞善良著稱，而是以美
麗、性感、風趣、妖豔爲特點。

桑中成爲古代社會男女幽會狂歡之場所，與上古先民的桑樹崇拜意識有
關，與周秦社會的社祭活動以及由此派生出來的「會男女」習俗有關。

桑樹崇拜意識在中國古代社會廣泛流行。桑樹崇拜觀念之形成，學術界
有多種說法，或以爲是出自西南古族的圖騰崇拜，〔註27〕或認爲桑葉是女陰
之象徵，〔註28〕劉懷榮以爲桑樹崇拜源於女性崇拜。他認爲，探討古人對桑

〔註25〕《列女傳》卷五。
〔註26〕崔豹《古今注》卷中《音樂第三》，四庫全書本。
〔註27〕李炳海先生持這種說法，見李著《部族文化與先秦文學》，高等教育出版社 1995
　　　年版。
〔註28〕趙國華先生持這種觀點，見趙著《生殖崇拜文化論》，中國社會科學出版社 1996

樹的崇拜，最直接的原因當從古人在蠶、桑與女性之間所持的「類比同一」
的思維方式求之。在上古先民的觀念中，女性與桑樹具有同一性，空桑生人
的傳說便揭示了桑樹與女性在生殖方面的同一性。桑（桑林）或蠶在各種層
面上被神化，都與古人對女性的崇拜觀念分不開，與古人對女性生殖力的信
仰分不開。〔註29〕比較而言，劉說更有說服力，可採信。

　　桑樹是旺盛繁殖之象徵，上古初民將生殖神化，將女性與桑樹等值，由
對女性的生殖崇拜衍伸至對桑樹的崇拜，桑樹便因此被賦予了神性，桑林亦
就從一個勞動場所變成神聖空間，即所謂的「桑林之社」。《墨子‧明鬼》云：
「燕之有祖，當齊之社稷，宋之有桑林，楚之有雲夢也，此男女之所屬而觀
也。」所謂「祖」，即「國之大祀」。〔註30〕桑林與雲夢、社稷，猶如燕之祖，
是國家的祭祀場所。桑林即桑社，如張華《博物志》云：「桑則天下之甲第，
故封桑以爲社。」皇甫謐《帝王世紀》曰：「禱於桑林之社。」〔註31〕羅泌《路
史‧餘論六》曰：「桑林者，社也。」社與祖並無明顯的區分，郭沫若說：「祖、
社，同一物也。祀內者爲祖，祀外者爲社，在古未有宗廟之時，其祀殊無內
外，此云『燕之有祖，當齊之社稷』，正是祖、社爲一之證。」〔註32〕

　　上古於桑社舉行的祭祀活動，主要有兩項：一是祭天求雨，二是祭祀高媒神。

　　先說祭天求雨儀式。據《尚書大傳》載：「湯乃剪髮斷爪，自以爲牲而禱
於桑林之社，而雨大至。」《呂氏春秋‧順民篇》記載更爲詳明，其云：

> 昔者湯克夏而正天下，天大旱，五年不收。湯乃以身禱於桑林，曰：
> 余一人有罪，無及萬夫。萬夫有罪，在余一人。無以一人之不敏，
> 使上帝鬼神傷民之命。於是剪其髮，磨其手，以身爲犧牲，同祈福
> 於上帝，民乃甚悅，雨乃大至。

高誘注云：「桑林，桑山之林，能興雲作雨也。」是知桑林在殷商時期是祭天
求雨的場所。至於求雨儀式之細節，言「剪髮斷爪」，是相當於沐浴淨身。至
於「自以爲牲」之具體細節，便不得而知。董仲舒於《春秋繁露》中多次講

　　　年版。
〔註29〕劉懷榮《論桑崇拜文化的發生及相關的文學現象》，《山西師大學報》2007年
　　　第3期。
〔註30〕孫詒讓《墨子閒詁》引《法苑珠林‧君臣篇》說：「燕之有祖澤，猶宋之有桑
　　　林，國之大祀也。」
〔註31〕轉引自《藝文類聚》卷一二。
〔註32〕郭沫若《甲骨文字研究‧釋祖妣》，見《郭沫若全集》第一卷，科學出版社1982
　　　年版。

到求雨、止雨儀式，都說是在社中舉行，如《求雨篇》曰：「春旱求雨，令縣邑以水日，禱社稷山川，家人祀戶，無伐名木，無斬山林。暴巫聚蛇八日，於邑東門之外爲四通之壇。」「壇」，即社壇。《止雨篇》記錄止雨祝辭曰：「今淫雨太多，五穀不和。敬進肥牲清酒，以請社靈。幸爲止雨，除民所苦。」董仲舒記錄的雖是漢代風俗，但他說的求雨止雨儀式，與前述商湯「以身禱於桑林」的習俗是一脈相承的，即皆在桑林之社求雨止雨。因此，從漢代求雨儀式便可推知殷商「自以爲牲」的求雨細節。《求雨篇》云：「四時皆以庚子之日，令吏民夫婦皆偶處。凡求雨之大體，丈夫欲藏匿，女子欲和而樂。」羅泌《路史‧餘論六》引董仲舒《請雨法》云：「令吏民各往視其夫，到起雨而止。」實際上，就是以男女交合感應天的雲雨，商湯「以身禱於桑林」，大概亦是這個意思。所以，「雲雨」亦就成爲古典詩詞中象徵男女交合的原始意象。〔註33〕據此可以推知，上古先民於桑中舉行的祭天求雨儀式，應該還伴隨著男女的性狂歡活動。求雨儀式的性愛狂歡，既有宗教色彩，又有世俗意味。桑林在這裏，既是神聖空間，又是世俗場所。

再說高媒神祀。高媒是管理人間生育之女神，亦稱「大母神」。先民祭祀高媒神，是爲求子。如前所述，桑樹崇拜源於女性崇拜，二者的聯結點之一是生殖。所以，同樣以生殖企求爲目的高媒神祀，就在桑社舉行；以洗滌方法求子的習俗，亦在這裏開展。由祭祀高媒神和洗滌求子派生出來的，則是「會男女」的世俗活動。故《墨子‧明鬼》在列舉祖、社稷、雲夢、桑林之後說：「此男女之所屬而觀也。」另外，《周禮‧地官‧媒氏》曰：

> 仲春之月，令會男女，於是時也，奔者不禁。若無故而不用令者，
> 罰之，司男女之無夫家者而會之。……凡男女之陰訟，聽之於勝國
> 之社。

「令會男女」的具體程序不得而知，但其言「男女之陰訟，聽之於勝國之社」，則暗示了兩項內容：一是「令會男女」的地點是在「社」；二是主管「令會男女」之工作者是「社」。據此可以推知，「令會男女」當是於桑中祭高媒神儀式的一個組成部份。所以，聞一多說：

> 宋、衛皆殷之後，所以二國的風俗相同，都在桑林之中立社，而在
> 名稱上，一曰桑林，一曰桑中或桑間，相差也實在太有限了，媒氏
> 所主管的「會男女」的事務同聽陰訟一般，也在社中舉行，則媒氏

〔註33〕參見本書卷一《「君子之道造端乎夫婦」正解》。

與社的關係又加深一層。因此我們說社神即媒神。〔註34〕

桑林中的祭祀高媒儀式，如同求雨儀式，既有宗教色彩，又有世俗特徵。當宗教色彩被逐漸淡化，桑林的神聖性被逐漸消解後，桑中亦漸漸從神聖空間變成世俗場所，成為青年男女談情說愛、野合尋歡的重要場所。因為桑林的這一層世俗空間意義漸趨彰顯，那麼女子在桑林中的採桑行為亦就擁有了求愛尋歡的意義，桑林成為情色空間，置身於桑林環境中的採桑女亦就具備了情色意味。

三

除了東門和桑中，水濱亦是古代社會男女幽會歡聚的場所。

在中國傳統文化語境中，水不僅是人類賴以生存的自然物質，亦是引人遐思的自然景觀，一個有著豐富內涵的文化意象。早期思想家如孔子、老子、孟子、莊子、墨子、韓非子都很重視水的文化意蘊，他們不僅用水作為各種思想觀念之譬喻，而且「往往是從水中體察到某種思想觀念，水成了他們獲取智慧的一個源泉」。〔註35〕

在中國文學史上，水又是一個出現頻率極高的文學意象，並且在大多數情況下，都與女性、情愛有關，或以水喻女性之氣質神韻，〔註36〕或以水喻男女情愛，通常以水濱作為男女幽會歡愛之場所。比如，在《詩經・國風》中，寫男女情愛之詩歌有七十餘篇，寫到水的有四十多篇，其中水意象參與到情愛中的詩歌約三十篇左右。〔註37〕水意象與男女情愛之關係，由此可見一斑。具體地說，水與情愛的關係，分為以下兩種類型：

其一，水濱是引發情思的場所，是男女幽會歡愛之自由空間，是情愛的

〔註34〕聞一多《高唐神女傳說之分析》，見《聞一多全集》第 1 冊第 105 頁，生活・讀書・新知三聯書店 1982 年版。

〔註35〕艾蘭《早期中國歷史、思想與文化》第 316 頁，楊民等譯，遼寧教育出版社1999 年版。

〔註36〕參見本書卷五《女人如詩，詩似女人——中國古典詩學的女性化特徵》。

〔註37〕此據徐華《〈詩經・國風〉婚戀詩中『水』的隱義》（《華僑大學學報》2000年第 2 期）的統計。另外，因對詩旨的理解不同，其統計數據或有差異。如王瑩《〈詩經・國風〉女性形象與水文化意象關係之探微》（《徐州師範大學學報》2002 年第 1 期）以為《國風》中與水有關的詩歌有 42 篇，其中涉及女性的有 28 篇。袁琳《〈詩經〉中的情愛詩與水意象關係探微》（《高等函授學報》2004 年第 4 期）以為《詩經》中有水意象參與情愛詩的篇目達 24 篇之多。胡秦葆《試論〈詩經〉愛情詩中的水意象》（《文藝理論與研究》2006 年第 3 期）認為《詩經》「國風」中寫到水意象的作品共 40 多篇，有關婚戀的有 30 多篇。

見證和發生背景。如《周南・關雎》、《周南・汝墳》、《陳風・澤陂》等詩，主人公佇立水濱，思念或追慕遠方的情人，水濱成為主人公引發情思的場所。如《鄭風・溱洧》，寫一對青年男女於溱、洧之濱相邀同遊，嬉戲調笑，互贈禮物。《邶風・匏有苦葉》，寫一位女子於濟水之濱流連徘徊，等待情人到來時的迫切心情，水濱成為青年男女幽會的自由空間。如《衛風・氓》，寫女主人公與戀人私奔，淇水見證了他們的愛情；寫女主人公被棄，經淇水而回娘家，淇水見證其婚姻之失敗。「淇則有岸，隰則有泮」，似乎當初這對青年男女幽會於淇水之濱時，便有指淇為證之婚約，淇水成為男女戀愛婚姻之見證。另外，《鄭風・褰裳》、《鄘風・桑中》、《鄘風・河廣》等詩，皆以水濱為背景敘寫青年男女之戀情。《邶風・新臺》、《衛風・碩人》、《齊風・載驅》等寫迎娶新娘的詩篇，亦以浩浩蕩蕩的河水作為新婚迎娶之背景。或以水流寄遇男女情思，如《邶風・柏舟》、《鄘風・柏舟》等詩，將愛情比作河水，把戀人比作河上的小船。《召南・江有汜》，用長江比喻夫君，把自己比作長江水道，以長江支流比喻丈夫的新歡。《王風》、《鄭風》、《唐風》中的《揚之水》、《陳風・東門之池》等詩，皆以水比喻男女之間微妙的情感體驗。

其二，水成為男女情愛之阻隔和障礙。這類詩歌以《秦風・蒹葭》、《周南・漢廣》為代表。在《蒹葭》詩中，詩人與「伊人」若即若離，一道江水橫亙其間，使詩人與「伊人」之間總有一段無法跨越的距離。《漢廣》詩云：「南有喬木，不可休息。漢有遊女，不可求思。漢之廣兮，不可泳思。江水永兮，不可方思。」漢水阻隔著一對戀人，全詩充滿著惆悵、失落的情緒。男女情愛的阻隔和障礙，實際上就是禮，即禮法制度制約著男女的自由歡會。因此，在這層意義上，水即禮之象徵。研究者指出：「《詩經》中以水為禮的象徵，在數量上決不是孤證，在地域上幾乎遍及國風各國，實乃周代人共通的想法。」〔註38〕

總之，在《詩經》戀歌中，「水」是一個出現頻率極高、有明顯情愛意蘊的文學意象。從廣義上看，「水」是一個代表男女之愛的符號，所以《詩經》中「水」意象一般都與戀愛、相思、婚嫁、生殖等內容聯繫在一起。其次，「水」又是一個約束男女之愛的禮的象徵符號，《詩經》中常用「水」象徵男女之間難以逾越的阻力和困難。〔註39〕水濱猶如東門、桑中，是《詩經》時代青年

〔註38〕黃永武《〈詩經〉中的「水」》，見黃著《中國詩學・思想篇》第107頁，巨流圖書公司1979年版。

〔註39〕參見徐華《〈詩經・國風〉婚戀詩中『水』的隱義》，《華僑大學學報》2000

男女幽會狂歡的世俗空間。具體地說，鄭國的溱、洧之濱，衛國的桑間濮上、淇水之濱，楚國的雲夢澤、漢水之濱，是《詩經》時代青年男女的歡愛空間和幽會之所。所以，那時的戀歌，亦大體按照「戀愛＋春天＋水濱」的模式展開敘事。〔註40〕

《詩經》時代的詩人樂於以水起興男女愛情，把戀愛發生的場景安排在江水之濱，應是當時男女戀愛現狀之眞實記錄。問題是，當時的情侶爲何皆樂於選擇去水濱幽會？爲何詩歌一旦涉及戀愛就常常提到水？或許因爲水與情愛關係密切，所以選擇去水濱幽會；或許因爲常常在水濱幽會，近諸取物，故常以水起興戀愛。關鍵在於水與戀愛爲何有如此密切之關係。我認爲，這與先民的水崇拜觀念有關，與古人的高媒祭祀活動有關。

在上古時期，世界各地區各民族都流傳著情節大體相似的水生神話，無論是西方之諾亞方舟，還是中國之伏羲、女媧，皆講到洪水過後人類的第二次生殖繁衍。水生神話與人的起源、生殖和婚戀之密切關聯，揭示了女性與水之間在生殖意義上的緊密關係。

女性締造了生命，是生命的母親，人類之圖騰。在上古神話傳說中，普遍認爲是女神用泥和水塑造了人類，如《大雅・生民》曰：「厥初生民，實維姜嫄。」女性因生育能力而獲得神聖、莊嚴之身份。在上古先民的意識中，水是生命的起源，亦是生命之象徵，如《管子・水地》曰：「水者，地之血氣。……萬物莫不以生。」「水者何也？萬物之本原也，諸生之宗室也。美惡賢不肖愚俊之所產也。」水與女性在生命的起源上，作爲生命之賜予者這一神聖功能上，具有同一性。因此，水與女性、情愛、性愛之間，就有了密切關聯，故《管子・水地》曰：「人，水也。男女精氣合，而水流行。」

將此種自水生神話模式沿襲下來的先驗融入到文學創作中，便是以自然生命之源的水比附人類生命之源的女性。將水生神話模式沿襲下來的先驗融入到現實生活中，便是春季祭祀高媒神時的臨水禊祓習俗，讓女性在水濱展開活動，讓男女在水濱求愛尋歡。上古先民於春日祭祀高媒神，是爲求子。祭祀高媒神的社壇多建在水邊之高地上，青年男女在參與祭祀活動時，亦到水濱用洗滌之方法求子。當祭祀高媒神和臨水禊祓的儀式性質被淡化之後，

年第 2 期。

〔註40〕孫作雲《詩經戀歌發微》，見孫著《詩經與周代社會研究》第314頁，中華書局 1966 年版。

水濱便漸漸成爲男歡女愛之世俗情愛場域。鄭國的戀歌多以溱、洧二水之濱爲背景，衛國的戀歌多集中在淇水之濱，衛國的男女臨別送行多在淇水邊上，因爲這裏正是當時鄭、衛地區男女戀愛的場所。

「水」不僅是一個代表男女之愛的符號，亦是兩性之間自我約束的象徵，《秦風・蒹葭》和《周南・漢廣》反映了青年男女在河水阻隔下不能與情人歡會之憂傷情緒，其中的河水，就是禮的象徵。據考察，河水阻隔在男女情愛中的此種禮法意義，起於周代的學宮制度。學宮是古代的貴族學校，又稱「辟雍」、「泮宮」，入學者皆貴族青年男子，以禮樂和射爲主要學習內容，實行嚴格的男女隔絕。學宮之周圍有三面或四面都環繞著注滿水的深溝，使之與外界隔離。因此，「辟雍」又稱「避宮」，即防避與異性接觸的男性宿舍。「泮宮」則由於引水隔離而又稱爲「水泮之宮」。《詩經》戀歌中作爲阻隔情人歡會的河水，便是這種學宮制度的文學再現。〔註41〕

水作爲生命之源，起於原始水生神話。以水象徵男女兩性之愛，是水生神話在世俗生活和文學世界中的積澱。以水象徵禮而作爲兩性情愛之阻隔，則是周代以來禮法制度影響下的產物。水濱幽會尋歡求愛，是周漢以來文學世界和世俗生活中的普遍現象。

綜上所述，在上古，東門、桑中和水濱，既是神聖場域，亦是世俗空間，並且逐漸呈現出弱化神聖意義和強化世俗意義的發展趨勢。它們是青年男女幽會歡愛的場所，是古代東方的伊甸園。這些地域空間的情色意味，不僅是由它的地域特殊性決定的，而且主要與古代宗教、祭祀、民俗等社會活動相關，亦與歷代文人借題發揮的詩意想像有關。事實上，東門、桑中和水濱並不是三個互不關聯的獨立空間，它們是有聯繫的。它們成爲世俗的或想像的情色空間，主要是在「令會男女」的「仲春之月」。進一步說，它們指向的可能是一個地方，即東城門外河水之濱的桑林之中。準確地說，「仲春之月」東城門外河水之濱的桑林中，是古代世俗社會男女幽會的地方，是古代東方的伊甸園，是中國古典文學中最富情色意味的詩意想像空間。

〔註41〕參見徐華《〈詩經・國風〉婚戀詩中『水』的隱義》，《華僑大學學報》2000年第 2 期。

女子善懷：傳統中國女性在情愛生成過程中的主動姿態

　　《詩經・鄘風・載馳》曰：「女子善懷，亦各有行。」朱熹《詩集傳》云：「善懷，多憂思也。猶《漢書》云：岸善崩也。」按，朱熹以「多」釋「善」，固無疑義；至於以「憂思」釋「懷」，則有以偏概全之嫌。「懷」即懷抱、感情，所謂「善懷」，即「好動感情」。「女子善懷」，是謂女子多情善感。本篇以「女子善懷」爲題，討論傳統中國女性在情愛發生過程中的主動姿態，有兩個問題須要首先說明：其一，本篇所謂的「女子善懷」，是指女性多情善感，在兩性情愛關係之發生、發展過程中，往往處於主動地位，是誘惑者。男性常常處於被動地位，是被誘惑者。此僅就大體而言，未可絕對化、片面化。其二，本篇討論兩性情愛關係發生、發展過程中的兩性姿態，特指兩性中的「良民」。至於倚門賣笑之風塵女子、眠花臥柳之風流嫖客和拈花惹草之浪蕩公子，則不在本篇討論之範圍。

一

　　近現代以來，在激進思想家反傳統反封建思潮之影響下，關於傳統中國社會女性卑賤屈辱之社會地位，已成爲學者之共識和民眾的常識。一般認爲，在傳統社會封建禮教和家長制之層層壓迫下，女性始終處於被奴役的地位。在兩性情愛關係中，女性往往處於被動服從的地位。在追求自由和愛情之活動中，女性常常要付出犧牲生命的代價。事實上，傳統中國社會婦女之社會地位和生活狀況，並非如近百年來主流意識所描繪的那樣低賤和糟糕。比如，在兩性情

愛關係之發生發展過程中，女性並非常常處於被動地位，並不僅僅是一個被誘惑者。實際情況或許恰恰相反，女性往往處於主動地位，通常是以誘惑者之身份出現。傳統社會的文人創作和民間文本，爲此提供了大量的證據。

先以文人創作爲例。

把女性塑造成誘惑者形象，在中國古代文人創作中，當以所謂的「高唐系列」作品爲代表。如宋玉《高唐賦》，神女採取主動姿態，充當誘惑者角色，「願薦枕席」，與懷王共成雲雨之歡。在《神女賦》中，雖然神女不再是自薦枕席的朝雲，而是一位光彩照人、華美端莊的宮廷佳人，但她仍然充當著誘惑者的角色，主動親近襄王，不斷引起他的欲望，但同時又對襄王之求歡表示拒絕。或者說，《神女賦》中的神女與《洛神賦》中之洛神一樣，扮演的是誘惑者兼拒色者的角色（詳後）。宋玉《登徒子好色賦》中的東家女郎，是一個女性誘惑者之典型代表，其云：

> 天下之佳人，莫若楚國；楚國之麗者，莫若臣里；臣里之美者，莫
> 若臣東家之子。東家之子，增之一分則太長，減之一分則太短，著
> 粉則太白，施朱則太赤，眉如翠羽，肌如白雪，腰如束素，齒如含
> 貝，嫣然一笑，惑陽城，迷下蔡。然此女登牆窺臣三年，至今未許
> 也。〔註1〕

東家之子「登牆窺臣」，顯然是一個主動誘惑男性的女子。作者爲了證明自己不好色，竭力把女子塑造成一個風騷迷人的誘惑者。在如此巨大的誘惑下，顯示自己的定力。與此相近的，是司馬相如的《美人賦》。在《美人賦》中，於「上宮閒館」裏，司馬相如推開門扉，一股濃香撲鼻而來，在低垂之錦帳中，一位絕色女子橫陳於臥榻上。他彈起琴來，女子唱起了歌，四周寂靜無聲，戶外雪花飄落，室內一片溫馨。在此時此刻：

> 玉釵掛臣冠，羅袖拂臣衣。茵褥重陳，角枕橫施。女乃弛其上服，
>
> 表其中衣。皓體呈露，弱骨豐肌，時來親臣，柔滑如脂。

其主動誘惑之態度，遠勝於「東家之子」。處於被誘惑位置的作者，以抗拒誘惑來顯示自己的定力。

總之，自《高唐賦》、《神女賦》、《登徒子好色賦》、《美人賦》，至王粲、陳琳等人的《神女賦》，曹植《洛神賦》和《靜情賦》、張衡《定情賦》、蔡邕《靜情賦》、應瑒《正情賦》、王粲《閑邪賦》、阮瑀和陳琳《止欲賦》，陶

〔註1〕《文選》卷十九。

淵明《閒情賦》等等，在這些被統稱爲「高唐系列」作品中的女性，皆是以誘惑者的身份出現。這些作品中的女性形象原型是神女。神女與情色有千絲萬縷之關係，並且神女常常充當誘惑者角色，往往是集誘惑與拒色於一身。

其次，在以「聊齋」故事爲代表的「狐仙系列」作品中，女性亦是充當誘惑者角色。如在《聊齋誌異》中大量的婚戀故事裏，女性在情愛關係中常常處於主動地位。比如在人與女妖的戀情中，蒲松齡爲他筆下的男性營造了一個特定的環境：荒山孤廟，淒冷曠野。在這種特殊環境中，傾城傾國的異類女子前來主動向男子求愛，雙方在一見鍾情之情況下超越互相瞭解階段，直接進入性結合階段。他們通常是在「極盡歡戀」之後才開始互相瞭解，建立感情。在才子佳人的戀情中，窮困潦倒的書生邂逅一個甚至幾個麗絕人寰之異類女子，兩相歡好之後，異類女子不僅讓書生享受到「紅袖添香夜讀書」的樂趣，還任勞任怨地幫書生操持家務，生兒育女，助書生度過一道又一道的人生難關。以上二者大體上是《聊齋》中最爲典型的情愛模式，〔註2〕而且通常皆是女性充當誘惑者角色。〔註3〕

再以民間文本爲例。

如果說民歌是民間文本之主要載體，那麼《詩經》中的風詩亦不妨視作民間文學資料。《詩經·國風》中的很多詩篇，表現了當時男女迫切的求偶願望，尤其是女性的求偶願望，女性在兩性情愛關係的發生發展過程中，明顯居於主動地位。如《鄭風》中的民歌，據說就有大量的「女惑男」之詞，女子比男子活潑風趣，詩歌多以女子之口吻，從女性的角度表現女子之愛與怨。朱熹《詩集傳》卷三云：

> 鄭衛之樂，皆爲淫聲。然以詩考之，衛詩三十有九，而淫奔之詩才四之一；鄭詩二十有一，而淫奔之詩已不翅七之五。衛猶爲男悦女之辭，而鄭皆爲女惑男之語；衛人猶多刺譏懲創之意，而鄭人幾於蕩然無復羞愧悔悟之萌，是則鄭聲之淫，有甚於衛矣。故夫子論爲邦，獨以鄭聲爲戒，而不及衛，蓋舉重而言，固自有次第也。詩可以觀，豈不信哉！

〔註2〕 參見翁容《〈聊齋誌異〉情愛模式的深層意識》，《明清小說研究》1996 年第 3 期。

〔註3〕 值得一提的是，當代作家茹志娟小說《百合花》，其中的女人公「我」，亦不乏誘惑者的意味。

《詩經‧國風》中的鄭、衛之音，多為男女相親相愛之辭。在傳統儒家衛道士看來，這是亡國之音，亂世之音。然在此二者間，孔子為何獨說「鄭聲淫」，而不及衛？據朱熹的解釋，是因為「衛猶為男悅女之詞，而鄭皆為女惑男之語」。暫且不論「男悅女」或「女惑男」之孰是孰非。且就《鄭風》本身而言，確有不少詩篇表現了女性在情愛發生發展過程中的主動姿態。如《褰裳》詩云：

> 子惠思我，褰裳涉溱。
>
> 子不我思，豈無他人。
>
> 狂童之狂也且！

這是一首情侶打情罵俏的情歌，是女子對情人的戲謔，意謂：你若不愛我，我就跟別人好了。故朱熹《詩集傳》解釋說：「淫女語其所私者曰：子惠然而思我，則將褰裳而涉溱以從子。子不思我，則豈無他人之可從，而必於子哉！狂童之狂也且，亦謔之之辭。」女子的主動姿態很明顯。值得注意的是，《鄭風》中的戀歌多謔詞，並且基本上皆是女子戲謔其情人，如《溱洧》詩云：

> 溱與洧，方渙渙兮。
>
> 士與女，方秉蘭兮。
>
> 女曰觀乎，士曰既且。
>
> 且往觀乎，洧之外，洵訏且樂。
>
> 維士與女，伊其相謔，贈之以勺藥。

此詩為男女之間的相謔之詞，女主人公的表現尤為突出，她主動要求意中人陪伴自己去遊玩，並以勺藥為信物，私定終身。女子的主動姿態亦是相當明顯的。〔註4〕另外，《鄭風》中的《狡童》、《山有扶蘇》、《蘀兮》等詩篇，亦是謔詞，是女子向男子的挑逗之語。像《將仲子》這首詩，亦體現了女子在情愛中的主動姿態，只不過是一種壓抑著的主動姿態，詩云：

〔註4〕 郭沫若《甲骨文研究‧釋祖妣》云：《溱洧》之歌詠溱洧之間遊春女士既殷且盈而兩相歡樂。「女曰觀乎？士曰既且」，觀者，歡也，委言之也；且者祖也，言已與他女歡禦也。臺灣學者李敖《「既且」——「雞巴剛剛用過了」》進一步發揮說：「郭沫若的另有別解，解得還不脫學究氣。說明白點，『且』字的意思根本就是『雞巴』一名詞的當動詞用，『既且』就是『雞巴剛剛用過了』之意。所以，詩中『女曰觀乎？』意思是女的挑逗問：『樂一下吧』『士曰既且』，意思是男的說：雞巴剛剛用過了（跟別的馬子用過了）。女的再說：『且往觀乎？洧之外，洵訏且樂。意思是說：雞巴再樂一下吧！洧水河岸那邊有塊好地方，實實在在讓雞巴再樂一下吧！」

　　將仲子兮，無踰我里，無折我樹杞。

　　豈敢愛之，畏我父母。

　　仲可懷也，父母之言，亦可畏也。

女子對仲子的態度，表面上是以言拒之，實際上是一心想見之，只不過是礙於「父母之言」而不敢見罷了。這正像《衛風‧氓》詩所云：「氓之蚩蚩，抱布貿絲。匪來貿絲，來即我謀。」表面上看，是男子處於主動姿態。事實上，據下文，「送子涉淇，至於頓丘。將子無怒，秋以為期」。女子實際上亦是非常主動而積極的。另外，《召南‧野有死麇》曰：「有女懷春，吉士誘之。」《豳風‧七月》曰：「女心傷悲，殆及公子同歸。」是女子先萌動了「懷春」之想，欲嫁之心，而男子從後挑動之。即女子有意於前，男子挑動於後。實際上，還是女子處於主動地位。

　　表現女子在情愛生活中的主動姿態，不僅存在於《詩經‧鄭風》中，像《衛風》中的《有狐》、《芄蘭》，《鄘風》中的《桑中》、《摽有梅》，《周南》中的《汝墳》，《齊風》中的《著》，《王風》中的《大車》，《曹風》中的《候人》，《豳風》中的《九罭》等等，皆在不同程度上體現了女性待嫁之迫切心情和在情愛生活中的主動姿態。

　　此類表現女子在情愛關係中的主動姿態的民間文學作品，在《詩經》以後的歷代民間歌謠、俚詞中較為常見，特別是在南北朝的樂府民歌，明清之際的俚曲歌謠，以及當代的少數民族情歌中，更是觸目即是，不勝枚舉。另外，在民間故事裏，亦不乏這樣的例子，例如，在傳統中國大量出現的男人與仙女相戀之仙狐故事中，男性往往處於可憐的、被動的地位，女性以主動的姿態向男人投懷送抱，如《天仙配》，七仙女看到苦役中的董永，主動下凡幫助他，與他結為夫妻。在《梁山伯與祝英臺》中，祝英臺想方設法向梁山伯表達愛意，而梁山伯始終處於被動接受愛情的地位。此種情節，與《聊齋誌異》中的人神之戀有相近之處。

　　總之，在傳統中國，無論是文人創作，還是民間文本，都比較突出地表現了女性在兩性情愛關係中的主動姿態，雖然我們亦常常看到男性充當主動調情者的角色，有時候亦看到女性處於被動地位。不過，就大體而言，女性的待嫁心情總是顯得比男性迫切，女性對愛情的需求亦比男性強烈。在風月場中，男性往往顯得很木訥，笨手笨腳的，就像茹志娟《百合花》中的那個通訊員一樣。而女性常常是機智靈敏的，風趣的，就像《百合花》中的那個

「我」一樣。女性是詩性的，是審美的，善於發掘生活中的詩意；男性則是功利的，世俗的。如果說戀愛中的男女有一種迷醉感和夢幻感，愛情是詩意化、藝術化的人際情感，那多半是女性的功勞。女性是調情的專家，是浪漫愛情的製造者。功利的男性在戀愛中往往直奔主題，以情欲之渲瀉為目的；女性則是想方設法盡可能延長戀愛的長度，增加愛情的溫度，沈溺於如癡如醉之戀愛氛圍中，以審美享受為戀愛目的。所以，我企圖證成傳統中國女性在情愛生活中的主動姿態，並無輕賤女性之意圖。

二

女性主動追求男性，這在古代叫「奔」，這種女性亦被稱作「奔女」。據考察，在早期中國文獻中，「奔」並無貶義，「奔女」亦並不完全被輕賤。《禮記·內則》曰：「聘則為妻，奔則為妾。」雖有主次尊卑之分，但亦承認由「奔」而成的婚姻之合法性。從宋代開始，宋儒將「奔」歸入「淫」之列，謂之「淫奔」。因此，女性的「奔」，遂演變為兩條歧路：其一，是朱熹之類的道學家，將此斥為「淫奔」，深惡而痛絕之。其二，是士大夫文人心理上的「奔女情結」，總是幻想美麗多情的女子主動投懷送抱。這兩條發展歧路，使得坦然主動追求愛情的女性的健康心態大受損害。〔註5〕

在此，需要提出來討論的是，女性在情愛關係中的這種主動姿態，即「奔」的姿態，在傳統中國社會，到底是真實的生活狀態，還是士大夫文人在「奔女情結」之驅使下虛構的「白日夢」？問題或許相當複雜，未可一概而論。或者應該在特定的歷史背景下展開討論，比如，在未受封建禮教影響或者禮教比較鬆弛的時代，女性的這種主動姿態可能是普遍存在的；而在禮教影響深入人心的時代，女性的主動姿被壓抑著，這個時候文藝作品中的女性主動姿態，則極有可能是士大夫文人編織的「白日夢」。這正如江曉原所說：

> 如果說在坦蕩時代這種故事曾是社會生活中某些真實狀況的直接或間接反映，那麼在進入禮教昌盛時代之後，這種故事在社會生活中真正出現的可能性已經大大下降。然而此時這種故事又轉而成為深受禮教拘束的士大夫文人聊以自慰的白日夢（day dream）——當禮教把上層社會中的許多女性改造得日益古板乏味時，文士們在這類

〔註5〕 參見江曉原《性張力下的中國人》第83、84、144頁，上海人民出版社1995年版。

故事中呼喚著他們心目中的理想女性。這類故事在他們意識深處積
澱成一種「奔女情結」：希望有美麗多情的勇敢女子替他們衝破禮教
的羅網，主動送愛傳情，投懷送抱。因為禮教已將他們自由戀愛的
內在能力和外部環境都摧殘殆盡了。〔註6〕

我們並不否認男性在「奔女情結」之驅使下，有意識地杜撰女性在情愛關係
中的主動姿態，編織美女來奔之「白日夢」。事實上，眾多仙狐故事之創作和
流傳，反映的就是創作者和傳播者的這種普遍心理。如《聊齋誌異》愛情故
事中女性追求男性的模式，體現的就是屢試不第、仕途坎坷、頻遭打擊的故
事講述者，渴望得到慰藉的同時又保持著自尊自傲之心態，他們潛意識裏期
待著女性的主動和投懷送抱，以激發自身疲憊的心志。佳人主動追求士子，
更能慰藉士子苦悶的心靈，證明士子的價值。所以，《聊齋誌異》中的「白日
夢」，表現的其實就是男性的自尊要求和中下層知識分子在遭受挫折之後的補
償要求；是用來緩解男性由於性要求得不到響應所感到的苦悶，讓虛構的人
物來滿足男性自身的正常色欲要求，從而調和社會倫理規範與性感官欲念之
間的衝突。〔註7〕另外，在民間文學中的牛郎織女型故事裏，有一個明顯的特
點，就是主人公內在美質或社會地位的男女傾斜性，將故事的重心偏向於女
主人公，她或者高貴，或者富有，一般都很善良，並且主動追求愛情，下嫁
給潦倒坎坷、處境艱難的窮漢。而窮漢在故事中經常處於被動接受愛情的位
置，是高貴、富有、善良之女性對他的垂憐和施捨。所以，這類故事又被稱
為「仙女下嫁窮漢型」故事。此類故事之編撰與傳播，所顯示的意蘊，除了
傳統社會的女性崇拜意識，更重要的則是體現了故事之創作者和傳播者的「白
日夢」，以及潛意識裏的心理需求和心理補償。〔註8〕

但是，我認為，這種幻想的「白日夢」，亦應當有其現實基礎。實際上，
根據人類學家的調查和研究，女性在情愛關係發生發展過程中的主動姿態，
是有事實依據的，是人類社會的一個普遍現象。因此，在兩性情愛關係中，
誰是領導者？誰是被領導者？誰是獵手？誰是獵物？誰是引誘者？誰是被引
誘者？西方學者的一些調查和研究很值得我們參考。如性心理學家藹理士在

〔註6〕 江曉原《性張力下的中國人》第 147 頁，上海人民出版社 1995 年版。
〔註7〕 參見翁容《〈聊齋誌異〉情愛模式的深層意識》，《明清小說研究》1996 年第 3
　　　 期。
〔註8〕 參見邱福慶《中國愛情文學的牛郎織女模式》，田富軍《牛郎織女故事與仙女下
　　　 嫁窮漢原型新探》，見陶瑋編《名家談牛郎織女》，文化藝術出版社 2006 年版。

《性心理學》一書中介紹說：

> 法國人類學家勒多奴（Letourneau）告訴我們，在許多民族裏，關於
> 性愛的詩歌的創製，女子往往占領導的地位，有時候對於性愛的表
> 示，不但處領導地位，並有駸駸乎獨霸的趨勢。〔註9〕

這種情況，在傳統中國社會亦普遍存在，據高羅佩說：

> 中國的房中書把婦女描繪成房中術的掌守人和一切性知識的所在。
> 所有論述性關係的書都把女人當作偉大的傳授者，而把男人當作無
> 知弟子。〔註10〕

正因為女性在性知識、性愛中居於領導者地位，所以在兩性情愛中亦常居於引
誘者地位，往往以獵手的身份控制著兩性情愛關係之發展。在承認男女雙方都
在兩性情愛關係中扮演著重要角色的前提下，美國人類學家海倫·費什在廣泛
調查研究之基礎上指出：在美國，求偶過程一般是由女方發起的——從一些非
語言的信號開始，例如重心的輕微轉換、微笑或者凝視。女性的大膽坦誠並不
是美國特有的現象。二十世紀五十年代，兩位有名的研究跨文化交際行為的專
家克里蘭·福特和弗蘭克·比齊認為，儘管在兩性接近過程中一般認為男性應
採取主動，但在實際情況中世界各地的女性都比較主動地開始兩性關係。據海
倫·費什引述的二十世紀七十年進行的一次調查顯示，在所調查的九十三種社
會中，有七十二種社會裏的兩性接觸，都是女性表現出大致相同的主動性。海
倫·費什為了證實她的觀點，引用了動物界的兩性現象作為論據，她指出：

> 人類女性強烈的性驅動在動物王國裏也能找到相似的對應情況。所
> 有的雌性哺乳動物都有「發情期」，當發情期來臨時，它們會非常活
> 躍地吸引雄性動物與之配對。

據說，雌猩猩在發情時，像眾所週知的母狗發情一樣，會主動地找到雄猩猩
交配。在實驗室環境中，猩猩之間的交配百分之八十五是雌性猩猩主動發起
的，雄猩猩交配之後一般會睡覺，雌猩猩則會纏著雄猩猩來進行第二次交配，
或者和附近的其它雄猩猩進行交配。海倫·費什通過動物界的現象坐實了她
的觀點。她同時又提出了另一個有趣的現象：

> 實際上，奇怪的是西方人一直固執地認為男性是勾引者，而女性衹

〔註9〕 藹理士《性心理學》第296頁，潘光旦譯注，上海三聯書店2006年版。
〔註10〕 高羅佩《中國古代房內考》第9頁，李零、郭曉惠等譯，上海人民出版社1990
年版。

> 　是男性所發起的配對序曲的被動接受者，這種錯誤的觀點可能是來
> 　自於我們悠久的農業傳統。在過去的農業社會中，女性是可以進行
> 　交換的財產，她們的價值取決於她們是否「純潔」，因此，女孩子們
> 　被嚴格地管束著，她們的性衝動被社會否定了。但是，今天西方的
> 　女性重新獲得了性自由，她們已經從包辦婚姻和性服從的世界中解
> 　放出來，女性經常也是主動追求者。〔註11〕

在「女性重新獲得了性自由」的當代西方社會，人們還固執地認為男性是勾
引者、誘惑者，女性處於被動接受的地位。在中國，這種固執的誤會就更是
根深蒂固了，特別是近現代以來在反封建、反傳統、反男權的主流思想之影
響下，這種誤會便變成了常識或真理。海倫・弗什的分析是有理據的，「這種
錯誤的觀點可能來自於我們悠久的農業傳統」。因為在傳統農業社會，禮教設
置的男女大防雖是針對男女雙方的，但它對男女雙方的要求和控制卻是不一
樣的。一般而言，家庭的管教總是嚴於女而寬於男，社會輿論亦是薄責於男
而苛求於女。現實處境的差異造成了女子有別於男子的戀愛態度，戀愛中的
女子有著比男子更多的顧慮和心理負擔。因此，即使她傾心於某一男子，亦
仍然必須表現出若即若離的姿態，或者是故作強硬的拒絕姿態。所以，從表
面上看，女性在情愛生活中處於被動接受的地位，是獵物，是被誘惑者。從
本質上講，這種被動並不完全是受人擺佈的真正的被動，而是欲擒故縱，是
在外力作用下的被迫和被動，其內心深處那種不可抑制的欲望和躍躍欲試之
主動姿態，以一種更委婉曲折之方式表達出來。而且，這種委婉曲折的表達，
是一種更有力量的誘惑（詳後）。

　　西方人類學家的實地考察和旁徵博引，使我們堅信女性在兩性情愛關係
中的確居於主導地位，是獵手和引誘者。那麼，女性在情愛關係中的此種主
動姿態，有無心理學上的依據呢？關於這個問題，只有求助於心理學家的科
學解答。不過，根據常識和經驗，有兩點值得我們注意：其一，在一般情況
下，女性的性成熟比男性早，在同等年齡段，當男性還是懵懂無知時，女性
早已經是情竇初開了。情竇初開的少女在情欲的支配下，往往有意著弄懵懂
無知的少年，這在古今小說戲曲中是常見的情節。其二，大體而言，女性是
情感的動物，是情感專一的單戀動物；而男性則是理智的動物，更傾心於事

〔註11〕海倫・費什《人類的浪漫之旅——迷戀、婚姻、婚外情、離婚的本質透析》
　　　　第 16～18 頁，劉建偉、楊愛紅譯，海天出版社 1998 年版。

業與功業，在情感上常有多戀的傾向。此正如《詩經·氓》所說，「士之耽兮，猶可說也；女之耽兮，不可說也」。因此，在早熟情欲之驅使下，在專一情感之作用下，女性對自己鍾情的男性，往往表現出主動出擊、積極挑逗的姿態。大量的狐仙故事中的多情女子形象，雖然可能是士大夫文人在「奔女情結」之作用下編織的「白日夢」，但亦應當是有現實根據和心理學依據的。

三

在兩性情愛關係中，女性往往處於主動地位，充當誘惑者角色，是獵手；男性亦並非完全處於被動地位，他有時亦主動勾引女性，並且常常是俘獲女性獵物之真正獵手。「有女懷春，吉士誘之」，女子動情於前，以隱約的方式暗示於鍾情的男子，或者不自覺地流露其春心；男性引誘於後，進而促成男女歡愛之情。事實上，在現實處境之壓迫下，女性的引誘是有限度的，往往是由最初的主動轉化成最後的被動。或者說，女性的引誘是迂迴曲折的，引誘之，拒絕之，再引誘，再拒絕，她不以發生性關係為直接目的，甚至常常拒絕性愛關係。所以，女性在情愛關係發生發展之過程中，往往充當誘惑者和拒色者兼而有之的角色。男性的引誘是直截了當的，迫不急待地擁抱、接吻，以發生性關係為直接目的，常常充當誘惑者和好色者的角色。因此，可以說，女性的誘惑，是為了增加情感體驗之長度，以便從中獲得一種詩意的生活樂趣，是審美的誘惑；男性的誘惑，往往力求縮短情感體驗之長度，以肉欲的滿足為直接目的，是功利的誘惑。審美的追求最終敵不過功利的欲望。所以，在兩性情愛關係中，女性常常是由主動轉為被動，男性最終是由被動轉為主動。

且就女性的誘惑者與拒色者之雙重角色詳論之。在「高唐系列」作品中，神女往往是誘惑者，同時又常常是拒色者。如宋玉《神女賦》云：

> 時容與以微動兮，志未可乎得原。意似近而既遠兮，若將來而復旋。
> 褰余幬而請御兮，願盡心之倦倦。懷貞亮之絜清兮，卒與我兮相難。
> 陳嘉辭而云對兮，吐芬芳其若蘭。精交接以來往兮，心凱康以樂歡。
> 神獨亨而未結兮，魂煢煢以無端。含然諾其不分兮，喟揚音而哀歎。
> 穎薄怒以自持兮，曾不可乎犯干。……歡情未接，將辭而去，遷延
> 引身，不可親附，似逝未行，中若相首，目略微眄，精彩相授，志
> 態橫出，不可勝記。意離未絕，神心怖覆，禮不遑訖，辭不及究，
> 願假須臾，神女稱遽，徊腸傷氣，顛倒失據，闇然而瞑，忽不知處。

　　情獨私懷，誰者可語。惆悵垂涕，求之至曙。〔註12〕

神女盛裝出場，「容與微動」，分明充當著引誘者的角色；但她「似近而既遠」，始終保持著與對方的距離，「相難」對方的「請御」，「瓶薄怒以自持」，又分明充當著拒色者的角色。而臨別之際，又是「似逝未行，中若相首，目略微眄，精彩相授，志態橫出」，在拒絕之後又做出這種誘惑之態。神女是誘惑，拒絕，再誘惑，再拒絕，使得頃襄王「徊腸傷氣，顛倒失據」，「惆悵垂涕，求之至曙」。而神女卻在這種誘惑與拒色中體味到「凱康以樂歡」之精神享受。在這裏，我們看到，頃襄王是功利的，看見美女就心猿意馬，迫不及待地「褰幬請御」。而神女是審美性的，既誘惑之，又拒絕之，在誘惑與拒絕之間建立起審美的距離，以獲得「凱康以樂歡」之審美感受。又如《登徒子好色賦》中，秦章華大夫稱述他於「向春之末，迎夏之陽」的鄭衛溱洧之間，遭遇的「華色含光，體美容冶」之採桑女：

> 臣觀其麗者，因稱詩曰：遵大路兮攬子袪，贈以芳華辭甚妙。於是
> 處子悅若有望而不來，忽若有來而不見，意密體疏，俯仰異觀，含
> 喜微笑，竊視流眄。復稱詩曰：寤春風兮發鮮榮，絜齋俟兮惠音聲，
> 贈我如此兮，不如無生。因遷延而辭避，蓋徒以微辭相感動，精神
> 相依憑，目欲其顏，心願其義，揚詩守禮，終不過差，故足稱也。

採桑女如同《神女賦》中的神女，是以誘惑者兼拒色者的身份出場。「意密體疏」最能體現其雙重身份，因「意密」，故充當的是誘惑者角色；而「體疏」，則是充當的拒色者角色。在拒色之際，仍然「含喜微笑，竊視流眄」，這是從拒色者的身份又回到了誘惑者的角色。

　　傳統中國文學中的採桑女形象，比較典型地體現了神女這種集誘惑與拒色於一身特徵。或者說，採桑女就是神女的世俗化形象。桑女和織婦是漢樂府詩歌中創造的兩種婦女「模範角色」，亦是傳統中國的兩種理想化正面婦女形象。與織婦「一天到晚，一年到頭在窗根下織作的勞瘁不同，採桑是一種野外的勞作，而且只發生在春天。相比之下，採桑似乎就別有一番牧歌情調」。特定的地點（桑林邊人來人往的小路上與家中窗根下的封閉環境）和特定的時間（採桑是在春天，春天是情愛發生的季節。織作是在秋天，秋天的哀婉與春天的歡快不同），使採桑女別有一番情色意味。一般地說，傳統中國文學中的採桑母題有兩個要點，一是寫美麗迷人的採桑女，二是寫一個風流男子

〔註12〕《文選》卷十九。

與她調情。而《陌上桑》就十分和諧地融合了採桑母題的兩大主旨：欣賞桑婦的美貌，讚美桑婦之美德。它插入了調情，但並未流於放蕩；它強調女子之操守，但又始終洋溢著十足的風趣。〔註13〕事實上，採桑女羅敷盛裝出場，採桑城南，本身就有調情或誘惑的意味，其誘惑亦產生了實際效果，即「行者見羅敷，下擔捋髭鬚。少年見羅敷，脫帽著帩頭。耕者忘其犁，鋤者忘其鋤。來歸相怨怒，但坐觀羅敷」，「使君從南來，五馬立踟躕」。使君的欲望，亦是「行者」、「耕者」、「鋤者」的欲望，或者說，使君與「行者」等下層人皆有「共載」的欲望，只不過「行者」等下層人礙於低賤身份而不敢高攀，不便道出自己的欲望。而使君自恃權勢將自己的欲望無所遮攔地道出來了。使君和「行者」等下層人或現或隱的「共載」欲望，是男人的欲望，是肉體之佔有，是功利性的欲望。而採桑女羅敷的誘惑，則是一種藝術審美性的誘惑，她勾起你的欲望，使你產生「共載」之期望，而又斷然拒絕你的欲望，是誘惑者與拒色者集於一身的雙重角色。康正果所謂的「風趣」，正是指此。

總之，以神女和採桑女為代表的女性之誘惑與拒色，是在誘惑後拒色，是在拒色中誘惑，體現在行動上，就是「似近而既遠，將來而復旋」，是「有望而不來，有來而不見」，是把自己置於欲來又去、欲去又來之迷離恍惚的男性視界中，搞得天性好色的男人「迴腸傷氣，顛倒失據」。神女的誘惑與拒色，讓人聯想到《詩經·秦風·蒹葭》中的伊人，她始終不遠離詩人的視線，這是誘惑；她又始終與詩人隔著一段距離，這是拒絕。誘惑與拒絕交替進行，才致使詩人「顛倒失據」，欲棄不忍，欲愛不能。因此，在中國傳統文學中，文人矢志不渝地對「美人幻象」的創建和追求，實際上就是走進了美人設置的（或者說士大夫文人為自己設置的）誘惑與拒色的迴環往復的圈套之中。

「意密體疏」是女性誘惑的基本特點。「意密」是本能，是發自於內心深處的情欲要求，是情欲驅使下的誘惑姿態。「體疏」是拒色，是來自外在禮儀習俗之要求下呈現出來的拒色姿態，是來自對超越人生境界之追求或者「詩意地棲居」之嚮往所呈現出來的拒色姿態。換言之，女性的拒色，既有現實的目的，又有詩意的追求。

就現實目的一面言之。在傳統社會，家庭的管教和社會的輿論，常常是嚴於女而寬於男，苛求於女而薄責於男。所以，在情愛生活中，女性有著男性所沒有的種種顧慮和心理負擔，因而亦產生了有別於男性的戀愛態度。她必須十

〔註13〕康正果《風騷與豔情》第 97～100 頁，上海文藝出版社 2001 年版。

分審慎地選擇戀愛對象，必須使用種種手段檢閱男性對她的忠誠，即使面對一位她所傾心的男子，亦必須常常故作強硬的拒絕姿態，以審查他對自己的迷戀程度。總之，出於現實之目的，由於禮儀風俗之限制，她必須常常充當誘惑者同時亦是拒色者的雙重角色。誘惑，是爲了迷戀對方；拒色，是爲了保護自己。

就詩意追求一面言之。女人如詩，詩似女人。女性與藝術審美之間的親密關係，遠遠大於男性與藝術審美的關係。女人如詩，而且女性亦擅長於詩。女性不僅是最具審美意味的藝術題材，而且還是天生的藝術家，亦是藝術創作靈感之源泉。所以，女性的誘惑，亦就是藝術的誘惑。

這種藝術性的誘惑，最具勾魂攝魄的力量，如《長恨歌》中楊貴妃「回眸一笑」之誘惑，即是這種攝人心魄的藝術性誘惑，故而能產生「百媚生」的最佳效果。「回眸一笑」之誘惑，更生動的表達，則是「臨去秋波那一轉」。據《西廂記·佛殿奇逢》云：「我明日透骨髓相思病殘，我當她臨去秋波一轉！我便是鐵石人，也意惹情牽。」「臨去」是拒絕，「秋波那一轉」是誘惑，在拒絕中誘惑，在誘惑中拒絕，才是最深刻的誘惑，因而亦是最具藝術審美趣味的誘惑。面對如此誘惑，即便是「鐵石人，也意惹情牽」。所以，《西廂記》中這「臨去秋波那一轉」句，得到眾多文人的激賞和好評，如徐士範刊本《西廂記》題評曰：「『秋波』一句是一部《西廂》關竅。」後來許多明刊善本《西廂記》都借用這則題評，許多戲曲理論家亦對這句話大加讚賞。〔註14〕「臨去秋波那一轉」的藝術審美式誘惑，近似於蒙娜·麗莎的誘惑。蒙娜·麗莎之微笑所呈現的誘惑，迷醉著五百年來的文人學士，凡夫俗子。熊秉明解釋蒙娜·麗莎之微笑說：

> 女性的誘惑是一切誘惑的集中、公約數、象徵。這純誘惑與追求之間有一形而上學的距離，如果誘惑者和被誘惑者一旦相接觸了，就像兩個磁極同時毀滅。沒有了誘惑，也沒有了追求。所以，這微笑的顧盼是一永遠達不到的極限，先驗地不可能接近的絕對。於是追求永在進行，誘惑也永在進行，無窮盡地趨近。〔註15〕

蒙娜·麗莎神秘的眼神和微笑，實際上包括了誘惑和拒絕的用意。惟其誘惑，故使人心迷神醉；惟其拒絕，故使人情牽意戀。

女性的這種藝術審美性的誘惑，近似於克爾凱戈爾式的誘惑。被譽爲「存

〔註14〕參見蔣星煜《西海書屋隨筆》卷五《妙語心解》之「臨去秋波那一轉」條，上海書店出版社 2000 年版。
〔註15〕轉引自蕭關鴻《誘惑與衝突》第 15 頁，學林出版社 2001 年版。

在主義哲學之父」的近代丹麥哲學家克爾凱戈爾，將人生分爲三個階段，即審美階段、倫理階段和宗教階段。《直接性愛諸階段或音樂性愛》和《引誘者日記》是他論述人生審美階段的代表作。他認爲：性愛是一種從人內心深處發生的、不可抵擋的、訴諸肉欲的必然性力量，高尚的性愛是感性肉欲力量與精神感受的有機統一。在《直接性愛諸階段或音樂性愛》一文中，他論證了性愛與音樂的一致性，認爲性愛與音樂一樣，是一種直接噴薄而出的必然性力量，在即時的瞬間中展現，但在這展現的即時瞬間，是與精神感受統一在一起的。體現他的這種性愛觀點，是《直接性愛諸階段或音樂性愛》中提到的唐璜和《引誘者日記》中的約翰尼斯，他們是處於人生審美階段的典型人物，對純粹的肉欲佔有不感興趣，需求的是對方的精神，惟有在精神上獲得對方的相許之後，性愛的使命才告完成。在他們看來，性愛之最高境界是雙方的精神會通，肉體的佔有無關緊要。愛的實現需要誘發，《直接性愛諸階段或音樂性愛》中提到的唐璜，僅在西班牙就引誘了一千零三名女子，《引誘者日記》中的約翰尼斯，花了兩年半時間，使得柯得莉婭毀棄原來的婚約而答應了他的愛，然而，就在他獲得了柯得莉婭愛情之同時，他又毅然將她拋棄。他們熱衷的引誘是一個誘發或感發的過程，沒有任何麻木或欺騙對方的意圖，被引誘者沈醉其中，不能自拔，但她們不後悔，沒有抱怨，她們的痛苦是因爲被引誘發出的性愛欲求未能得到滿足，而不是怨恨引誘者。在克爾凱戈爾的理論中，引誘本身不具有違背對方意志而誘導人走下坡路的成份，相反是一個性愛力量得以展開的美好過程，提升精神感受的藝術審美過程。誘惑過程就是詩意呈現的過程，審美呈現的過程，誘惑本身就是目的。〔註16〕所以，約翰尼斯既是誘惑者，又是拒色者，他集誘惑與拒色於一身，其目的就是爲了追求愛情的審美趣味和詩性價值。如果由誘惑進而追求情欲的滿足，實現婚姻，必然會帶來情欲滿足後的空虛，陷入婚姻生活之單調與乏味，導致審美趣味和詩性精神之喪失。

克爾凱戈爾式的誘惑，是詩性的誘惑，是審美的誘惑。傳統中國社會集誘惑與拒色爲一體的女性誘惑，正是克爾凱戈爾所追求的這種詩性的、審美的誘惑。傳統中國女性亦正是在這種詩性誘惑中，體驗「詩意地棲居」的人生樂趣，實現其詩性人生，成就其詩性人格。

〔註16〕參見王才勇《〈愛之誘惑〉譯者前言》，《愛之誘惑》，索倫·克爾凱戈爾著，王才勇譯，上海社會科學出版社 2002 年版。余靈靈《〈勾引者日記〉譯者的話》，《勾引者日記》，克爾凱郭爾著，余靈靈譯，九洲圖書出版社 1998 年版。

卷四：女性情色

傳統中國社會的女性美特徵及其審美演變

傳統中國社會女性妝飾觀念之演變與社會風氣之變遷

傳統社會女性頭髮妝飾的情色意義

傳統中國藝術中女性沐浴的情色動機

傳統中國社會的女性美特徵
及其審美演變

　　討論傳統中國社會的女性美觀念，首先應當對「女性審美」、「女性人體審美」和「女性美」三個概念進行界定。所謂「女性審美」，是指女性作爲審美主體，以女性的眼光對審美對象所作的評價和觀照。「女性人體審美」，是指人類（包括男性和女性）對女性身體如形體、膚色、體態、動作等方面的審美感知。「女性美」是指人類（包括男性和女性）對女性身體與精神、肉與靈的綜合性的審美感知。相對而言，「女性人體審美」側重於女性外在的形體或體態，相當於我們通常所說的「漂亮」與否之類的評述。「女性美」則在「女性人體審美」之基礎上，更強調其內在之精神、氣質和神韻，相當於我們通常所說的「美」與否之類的評述。「美」是比「漂亮」更高一層的審美範疇，相應地，「女性美」亦是比「女性人體審美」更高級的審美範疇。本篇討論傳統中國社會的女性美觀念，即包括傳統中國人對女性外在形體與內在神韻的審美兩個方面。

一

　　審美觀念是在特定的歷史背景和文化心理之影響下，經過長期積澱而形成的一種觀念，是最能體現民族文化心理或時代精神的思想觀念。作爲審美活動的一個重要對象──女性人體審美，尤其是女性美，往往最能展現一個民族的文化心理和審美趣味。相對於其它審美對象而言，女性美是最普遍的、因而亦是最大眾化的審美對象。比如，對自然山水的審美，往往是高人雅士或有閒階層之專利；對藝術的審美，常常是文人學士最爲擅長。並且上述二

者的審美，皆須有相當的文化背景和知識積累。惟有女性美，可以說是雅俗共賞的審美對象。無論是高人雅士，還是凡夫俗子；無論是君子，還是小人；無論是男人，還是女人；無論是老人，還是小孩，都會對女性美發生興趣，而且是本能的興趣，並且不受文化背景和知識積累的侷限。這種本能的趣味，最能反映一個人、一個時代、一個民族的文化心理和審美觀念。因此，研究一個人、一個時代或一個民族的文化心理和審美趣味，女性美觀念是一個特別有效的視角。

從表象上看，古代中國的人體審美似不發達，正如林語堂所說：

> 女人肉體之原形，中國藝術家倒不感到多大興趣，吾人在藝術作品
> 中固可見之。中國畫在人體寫生的技巧上，可謂慘淡地失敗了。

據他說，這樣的情形，「是女性遮隱的結果」。〔註1〕江曉原亦認為：古代中國人缺乏欣賞人體美的傳統，無論男女，自身裸體被偷窺通常被認為是羞恥之事。因此，古代中國的人體審美不發達，藝術作品中的女性形體皆比例失調，毫無健美英俊之態，對女性裸體之興趣、對女性裸體之文字描述與繪畫，幾乎全都與淫穢作品有關，即人體美欣賞是歪道不是正道。〔註2〕即使在當代中國，人體審美仍然是一個敏感的話題，藝術家使用女性人體模特和搞裸體藝術展覽，亦仍然會引起一些傳統人士的反感。如湯佳麗的人體藝術展示，本是美侖美奐的絕妙人體藝術，可經過道德家的橫加指責和低俗之士的瞎批歪評，就被搞得庸俗不堪。當然，更重要的原因，是傳統中國之文化背景上缺乏欣賞裸體藝術的傳統。所以，林語堂說：

> 對於一個中國人，像紐約碼頭上所高聳著的女性人像那樣，使許許
> 多多第一步踏進美國的客人第一個觸進眼簾的便是裸體女人，應該
> 感覺得駭人聽聞。女人家的肉體而可以裸裎於大眾，實屬無禮之至。
> 儻使他得悉女人在那兒並不代表女性，而是代表自由的觀念，尤將
> 使他震駭莫名。〔註3〕

這足以說明中西方人在人體審美、特別是女性人體審美之觀念上，存在著較大的差異。

不過，需要說明的是，在西方人體審美觀念的比較下，傳統中國社會的確

〔註1〕 林語堂《吾國與吾民》第133頁，陝西師範大學出版社2002年版。
〔註2〕 江曉原《性張力下的中國人》第153～155頁，上海人民出版社1995年版。
〔註3〕 林語堂《吾國與吾民》第132頁，陝西師範大學出版社2002年版。

缺乏人體審美傳統。或者說，傳統中國社會缺乏西方的裸露式的人體審美傳統。但是，世界上任何一個人、一個時代和一個民族，都會對人體審美發生興趣，皆有自己的人體審美觀念，都有自己心目中的美人形象。傳統中國社會缺乏的是西方式的裸體審美傳統，卻擁有在傳統中國文化背景上形成的自己的人體審美觀念。換句話說，與西方的女性美觀念不同，傳統中國人亦有自己獨特的女性美觀念。

二

關於傳統中國社會的女性美形象，日本學者笠原仲二有一個很全面的概括，可供參考，其云：

> 中國古代人們所說的美人、美女，她們的面貌和容姿大概主要應該
> 具備這樣一些美的條件：年輕苗條，肌膚白嫩如凝脂，手指細柔如
> 破土幼芽，兩耳稍長顯出一副福相，黑髮光澤如漆，髮高梳，簪珥
> 精巧，面頰豐潤，鼻樑高高，朱紅的小嘴唇，整齊潔白的稚齒，文
> 彩鮮豔的衣裝，以及舒徐優雅、柔情寬容的舉止等等。〔註4〕

笠原仲二對傳統中國社會女性美形象的描述，包括形體之優美、服飾之鮮潔和內在之神韻三個方面，應該說是準確的、全面的。

傳統中國社會女性美形象的總體特徵，大體如上所述。進一層作歷史的分析，傳統中國社會的女性美形象則有一個歷史的演進過程，大致可以分為三個發展階段：先秦時期以德為主、以色為輔的「素美」階段，漢唐時期以色為主、以才德為輔的「豔美」階段，宋元明清時期是才色兼重的「韻美」階段。以下分述之。

首先，在先秦時期，人們心目中的美人，是以碩大為美，以自然樸素為美，強調美人的內在德行。此為女性美的「素美」階段。

在先秦時期，無論男女，均以碩大為美，男子於碩大中顯威武，女子於碩大中呈嫵媚。如《詩經·陳風·澤陂》中，那位令詩人「寤寐無為，涕泗滂沱」的姑娘，是「碩大如卷」、「碩大且儼」的。《唐風·椒聊》讚美女子「碩大無朋」、「碩大且篤」。《衛風·碩人》說莊姜「碩人其頎」、「碩人敖敖」、「碩人孽孽」，讚美其高大修長。與男子的雄壯威武不同，莊姜於高大中呈現出嫵

〔註4〕 笠原仲二《古代中國人的美意識》第23頁，魏常海譯，北京大學出版社1987
年版。

媚，是「手如柔荑，膚如凝脂，領如蝤蠐，齒如瓠犀，螓首蛾眉」，「巧笑倩兮，美目盼兮」。齊國莊姜是當時人們心目中理想的美人形象，故《陳風‧衡門》曰：「豈其娶妻，必齊之姜。」即娶妻當娶齊國莊姜這樣的高大修長的美女。先秦時期以碩大爲美人的特徵，故稱美人爲「碩人」，如《衛風‧碩人》稱莊姜「碩人其頎」，《考槃》「考槃在澗，碩人之寬」等等。

另外，《楚辭》稱美人爲「姱女」，如《禮魂》曰：「姱女倡兮容與。」以「姱」或「誇」描述女性美，如《招魂》曰：「姱容修志。」《大招》曰：「嫭以姱只。」「姱修滂浩」。《淮南子》曰：「曼頰皓齒，形誇骨佳。」所謂「誇」，據《廣雅‧釋詁》云：「誇，大也。」《方言》釋「誇」同此，故「形誇」即形體高大之意，「誇女」即體型高大的女子。王逸曰：「姱，好貌。」意謂體形高大的女子就是美人，故《橘頌》曰：「姱而不醜兮。」先秦時期以碩大爲美的女性美觀念的形成，是由當時生產力較爲低下的社會實踐活動所決定的，與當時人們的生殖渴求心理有關，與以大爲美之審美傳統有關。〔註5〕

先秦時期的女性美特徵，除了以碩大爲美外，還有以樸素爲美的特點。這種特點在女性的服飾上表現得比較突出。正如錢鍾書所說：「衛、鄘、齊風中美人如畫像之水墨白描，未渲丹黃。」〔註6〕其實，非僅《詩經》衛、鄘、齊風裏的美人「未渲丹黃」，《詩經》時代之美人大都有這樣的特點。據李炳海說：

> 在中國古代文學史上，對女性的描寫往往失於浮豔輕靡。詞句多是軟媚綺麗，色彩離不開紅香翠軟，從梁陳的宮體詩到唐末五代的花間詞派，走的都是這條路子。但是《詩經》卻是另一種情況，人們在刻畫女性形象時，不是濃墨重彩，而是素描淡抹。與此相應，女性作爲主要角色出現時不是披紅戴綠，流金溢彩，而是素淡典雅，清秀端莊，她們的服色以素色爲主。〔註7〕

總之，先秦時期的女性美特徵，以碩大爲美，以樸素爲美，概而言之，就是「素美」。

其次，在漢唐時期，美色成爲被欣賞的對象，才德處於相對次要之地位，女性之豔姿和媚態受到前所未有的重視。此爲女性美的「豔美」階段。

〔註5〕 參見陳才訓《先秦人體審美標準及其成因》，《洛陽師範學院學報》2002 年第
1 期。
〔註6〕 錢鍾書《管錐編》第一冊第 9 頁，中華書局 1986 年版。
〔註7〕 李炳海《詩經女性的色彩描寫》，《江西社會科學》1994 年第 6 期。

　　女性美觀念由「素美」向「豔美」的發展，在戰國時期已初見端倪。女色之被欣賞，聲色之樂之被享受，在戰國中後期已漸成時尚。這種發展趨勢和時代風尚，在《楚辭》作品中有比較生動的反映。如《招魂》描寫女樂：

> 肴羞未通，女樂羅些。陳鐘按鼓，造新歌些。《涉江》《采菱》，發《揚荷》些。美人既醉，朱顏酡些。娭光眇視，目曾波些。被文服纖，麗而不奇些。長髮曼鬋，豔陸離些。二八齊容，起鄭舞些。衽若交竿，撫案下些。竽瑟狂會，搷鳴鼓些。宮庭震驚，發《激楚》些。吳歈蔡謳，奏大呂些。士女雜坐，亂而不分些。放陳組纓，班其相紛些。〔註8〕

《大招》寫美人：

> 嫮目宜笑，娥眉曼只。容則秀雅，稚朱顏只。魂乎歸徠，靜以安只。
> 姱修滂浩，麗以佳只。曾頰倚耳，曲眉規只。滂心綽態，姣麗施只。
> 小腰秀頸，若鮮卑只。魂乎歸徠，思怨移只。易中利心，以動作只。
> 粉白黛黑，施芳澤只。長袂拂面，善留客只。魂乎歸徠，以娛昔只。
> 青色直眉，美目媔只。靨輔奇牙，宜笑嗎只。豐肉微骨，體便娟只。
> 魂乎歸徠，恣所便只。〔註9〕

日常生活中關於女性美的品評，常常摻雜著實用的功利目的，與純粹的審美有一段距離。真正符合審美理想之女性形貌、體態和趣味，只能從虛構的文學作品中去尋找。或者說，虛構的文學作品更能體現人們理想化的審美觀念。上引兩篇作品中塑造的女性形象，容飾的豔麗和體態上之妖嬈，是其主要特點。作者對美女的所有迷人之處，如微笑、眼神、眉毛、酒窩、腰肢等等，都作了細膩的描寫，「在此之前，還從未有一個詩人從欣賞的角度對美女的容色體態做過如此生動逼真的摹繪」，〔註10〕這在一定程度上體現了戰國中後期人們的女性審美觀念的變化。

　　如果撇開倫理道德因素不論，單把女性美作為審美對象看待，似乎可以做出這樣的初步結論：女性美在戰國中後期逐漸獲得獨立自覺之審美意義。即女性美的內涵不完全是在人倫關係之背景上確立其價值，而是在與男人建立的純粹的男女關係之基礎上確定其價值。因為「只有在那些與男人建立純粹的男女

〔註8〕　朱熹《楚辭集注》卷七。
〔註9〕　朱熹《楚辭集注》卷七。
〔註10〕康正果《風騷與豔情》第82頁，上海文藝出版社2001年版。

關係，而非人倫關係的女人身上，特別是歌妓舞女的身上，才有可能培養出一種專供男人玩賞的美色」。從《詩經》時代到《楚辭》時代，兩性關係逐漸呈現出從人倫範疇走向純粹男女關係之審美範疇的發展趨勢。據康正果說：

> 在「三百篇」的時代，風情與風教處於和諧的關係之中，女性總是處在與男性相關的人倫關係中被表達。綜觀《國風》中的女性，或國君夫人，或大夫之妻，或普通人家的女子；或爲思婦，爲棄婦，爲奔女，她們的性別角色無不與婚姻戀愛和家庭相關。在描寫詩中的女性形象時，詩人常常寫她已婚還是未婚，是宜家還是被棄，他們很少關注女性的美色，即使《碩人》中用一章的篇幅描繪了美人的容貌，作者的目的也絕非誇色，而是讚美她的高貴。……然而在禮樂徹底崩壞的戰國時代，畜養女樂已逐漸成爲各國國君的普遍愛好，……聲色之樂已被視爲富貴者的基本享受了。從此，棄斥於後宮和私邸的女樂串演了一部破國亡家的古代史，也爲文人提供了寫不盡的風流韻事。〔註11〕

發端於戰國中後期的以妖豔爲美之女性美觀念，於秦漢時期，在當時以「麗」爲美之時代風尙的推波助瀾的影響下，獲得了進一步發展。如果用一個簡練的詞來表達漢代人的審美觀念，那就是「麗」字。在漢代，以「麗」爲詞根構成的詞語特別多，如「崇麗」、「神麗」、「華麗」、「奢麗」、「巨麗」等。漢人形容美多用「麗」字，漢人評價漢賦多用「麗」字，漢人形容男性的美貌亦常用「麗」字。所以，王鍾陵說：「繁富靡麗是漢代文藝美學風貌的主要特徵，如果我們試圖用一個詞來概括漢人的審美情趣的話，那便是『富麗』，或曰『靡麗』，更簡潔地說就是一個字——麗。」〔註12〕在這種時代審美風尙之影響下，女性美觀念進一步朝著妖冶、豔麗之方向發展。雖然理論家如揚雄，常常對以「麗」爲美之審美風尙持批評態度；道德家如班昭，亦一再宣稱「婦容不必顏色美麗」。〔註13〕但是，世俗社會並不理會這種批評和規勸，如枚乘《七發》、司馬相如《美人賦》，直至漢魏之際曹植的《洛神賦》、《美女篇》，以及當時創作的一系列以「閒邪」、「止欲」爲題的賦作品，其所塑造的女性形象，皆以妖冶、豔麗爲特點。甚至以彰顯女性之貞潔操守爲主題的樂府民

〔註11〕康正果《風騷與豔情》第81頁，上海文藝出版社2001年版。
〔註12〕王鍾陵《中國中古詩歌史》第16頁，人民文學出版社2005年版。
〔註13〕班昭《女誡・婦行》。

歌，如《陌上桑》和《羽林郎》，其對採桑女羅敷和當壚胡姬的描繪，亦極其
誇張地鋪陳其髮型、首飾、服裝，呈現出豔麗多姿的特點。把良家婦女作爲
迷人的對象來描寫，這在中國文學史上是第一次。〔註14〕這體現了傳統中國
人的道德觀念和審美觀念的某些微妙變化。

　　魏晉六朝時期，隨著藝術審美觀念之自覺和文學靡麗風氣之開展，以及享
樂之風的盛行和對聲色之好的追求，藝術作品中的女性形象普遍呈現出妖豔多
姿的特點。時人如荀粲甚至宣稱：「女人德不足稱，當以色爲主。」〔註15〕豔歌
或豔曲的流行，便是這種時代審美風尙之具體反映。比如，六朝詩人對傳統採
桑題材的摹仿與創作中，「豔化」是一個極其重要的特點，「翻開《玉臺新詠》，
我們可以明顯看出，集中描寫採桑母題的作品非常之多。凡是直接摹仿《陌上
桑》的作品，幾乎全都用大量的篇幅鋪陳羅敷的美色，而對羅敷拒絕使君的情
節大都棄而不顧。在那些並未明顯摹仿《陌上桑》的作品中，採桑的母題基本
上退到了《登徒子好色賦》的起點上」。在六朝豔歌中，詩人往往以親昵的口吻
歌詠女子的容貌和她對情人的依戀，突出地表現男女之情中欲的成份，是對性
愛的熱烈詠歎。對女性美的描繪亦由面容、服飾之美轉向肉體的魅力，詩人不
再通過女子的儀表姿態來顯示她的美德和身份，而是實實在在地描寫一個女子
身上的可愛之處，把女子的可愛與她的肉體美聯繫在一起。所以，在這個時期，
詠桑女的詩，不再誇獎桑女的貞潔，而是突出桑女的妖冶與多情。詠織婦的詩，
不再頌揚織婦的勤勞，敍寫織婦的倦態，而是從欣賞的角度寫織婦在織布機上
的優美動作和迷人姿態。詠新婚的詩，不再讚美新媳婦的美德，而是誇耀她的
漂亮和柔媚。〔註16〕

　　唐代的女性美觀念，仍沿襲秦漢以來以豔爲美的特點。但是，值得注意
的是，受昂揚奮發的時代精神和北方少數民族文化習俗之影響，唐代的女性
美觀念，在「豔美」之基礎上，還呈現出以下兩個特點。其一，就是它的開
放性。從唐代的壁畫和墓俑中可以看到，唐人並不反對女性袒露頸部和胸部。
在這些藝術作品中，女性的脖子往往是裸露的，大部份胸部亦常常露在外邊，
往往只穿一件開胸的薄衫。這在中國歷史上是別開生面的，因爲傳統中國社

<hr>

〔註14〕康正果《風騷與豔情》第100頁，上海文藝出版社2001年版。
〔註15〕《世說新語‧惑溺》。
〔註16〕以上關於六朝女性美觀念的一段論述，參考了康正果《風騷與豔情》第四章
　　　　《南朝新聲：豔情型》，上海文藝出版社2001年版。

會一般皆反對身體的裸露，男子裸身往往被視為無禮，女性的服飾亦絕少透露和隨意敞開。但是，唐代卻一反傳統，如唐代永泰公主墓壁畫上，李重潤墓石槨上，那些身著祖領的女子無不領口低開，露頸敞胸，乳溝起伏。如唐代人物畫家周昉的《簪花仕女圖》，仕女身穿僅至胸前的長裙，披上一件輕薄透明的寬大外衣，而雙肩、雙臂和大部份胸部，均裸露在外，潔白的肌膚清晰可見。其二，是以健壯豐碩為美，「當時人們理想的美男和美女，男人追求的是赳赳武夫式的外表。他們喜歡濃密的鬚髯和長髭，崇尚健壯的體魄。文武官員都學習射箭、騎馬、劍術和拳擊，擅其術者倍受讚揚。……說明男人喜歡健壯結實的女子，臉圓而豐腴，乳房發達，腰細而臀肥」。〔註17〕如果說先秦時期的女性美是在健壯豐碩之基礎上呈現出來的「素美」。那麼，在唐代，則是在健壯豐碩之基礎上體現出來的「豔美」。

第三，宋元明清時期，文人雅士心目中的美人，以「韻美」為特點。雖然美色仍被注重，但女性的才藝和雅趣則是受到前所未有之關注，對女性的瘦弱之美和內向性格亦表現出較大的興趣。

事實上，唐宋之際，不僅是中國古代思想、歷史、文化、藝術的重大轉折時期，亦是古代中國女性美觀念之重要變化時刻。比如，前述唐人並不反對女性祖露頸部和胸部，但是，「在宋代和宋以後，胸部和頸部都先是用衣衫的上緣遮蓋起來，後是用內衣高而緊的領子遮蓋起來」。〔註18〕又如，前述唐代男子喜歡健壯結實、豐乳肥臀的女子；到北宋，人們開始喜歡苗條的女子；至明代，「男性美和女性美的理想標準是走了另一極端，並一直流行於其後的清代。瓜子臉、弱不禁風的女子被認為最美」。〔註19〕宋代以前，中國人心目中的美人，雖以豔麗為特點，但豔麗中不乏豐腴，豔麗中顯健壯，具有長而大的特點。宋代以後，中國人心目中的美人，雖然亦注重豔與色，但明顯對瘦弱型的美豔之女更加青睞。清人俞正燮《癸巳存稿》卷十四「長白美人」條云：

> 《詩·碩人》云：「碩人其頎」；《澤陂》云：「有美一人，碩大且卷」、
> 「碩大且儼」；《車》云：「辰彼碩女」，女貴大也。《史記·田敬仲世

〔註17〕高羅佩《中國古代房內考》第245、248頁，李零、郭曉惠等譯，上海人民出版社1990年版。
〔註18〕高羅佩《中國古代房內考》第245～247頁，李零、郭曉惠等譯，上海人民出版社1990年版。
〔註19〕高羅佩《中國古代房內考》第248～249頁，李零、郭曉惠等譯，上海人民出版社1990年版。

家》云：「選齊國中女子七尺以上爲後宮」；《蘇秦列傳》云：「後有
長姣美人」；《後漢書‧馮勤傳》云：「祖燕長不滿七尺，常自恥短陋，
恐子孫似之，乃爲子伉娶長妻，生勤，長八尺三寸」；《魏書‧陸琇
傳》云：「母赫連氏，身長九尺九寸。」蓋婦容以長爲貴。漢法：八
月選女，必身長合度。長白即美德；賈納短青，晉之所以亂也。《唐
書》亦言玄宗選長白女子侍太子。《鹽鐵論‧刺權》云：「中山素女」，
亦長白女子也。宋人記龜鶴夫妻，短闊亦貴，乃偶然耳。

俞正燮考證傳統中國女性以長、大爲美，言之鑿鑿，確爲不刊之論。但是，
很明顯，他所列示之證據，皆出於宋代以前。因此，不妨說宋代以前的中國
女性以長、大爲美，宋代以後，卻是另一番景象，即以苗條玲瓏、嬌弱娟秀
爲美。如蘇軾，當他見到唐代周昉所畫的仕女圖時，就感慨道：「書生老眼省
見稀，畫圖但怪周昉肥。」這說明宋人已經不能欣賞唐人以肥爲美的仕女圖
了。還是蘇軾，他嘲弄「軀幹甚偉」的侍姬媚兒云：「舞袖蹁躚，影搖千尺龍
蛇動；歌喉宛轉，聲撼半天風雨寒。」據說媚兒聽後，是「靦然不悅而去」。
〔註20〕蘇軾的如此嘲弄和媚兒的「不悅」，亦說明宋代女性有崇尚柔弱的傾
向。再說，唐代女性以「肥」爲美，宋代以後，「瘦」則成爲女性美的重要特
點，如宋代詞人李清照多次寫自己的「瘦」，如「莫道不消魂，簾卷西風，人
比黃花瘦」（《醉花陰》），「新來瘦，非關病酒，不是悲秋」（《鳳凰臺上憶吹簫》）。
至李漁《減字木蘭花‧閨情》，寫女子因瘦而愈顯苗條，瘦得恰到好處。而董
以寧《感皇恩‧詠鏡》，則是以瘦爲美了。〔註21〕

　　一個有趣的例子，是《紅樓夢》第三十回中，寶玉取笑寶釵一段：

　　（寶玉）又道：「姐姐怎麼不看戲去？」寶釵道：「我怕熱，看了兩齣，
熱的很。要走，客又不散。我少不得推身上不好，就來了。」寶玉聽
說，自己由不得臉上沒好意思，祇得又搭訕笑道：「怪不得他們拿姐
姐比楊妃，原來也體豐怯熱。」寶釵聽說，不由的大怒，待要怎樣，
又不好怎樣。回思了一會，臉紅起來，便冷笑了兩聲，說道：「我倒
像楊妃，祇是沒有一個好哥哥好兄弟可以作得楊國忠的！」……寶玉
自知又把話說造次了，當著許多人，更比才在黛玉跟前更不好意思，

〔註20〕　胡仔《苕溪漁隱叢話前集》卷六十「媚兒」條。
〔註21〕　參見劉衍文《美人的體形》，見劉著《寄廬雜筆》第 67 頁，上海書店出版社
　　　　　2000 年版。

> 便急回身又同別人搭訕去了。林黛玉聽見寶玉奚落寶釵，心中著實得
> 意，才要搭言也趁勢兒取個笑，……寶釵因見林黛玉面上有得意之
> 態，一定是聽了寶玉方才奚落之言，遂了她的心願。

從上下文看，寶玉倒不是要有意奚落寶釵。值得注意的，倒是寶釵和黛玉聽了
寶玉這個楊妃之比後的態度，即寶釵的「大怒」和黛玉之「得意」。這說明，在
清代，以楊妃之「體豐」比擬女性，已經是暗含貶意了。楊妃「豐乳肥臀」式
的體態，在唐代是美女之典範，在明清時期則要讓人嗤笑了。荷蘭漢學家高羅
佩通過對明清人物畫和小說中的女性形象的研究，亦發現這種女性美觀念的變
遷。他認爲：「董小宛多病工愁、年輕早夭的形象，預示了清代視爲理想的女子
典型。而這種年紀輕輕而又弱不禁風的女子形象，在明晚期的文學作品中就已
漸流行。」〔註22〕繪畫作品中的女性有日漸苗條的傾向，理想的美男子亦不再
是濃眉大眼、赳赳武夫式的形象，而是鬱鬱沈思的文弱書生。他說：

> 理想的男人被描寫成文弱書生，多愁善感，面色蒼白，雙肩窄小，
> 大部份時間都泡在書本和花叢之中，只要稍不如意就會病倒。而他
> 的女伴則被描寫成柔弱的少女，略長而削瘦的臉上總帶著一種驚訝
> 的神色，溜肩膀，扁平胸，臀部窄小，胳膊瘦長，一雙長而過份纖
> 細的手。兩者都被描寫成非常亢奮，情緒變化無常，患有各種眞實
> 的或想像的疾病，往往年紀輕輕就早夭。〔註23〕

可以這樣說，林黛玉是宋元以來中國人理想中的美女形象典型，賈寶玉則是
宋元以來中國人理想中的美男形象典型。

宋元以來中國人理想中的美人形象，還有一個重要特點，就是對才情和
韻趣的重視。關於女性的韻趣美，我將在本書卷五《女人如詩，詩似女人：
中國古典詩學的女性化特徵》一文中討論，茲不贅言，此僅就才情一面言之。
以才藝作爲理想佳人的一個重要條件，這種觀念大概產生於六朝。但是，以
才情高於美色，作爲評價女性美的一個重要標準，則是在明清時期。實際上，
宋元以前的美女，如西施、卓文君、王昭君、綠珠、楊貴妃等等，史書和民
間傳說中並不特別強調她們的藝術才能，她們本身亦並不主要以才情出眾，

〔註22〕高羅佩《中國古代房內考》第 388 頁，李零、郭曉惠等譯，上海人民出版社
1990 年版。
〔註23〕高羅佩《中國古代房內考》第 393 頁，李零、郭曉惠等譯，上海人民出版社
1990 年版。

而是以美色名世。宋元以前的才女亦屈指可數。唐宋以後，女才子大量湧現，特別是在明清時期，成爲一大奇特景觀，這恰如美國學者孫康宜所說：

> 據我近年來研究中西文學的心得，我認爲有史以來最奇特的文學現象之一，就是中國明清時代才女的大量湧現。在那段三、四百年的期間中，就有三千多位女詩人出版過專集。至於沒出版過專集、或將自己的詩文焚毀的才女更不知有多少了。〔註24〕

明清才女文化受到學術界的廣泛關注，美國學者高彥頤著《閨塾師——明末清初江南的才女文化》一書，〔註25〕對明清時代的才女文化作了全面、系統、深入的研究。

總之，宋元以來，小巧玲瓏、弱不禁風成爲人們理想中的美人形象特徵，女性的才情和韻趣受到特別重視。簡言之，就是以弱爲美，以韻爲美，以趣爲美，是「韻美」。

三

綜上所述，傳統中國的女性美特徵，經歷了由「素美」而「豔美」而「韻美」的三個歷史發展階段。以下，擬就傳統中國社會女性美發展之階段性特徵，作原因上的分析。

討論女性美發展的階段性特徵，有一個前提需要首先聲明，即女性美是爲了適應男性的目光而呈現的，或者說，女性美發展的階段性特徵，是爲了適應男性審美觀念的變遷而演變的。這在以男性爲中心的中外傳統社會，應該說是一個通例。所以，在男性中心的社會裏，關於女性審美的話語權，主要掌握在男性手中，女性不得不以男性之美醜爲美醜，以男性之好惡爲好惡。比如，在傳統中國社會，女性之柔順、閒靜、媚態、羞怯和韻趣等等，以及培育此種女性美而採取的深藏、纏足等手段，皆是爲著適應男性之審美趣味而產生的。「女爲悅己者容」這句傳世名言，亦道出了傳統社會女性美特徵與男性審美趣味之間的密切關係。

傳統中國的女性美特徵，由先秦時期之「素美」向漢唐時期之「豔美」

〔註24〕 孫康宜《走向「男女雙性」的理想——女性詩人在明清文人中的地位》，見葉舒憲主編《性別詩學》第3頁，社會科學文獻出版社1999年版。

〔註25〕 高彥頤《閨塾師——明末清初江南的才女文化》，李志生譯，江蘇人民出版社2005年版。

的發展，主要是由於以下兩方面的原因：

一是審美觀念的自然發展趨勢。一般而言，「素美」是一種原始的低級審美形態，「豔美」則是一種現代的、高級的、複雜的審美形態，從「素美」向「豔美」的演進，正是審美形態從低級向高級的自然發展趨勢。當然，在「豔美」之基礎上向「素美」回歸，則是一種更高級的發展，不是簡單的回歸，是所謂的「豪華落盡見眞淳」，是質而實綺，癯而實腴，近似於「韻美」，是更高級的審美形態。

二是與女性的社會地位變遷有關。大體而言，社會地位高、人格魅力強的人，不需要特別的外在裝飾，亦能獲得社會的尊重和愛戴。反之，社會地位低、人格魅力弱的人，則需要特別的裝飾以吸引人，以建立社會影響。在先秦時期，女性的社會地位雖然未必高於男性，但是，因爲其時尚有母系氏族社會之某些歷史因素的殘存，婦女的社會地位一定高於秦漢以後的男權社會。因此，女性不需以色事人，以容悅人，女性美便呈現出「素美」的特點。秦漢以後，女性的社會地位急轉直下，男尊女卑觀念深入人心，女性淪爲男權社會之附庸和男性的賞玩之物，故而不得不以色事人，需要精心的裝飾以取悅男性，所以女性美必然呈現出「豔美」之特點。

傳統中國社會女性美特徵發生重大轉折變化，是在唐宋之際，即從「豔美」向「韻美」之發展。具體地說，主要有這樣幾個發展趨勢：其一，由長大向小巧方向發展。其二，由健壯向瘦弱方向發展。其三，由外在裝飾（「豔」）向內在氣質（「韻」）方向發展。其四，由外向開放向內向封閉方向發展。關於此種發展趨勢，劉衍文解釋說：

> 就古代來說，大而長者，總不能說她是不美之人。在蘇軾以前，還不曾見人譏笑過。這是由於，唐代以前，政治、經濟、文化總是以西北爲中心。六朝局處江南，畢竟是偏安之局，西北人種，自較東南者爲高爲大，所以我們現在看到古畫中的唐代美人，也較後代的長大豐肥。自宋代政治、經濟、文化重心向東南遷移，東南這一帶的人種一般又較西北爲清秀矮小，兼之婦女較長時期受纏足的折磨，在這種社會條件下孕育出來的對美女的觀點，自然就以苗條娟秀、嬌弱玲瓏爲尚，不以長、大爲準則了。……再看明、清兩代所畫的仕女，就都比較嫻靜纖弱，決無唐代豐潤敦厚的體態。實際的情況，也是嬌小勝過了碩碩，環肥讓位於燕瘦。

〔註26〕
劉衍文從地理格局之變遷和人種的區域性特點，解釋傳統中國社會女性美特
徵的變遷，頗有理據，愜當人心。不過，考慮到女性美屬於藝術審美的範疇，
與文化心理和審美觀念有關。因此，我們還應當從歷史變遷所導致的時代精
神和審美趣味之變化上去尋找原因。

　　我認爲，唐宋之際，女性美由外在的裝飾美（即「豔美」）向內在之氣質
美（即「韻美」）方向發展，與文人士大夫趣味的滲透和影響密切相關。典型
的傳統中國文人氣質和士大夫趣味雖然萌芽於六朝時期，而其盛行和成熟則
是在宋明時期。此種文人氣質和士大夫趣味的滲透和影響，導致才女的文人
化和儒雅化，使才女把讀書和寫作當作人生中的頭等大事來做，對男性味較
重的具有陽剛特點的「清」這種審美趣味有普遍的認同。孫康宜說：

> 　　我認爲女性文人化的最重要的表現就是：對男性文人所樹立的「清」
> 的理想模式產生了一定的認同。無論是生活上或是藝術上，這些女
> 詩人流露出眞率、質樸、典雅、淡泊等「清」的特質。在寫作上，
> 她們特重自然流露與「去雕琢」的精神。有趣的是，那原本極具「男
> 性化」的清的特質漸漸被說成女性的特質，而女性也被認爲是最富
> 有詩人氣質的性別；換言之，女性成了詩性的象徵。〔註27〕

在明清時期，不僅才女有文人化、儒雅化之發展趨勢，就是青樓妓女亦有名士
化的特點。名士與名妓相得益彰，在名士精神之影響下，名妓高度名士化，她
們的生活趣味、藝術愛好，甚至性愛取向，與名士毫無二致。同時，名士的情
感需求得到名妓的補養，名妓的獨立人格亦得到名士的認同和尊重。〔註28〕才
女的文人化和名妓的名士化，使女性美內涵中逐漸顯現出豐富的文人特徵和名
士氣質。因此，女性的詩學素養受到前所未有的重視，由詩學素養涵孕而成的
品味、韻趣、才情，成爲評價女性美的重要尺度，豔姿美色雖然亦仍然受到重
視，但往往處於相對次要的地位。可以說，「韻美」是一種內在氣質美，是女性
美的最高形態，它不僅超越了漢唐時代外在化的「豔美」形態，而且亦與先秦

〔註26〕劉衍文《美人的體形》，見劉著《寄廬雜筆》第 65～66 頁，上海書店出版社
　　　　2000 年版。
〔註27〕孫康宜《走向「男女雙性」的理想——女性詩人在明清文人中的地位》，見葉
　　　　舒憲主編《性別詩學》第 13 頁，社科文獻出版社 1999 年版。
〔註28〕參見龔斌《情有千千結——青樓文化與中國文學研究》第 200、228 頁，漢語
　　　　大詞典出版社 2001 年版。

時期的「素美」不同。與「素美」相比，它具有充實的氣質神味和豐富的精神內涵。

唐宋以來女性美觀念的發展，與文人士大夫趣味的滲透和影響密切相關。歸根結蒂，是由唐宋以來時代精神和審美趣味之變遷決定的。

中國歷史在唐宋之際發生的急劇變化，自近代以來，即受到中外學者的普遍關注。雖然我們常常「唐宋」並稱，把唐、宋放在一起作思想史、文學史和文化史的研究，但實際上唐宋兩代在諸多方面皆呈現出顯著的區別。如日本學者內藤湖南著《支那論》和《唐宋時代的概觀》，將六朝隋唐確立為中國的「中古」，視宋元明清為中國的「近世」，以唐宋之際為中國「中古」與「近世」的分水嶺。關於唐宋之際的歷史巨變，錢穆在《唐宋時代文化》一文中說：「中國文化自春秋戰國至秦朝為一大變動，自唐迄宋又為一大變動，尤其是安史之亂至五代的變動最大。」〔註29〕唐宋之際中國歷史的劇烈變動，在政治、經濟、文化、思想諸領域的表現，皆清晰可見。例如，在政治方面，制度上呈現出由六朝隋唐的「貴族政治」向宋元以來的「君主獨裁政治」的發展趨勢（內藤湖南說），政治中心呈現出從西安、洛陽向開封、北京的自西向東的演變格局。在軍事上，由漢唐時期的主動出擊、積極防禦，發展到宋朝的消極防守、被動對抗，中外政治勢力之軍事衝突亦呈現出由西北而東北的演變趨勢。在經濟上，經濟中心呈現出由北而南的演繹格局，以揚州為中心的江淮地區取代了以洛陽為核心的中原地區，成為全國的經濟中心，並由此導致以北京、南京兩點一線為中心的政治、經濟、文化軸心帶取代了以長安、洛陽兩點一線為中心的軸心帶。〔註30〕在文化思想上，從外王之學轉向內聖之學，「四書」取得了與「五經」並尊的地位。〔註31〕

唐宋之際政治、經濟、文化、思想的轉型，亦相應地導致了時代精神和審美趣味之遷轉。從總體上看，中國人的審美觀念，在宋代以前偏於壯美，陽剛之美在漢唐時代得到充分的發展；宋元以後，崇尚優美，陰柔之美日益受到重視。從生活場域和文化節奏看，宋以前的士人普遍具有冒險探索精神和投身到外部世界去競爭生存的強烈願望，追求快節奏、高效率的生活，追

〔註29〕 見《宋史研究集》第三輯，臺北國立編譯館 1984 年版。

〔註30〕 參見汪文學《古代都城地理格局之發展及其相關問題研究》，《江海學刊》2000年第 1 期。

〔註31〕 參見任繼愈《從佛教到儒教——唐宋思潮的變遷》，《中國文化》1990 年秋季號。

求競爭拚搏帶來的刺激和快節奏生活帶來的快感。宋代是一個重文輕武的時代，內向、文弱、老成、敏感、細膩、閒適、平淡是那一代人的性格特徵。漢唐男兒那種效命疆場、探險中亞、醉臥沙場、馬革裹屍而還的豪情壯志，至宋代則被「六經勤向窗前讀」的冬烘氣象或者小家子氣所取代，功名富貴不是從馬背上而是從書中獲取，男兒從沙場回到書房，甚至是從馬背上下來，走進了轎子中。總之，宋元以來，中國人的一半──男人──從沙場回到了書房，另一半──女人──從外部世界回到閨房。他們樂於從狹隘、細微、局部的小環境中尋找美、發現美，失去了征服世界的雄心壯志。所以，宋元以來之時代精神，便從漢唐時期的朝氣蓬勃、昂揚奮發、外向樂觀，發展成閒適哀婉、暮氣沈沈、內向悲觀。審美趣味亦呈現出由壯大向瘦弱、由健康向病態的發展趨勢。時代精神和審美趣味的這種發展趨勢，歸根結蒂，就是民族生命力量的逐漸衰微。

宋元以來民族生命力量的逐漸衰微，在藝術作品中得到生動地再現。比如，在詩歌創作中，錢鍾書先生提出的「詩分唐宋」說，雖無明顯的褒貶軒輕，但他指出：「唐詩多以豐神情韻擅長，宋詩多以筋骨思理見勝」，「高明者近唐，沈潛者近宋」，「一生之中，少年才氣發揚，遂爲唐體；晚節思慮深沈，乃染宋調」。〔註32〕即唐宋詩之別，乃豐神情韻與筋骨思理之別，才氣發揚與思慮深沈之別。簡言之，是高明與沈潛之別。質言之，乃少年與晚年之別。其體現出來的生命力量之強弱較然可見。另外，繪畫藝術亦生動地再現了華夏民族生命力量由盛到衰的演變過程，如李澤厚先生介紹他參觀敦煌壁畫時的感受說：當走到敦煌莫高窟宋窟裏時，「便感到那是失去一切的宗教藝術：儘管洞窟極大，但精神全無。壁畫上的菩薩行儘管多而且大，但毫無生氣，簡直像影子或剪紙般地貼在牆上，圖式化概念極爲明顯。甚至連似乎是純粹形式美的圖案也如此。北魏圖案的活躍跳動，唐代圖案的自由舒展全沒有了，有的祇是規範化了的呆板迴文，整個洞窟給人以一派清涼、貧乏、無力、呆滯的感受」。〔註33〕余秋雨先生介紹他參觀敦煌壁畫，說他走到唐代壁畫前，看到「人世間能有的色彩都噴射出來，但噴得一點兒也不野，舒舒展展地納入細密流利的線條，幻化爲一種壯麗。這裏不再僅僅是初春的氣溫，而已是春風浩蕩，萬物蘇醒。這裏邊禽獸都在歌舞，連繁花都裏卷圖案。這裏的雕

〔註32〕錢鍾書《談藝錄》之「詩分唐宋」條，中華書局 1984 年版。
〔註33〕李澤厚《美的歷程》第 121 頁，天津社會科學院出版社 2001 年版。

塑都有脈搏和呼吸，掛著千年不枯的吟笑和嬌嗔。這裏的每一個場面，每一個角落，都夠你留連長久。這裏沒有重複，真正的歡樂從不重複。一到別的洞窟還能思忖片刻，而這裏，一進入就讓你燥熱。這才是人，這才是生命。人世間最有吸引力的，莫過於一群活得很自在的人發出的生命信號。唐代就該這樣，這樣才算唐代。我們的民族，總算擁有這麼一個朝代，總算有過這麼一個時刻，駕馭如此瑰麗的色流，而竟能指揮若定」。到了五代，便「由熾熱走向溫煦，由狂放漸趨沈著」，而宋代就「終於有點灰暗了」。到了元代，「色流中很難再找到紅色了」。〔註34〕詩歌和壁畫的這種發展特點，實際上體現的就是民族生命精神逐漸衰微的趨勢。

　　要之，唐宋之際，由於政治、經濟、文化的轉型，導致了時代精神和審美趣味的變化，致使民族生命力量逐漸衰微。在這種背景下，傳統中國人的女性美觀念亦隨之發生變化，前述女性美特點由長大而小巧、由「豔」而「韻」、由外向而內向、由健壯而瘦弱之發展特點，皆與唐宋之際的時代精神和審美趣味之變遷，密切相關。

〔註34〕余秋雨《莫高窟》，見《秋雨散文》第 257～258 頁，浙江文藝出版社 1994 年版。

傳統中國社會女性妝飾觀念
之演變與社會風氣之變遷

　　法郎士說：「如果我獲准從我死後的一百年出版的那些書中進行選擇，你知道我會挑選些什麼？⋯⋯不，在未來的圖書中，我既不會選擇小說，也不會選擇歷史著作，當歷史給人帶來某種趣味的時候，它也不過是另一種小說。⋯⋯爲了看看我死後一百年的婦女將如何打扮自己，我會直接挑選一本時裝雜誌。她們的想像力所告訴我的有關未來人類的知識將比所有哲學家、小說家、傳教士或者科學家的還要多。」〔註1〕的確，女性的服飾，比起小說家、哲學家的著作，更能準確而生動地反映一個時代之審美觀念、文化心理和社會風氣。本篇以詩文作品爲例，通過文學作品中女性妝飾觀念之演變，討論古代中國社會風氣之變遷。

一

　　愛美是人類的天性，女性尤其如此。或者說，女人即美人，美是女人的專利。爲了呈顯形體之美感，人類早在野蠻時期就對自身的形體進行種種裝飾，如格羅塞在《藝術的起源》一書中，就專門討論過「人體裝飾」，探討了原始時期人類製紋、穿鼻、畫身、髮飾、項飾、腰飾等妝束及其意義。人類通過妝飾以呈顯形體之美，對女性美來說，除了天然的姿質，還有待人爲的妝飾，所謂「三分人才七分打扮」是也。

〔註1〕　轉引自李子雲、陳惠芬《誰決定了時代美女──關於百年中國女性形象的變遷》，《中國文化研究》2001年秋之卷。

　　人為何需要妝飾？妝飾是出於愛美之心，是出於對美的自我欣賞，還是為了將美呈示於人？或者說，人類是為悅己而容還是為悅人而容？比如，早期人類以腰飾遮蔽性器官，是由於「羞恥感」，還是為了突出什麼？格羅塞的分析是值得參考的，其云：

> 這許多的裝飾顯然不是要掩藏些什麼，而是要表彰些什麼。總之，原始身體遮護首先而且最重要的意義，不是一種衣著，而是一種裝飾品，而這種裝飾又和其他大部份的裝飾一樣，為的要幫助裝飾人得到異性的喜愛。〔註2〕

人類妝飾是為了「幫助裝飾的人得到異性的喜愛」，即是為了悅人。或者說主要是為了悅人，特別是取悅異性，悅己是次要的，此與傳統中國人所謂「女為悅己者容」完全相通。所以，坦誠地說，追求美，作為人類的一種天性，是無法抑制的。但是，這種無法抑制的天性本身，雖有愛美之託辭，但實際上是為取悅異性，是為引誘異性。早期人類對性器官的遮蔽，當代女性妝飾上的開放暴露，皆當作如是理解。這正如江曉原所說：

> 對於一個正常的女性來說，梳妝打扮總是她生活中最重要的事情之一。而當她梳妝之時，往往正是將她潛意識中吸引男人的欲望用行動來表達。莊重的女性很少公開表達這種欲望，因此她們不會在公開場合梳妝，哪怕是補妝或整理髮型，「搔首弄姿」這個成語也因此有一點貶義；不少女性甚至會激烈否認梳妝是為了吸引男性，而是說成「工作需要」、「對同事或客戶的尊重」之類。〔註3〕

否認梳妝是為了吸引異性，這只不過是一種託辭。事實上，女性的梳妝就是將自己的美展示於人，讓對方獲得審美快感，對自己來說就是一種欲望的表達。女子梳妝是為了表達欲望，取悅男性。據江曉原說，女子梳妝的過程本身亦是性感的，公眾場合的搔首弄姿亦有調情的意味，所以，左拉小說《娜娜》中的娜娜就經常在她的化粧室裏接待情人，中國古典詩詞中亦常常通過描繪女性的梳妝以顯示其性感意味。〔註4〕

　　「女為悅己者容」，勿庸諱言，女性的妝飾即為取悅於男性。男性對儀表的注重亦為吸引女性。如《陌上桑》一詩，面對羅敷之絕世美貌，「行者見羅

〔註2〕 格羅塞《藝術的起源》，蔡慕暉譯，商務印書館1984年版。
〔註3〕 江曉原《性感——一種文化解釋》第15頁，海南出版社2003年版。
〔註4〕 江曉原《性感——一種文化解釋》第16頁，海南出版社2003年版。

敷，下擔捋髭鬚。少年見羅敷，脫帽著帩頭」。「捋髭鬚」和「著帩頭」，皆是整理儀表，在絕世美女面前下意識地整理儀容，正是潛意識中吸引異性心理之自然流露。

二

傳統中國社會女性的妝飾觀念有一個歷史的發展過程，這個發展過程，充分地顯示了社會風尚之變遷。以下以幾首古代詩詞作品為例，分析女性妝飾觀念之變遷及其所呈現的社會風尚。

《詩經‧衛風‧伯兮》一詩，描述思婦對征人的深切思念，其云：

> 伯兮朅兮，邦之桀兮。伯也執殳，為王前驅。
>
> 自伯之東，首如飛蓬。豈無膏沐，誰適為容。
>
> 其雨其雨，杲杲出日。願言思伯，甘心首疾。
>
> 焉得諼草，言樹之背。願言思伯，使我心痗。

思婦對丈夫情深意長，為丈夫的地位、勇氣和武藝而倍感自豪，甘願承受獨處閨中的思念之苦和因思念而帶來的身體上的苦痛（「首疾」、「心痗」）。「女為悅已者容」，丈夫遠出為國征戰，思婦獨處閨中，無心妝扮。「首如飛蓬」，即頭上的亂髮如飛散的蓬草。「豈無膏沐，誰適為容」，難道家中沒有油膏和湯沐之類的化妝品嗎？祇是因為夫君不在家，修飾容貌亦就顯得毫無意義。亦就是說，思婦家中是存有「膏沐」的，當丈夫家居時，思婦定當常常以湯沐洗髮、用油膏潤髮，以取悅夫君。因此，此詩中的思婦對丈夫不僅感情強烈，而且忠貞不渝。

需要特別說明的是，《伯兮》詩中的思婦不事妝飾，與後世有意以不事妝飾以標示忠貞不渝之行為，有明顯區別。或者說，《伯兮》詩中的思婦未必完全是有意以「首如飛蓬」來顯示其守志不移、忠貞不渝。更大的可能是，她本想妝扮而又覺得妝扮毫無意義，她對丈夫的忠貞不渝是發自內心的，而不是呈現給世人看的。《毛傳》解釋《伯兮》云：「婦人夫不在，無容飾。」則顯然是把思婦的不事妝扮視作是有意的忠貞呈現。而班昭《女誡‧專心》提出一種「正色」說，強調女性「正色端操，以事夫主」，其云：

> 禮義居絜，耳無淫聽，目無邪視，出無冶容，入無廢飾，無聚會群
>
> 輩，無看視門戶，此則謂專心正色矣。若夫動靜輕脫，視聽陜輸，
>
> 入則亂髮壞形，出則窈窕作態，說所不當道，觀所不當視，此謂不

能專心正色也。

把「專心正色」作為女性的一種道德準則加以提倡，把「出無冶容，入無廢飾」作為女性的行為準則，其有意呈現忠貞的意圖，是十分明顯的。而羅大經《鶴林玉露》乙編卷五「古婦人」條曰：「《國風》云：豈無膏沐，誰適為容。……蓋古之婦人，夫不在家，則不為容飾也。其遠嫌防微，至於如此。」則進一步將不事妝飾提升到躲避是非之高度，「首如飛蓬」就是她對丈夫忠貞不渝之外在標誌。

後世學者詮釋《伯兮》，力圖呈顯詩中女性不事妝飾的道德意義。「把思婦不事修飾解釋成她獨守空閨時竭力維持的一種儀表，而非心緒不佳，無心打扮的結果」。從《毛傳》到《女誡》到《鶴林玉露》，漸行漸遠，道德色彩日益濃厚，似非《伯兮》「首如飛蓬」之本意。所以，在道德空氣日益濃厚的宋元以後，女子的「不事修飾似乎還有更為複雜的動機。在人們都傾向於用『冶容誨淫』的成見苛責女人的環境中，獨守空閨的妻子也許不得不做出蓬頭散髮的樣子。她可能以不事修飾掩飾、抑制自己的衝動，也可能藉以掩護自己，從而避開了外來的是非。因為自炫是近乎自媒的，『首如飛蓬』的外表不唯能躲過苛責的眼光，而且還會被人們視為守志不移的標誌」。〔註5〕

《伯兮》詩中「首如飛蓬」的思婦形象，對後世閨情詩影響甚大。如徐幹《室思》：「自君之出矣，明鏡暗不治。」表達的亦是思婦不事妝飾之主題。自此以後，大量出現的以「自君之出矣」為題的擬作詩，亦在強調「女為悅己者容」的傳統觀念。可以說，自《伯兮》以來，不事修飾幾乎成為思婦的標準姿態。《毛傳》、《女誡》、《鶴林玉露》則是對此種標準姿態的道德提倡。

三

事實上，詩歌中的反覆詠唱和理論家之道德提倡，只不過是對三代社會純樸風尚的遙遠追憶，而隨著時代發展所導致的習俗變遷，則是以不可阻遏之勢向前演進，女性的妝飾觀念亦隨之發生顯著變化。

比如，漢末《陌上桑》詩中的羅敷形象，就與《伯兮》詩中的思婦形象截然不同。從《陌上桑》的內容看，羅敷是有夫之婦，其夫君「白馬從驪駒，青絲繫馬尾，黃金絡馬頭。腰中鹿盧劍，可直千萬餘。十五府小吏，二十朝

〔註5〕康正果《風騷與艷情》第38頁，上海文藝出版社2001年版。

大夫。三十侍中郎，四十專城居。爲人潔白皙，鬑鬑頗有鬚。盈盈公府步，
冉冉府中趨」，儼然一風流倜儻、功成名就、英俊瀟灑之美丈夫。據詩中所述，
其夫是外出做官，羅敷是獨守閨中。按照傳統觀念，羅敷應當「首如飛蓬」，
足不出戶，獨守空閨。可是，且看詩之開篇：

> 秦氏有好女，自名爲羅敷。
>
> 羅敷喜蠶桑，採桑城南隅。
>
> 青絲爲籠繫，桂枝爲籠鉤。
>
> 頭上倭墮髻，耳中明月珠。
>
> 湘綺爲下裙，紫綺爲上襦。

正如康正果所說：「在《陌上桑》之前，從來還沒有把良家婦女作爲迷人的對
象去描繪的作品。」〔註6〕《陌上桑》是一個開端，它不僅把羅敷這位良家婦
女作爲迷人的對象來描寫，而且是將羅敷這位本該「首如飛蓬」的有夫之婦
的美貌展示在眾人面前。按照班昭《女誡》的要求，婦人不該「出則窈窕作
態」，應當「出無冶容」。但是，羅敷在丈夫外出之情況下，穿著華貴，裝扮
時髦，還公然出現在南來北往之城南這個交通要道的桑田**裏**採桑葉，引來各
色男子駐足觀賞。羅敷的行爲，與《伯兮》詩中的思婦迥然不同，她雖未流
於放蕩和低級趣味，但確實隱含著「調情」的意味。〔註7〕所以，從《伯兮》
到《陌上桑》，不僅體現了女性妝飾觀念之變化，而且一定程度上還體現了周
漢時期社會風尚之變遷。

與《陌上桑》近似的，是辛延年的《羽林郎》。詩中的酒家胡，雖然不能
劇斷她是否如羅敷一樣，是有夫之婦。〔註8〕但她的出場，亦與羅敷近似：

> 胡姬年十五，春日獨當壚。
>
> 長裾連理帶，廣袖合歡襦。
>
> 頭上藍田玉，耳後大秦珠。
>
> 兩鬟何窈窕，一世良所無。
>
> 一鬟五百萬，兩鬟千萬餘。

酒家胡盛裝出場，春日當壚，引來霍家奴的調戲。此與羅敷採桑城南引來使

〔註6〕 康正果《風騷與豔情》第100頁，上海文藝出版社2001年版。

〔註7〕 康正果《風騷與豔情》第100頁，上海文藝出版社2001年版。

〔註8〕 朱東潤主編《中國歷代文學作品選》認爲：據詩中「人生有新故，貴賤不相
逾」一句，酒家胡的愛情已有所屬，不能以新易故（上編第一冊第393頁，
上海古籍出版社2002年版）。

君之輕侮，是近似的情節。酒家胡的出場，與羅敷一樣，暗含著誘惑和調情的意味。

閨中女子不再「首如飛蓬」，而是盛裝出場，這在漢魏以來已漸成普遍之勢，如《古詩十九首·青青河畔草》詩云：

> 青青河畔草，鬱鬱園中柳。
> 盈盈樓上女，皎皎當窗牖。
> 娥娥紅粉妝，纖纖出素手。
> 昔爲倡家女，今爲蕩子婦。
> 蕩子行不歸，空床難獨守。

詩中疊詞，除「青青」、「鬱鬱」是寫景外，其它如「盈盈」、「皎皎」、「娥娥」、「纖纖」皆寫女子的窈窕之態。「盈盈」寫其儀態，「皎皎」寫其光彩照人，「娥娥」寫其美麗之態，「纖纖」寫其手指細長而潔白。獨守閨中的女子如此盛裝出場，妖豔迷人，風情萬種，特別是她「當窗牖」、「出素手」，就不免有賣弄、誘惑或調情的嫌疑。而最後一句「空床難獨守」，則流露出難以明說的暗示。所以，葉嘉瑩說：此詩「不僅僅是寫美麗的姿態，還有很多暗示在裏邊」，閨中女子如此盛裝出場和窈窕作態，確有善自炫耀的暗示；特別是「纖纖出素手」的一個「出」字，更是隱含著一種不甘寂寞的暗示；實際上，在她心中正進行著一種守與不守的矛盾掙扎。〔註9〕或者說，光彩照人的儀表和風情萬種之儀態，暗示的正是其內心「不守」的隱秘。要不然，就當如《伯兮》中的思婦那樣，是「首如飛蓬」。

唐人王昌齡的《閨怨》詩，亦與此詩相近，其云：

> 閨中少婦不知愁，春日凝妝上翠樓。
> 忽見陌頭楊柳色，悔教夫婿覓封侯。

此閨中女子乃有夫之婦，其「春日凝妝」，同於羅敷之豔妝出場；其「上翠樓」，同於羅敷之採桑城南。如同羅敷一樣，此閨中女子自我炫耀美貌的性質，是非常明顯的。自炫等於自媒，如果說「首如飛蓬」是守志不移的標誌，那麼「春日凝妝」的自炫，則多少有一點自媒的意思。作爲一位有夫之婦，當夫君不在家時，盛妝出場，採桑城南，或「春日凝妝上翠樓」，其動機是頗值得懷疑的。所以，「春日凝妝上翠樓」的閨中女子，雖未必如《青青河畔草》詩中女子，有守與不守的內心掙扎，但其內心的矛盾遊離，則是隱約可見的。

〔註9〕 葉嘉瑩《漢魏六朝詩講錄》第97～98頁，河北教育出版社1997年版。

所謂愛美的託辭，也許不能完全解釋這種現象。

四

在傳統社會，女性的容貌受到特別的重視。即使道德家所稱的婦女「四德」，「婦容」亦居其一。需要說明的是，不同階層或身份的人，對於婦女容貌之重視，有著不同的目的。女性對於自身容貌的關注，雖然亦體現了對美的追求，但更與女性在男權社會裏以色事人的處境有關。男人對女性容貌之重視，雖亦有愛美之心理需要，但更主要的則是爲了滿足其情色欲望。道德家對婦容的關注，則明顯有防微杜漸的目的。縱觀古代道德家對婦容的界定，皆有明顯的道德倫理傾向。如班昭《女誡·婦行》曰：

> 婦容，不必顏色美麗也。……盥洗塵穢，服飾鮮潔，沐浴以時，身不垢辱，是謂婦容。

清賀瑞麟《女兒經》曰：

> 修女容，要正經，一身打扮甚非輕。搽脂抹粉猶小事，持體端莊有重情。

無名氏《閨門寶訓》曰：

> 戴首飾，穿衣裳，不宜華麗。須知道，古賢女，荊布釵裙。

此類強調婦容之鮮潔樸素的言論，在歷代家訓、女論語、女兒經之類的文獻中，觸目皆是，勿庸繁舉。推究其以鮮潔樸素爲婦容標準之目的，無非是爲了防微杜漸，避免「冶容誨盜」。

道德家的防微杜漸並不能阻擋世俗社會之時尚追求。事實上，在傳統社會，女性的容飾呈現出逐漸由鮮潔樸素向華麗綺靡發展之趨勢。錢鍾書說：

> 衛、鄘、齊風中美人如畫像之水墨白描，未渲染丹黃。《鄭風·有女同車》「顏如舜華」，「顏如舜英」，著色矣而又不及其他。至《楚辭》始於雪膚玉肌而外，解道桃頰櫻唇，相爲映發，如《招魂》云：「美人既醉，朱顏酡些」，《大招》云：「朱唇皓齒，嫭以姱只。容則秀雅，絟朱顏些」；宋玉《好色賦》遂云：「施粉則太白，施朱則太赤」。色彩烘托，漸益鮮明，非《詩》所及矣。〔註10〕

的確，在民風純樸的上古三代，女性的容飾是自然樸素的，比如，在《詩經》

〔註10〕錢鍾書《管錐編》第一冊第 92～93 頁，中華書局 1986 年版。

中，詩人刻畫的女性形象，不是濃墨重彩，而是素描淡抹；不是披紅戴綠，而是素淡典雅；不是流金溢彩，而是清秀端莊。大約自戰國時候起，女性的容飾則逐漸朝著華麗、嬌豔之方向發展，從《楚辭》到漢賦、到宮體詩、到花間詞，文學中的女性形象就呈現出軟媚綺麗、浮豔輕靡、紅香翠綠之特點。文學中的此種女性形象特點，實際上就是現實生活中男性的女性美觀念的反映，亦是女性為適應這種男性審美觀念而不得不追隨的妝飾時尚。

女性妝飾的這種發展趨勢，與道德家的婦容標準格格不入。在傳統社會，道德家並不反對女性的容飾，並且還以「婦容」為女性「四德」之一。關鍵問題是，女性當為誰而容？「女為悅己者容」，婦女「出無冶容，入無廢飾」，這是傳統主流社會對婦女容飾之規定。但是，漢魏以來的女性，在夫君外出之際，濃妝豔抹，披紅戴綠，其內心之真正用意是頗令人懷疑的。並且濃妝豔抹以採桑城南或登高冶遊，其自炫以自媒的性質亦是頗為明顯的。在當代社會，青年女性出門則濃妝豔抹，打扮得花枝招展；進家則換衣卸妝，素面朝天。這正是班昭所批評的那種「入則亂髮壞形，出則窈窕作態」的情形。這不能不使人發生疑問：自漢魏以來，直至當代社會，女性到底為誰而容？江曉原先生討論「婦德」，論及女子為誰而容時，引用過代薇的一篇名為《女人的誤區》的文章，頗有參考價值，茲轉引於下：

> 一次公眾場合，我對一位熟識的男士說，他的妻子長得很美，並且很會打扮，很多人都羨慕他。他聽後卻不以為然。後來他才坦言：他妻子的確很漂亮，但這漂亮卻不屬於他。原因是她每天很早起床梳妝打扮自己，看見她的人都說她很漂亮。可惜她出門時的這種漂亮他往往看不到，⋯⋯等他下班回來，她早已到家，出門穿戴的那身行頭也悉數換下，這時看到的是一個穿花短褲、趿著拖鞋、衣衫不整、滿臉倦容的女人。他說他一見她那個樣子就覺得全身沒勁，他真不知道她究竟為誰打扮。⋯⋯如果婚姻是一面鏡子，那麼做妻子的在對鏡梳妝時不妨先問一聲自己：你為誰而容？〔註11〕

女性妝飾觀念的此種變遷，的確在一定程度上反映了社會風氣和道德倫理的發展變化。

值得注意的是，在《詩經》時代，與女性自然樸素的容飾特徵相反，男性卻常常是披紅戴綠，打扮得靚麗迷人。如《詩經》寫男性的服飾：「綠兮衣

〔註11〕江曉原《性張力下的中國人》第 108 頁，上海人民出版社 1995 年版。

兮，綠衣黃裏。」「綠兮衣兮，綠衣黃裳。」（《邶風‧綠衣》）「大車檻檻，毳衣如菼。」（《王風‧大車》）男子穿綠色或紅色的上衣、黃色的褲子。又如：「我覯之子，袞衣繡裳。」（《豳風‧九罭》），「公孫碩膚，赤舄幾幾。」（《豳風‧狼跋》）即穿繡花的褲子和紅色的鞋。要之，在《詩經》時代，男性服飾是比較豔麗的。〔註12〕

意味深長的是，當女性的容飾由自然樸素向綺麗浮豔、紅香翠綠之方向發展的時候，男性的容飾則朝著相反的方向發展，即呈現出向自然樸素、簡潔單調方向發展的趨勢。我認為：男女容飾的這種背道而馳的發展特點，與男女社會地位之陞降變化格局密切相關。

一般而言，社會地位高、內在魅力強的人，不用特別注重外在的裝飾，亦能吸引人，亦能贏得他人的尊重和愛戴。社會地位低、人格魅力弱的人，才需要外在的裝飾來取悅人，贏得別人的關注或重視。所以，濃妝豔抹的女人，通常不是美人；穿著前衛、開放的女人，往往不是美人坯子。依此觀點，傳統中國社會男女容飾特徵背道而馳之發展趨勢，或可獲得合理的解釋。在《詩經》時代，雖然未必是女尊男卑，但女性的社會地位卻一定高於秦漢以後的男權社會，甚至可以說在那時還留存著母系氏族社會之部份遺風。因此，其時之女性，勿須特別的裝飾，亦能獲得男性的尊重和愛戴。戰國秦漢以後，進入了男權社會，男尊女卑之觀念逐漸深入人心，女性淪為男性之附庸和男性的賞玩之物，故而尤需外在的裝飾以吸引人、打動人。在《詩經》時代，男性的社會地位雖未必比女性低，但肯定不如秦漢以後的男權社會裏那樣至高無上，所以，其時之男性，仍需以外在的裝飾取悅女性。進入男權社會後，男性靠其社會地位、經濟實力、政治權勢、文采風流征服異性，外在容貌就顯得比較次要了。因此，在男權社會裏，男女聯姻之世俗標準便是「男才女貌」，這正如《西遊記》中豬八戒所說：「粗柳的簸箕細柳的斗，世上那見男兒醜。」男兒無所謂美與醜，美醜是女性的事情，並且是女性的頭等大事。在男權社會裏，女性必須以姿色容貌取悅男性，男性則以力量與勢利征服女人。

〔註12〕參見柏俊才《由〈詩經〉中的女性描寫看周民族的文化特徵》，《山西師大學報》（社會科學版）2006年第2期。

傳統社會女性頭髮妝飾的情色意義

在今人看來，頭髮本爲人體中的一個極其平常的組成部份。甚至在部份男士看來，頭髮可有可無，無關緊要，因此剃光頭髮以圖生活方便者大有人在。大體而言，頭髮的精神意義遠遠大於它的實用價值，或者說，頭髮的功能是形而上的，不是形而下的。相對而言，頭髮的精神價值或形上功能，主要體現在女性身上，雖然有的男士也很注重頭髮的妝飾，但總不如女性那般普遍，那樣用心和刻意。女性更注重頭髮的妝飾，女性通過妝飾頭髮，呈現美感，展現情色。實際上，自古及今，女性頭髮的妝飾，皆有比較明顯的情色意義。

一

在傳統中國社會，頭髮不僅僅是人身體上的一個組成部份，還有比較特殊的文化意義。頭髮的妝飾，不僅有標誌身份的意義，也有呈顯美感的價值，而且還有展現情色的意義，因而受到社會的普遍關注和特別重視。

傳統中國人認爲，頭髮如同身體，受之於父母，保持頭髮的完整如同愛護自己的身體，是對父母盡孝的一種表現，而削髮爲僧或爲尼，則是斷絕塵緣的一種標徵，剪去頭髮亦被視爲一種嚴厲的刑罰（即髡刑）。在人生成長過程中，頭髮樣式具有標誌性意義，如生孩三月，有剃髮儀式；稍長，便將頭髮置於頭頂，打成髻盤在頭頂左右兩邊，稱總角或總髮；之後，在成年禮上，男子行冠禮，女子行笄禮，通過對頭髮的裝飾，標誌著進入成年階段。所以，在傳統社會，頭髮有標誌身份的意義。

在傳統社會，相對於男子而言，女性頭髮的妝飾，具有特別重要的審美意義。在傳統中國人的女性美觀念中，頭髮占著比較重要的位置。爲了呈現

容貌儀態之美，女性自及笄之後，對髮型就有相當的講究，並且式樣繁多，如漢代的墮馬髻，隋朝的朝雲近香髻、歸秦髻、奉仙髻，唐代有半翻髻、反髻、樂遊髻、愁來髻。要而言之，不外高髻（把頭髮梳得較高，呈顯高貴、富有、威嚴、典雅之態）、垂髻（束在腦後或兩側，呈下垂狀，略顯散漫、閒逸、風流、俏皮之姿）、平髻（平緩地梳在頭上）三種。〔註1〕

頭髮不僅有標誌身份的意義，特別是女性的頭髮，還有重要的審美意義。頭髮與人生、文化的此種密切關係，在世界其他民族中亦普遍存在。正如德國學者魯道夫‧申達所說：

> 無論男女，總是將頭髮與他們的外表相聯繫，頭髮與人的外形之間的關係標示出了這個人的個性，表現出一個人個體存在的風格和其與眾不同的思想。……

> 現在，在世界上很多文明的國度**裏**，人的軀體和四肢大都被衣服所覆蓋，惟有頭部（在某些地區，只有男性的頭部）裸露在空氣中，……在有些地方，人們要戴帽子、頭巾或者便帽、面紗，有時需要把頭髮甚至眼睛都遮蓋住，但是更爲常見的是頭髮露在外面，成爲一個人或者一個民族的標誌、表現其魅力與獨特的方法、臣服與抗議的標誌，其他任何一個身體部位都不能像頭髮那樣屈從於具有時代與文化特徵的外貌與價值的轉變。〔註2〕

值得注意的是，女性的頭髮不僅有身份意義和審美意義，而且還有某種象徵意義或暗示意義，象徵貞潔的身體，或作爲情色方面的暗示。在《周易》中，女性的頭髮就是「女身」的象徵。《周易》「豫」卦爻辭曰：「由豫，大有得，勿疑，朋盍簪。」「豫」的卦象特點是「一陽入於坤陰」。錢世明解釋說：「坤爲朋，爲髮，爲合。」「一陽入於坤陰，如一簪插入髮中以束髮。簪入於髮，髮聚合而納簪──此陰陽媾合之暗喻。」〔註3〕在這**裏**，頭髮不僅是「女身」之象徵，更暗含兩性媾合的意義。另外，敦煌遺書《讓女子婚人述秘法》說：「凡男子欲令婦愛，取女髮二十莖，燒作灰，以酒和成，服之，驗。」即將女子的頭髮服入體內，就會得到這位女子的愛情。〔註4〕還有，在傳統中國的

〔註1〕 參見毛秀月《女性文化閒談》第4～5頁，團結出版社2000年版。

〔註2〕 魯道夫‧申達《人體的100個故事》第51、53頁，陳敏等譯，海南出版社、三環出版社2004年版。

〔註3〕 錢世明《易象通說》第58頁，華夏出版社1989年版。

〔註4〕 參見王政《〈周易〉〈焦氏易林〉中的婚配喻象》，見葉舒憲主編《性別詩學》

愛情小說中，在中國民間社會，女性表達忠貞愛情的重要手段之一，就是剪一束頭髮送與她的情人，作爲愛情的信物。這些例證，皆足以說明傳統中國社會女性頭髮的情色象徵意義。

女性頭髮的此種情色象徵意義，在西方傳統社會也普遍存在。如，在西方中世紀羅馬的平民結婚儀式上，新郎用標槍把新娘的頭髮披成兩半，就意味這個女子便正式成爲他的妻子了。在斯巴達的結婚儀式上，新娘被安坐在新房**裏**後，伴娘用刀剪短新娘的頭髮，就意味著這個女子正式爲人妻了。〔註5〕頭髮與兩性情愛既有如此緊密之關係，所以，德國學者魯道夫‧申達提醒我們：「頭髮與愛情——這個主題具有著獨特的研究價值。」關於頭髮與愛情的關係，他指出：

> 在愛情生活中，頭髮扮演了一個最爲長久並且最爲混亂的角色，代表著具有誘惑性並且散發出魅力的私人生活。一縷青絲象徵著無限柔情，又可作爲故人遺物被人們所保存，它或許是喚醒早逝孩子的紀念物，或者睹物思情，讓她想起一個無法忘懷的戀人。雖然頭髮本身並沒有足夠的吸引力和凝聚力，但當它與某些具有魅力的事物相伴時，它就將一個被追求的主觀意願落實在被愛的客觀事物上來了。〔註6〕

藹理士在《性心理學》一書中，亦對頭髮與性之關係作過專門的探討，他認爲：頭髮的性的效能特別廣大，它在性誘惑中的地位僅次於眼睛，和性選擇的視、聽、嗅、觸覺，全有關係。據他說，西洋犯罪的人中間，有一種人特別喜歡割取女人的頭髮，被稱爲頭髮無度截取者。這種人摸到女人的頭髮，或者割取的時候，就會感到性的興奮以至於發生射精的作用。〔註7〕

二

綜上所述，女性頭髮具有身份意義、審美意義、情愛意義，乃至情色誘惑意義。女性頭髮妝飾所呈現出來的情色意義，尤其是女性頭髮的零亂所傳達出來的情色誘惑意義，在中國古代文藝作品中也屢見不鮮，這是特別值得

第339～340 頁，社科文獻出版社 1999 年版。

〔註5〕 參見王政《〈周易〉〈焦氏易林〉中的婚配喻象》，見葉舒憲主編《性別詩學》
第 340 頁，社科文獻出版社 1999 年版。

〔註6〕 魯道夫‧申達《人體的 100 個故事》第 52 頁，陳敏等譯，海南出版社、三環
出版社 2004 年版。

〔註7〕 藹理士《性心理學》第 146 頁，潘光旦譯注，上海三聯書店 2006 年版。

注意的問題。

《詩經・衛風・伯兮》曰：「自伯之東，首如飛蓬。豈無膏沐，誰適爲容。」意思是說：自從我的哥哥去東邊爲國征戰，[註8] 我的頭髮亂得如飛散的蓬草。難道我家**裏**沒有洗髮的湯沐和潤髮的油膏嗎？不是的，是因爲沒有欣賞我的人，我已經失去了用「膏沐」化妝的意義。在這**裏**，「首如飛蓬」成爲女子守志不移、忠貞愛情的標誌和象徵，亦是《毛傳》、《女誡》以來主張「女爲悅己者容」、「婦人夫不在，無容飾」的道德家大力提倡的。意味深長的是，「首如飛蓬」（即頭髮亂了）在傳統道德家和保守女性那**裏**具有守志不移、忠貞愛情的文化意義。可是，自唐宋以來，在文人學士的藝術作品中，卻產生了誘惑、調情、性感等新的文化意義。如《樂府詩集・吳聲歌曲・子夜歌》云：

> 宿昔不梳頭，絲髮披兩肩。
>
> 婉伸郎膝上，何處不可憐。

元稹《襄陽爲盧竇紀事五首之二》云：

> 風弄花枝月照階，醉和春睡倚香懷。
>
> 依稀似覺雙環動，潛被蕭郎卸玉釵。

《會眞詩三十韻》云：

> 低鬟蟬影動，回步玉塵蒙。
>
> 轉面流花雪，登床抱綺叢。
>
> ……
>
> 汗流珠點點，髮亂綠蔥蔥。

王國維《人間詞・浣溪沙》云：

> 髮爲沈酣從委枕，臉緣微笑暫生渦。

另外，洪昇《長生殿》第二十一出《窺浴》寫楊貴妃出浴之逼人驚豔，亦云：「最堪憐殘妝亂頭。」「殘妝亂頭」之所以「最堪憐」，是因爲它呈現的性感與誘惑，引起並滿足了男人的好色之心。當代學者江曉原注意到唐宋以來女性頭髮所體現的此種文化意義，以爲因睡覺而發亂，有香豔的特點；如果是因爲別的原因弄亂了頭髮，那就很「性感」了。[註9] 此種以長而零亂的秀髮，傳達性感、誘惑和調情的意義，在中國明清時代的春宮畫和日本江戶時代的

〔註8〕 高亨《詩經今譯》說：「周代婦女呼丈夫爲伯，等於現在呼哥哥。」（第91頁，上海古籍出版社1980年版）

〔註9〕 江曉原《性感——一種文化解釋》第16～18頁，海南出版社2003年版。

浮世繪中亦有體現，我們在春宮畫和浮世繪中看到的美豔女性，皆特別突出地強調那零亂披散在雙肩上秀髮。

零亂的秀髮具有誘惑、性感或調情的意味，這在西方文化中亦可以找到類似的例證。如前引魯道夫・申達之言，就說到女性的長髮是性感的，充滿誘惑力的。美國人類學家海倫・費什在研究女性誘惑意中人或調情時，發現有一個普遍性的動作，即以撫弄或搖擺披散的長髮以吸引男性。〔註10〕另外，據奧地利學者達尼埃拉・邁耶、克勞斯・邁耶說：

> （在歐洲中世紀），只有很年輕的女孩——性成熟以前的女孩子——
> 才被允許留長髮並可以自然地散著，等她們長大後就要編起辮子，
> 梳成高高聳起的髮髻或者蒙上頭巾。與之相似的規則至今還存在於
> 宗教革新的獨立教派中，比如胡特教派（Hutterer）和阿蒙教派
> （Amish），另外，在伊斯蘭國家仍然存在著這樣的傳統。〔註11〕

之所以禁止成年女性披頭散髮，目的是爲了避免「冶容誨淫」。因爲據達尼埃拉・邁耶、克勞斯・邁耶說：

> 不管在過去還是現在，也不管是對於未婚女子或者已婚女子而言，
> 披散的長髮都被認爲是放縱性欲的象徵。數百年來，伊斯蘭家庭的
> 婚姻關係都認爲只有丈夫才能獨享女性嫵媚的散髮。〔註12〕

雖說唐宋以前中國人賦予「首如飛蓬」的忠貞不渝之文化意義與西方不同，但其避免「冶容誨淫」的目的卻是一致的。唐宋以來之文人墨客賦予「首如飛蓬」的調情和誘惑意義，在西方文學中亦屢見不鮮。據《毛髮的故事》一書所說：

> 歐洲古典時期以來，幾乎所有的詩人都提到了女性頭髮的誘惑力。
> 與非常貞潔的赫拉（Hera）或者她的妹妹灶火女神赫斯提亞（Hestia）
> 相反，愛神阿佛洛狄特（Aphrodite）的頭部從來不披頭巾。在羅馬
> 詩人奧維德史詩般的描述中，阿波羅（Apoll）和山澤女神達芙妮
> （Daphne）沒有結果的愛情清楚地表明暸飄逸的長髮和性吸引力的

〔註10〕海倫・費什《人類的浪漫之旅——迷戀、婚姻、婚外情、離婚的本質透析》
第 10 頁，劉建偉、楊愛紅譯，海天出版社 1998 年版。
〔註11〕達尼埃拉・邁耶、克勞斯・邁耶《毛髮的故事》第 92～93 頁，蔡甲福、羅娜
譯，上海人民出版社 2006 年版。
〔註12〕達尼埃拉・邁耶、克勞斯・邁耶《毛髮的故事》第 94 頁，蔡甲福、羅娜譯，
上海人民出版社 2006 年版。

内在關係：有著一頭從來不需要剪的捲髮的青春常駐的阿波羅追求
女神達芙妮，而達芙妮那獨特的魅力正是來自於她那充滿野性的飄
逸的長髮——在原文中被稱爲「posits sine loge capillos」（蓬鬆雜亂
的頭髮）。……按照古代的觀點，女性對男人的性誘惑和隨之發生的
不幸有著密切的關係。在古希臘流傳下來的故事和傳說中，散開的
頭髮往往危及生命的象徵。能夠最清楚說明這一點的莫過於蛇髮女
怪美杜莎（Gorgo Medusa）的傳說，死亡之蛇在她的頭部緩緩蠕動。
在古希臘神話中，蛇髮女怪不僅象徵著邪惡，還代表著女人放縱的
欲望，無論是被她們看一眼，還是碰到她們的頭髮，人們都難逃石
化的厄運。〔註13〕

在猶太民族中，「正統保守派也要求已婚女子把頭髮剪光，以此來達到減弱刺
激男人性欲的目的」，「把女性的頭髮剃光是對付男人追慕的良好預防性措
施」。而「短髮和遮掩短髮的頭巾或者寡婦的面紗在歐洲所有文化中都象徵著
對失去丈夫的哀悼」，在巴爾幹的某些地區至今仍保持著這樣的習俗，「『高興』
的寡婦留著披肩長髮，這表示她已經準備再婚了」。〔註14〕

三

在晚近的中西文化史上，女性披頭散髮所傳遞的資訊大體相似，即誘惑、
性感、嫵媚、調情。披頭散髮所蘊含的此種文化意義，在當代社會仍然普遍
存在。如香港歌星張學友的專輯《釋放自己》中，有一首歌叫《頭髮亂了》，
其詞說：

怎麼你今晚聲線變尖了，
髮型又亂了，
彷彿劇烈運動完散了，
……
你做錯事了，
讓你秀髮亂了，

〔註13〕達尼埃拉・邁耶、克勞斯・邁耶《毛髮的故事》第98～99頁，蔡甲福、羅娜
　　　　譯，上海人民出版社2006年版。
〔註14〕達尼埃拉・邁耶、克勞斯・邁耶《毛髮的故事》第94～96頁，蔡甲福、羅娜
　　　　譯，上海人民出版社2006年版。

應對錯了，

太過分了，

恤衫反轉著了，

……

到底你今晚去佐邊（去了哪兒）〔註15〕

據說這首在港臺很走紅的歌曲，在內地引進版中被刪去了，新加坡亦禁播此歌曲。爲什麼呢？因爲它太性感了，有情色誘惑之嫌疑。產生此種情色誘惑之緣由，就是「頭髮亂了」，或者說是「首如飛蓬」。「頭髮亂了」，有太多的暗示，讓你浮想聯翩。

不得不讓人產生聯想的是，當代青年女性在髮型特徵上追求蓬鬆散亂的目的和意圖。那種齊耳短髮，被認爲缺乏女人味；即使柔順的披肩長髮，亦被視爲傳統守舊。時尚女性追求的是頭髮的零亂蓬鬆，或者燙成波浪紋，或者有意製造零亂，甚至染上各種鮮豔色澤。作爲一位青年女性，當你追逐時尚，做成這種「首如飛蓬」式的髮型。不管你是隨波逐流，還是有意爲之，而產生的實際效果，就是追求性感，實現誘惑；表現性感欲望，實現情色誘惑。不管你是有意還是無意，你的行爲事實上就發生了這樣的效果。

總之，在中外文化史上，頭髮與情色有著十分密切的關係。「首如飛蓬」的當代表述，就是「頭髮亂了」。「首如飛蓬」在《詩經》時代和古代道德家的眼中，是女性堅守不移、忠貞愛情的標誌或象徵。自唐宋以來，則朝著背道而馳的方向發展，逐漸具備了誘惑、調情、性感等文化意義。「首如飛蓬」在歷史變遷中所呈示出來的迥然有別的文化意義，是一個意味深長的問題，相信風俗史家自會對此做出令人信服的解釋。

〔註15〕轉引自江曉原《性感——一種文化解釋》第18～19頁，海南出版社2003年版。

傳統中國藝術中女性沐浴的情色動機

　　沐浴本是日常生活中的一件極平凡的事情，可是，傳統中國人卻一向把沐浴視作人生中的大事，如在嬰兒誕生禮中，有「洗三」儀式（即在嬰兒出生的第三天爲之沐浴）；在老人去世之喪禮中，有「浴屍」儀式。亦視爲日常生活中的重事，如沐浴而朝，沐浴而祀。同時亦將之與修德相提並論，如儒家所謂「藻身而浴德」是也。〔註1〕但是，在傳統中國文學藝術中，女性沐浴則有相當明顯的情色意義。本篇在呈現此種文化現象之基礎上，對此現象形成之原因，作初步的討論。

一

　　在傳統中國社會，關於美人成長經歷之藝術想像中，有一個很普遍的觀念，即美人是洗出來的。在關於美人的傳說故事中，有一個很普遍的情節，即總要附會上一口井、一條河或者一條小溪，似乎美人之美，除了天生麗質，還與某口井或某條溪流有關係，美人之麗質和容貌，就是這口井或這條溪流裏的水洗出來的。如關於西施，據《述異記》說：在江蘇吳縣南吳王宮舊址有一條香水溪，傳說這裏是西施沐浴的地方，當地人稱作「脂粉塘」，當年西施在這裏沐浴濯妝，據說溪水上游水源至今仍有香味。又如王昭君，據《郡國志》載：昭君故里秭歸昭君村有一條名叫香溪的小河，其中有一眼嵌著楠木的水井，人稱「昭君井」，據說這是當年王昭君沐浴的地方。傳說此井水量本來很小，昭君出生後，井泉大旺。因爲昭君出生驚動了玉帝，是玉帝令黃

〔註1〕　《禮記・儒行》。

龍帶水來爲昭君沐浴。又如卓文君,據《采蘭雜志》載:卓文君閨庭內有一口井,「文君手汲則甘香,用以沐浴則滑澤鮮好。他人汲之,與常井等,沐浴亦不少異」,後人稱之爲「文君井」。又如綠珠,據屈大均《廣東新語》載:綠珠故里廣西博白雙角山下有一口井,人稱綠珠君,是因綠珠飲此水、沐此水而得名。傳說綠珠的美貌與沐浴此水有關,故當地人常汲此水爲女兒沐浴。又如楊貴妃,其美貌與華清池溫泉有關。此類傳說甚多,其事亦人所共知,不再引述。〔註2〕總之,「女人似乎與沐浴特別有緣,歷史上遺留下來的沐浴勝蹟,大多記載著女性名人的故事,名女與沐浴發生關聯的機率高於男性名人,這是一個極爲有趣的現象」。〔註3〕

其實,這些傳說故事未必可信,但傳者有心傳之,聽者有心聽之,這足以說明在傳統中國人的觀念中,美人眞是用一種特別的水洗出來的。與此相關的,是傳統社會關於仙女的傳說,亦同樣少不了沐浴的情節。據《名勝記》記載:融縣鐵船山有仙女泉,相傳七月七日嘗有仙女下凡在此沐浴。據《西平縣志》載:西平縣城南十里有一水池,七月七日群仙來此水池沐浴,人稱仙侶池。另外,四川峨眉山玉女峰上有一清澈的玉女池,相傳是玉皇大帝的十個女兒下凡沐浴之地。南昌府子城東,亦有所謂的浴仙池,據說亦是七仙女的沐浴之地。〔註4〕關於仙女沐浴傳說最著名者,當數居於女仙之首的西王母。傳說西王母所居之地,是「左帶瑤池,右環翠水」。所謂「瑤池」,便是西王母的沐浴之池。西王母喜歡沐浴,《洞天西王母寶神起居經》,就是專講西王母沐浴方法的道教經文。另外,泰山神女碧霞元君亦喜歡沐浴,泰山上還有她的沐浴遺跡——玉女池、玉女洗頭盆。尤其值得注意的,是民間文學中「天鵝處女型」故事,基本上無一例外地皆有仙女沐浴的情節。據鍾敬文先生說:

> 這故事(即「天鵝處女型」故事)中除了極少數的變形外,差不多都有洗澡的情節——女鳥或仙女到池或海中洗澡的情節。這看去雖然是像不關什麼重要的事,但在民俗學上的意義是頗可吟味的。在神話和民間故事中,這種女性(人間的或超人間的)洗澡的敘述,往往可以碰到。希臘神話裏面,常見女神們在溪澗或海中洗浴的事(原注:例如月神狄亞娜常和她的從者在深林的小川中洗澡。史克

〔註2〕 參見殷偉、任玫《中國沐浴文化》第322~324頁,雲南人民出版社2004年版。
〔註3〕 殷偉、任玫《中國沐浴文化》第321頁,雲南人民出版社2004年版。
〔註4〕 參見殷偉、任玫《中國沐浴文化》第324頁,雲南人民出版社2004年版。

拉在清池中洗浴，爲格老苦士所看見等，不一而足）。在印度，也有
王女到外面的池**裏**洗澡，遇著了豹的一類故事（原注：見戴伯訶利
Lal Behari Day 的《孟加拉民間故事集》Folk Tales of Bengal《豹媒》
篇）。中國故事中的這種情節，最深印於我們腦海的，怕是《西遊記》
裏蜘蛛精在濯垢泉洗澡，而豬八戒前往鬼混的一幕喜劇吧。前人所
記關於融縣鐵船山的仙女泉的傳說云：七月七夕，嘗有仙女浴於泉
側。這不但洗澡一點和天鵝處女型故事相近，並且使我們不能不懷
疑到它原是這故事所吸收或分出的一部份。現在民間故事中，如《摘
心避難》的男主人公，在山**裏**見到池中一位天女似的姑娘在洗澡（她
是大蛇變形的）。這也是一個顯例。這類情節的迭出，是頗有可研究
的意味的。〔註5〕

這說明，以沐浴附會美人和仙女，是一個具有世界性的普遍現象。

二

　　沐浴不僅有潔身淨體、潤膚養身之作用，而且還有暢心通神之功效。所
以，傳統中國文人常以沐浴爲人生的一大樂事，如孔子和曾點都以「浴於沂」
爲人生樂事；〔註6〕明人屠本峻曾將「澡身」與「賞古玩」、「藝名香」、「誦名
言」相提並論，視爲一種高級的精神享受；清人石成金則把剃頭、取耳、浴
身和修腳當作人生的四大快事。對沐浴之樂趣深有體會的李漁，在《閒情偶
記・頤養部》中論沐浴之樂，其云：

> 盛暑之月，求樂事於黑甜之外，其惟沐浴乎！潮垢非此不除，濁污
> 非此不淨，炎蒸暑毒之氣亦非此不解。此事非獨宜於盛夏，自嚴冬
> 避冷，不宜頻浴外，凡遇春溫秋爽，皆可藉此爲樂。

沐浴讓人擺脫外界的各種壓力和束縛，使人心神暢通、心智快樂、心身閒適。
應該說，自然狀態中的人是最快樂的，快樂狀態中的人是最美的。

　　美人是洗出來的，進一步說，沐浴中的女性是最美的。西方自中世紀以
來的畫家展現人體美，樂於描摹女性人體（因爲女人是美人，女性人體代表

〔註5〕　鍾敬文《中國的天鵝處女型故事——獻給西村眞次和顧頡剛兩先生》，見陶瑋
　　　　選編《名家談牛郎織女》第28頁，文化藝術出版社2006年版。
〔註6〕　《論語・先進》：「（曾子）曰：莫春者，春服既成，冠者五六人，童子六七人，
　　　　浴於沂，風乎舞雩，詠而歸。夫子喟然歎曰：吾與點也。」

人體美），熱衷於女性裸體描繪，更是擅長描繪沐浴中的女性和美女出浴，正是因爲此時的女性是最自然的，最快樂的，因而亦是最美的。

傳統中國文人津津樂道「貴妃出浴」，如白居易《長恨歌》說貴妃出浴，是「侍兒扶起嬌無力」，正是驚豔於貴妃出浴時的無窮魅力。沐浴中的女性是最美的，洪昇《長生殿》第二十一出《窺浴》，對沐浴中貴妃之美的描繪，堪稱經典，其云：

> 亭亭玉體，宛似浮波菡萏，含露弄嬌輝。輕盈臂腕消香膩，綽約腰身漾碧漪。明霞骨，沁雪肌。一痕酥透雙蓓蕾，半點春藏小麝臍。愛殺紅巾幗，私處露微微。

出浴時的貴妃更是驚豔逼人：

> 出溫泉新涼透體，睹玉容愈增光麗。最堪憐殘妝亂頭，翠痕乾，晚雲生膩。看你似柳含風，花怯露。軟難支，嬌無力，倩人扶起。

面對如此驚豔美人，「偷眼宮娥魂欲化，見慣的君王也不自持」，搞得唐玄宗「孜孜含笑，渾似呆癡」。

沐浴亦可視爲廣義的化妝，如班昭《女誡·婦行》云：「盥洗塵穢，服飾鮮潔，沐浴以時，身不垢辱，是謂婦容。」女性沐浴往往成爲古今中外藝術創作的一個重要題材。藝術中的女性沐浴與化妝一樣，多有調情動機和表達性感的意圖。如繪畫中的浴女圖，文學作品描寫女性沐浴場面，往往暗含性感和誘惑的意義。描繪出浴女性豐盈的玉體、驚人的豔色和美妙的情態，是西方人體藝術的一項重要內容。古代中國的畫家雖然未能創作出足以與西方藝術家相媲美的女性沐浴作品，但文學家卻熱衷此道，創作了大量的此類作品。

另外，值得注意的，還有窺浴現象。在傳統中國社會，雖然有男性窺看男性沐浴的事例，如曹共公窺看晉公子重耳沐浴，〔註 7〕亦有女性窺看男性沐浴的事例，如「蘭惠聯芳」窺看鄭生沐浴。〔註 8〕但這畢竟是個別現象，比較普遍的是男性窺看女性沐浴，民間故事和文人創作中有大量的這類記載。如上述民間故事「天鵝處女型」裏，無一例外皆有仙女沐浴的情節，同時無一例外皆是男性青年窺看仙女，並拿走其衣服。在文人創作中，如舊題漢人伶玄《趙飛燕傳》記載的漢成帝窺看趙昭儀沐浴，《西遊記》第七十二回「濯垢泉八戒忘形」中敘寫的豬八戒濯垢泉窺看七仙女沐浴，《長生殿》第二十一出《窺浴》寫太監

〔註 7〕 《國語·晉語四》。
〔註 8〕 瞿佑《剪燈新話·聯芳樓記》。

窺看貴妃沐浴。窺浴情節在明清情色小說中，更是屢見不鮮。如《肉蒲團》中，奴僕權老實窺看女主人玉香沐浴，實際上是玉香以沐浴勾引、挑逗權老實；《桃花影》中，舊家子弟魏玉卿偷窺非雲沐浴；《玉香緣》中，小廝存兒偷窺女主人卜氏沐浴而淫心大作，最後與卜氏勾搭成奸。總之，在民間故事裏，窺浴成為仙女與窮漢結合的催化物；在情色小說中，窺浴成為男女交合的調情劑。在這裏，女性沐浴成為調情或誘惑手段，具有了情色意義。

三

任何一種習俗的形成，皆有其深厚的歷史文化根源。女性沐浴之情色意義的形成，亦當與人類歷史上的某種文化或習俗有關聯。這裏，我僅就女性沐浴的情色意義與人類早期歷史上的沐浴祈子習俗之關係，談一點推測性意見。

早期人類從對自然界的觀察中，認識到水是生命之源，自然界的一切生命之物皆因水而生。如《管子‧天地篇》曰：「水者，何也？萬物之本原，諸生之宗室也。」即一切生命的種子皆在水中。基於這種認識，早期人類便把水視為一種有生殖力和生命力的物質，女子入水沐浴或喝水就能獲得生殖能力，久婚不育之女子亦可通過洗滌獲得生殖能力，於是便逐漸形成沐浴求子的習俗。如郭璞《山海經‧海外西經‧女子國》注云：「有黃池，婦人入浴，出即懷妊矣。」《梁書‧東夷傳》載：「扶桑東千里有女國，容貌端正，色甚潔白，身體有毛，髮長委地。至二三月，競入水則妊娠，六七月有子。」《太平御覽》卷三百九十五引《外國圖》載：「方丘之上，暑濕，生男子三歲而死。有潢水，婦人入浴，出則乳矣。」另外，還有女子沐浴吞物受孕、女子窺井受孕等神話傳說，皆是女子沐浴受孕神話傳說之變形。〔註9〕前述「天鵝處女型」故事中皆有仙女沐浴之情節，沐浴是這類人神結合故事中的內核，起著至關重要之作用，其實質仍是根源於人類對水的生殖力和生命力的崇拜，民間社會婚姻儀式上的新娘沐浴習俗，就是這種觀念的世俗體現。〔註10〕由沐浴生子的神話傳說的影響，遂在民間社會形成了沐浴求子的習俗。

在《詩經》時代，「仲春之月」是男女會合、談情說愛的法定季節，祭祀高媒神和用洗滌方法求子的活動，皆在此間舉行。古人認為，一切災難、疾病皆可用水洗滌。祭祀高媒神是為求子。不生子亦是一種疾病，可以通過洗

〔註9〕 參見殷偉、任玫《中國沐浴文化》第52～53頁，雲南人民出版社2004年版。
〔註10〕 參見殷偉、任玫《中國沐浴文化》第42頁，雲南人民出版社2004年版。

滌的方式解除。為了解除這種病氣和促進生育，古人便在祭祀高媒神時，順便在河裏洗洗手，洗洗腳，或者乾脆跳到河裏洗過澡。這種觀念相沿成俗，便逐漸演繹成三月上巳節臨水祓禊的習俗。上巳節的臨水祓禊，其初義是為除病生子，到後來就變成了一般性的士民遊樂，並主要伴隨著男女戀愛活動的展開。所以，《詩經》中描寫的戀愛活動，多在水邊展開，如鄭國的溱水與洧水，衛國的淇水，常常是鄭、衛青年男女談情說愛的場所，其它地方的青年男女亦常在春天的江河之濱嬉戲戀愛。〔註11〕臨水祓禊本為求子，當求子的意義逐漸消解，就變成了一種純粹的男女嬉戲活動，特別是女性的遊戲活動。需要說明的是，女性臨水祓禊，或說僅僅是洗洗手腳而已。據孫作雲考證，女性祓禊，或稱「行浴」，那就不祇是洗洗手腳，而是指洗澡了。〔註12〕因此，在男歡女愛的戀愛季節和戀愛場景，女性的沐浴，不僅具有求子的意義，而且亦有了情色之意義，或為女性調情、誘惑之手段。所以，我認為，傳統社會女性沐浴之情色意義，可能與早期人類對水的生殖力、生命力的崇拜有關，與沐浴生子的神話傳說有關，與古代上巳節臨水祓禊的風俗有關。

美人是洗出來的，沐浴中的女性是最美的，沐浴中的女性是性感的。女人與水似有不解之緣，故古來即有「女人如水」之說。關於「女人如水」的妙喻，最為人熟知者，莫過於賈寶玉的驚人之論：「女兒是水做的骨肉，男人是泥做的骨肉。我見了女兒，便清爽；見了男子，便覺濁臭逼人。」〔註13〕女性是水性，這恰如張潮《幽夢影》所說：「所謂美人者，以花為貌，以鳥為聲，以月為神，以柳為態，以冰雪為膚，以秋水為姿態，以詩詞為心，吾無間然矣。」故貶抑女性者，常有「水性楊花」之說。從情感上看，女性更是「柔情似水」。所以，有人說：女性就是水性，女命就是水命，柔弱無骨是女性的肌質，水性楊花是女性的秉性，似水柔情是女性的性情，以柔克剛、滴水穿石是女性的功夫。以水喻女性，主要著眼於水之清爽和柔順等特點，與女性特徵比較近似。水之清爽猶如天生麗質的美人，賈寶玉關於「女兒是水做的骨肉」的說法，正是這種近似關係的驚彩表述。柔順是水最引人注目的特徵，同時亦是最為人稱道的特徵。

〔註11〕參見孫作雲《詩經戀歌發微》，見孫著《詩經與周代社會研究》，中華書局1966年版。

〔註12〕孫作雲《關於上巳節（三月三日）二三事》，見孫著《詩經與周代社會研究》，中華書局1966年版。

〔註13〕《紅樓夢》第二回。

　　如前所說，沐浴亦是一種化妝。因此，女性的沐浴與化妝一樣，具有情色意義。藝術中的女性沐浴和化妝，多有調情動機和表達性感的意圖。一般而言，女性的化妝，尤其是在公共場合的化妝，或者整理髮型，俗稱「搔首弄姿」，多少是含有一點貶意的，因為它有調情、誘惑的動機。所以，左拉《娜娜》中的娜娜便經常在化粧室裏接待她的情人，中國舊小說中的青樓妓女亦常常是在化妝過程中與嫖客閒聊。當今的髮廊、美容院和浴室往往兼營色情業，應該說這是有歷史淵源和文化背景的。

　　要之，在傳統社會，美人是洗出來的，沐浴中的女性是最美的，沐浴中的女性是性感的，因而也是有情色意義的。

卷五：性別詩學

女人如詩，詩似女人：中國古典詩學的女性化特徵

說風騷：關於情愛與詩學之隱秘關係的探討

距離產生美：情愛發生與詩學生成的共同原理

女人如詩，詩似女人：
中國古典詩學理想的女性化特徵

在傳統中國文人的心目中，女人如詩，詩似女人。傳統中國文人「愛詩如愛色」、「選詩如選色」。或者說，傳統中國文人是按照詩歌的美學標準來設計女性的氣質神韻，傳統中國女性的氣質神韻亦影響著傳統詩學的審美趣味。傳統中國女性最能體現文人的詩學趣味和審美理想，傳統中國文人的詩學理想最能說明女性的氣質特徵。

一

傳統中國文人關於女性氣質的設計，最引人注目的，是女性的柔順、閒靜、媚態、羞怯和韻趣等幾個方面。

先說女性的柔順特點。討論傳統中國女性的柔順特點，須從班昭說起，因爲她是第一個比較全面系統地界定女性柔性氣質的學者。她在《女誡》一書中討論婦德，以「敬」爲宗，以「柔」、「順」爲德，其《卑弱第一》曰：

古者生女三日，臥之牀下。……臥之牀下，明其卑弱，主下人也。……謙讓恭敬，先人後己，有善莫名，有惡莫辭，忍辱含垢，常若畏懼，是謂卑弱下人也。

《敬慎第三》曰：

陰陽殊性，男女異行。陽以剛爲德，陰以柔爲用；男以彊爲貴，女以弱爲美。故鄙諺有云：生男如狼，猶恐其尪；生女如鼠，猶恐其虎。

「女以弱爲美」，「弱」是其內在品質，「順」是其外在表現。以柔順、敬慎爲

女性的內在品質和行為準則，非僅班昭個人之私見，乃先秦、兩漢學者的公論，如孟子曰：「以順為正者，妾婦之道也。」〔註1〕《禮記・昏義》曰：「教以婦德、婦言、婦容、婦功。」鄭玄注云：「婦德，貞順也。」《說文》曰：「婦，言服也，服事於夫也。」《白虎通德論・嫁娶》曰：「婦者，服也，以禮屈服。」「陰卑不得自專，隨陽而成之。」張華《女史箴》說：「婦德尚柔，含章貞吉。」女性以柔弱為美，不僅指性情上的柔順，亦包括體態上的柔弱。柔弱嬌態是女性美的重要標準。據胡仔《苕溪漁隱叢話・前集》卷六十「媚兒」條引《遯齋閒覽》載：

> 東坡嘗飲一豪士家，出侍姬十餘人，皆有姿伎，其間有一善舞者名媚兒，容質雖麗，而軀幹甚偉，豪士特所寵愛，命乞詩於公，公戲為四句云：舞袖蹁躚，影搖千尺龍蛇動；歌喉宛轉，聲撼半天風雨寒。妓赧然不悅而去。

媚兒為何「赧然不悅而去」？原來蘇軾借用石曼卿《詠松》中的詩句轉贈媚兒，嘲謔她若松樹之偉岸，沒有一般女性的柔弱之美。本來「軀幹甚偉」的媚兒，亦忌諱別人說她如松樹般偉岸，可見女性自身對柔弱體態的追求和重視。

柔順者必閒靜，或者說，女性因柔而靜，因靜而柔。故「靜」亦成為女性必備之美德。如《詩經》有《靜女》一篇，所謂「靜女」，即貞靜之女，《傳》云：「靜，貞靜也。女德貞靜而有法度，乃可說也。」宋玉《神女賦》說神女：「素質幹之醲實兮，志解態而體閒。既姽嫿於幽靜兮，又婆娑乎人間。」李善注云：「言志操解散，奢泰多閒，不急躁也，謂在人中最好無比也。」又說神女「澹清靜其愔嫿兮，性沈詳而不煩。」李善注：「言志度靜而和淑也，不煩不躁也。」〔註2〕曹植《洛神賦》說洛神：「環姿豔逸，儀靜體閒，柔情綽態，媚於語言。」〔註3〕都在強調女性的閒靜之美。

傳統文人以柔順、閒靜為女德，並將之附會到陰陽學說和道本論上，作為此種女德設計之理論依據。如以兩性比附陰陽、乾坤，以女性比附道，道的基本特徵是柔順和閒靜，「反者道之動，弱者道之用」，〔註4〕「道」是萬物之源，有逞強於萬物之資本而不逞強，反以弱示之。女人如道，亦當以柔和

〔註1〕 《孟子・滕文公上》。
〔註2〕 《文選》卷一九。
〔註3〕 《文選》卷一九。
〔註4〕 《老子》四十章。

靜爲德。或者認爲老子哲學中的「道」就是一個女性形象，《老子》第六章云：「谷神不死，是謂玄牝。玄牝之門，是謂天地根。綿綿若存，用之不勤。」「谷神」即「玄牝」，是一個「玄之又玄」的天地萬物的「眾妙之門」，這個「眾妙之門」就是「道」，就是女性生殖器。或者認爲老子的道本論和傳統的陰陽學說，就是受女性的外在特徵和內在氣質之啓發而建立起來的。所以，在傳統文人看來，女性以柔順和閒靜爲德，並非道德家之人倫偏見和性別歧視，而是一種自然現象，有理論根據和學理依據。

再說女性的媚態。《說文》曰：「媚，說也，從女，眉聲。」段玉裁注：「說，今悅字也。《大雅》毛傳曰：媚，愛也。」「媚」之所以令人愛、讓人悅，是因其有美好、矯豔的特點，如《廣雅・釋詁一》曰：「媚，好也。」《小爾雅・廣詁》曰：「媚，美也。」漢語裏以「媚」爲詞根構成的詞，大致有三個特點：一是多與女性有關，二是多用指女性優美的體態和動人的氣質，三是用指奉承逢迎、巴結討好的行爲。「媚」字從女，故其義項皆與女性相關。「媚」之初義是美好，引申指女性美麗動人的體態氣質，因其美麗動人的體態氣質惹人喜愛，故又引申爲悅或愛。在傳統社會，「女爲悅己者容」，女性精心妝飾容貌，是爲迎合男性的審美趣味，爲取悅男性。故「媚」之詞義進一步向貶義引申，指以色迷人，以態惑人，即朱熹所謂「順愛」是也。事實上，「媚」之本義就是指女性美麗動人的體態氣質，其貶義引申是道德家之倫理偏見。女性之性別特徵就是「媚」，「媚」是女性特有的性別魅力。在古代，「媚」與「魅」通，《列子・力命》云：「鬼媚不能欺。」殷敬順等《釋文》云：「媚，或作魅。」朱駿聲《說文通訓定聲・履部》云：「媚，假借爲魅。」所以，女性的「媚」，不妨釋作女性特有的魅力。女性立世的資本之一就是其性別魅力，就是「媚」。荷蘭漢學家高羅佩關於傳統中國的「婦德」有一新解，其云：

> 在漢及漢以後的文獻中，「女德」的意思僅指「婦女的道德」，但在更早的書中卻有兩處提到「女德」是指「女人的誘惑力」。第一處見於一部漢代的歷史著作，它引用某人批評一位公子陷於愛情之中的話，說這位公子「懷女德」（見司馬遷《史記》卷三九關於晉公子重耳）。文章上下文表明，這裏「德」是指女人把男人同自己連在一起的力量，即主要不是靠其容貌，而是靠她的女性魅力征服男人。在同一意義上使用的「女德」一詞也見於《左傳》中的一段名言：「女

德無極，婦怨無終」（當公元前635年）。這兩段引文還爲我們理解
《左傳》的另一段話提供了背景。這段話是：「女子不祥，惑人之心
（當公元前531年）。」〔註5〕

高羅佩對「女德」的解說極富新意而且頗有依據，已得到國內學者的回應和
認同。〔註6〕我認爲：女性的媚態，猶如高羅佩所說的「女德」，是指女性的
性別魅力。對「媚」之詞義的貶義引申，猶如秦漢以後的學者對「女德」的
重新界定，皆體現了道德家的倫理偏見。

再說女性的羞怯。女性的羞怯，是在現實生活環境中培育起來的，是在
社會習慣勢力和男性審美趣味的影響下養成的。因爲在傳統社會，家庭對女
子的管教總是嚴於男性，社會輿論亦是薄責於男性而苛求於女性。所以，在
與異性的交往中，女子的態度常常不同於男性，男性的追求往往是簡單而直
露的，是勇往直前，無所顧忌。而女性則常有男子所沒有的心理負擔和顧慮，
她必須得時時控制自己的感情，即使她傾心的男子前來求歡求愛，她亦不能
或者不敢輕易以身許人。她必須做出強硬的拒絕姿態。即便她內心異常激動，
情欲高漲，她亦得有意掩藏，故意推拒。所以，在傳統社會，戀愛中的女子
面臨著比男子更爲複雜的情境和更爲矛盾的心境：她既要有挑逗、誘惑的本
領，又必須時時保持警惕，敏於拒絕。〔註7〕所謂的羞怯，就是這種複雜情境
和矛盾心境的產物。

羞怯是傳統中國女性的主要特徵，女性的深藏，是因爲羞怯（詳後）；
女性回視或窺視異性，亦是因爲羞怯。白居易《琵琶行》中的琵琶女「猶抱
琵琶半遮面」，是爲羞怯。古代畫家所畫的仕女圖，古代戲曲小說中的女性
出場，或以扇遮面，或長袖拂面，或側目而視，或低頭側身，皆是因爲羞怯。
實際上，對於女性來說，羞怯是一種美，是柔順和閒靜氣質的一種呈顯。克
爾凱戈爾說：

> 女性的羞澀常常是五花八門的，……有一種是敏感纖柔的嬌羞默
> 默，這是精神蘇醒的晨曦；少女的嬌羞默默價值連城。……這是精
> 神的閃光，猶如閃電一樣短暫，也猶如閃電一樣瑰麗。而少女身上

〔註5〕 高羅佩《中國古代房內考》第15頁，李零、郭曉惠等譯，上海人民出版社1990
年版。
〔註6〕 江曉原《性張力下的中國人》第25～26頁，上海人民出版社1995年版。
〔註7〕 參見康正果《風騷與豔情》第29～30頁，上海文藝出版社2001年版。

這種羞赧更是美妙絕倫，令人如醉如癡，因爲它展示了如花似玉的
豆蔻年華，表露了少女的驚詫與羞怯。隨著年紀漸漸增長，這類羞
怯亦日漸稀少。〔註8〕

所以，他斷言：「女子的羞怯便一向是最可愛的媚態。」〔註9〕對於男性來說，
女性的羞怯既是一種實現好色衝動的阻隔，亦是一種不可抑制的誘惑。這正
如藹理士所說：

> 裝飾和衣服的發展，一面所以培養羞怯的心態，以抑止男子的欲
> 望，一面亦正所以充實獻媚的工具，從而進一步的刺激男子的欲
> 念。〔註10〕

即女性的羞怯，於女性自身而言，既是一種迴避男性好色衝動的手段，又是
獻媚於男性的方式；於男性而言，既增加了求愛的難度，又刺激了欲望。與
大膽、開放的女性相比，羞怯的女性對男性更有誘惑力。所以，藹理士指出：

> 羞怯的心態畢竟是求愛的主要條件，時代有今古，這是沒有新舊
> 的。要不是爲了羞怯，我們就缺少一種遷延與節制的力量，這種
> 力量的缺乏，一方面使男女積欲的過程來得太匆促，一方面使女
> 子不能有從容觀察與比較男子品性的機會，來選擇她認爲最適當
> 的配偶。〔註11〕

所以，就女性羞怯行爲產生的效果看，實際上就是欲擒故縱，拒絕是爲了誘
惑。戀愛中的女性的羞怯，除了如瓦西列夫所說，有「抑制肉欲因素的直接
作用」,「喚醒兩性關係中的精神因素，從而減弱了純粹的生理作用」的意義
外，〔註12〕更主要是一種若即若離、半推半就的獻媚或誘惑手段。如《大招》
寫美人「長袂拂面，善留客止」，即用長長的舞袖半掩羞顏，做出一副羞怯忸
怩之態，以達到吸引異性（「留客」）的目的。

次說女性的韻與趣。傳統中國文人對女性之韻與趣的欣賞，始於宋代，
盛行於明清時期，特別是在當時的名士圈子中，成爲一種普遍風氣，且表現

〔註8〕 克爾凱戈爾《勾引者手記》第 79 頁，余靈靈等譯，九洲圖書出版社 1998 年
版。
〔註9〕 克爾凱戈爾《勾引者手記》第 52 頁，余靈靈等譯，九洲圖書出版社 1998 年
版。
〔註10〕 藹理士《性心理學》第 24 頁，潘光旦譯注，上海三聯書店 2006 年版。
〔註11〕 藹理士《性心理學》第 25 頁，潘光旦譯注，上海三聯書店 2006 年版。
〔註12〕 瓦西列夫《情愛論》第 160 頁，趙永穆、范國恩、陳行慧譯，生活·讀書·
新知三聯書店 1997 年版。

出大體類似的審美傾向。據《李師師外傳》載：韋妃問宋徽宗爲何喜歡李師師，宋徽宗說：「無他，但令爾等百人，改豔妝，服玄素，令此娃雜處其中，迥然自別。其一種幽姿逸韻，要在容色之外耳。」〔註13〕即李師師的容色或不及眾妃，或與眾妃等，而其與眾不同者，是其「幽姿逸韻」，宋徽宗所醉心的正是這種「幽姿逸韻」。又如李漁論女性美，特重「態度」，以爲女性的內在氣質之美，就在「態度」，並且「態度」勝於「顏色」，其云：「世人不知，以爲美色，烏知顏色雖美，是一物也，烏足移人，加之以態，則物而尤矣。」「態度之於顏色，猶不止於一倍，當兩倍也。」〔註14〕「韻」本是魏晉時期對高人雅士之氣質、情性的品鑒用語，〔註15〕明清名士藉以品評美人，稱青樓爲「韻樓」，稱青樓名妓爲「韻人」。把美人的「韻」致置於美色之上，認爲韻致比美色更有誘惑力。以「韻」品美人，在明清成爲一種時尚，如潘之**恒**著《金陵妓品》，品評金陵美妓，提出品、韻、才、色四條標準。討論美人之韻最詳盡者，是徐震的《美人譜》，他從性、韻致、色、情文四個方面品鑒美人，作爲美人之尤者，須兼具此四個方面，所謂「必欲性與韻致兼具、色與情文並麗」。四者之中，「韻致」最重要。〔註16〕

徐震品評美人，亦甚重「趣」，說「趣」是「醉倚郎肩，蘭湯、晝沐，枕邊嬌笑，眼色偷傳，拈彈打鶯，微含醋意」。金聖歎對美人之「趣」的解說，最耐人尋味，其云：

> 寫女郎寫來美是俗筆，寫來淫是惡筆，必要寫來憨方是妙筆。
> 寫女郎憨，寫女郎自道憨是俗筆，寫女郎要人道其憨是惡筆，必要寫女郎憨而極不自以爲憨方是妙筆。

民國文人何海鳴盛讚金氏妙論，且引申說：

> 今之小說家誰解此者？女子中何以有稱美人者？美人又必具何要素？予斷言曰：憨也。未有美人而不憨者也，如徒求外觀，則天下妖姬多矣，美人之稱又何足貴？讀小說至《紅樓夢》絕無有心許王熙鳳爲美人者，即是理也。又如《西廂記》寫紅娘閱書者，每注意紅娘而少注意鶯鶯者，亦是紅娘傳書遞簡不知爲著何來，而自又不

〔註13〕《香豔叢書》二集卷四。
〔註14〕《笠翁偶集摘錄》，見《香豔叢書》二十集卷一。
〔註15〕參見汪文學《漢晉文化思潮變遷研究》第124～126頁，貴州人民出版社2003年版。
〔註16〕《香豔叢書》一集卷一。

知其憨也。〔註17〕

事實上，金聖歎所謂的「憨」，就是指美人的真性情。紅娘憨，林黛玉憨，是因其有真性情。王熙鳳、薛寶釵，美則美矣，但缺乏憨趣，乃太精明，因其缺乏真性情，故雖可敬但不可愛。比如，《聊齋誌異》卷二《嬰寧》中的女狐嬰寧，她最突出的性格特徵，就是「憨」與「癡」。她之所以惹人愛戀，亦正在其「憨」與「癡」。嬰寧愛笑，而其笑是初無用心的憨笑、癡笑，並且愛做憨事，說癡話，是憨態可掬。嬰寧之可愛可喜，正在其憨態與癡情。「狂而不損其媚」，這憨態是憨中藏慧，於憨癡中呈現一片渾然天成的真性情，顯得天真爛漫，嫵媚可愛，此恰如何守奇評嬰寧所說：「嬰寧憨態，一片天真。」這與紅娘、黛玉之憨癡，正相接近。而自作聰明之女郎，裝憨賣癡，討好賣乖，「若解語花，正嫌其作態耳」（蒲松齡語），體現在文藝作品中，就正是金聖歎所謂的「俗筆」、「惡筆」者也。再如，《紅樓夢》寫人愛用「癡」字。據統計，《紅樓夢》一百二十回，其回目用「癡」字即有十回之多。而作為一般貶義的「癡」、「呆」、「傻」解者，僅第七十三回「癡丫頭誤拾繡春囊，懦小姐不問累金鳳」一例，其它皆作褒義使用，多集中用在林黛玉和賈寶玉這兩個曹雪芹的理想人物身上，並且皆有一往情深之義。〔註18〕林黛玉、賈寶玉之可愛，亦正在於他們有這種「癡」情。

二

綜上所述，傳統中國文人關於女性氣質的設計，主要有柔順、閒靜、媚態、羞怯和韻趣五個方面。傳統中國社會培養女性氣質的方法或手段主要有二：一是深藏，二是纏足。

先就深藏一面言之。傳統中國社會強調女性的深藏與遮掩，如，要求「女子出門，必擁蔽其面」，〔註19〕「婦人送迎不出門」，〔註20〕逐漸形成以深藏為美的女性審美觀念。如林語堂說：

女人的深藏，在吾人的美的理想上，在典型女性的理想上，女人教

〔註17〕何海鳴《求幸福齋隨筆》第 10 頁，上海書店出版社 1997 年版。
〔註18〕蔣星煜《西海屋隨筆》卷四《田林說文》之「《紅樓夢》愛用『癡』字」條，
　　　　上海書店出版社 2000 年版。
〔註19〕《禮記·內則》。
〔註20〕《左傳·僖公二十二年》。

育的理想上，以至戀愛求婚的形式上，都有一種確定不移的勢力。
〔註21〕

傳統中國女性的深居簡出，以深藏爲美，並非明清以來禮教深入影響之後才發生的現象。事實上，即使在漢唐這段中國歷史上比較開放的時期，良家婦女亦仍然是深藏著的，社會習俗亦仍然以深藏的女性爲理想女性。如漢武帝之姑母以阿嬌許之，武帝應諾當以「金屋藏嬌」。一個「藏」字，頗堪玩味，意味將阿嬌深藏起來，秘不示人，以示愛慕之意。所以，此「藏」，並非禁錮、拘限或束縛之意，而是愛之護之寶之貴之。再說風流佚蕩之卓文君，亦並非拋頭露面之輩，在其家庭宴會上，亦是深處閨中，遙聞相如琴聲，亦只能是「竊從戶窺之，心悅而好之」。〔註22〕唐代亦是如此，如白居易《長恨歌》說楊貴妃：「楊家有女初長成，養在深閨人未識。」良家婦女都是養在深閨之中的，不宜拋頭露面。就如白居易《琵琶行》中的琵琶女，亦是深居簡出，接受詩人的邀請，亦是「千呼萬喚始出來，猶抱琵琶半遮面」。

道德家和世俗社會要求女性深藏，與文人雅士要求女性深藏，有著不同的動機。前者有更多的道德目的，後者則主要是藝術或審美的目的。或者說，前者是爲了防微杜漸，預防男女淫亂，重在男女之大防。而後者則主要是通過深藏以培育其柔順和閒靜氣質，有明顯的藝術化、審美化的傾向。相較而言，後者更接近傳統社會深藏女性之本意，前者可稱作深藏女性之引申義。後者是本，前者是末。因爲，我們注意到，在禮教比較鬆弛的時代，亦講究女性的深藏，如漢唐時期。在本來比較風流浪漫的人物身上，亦講究深藏，如卓文君；甚至風塵女子亦要深藏，如《琵琶行》中的琵琶女。還有，禮教根本未曾建立的《詩經》、《楚辭》時代，亦講女性的深藏，如《離騷》云：「閨中既以邃遠兮，哲王又不寤。」「邃遠」，深邃而遙遠，意謂美人住在深遠的閨中，無法追求，君王又不覺悟。在這裏，美人亦是深藏於「邃遠」之閨中的。又如《詩經·關雎》詩中，令君子「輾轉反側」、「寤寐思服」的女子，是一位「窈窕淑女」。何謂「窈窕淑女」？據《毛傳》云：「窈窕，幽閒也。淑，善也。……是幽閒貞專之善女，宜爲君子之好匹。」朱熹《詩集傳》亦以「幽閒貞靜之德」釋「窈窕」。是知該女子因「窈窕」而美善，故得「淑女」之稱。或者說，該女子因「幽閒貞靜」而稱「淑女」，而特具魅力，致使君子

〔註21〕林語堂《吾國與吾民》第132頁，陝西師範大學出版社2002年版。
〔註22〕《史記·司馬相如列傳》。

「輾轉反側」、「寤寐思服」。那麼「窈窕」與「幽閒貞靜」有何關係呢？據姚際恒《詩經通論》卷一云：「『窈窕』字從『穴』，……猶後世深閨之意。」崔述《讀風偶識》云：「窈窕，洞穴之深曲者，故字從穴，喻其深居幽邃，而不得輕見也。……婦當從人，女貴自重，故以深居幽邃、貞靜自守爲賢。」崔述之見，亦未免道德家的頭巾氣。但是，姚、崔二氏指出「窈窕」之本義是「洞穴之深曲者」、「猶後世深閨之意」，則是值得注意的。依照這種解釋，女子因處於「窈窕」（即深閨）之中，而具有「幽閒貞靜之德」；因其有「幽閒貞靜之德」，而成爲君子「輾轉反側」、「寤寐思服」的「淑女」。簡言之，女子必須通過深藏的途徑才能變成「淑女」，「淑女」必須是深藏的。反之，則是蕩女、妖女。

總之，傳統中國女性以柔順、閒靜爲美，深藏正是培育這種內在氣質的重要途徑。正如強調女性的柔順、閒靜，並不含有壓迫女性、性別歧視的意義；提倡女性的深藏，亦不具有限制女性、束縛女性的意義。至少文人雅士之初衷是如此，至於後起的道學家的意見，那就應該另當別論了。

深藏是爲了培育女性柔順、閒靜的內在氣質。那麼傳統中國女性纏足的動機又是什麼呢？女性的纏足，作爲傳統中國的「國粹」，是近現代以來受到世人詬病最集中的一種傳統習俗，成爲近現代思想家攻擊傳統社會殘害女性的最不人道的行爲。需要追問的是：這種極不人道的古老習俗爲何能在傳統中國社會延續近千年之久？這種極端殘忍的習俗爲何發生在母女之間？或者說，以慈善著稱的母親爲何忍心對自己的心肝寶貝施以如此「酷刑」？更令人深思的是，這種纏足風習在清代中後期以來居然屢禁不止，甚至朝廷和地方政府屢頒禁令，亦無濟於事，這到底是爲什麼？另外，在「五四」前後，這種延續了近千年的古老習俗終於退出歷史舞臺，這是思想解放、婦女獨立的成果呢？還是另有因緣？

女性以小腳取悅男性，男性欣賞女子的三寸金蓮，這與傳統中國社會男性的審美趣味有關，是由傳統男權社會的女性美觀念決定的。事實上，纏足之初起，並無有意迫害和禁錮女性的意義。它是在傳統中國以溫柔敦厚爲美的文化背景上，在男性對女性纖巧身姿和輕靈舞姿的愛好和崇尚的前提下，在男性關於女性之柔順、閒靜、媚態、羞怯和韻趣等理想氣質的設計中，產生的一種習俗現象。在傳統社會，自秦漢以來，在尙中重柔的文化背景上，柔弱和舒緩被設計爲女性的特有氣質和性別特徵，纖纖細步被設定爲女性特

有的步態。女性於纖纖細步中,顯現其特有的柔情與閒靜,呈示出動人的媚態與趣味,因而對男性有特別的誘惑力。《史記·貨殖列傳》云:「臨淄女彈弦躧縱。」又云:「今夫趙女鄭姬,設形容,揳鳴琴,揄長袂,躡利履,目挑心招。」曰「躡」曰「利」,其足之小可知。《漢書·地理志》云:「趙女彈弦跕躧。」顏師古注曰:「躧與屣同,小履之無跟者也;跕謂輕躡之也。」總之,小腳利履,方有纖纖細步的柔美之態和婀娜之姿。趙女鄭姬以色事人,以態媚人,其作如此裝扮,正可見漢魏時期的男性對女性柔美體態的欣賞心理。即使良家婦女亦當如此步態,如《孔雀東南飛》中的劉蘭芝,是「中下躡絲履,纖纖作細步」。袁枚《纏足談》云:「大抵婦人之步,貴乎舒遲。」〔註23〕這類現象在古代社會確有普遍性,如宋玉《神女賦》說神女「步裔裔乎曜殿堂」,《長門賦》曰:「夫何一佳人兮,步逍遙以自虞。」曹植《洛神賦》說洛神「步踟躕於山隅」。「裔裔」、「逍遙」和「踟躕」,皆形容其步態之輕緩。尖尖小腳於步行或舞蹈中,確有增其妍媚柔美和亭亭玉姿的效果。男性欣賞女性的妍媚柔美和亭亭玉姿,雅一點說,是對美的欣賞;質言之,則是滿足一種性心理的需要。所以,我還是偏向於林語堂先生的觀點:「金蓮的尊崇,無疑導源於性的詭秘境界。」〔註24〕「儻使纏足衹當作壓迫女性的記號看待,那一般做母親的不會那麼熱心地替女兒纏足。實際上纏足的性質始終為性的關係。」〔註25〕男性欣賞女性的小腳,乃在於迷戀小腳女性婀娜的步態和柔美的氣質;女性不遺餘力地纏足,又在於迎合男性審美的和性的需要。因此,簡單地說纏足是對女性的迫害和禁錮,是有失武斷的。它有更深層的原因,即審美趣味和性愛心理上的原因。

古老的纏足習俗終於在「五四」前後退出了歷史舞臺。不過,其退出的因緣是耐人尋味的。從姚靈犀《采菲錄》一書輯錄的近代禁纏和放足的史料看,當時禁止纏足和提倡放足的活動雖說是在全國如火如荼地開展起來了,但其遇到的阻力仍是相當強大的。我認為:纏足之所以能在「五四」前後退出歷史舞臺,除了各級政府和地方官員的積極推動,進步思想家的尖銳批判和積極引導,還有一個更重要的原因,就是西方女性所穿的高跟鞋的引進。女性穿上高跟鞋所呈現的妍媚纖婉、婀娜柔美的體態,與「三寸金蓮」的小腳女性的體態的確

〔註23〕《香豔叢書》二集卷四。
〔註24〕林語堂《吾國與吾民》第151頁,陝西師範大學出版社2002年版。
〔註25〕林語堂《吾國與吾民》第149頁,陝西師範大學出版社2002年版。

非常近似。與纏足相比，穿高跟鞋不僅獲得了同纏足一樣的體態效果，而且大大減輕了身心上的折磨和痛苦，故爲一般女性所樂於接受。從纏足到穿高跟鞋，女性的身體痛苦減輕了，但其妍媚纖婉、婀娜柔美的體態效果保留下來了。「從本質上講，穿高跟鞋也可被理解爲一種摩登的纏足」。〔註26〕所以，從一定程度上看，纏足的精神是陰魂不散，至今仍有相當普遍的影響，這說明根植於民族心靈深處的審美趣味是難以輕易抹去的。雖然當今穿高跟鞋的女性未必有這種自覺意識，正如傳統社會纏足的民間婦女亦未必知道纏足的眞實意義。因爲一種行爲成爲時尚以後，是不需要追問原因的。

三

　　傳統中國社會的女性以柔順、閒靜、羞怯、媚態、韻趣爲美，深藏和纏足是培養這種內在氣質美的重要手段。這種女性氣質是文人設計的，體現了傳統中國文人的審美趣味。其實，傳統中國文人關於女人的種種比喻，如女人如月、女人如花、女人如柳、女人如水，女人如道、女人如詩等等，亦充分體現了文人的這種審美趣味。傳統中國文人慣於以月、花、柳、水等柔性之物喻女性，是由於女性的性別特點與此類物象的神韻相通、氣質相類。吳從先《小窗自紀》說：「山水花月之際看美人，更覺多韻，是美人借韻於山水花月也。」「山水花月，直借美人生韻。」其實，不是「美人借韻於山水花月」，而是「山水花月」與「美人」同韻，所謂相映成趣、交相輝映是也。如果說，以月喻美人，側重指女性的閒靜；那麼以花喻美人，則側重指女性的媚態；以柳喻美人，多指女人的柔情蜜意，指女人的媚趣；以水喻女人，側重指女性的柔順和清潔。這恰如張潮《幽夢影》所說：

> 所謂美人者，以花爲貌，以鳥爲聲，以月爲神，以柳爲態，以冰雪
> 爲膚，以秋水爲姿態，以詩詞爲心，吾無間然矣。

因此，在古代中國，女性不僅是被人同情的弱者形象，而且主要是理想化的形象，是欣賞的對象，是美的化身。中國古代文學中，自《詩經·蒹葭》以來創造的「美人幻象」，皆應該在這種文化背景上來理解和詮釋。

　　美人「以詩詞爲心」。在傳統中國文化背景上，女性就是詩性，女心就是詩心。傳統中國文人關於女性氣質的設計，與其詩歌美學理想，基本上是如

〔註26〕康正果《殘酷的美》，見康著《身體和情欲》第37頁，上海文藝出版社2001年版。

出一轍。或者說，傳統中國文人是按照詩歌美學理想來設計女性氣質，傳統中國的女性氣質影響著詩歌美學特點的形成。傳統中國文人像經營詩歌那樣設計美人，像設計美人那般經營詩歌。一言以蔽之，美人如詩，詩似美人。

概括地說，傳統中國文人關於詩歌的美學理想，有三項內容值得特別注意。

其一，是「溫柔敦厚」的詩歌之旨。「溫柔敦厚，詩教也」。〔註27〕溫柔敦厚詩教說的提出，是以傳統「中和」觀念爲理論背景的。傳統中國人以和爲貴、以中爲美，反對一切極端傾向和偏激觀點，認爲任何極端和偏激的言行，都有背於中，有害於和，有乖於美。甚至那種特別高昂和過於低沈的情緒，亦不具美感，因爲它有失溫柔。那種特別富有刺激性的聲音和物象，亦不美，因爲它有傷中和。在這樣的文化背景上形成的詩歌審美理想，固然當以溫柔敦厚爲宗旨。比如，在詩歌表達的情感上，它的典範，應當是孔子所稱道的《關雎》那種「樂而不淫，哀而不傷」式的。那種特別高昂的情緒，不免有粗豪之嫌；那種過分悲傷的情緒，則不免有低沈之弊。在詩歌的題材上，春、江、花、月、夜，是最適合於詩的，不僅因爲它們美，而且亦因爲它們有溫柔敦厚的特點，或者說，因爲它們是溫柔敦厚的，所以是美的。所以，錢鍾書說：

> 與西洋詩相比較，中國詩顯得感情不奔放，說話不嘮叨，嗓門兒不提得那麼高，力氣不使得那麼狠，顏色不著得那麼濃。在中國詩**裏**算是浪漫的，和西洋詩一比，只能算是古典的，至多是半個浪漫的；在中國算是最痛快的，在西方看來仍然太含蓄。〔註28〕

其二，是以「言已盡而意無窮」爲詩歌的最高境界。古代中國詩歌最講含蓄蘊藉，特別強調詩歌的言外之意、韻外之味、味外之旨。所謂含蓄，就是含虛積實、含隱蓄秀。用司空圖《二十四詩品》的話說，就是「不著一字，盡得風流」，或者說是「心頭無限意，盡在不言中」。追求含蓄蘊藉，講求言外之意，主張無言之美，是傳統中國人的重要審美趣味之一，亦是傳統中國藝術區別於西方藝術的顯著特徵之一。如歐陽修《六一詩話》認爲詩歌要「含不盡之意，見於言外」。蘇軾說：「言有盡而意無窮者，天下之至文也。」〔註29〕葉燮《原詩》云：「詩之至處，妙在含蓄無垠。」劉熙載《藝概》亦說詩文「妙在言雖止而意無

〔註27〕《禮記・經解》。
〔註28〕轉引自盧忠仁《審美之維——美學二十八說》第243頁，海天出版社2007年版。
〔註29〕《白石道人說詩》，見《歷代詩話》，中華書局1981年版。

窮」。所以，傳統中國詩學雖然並不完全反對直抒胸臆、鋪陳其事，但卻總是以含蓄蘊藉爲藝術的最高境界。這正如朱光潛所說：

> 無窮之意，達之以有盡之言，所以有許多意，盡在不言中。文學之所以美，不僅在有盡之言，而尤在無窮之意。推廣地說，美術作品之所以美，不祇是在已表現的一部份，尤其在未表現而含蓄無窮的一大部份，這就是本文所謂的無言之美。〔註30〕

其三，是追求詩歌的風流媚趣。傳統中國文人品評詩文書畫，尤重趣味。如鍾嶸《詩品》評謝瞻詩：「才力苦弱，故務其清淺，殊得風流媚趣。」《晉書‧王獻之傳》說王獻之書法雖骨力不及羲之，但「頗有媚趣」。宋元以來，「趣」成爲文藝美學中的一個重要審美範疇。如嚴羽《滄浪詩話‧詩辨》曰：「夫詩有別材，非關書也；詩有別趣，非關理也。然非多讀書，多窮理，則不能極其至。所謂不涉理路，不落言筌者，上也。詩者，吟詠情性也。盛唐詩人惟在興趣，羚羊掛角，無跡可求。故其妙處透徹玲瓏，不可湊泊，如空中之音，相中之色，水中之月，鏡中之象，言有盡而意無窮。」黃庭堅《答洪駒父書》亦云：「凡作一文，皆須有宗有趣。」〔註31〕「趣」與學問、理路無涉，「趣」以媚、韻爲特點。如高啓《獨菴集序》云：「詩之要，有曰格，曰意，曰趣而已。格以辨體，意以達情，趣以臻其妙也。」屠隆《論詩文》云：「文章止要有妙趣，不必責其何出。」袁宏道《序陳正甫會心集》曰：「世人所難得者惟趣。趣如山上之色，水中之味，花中之光，女中之態，雖善說者不能下一語，惟會心者知之。」有「趣」者必有「韻」，「韻」與「趣」密切相關，故李日華《題馬遠畫山水十二幅》曰：「韻者，生動之趣。」與「趣」一樣，「韻」亦是宋元以來理論家品評詩文書畫的一個重要概念。如范溫《潛溪詩眼》云：「韻者，美之極。」陳善《捫虱新話》云：「文章以氣韻爲主。」陳獻章《與汪提舉》說：「大抵論詩當論性情，論性情先論風韻，無風韻則無詩矣。」王思任《高故下詩集序》曰：「詩者，韻之道也。」陸時雍《詩鏡總論》曰：「詩之所貴者，色與韻而已矣。」

綜上所述，傳統中國詩學以溫柔敦厚爲宗，以風流媚趣爲歸，以含蓄蘊藉爲徑。中國傳統詩學的三大基本特徵，與傳統中國文人關於女性氣質的設計正相吻合。如前所述，傳統中國文人以柔情和閒靜爲女性的基本品質，這

〔註30〕 朱光潛《朱光潛美學文學論文選集》，湖南人民出版社 1980 年版。
〔註31〕 《豫章黃先生文集》卷十九。

與溫柔敦厚的詩教說正相吻合，即皆以柔婉爲基本特點。其次，傳統中國文人關於女性的媚態與韻趣的設計，與詩學上追求趣與韻正相吻合。詩以韻趣爲美，女人亦當如此，如孫麟趾《詞徑》：「韻即態也，美人之行動，能令人銷魂者，以其韻致勝也。」在詩學中，爲體現溫柔敦厚之旨，追求詩之韻與趣，特別強調詩歌的含蓄蘊藉。或者說，含蓄蘊藉是實現溫柔敦厚和風流媚趣的手段。同樣，在女性氣質設計中，爲使女性變得柔情和閒靜，爲使女性具有媚態和韻趣，特別強調女性的深藏和遮掩，甚至不惜殘害女性的身體以達此目的。或者說，纏足是爲了深藏和遮掩，而深藏和遮掩是爲了使女性更加溫柔，更具閒靜與媚趣。正如在詩學中講含蓄蘊藉，是爲了實現溫柔敦厚和風流媚趣。所以，詩學上的含蓄蘊藉和女性氣質設計上的深藏遮掩，是爲著大體相近之目標而採取的大體相似的手段。

因此，從某種程度上講，在傳統中國，女人如詩，詩似女人。傳統中國文人「愛詩如愛色」〔註32〕、「選詩如選色」。〔註33〕傳統中國女性最能體現文人的審美趣味和詩學理想，傳統中國文人的詩學理想最能說明女性的氣質特徵。

四

女人如詩，詩似女人。在傳統中國，無論是詩學理想，還是審美趣味，大體皆具有女性化的特點。反過來說，傳統中國人的女性美觀念，又有藝術化、詩意化的特點。

傳統中國文人在詩學理想和審美趣味上的女性化特點，是由其心性特徵和思維方式決定的。據林語堂說：

> 中國人的心靈的確有許多方面是近乎女性的。「女性型」這個名詞爲惟一足以統括各方面情況的稱呼法。心性靈巧與女性理性的性質，即爲中國人之心之性質。中國人的頭腦近乎女性的神經機構，充滿著「普通的感性」，而缺少抽象的辭語，像婦人的口吻，中國人的思考方法是綜合的，具體的而且慣用俗語的，像婦人的對話。他們從來未有固有的比較高級的數學，脫離算術的階段還不遠，像許多受

〔註32〕 袁枚《小倉山房尺牘》卷八《答彭貢園先生》。
〔註33〕 袁枚《隨園詩話補遺》卷一，見《隨園詩話》（下），人民文學出版社 1982 年版。

大學教育的婦女，除了獲得獎學金的少數例外。婦女天生穩健之本
能高於男子，而中國人之穩健性高於任何民族。中國人解釋宇宙之
神秘，大部依賴其直覺，此同樣之直覺或「第六感覺」，使許多婦女
深信某一事物之所以然，由某某故。最後，中國人之邏輯是高度的
屬「人」的，有似婦女之邏輯。

在林語堂看來，傳統中國人的心靈、頭腦以及思考方式、穩健性格和邏輯思維，
甚至語言和語法，都顯示出女性化的特點。〔註34〕在這種心性特徵和思維方式
的影響下形成的審美趣味，亦必然具有極其顯著的女性化特徵。如潘知常說：

中國美感心態的深層結構的基本特色其實又可以稱之爲女性情結。

說得更形象一些，在中國美感心態的深層結構中，我們不難體味到
一種充滿女性魅力的「永恆的微笑」。〔註35〕

樊美筠對「中國傳統美學中的女性意識」進行過專門探討，她認爲：在中國
文化的諸多領域中，中國傳統美學領域具有女性意識的人最多，是女性意識
的雲集薈萃之地。女性意識不僅體現在美學家、文學家、藝術家的思想和意
識中，而且凝結在中國傳統美學的一系列基本概念、範疇和命題中。〔註36〕
甚至如潘光旦所說：傳統中國人心目中的美男子亦有女性化特點，「日常經驗
裏，不但男子稱譽與注視女子的美，女子見了美的女子，也不斷的注視與稱
讚。假如一般人或女子特別注視或稱讚一個美男，那美男之美大概是近乎女
性的美」。〔註37〕

從源頭上看，傳統中國人的美感心態和心靈世界的女性化特點，或許與
古代中國審美觀念的起源有關。據日本漢學家笠原仲二的研究：

中國人初期階段的美意識，如果就「美」字的《說文》本義來考慮，
它首先起源於對所謂「食」的某種特殊味道的感受性，其次與所謂
「色」，即男女兩性的「性」方面的視覺、觸覺也有密切的關係。

中國人的美意識，在其初期階段，與由女性特有的多方面的性的魅
力而引起的視覺感受性也有深深的關係。〔註38〕

〔註34〕林語堂《吾國與吾民》第64～65頁，陝西師範大學出版社2002年版。
〔註35〕潘知常《眾妙之門——中國美感的深層結構》第126頁，黃河文藝出版社1989
　　　　年版。
〔註36〕樊美筠《中國傳統美學的當代闡釋》第95頁，北京大學出版社2006年版。
〔註37〕潘光旦《性心理學譯注》第63頁，上海三聯書店2006年版。
〔註38〕笠原仲二《古代中國人的美意識》第9、10頁，魏常海譯，北京大學出版社

由於早期中國人的審美意識與「女性特有的多方面的性的魅力」有關，因此而形成的審美觀念亦就有女性化特點，甚至將「美」與「女性」等同起來，「美的」就是「女性的」，「女性的」就是「美的」。如《說文》「好」字段注說：「好本謂女子，引申為凡美之稱。」在古代中國文獻中，「好」即「美」，「美」即「好」，「美」與「好」常常互文使用。職是之故，漢語中有美好、美滿含義的詞，大多以「女」為形符。當然，亦有不少以「女」為形符的字詞，含有醜惡、姦邪的意義，這與傳統中國人對女性這個美麗「尤物」的矛盾觀念有關。

這種把美與女性等同起來的觀念，在世界其他民族中亦普遍存在，非僅中國如此。例如，在古希臘，人們把美、愛、藝術之神塑造成女性形象。在世界許多民族約定俗成的詞彙中，「女人」與「美人」幾乎是同義詞，人們提到「美人」，都與男人無關，幾乎皆是指女性中有美色者。這正如葉舒憲所說：

> 把愛欲和美的主題對象化到女性身上，構想成主管愛和美的女神，這絕不祇是個別文化中的個別現象，而是一種相當普遍的人類現象。大凡發展到父權制文明早期階段的民族國家，都在不同程度上具有產生類似觀念與信仰的現實條件。〔註39〕

美是女人的專利。權力掌握在男子手中，美的桂冠卻戴在女性的頭上。性心理學家藹理士說：

> 美根本是女子的一個特質，可以供男子的低徊思慕，就是女子所低徊思慕的也不外是別人中間的一些女性的美；反轉來，通常的女子對於男子的美卻不如是其景仰崇拜。男子何嘗不美，其美又何嘗不及女子？不過男子之美所能打動的只有兩種人，一是美術家和美學家，一是有同性戀的傾向的男子。

在藹理士看來，「女子所愛的與其說是男子的美，無寧說是男子的力」，「男子愛女子，是因為女子美」，「女子愛男子，是因為男子有力」。〔註40〕

所以，審美觀念上的女性化傾向，在古代社會，是一個世界性的現象，古代中國尤其突出。

1987 年版。
〔註39〕葉舒憲《高唐神女與維納斯》第 312 頁，中國社會科學出版社 1997 年版。
〔註40〕藹理士《性心理學》第 51 頁，潘光旦譯注，上海三聯書店 2006 年版。

五

　　女人如詩，美人即女人。女性與藝術審美之間的親密關係，遠遠大於男性。索倫‧克爾凱戈爾的觀點頗有啓發性，他說：

　　　　對我來說，女人是取之不盡、用之不竭的思維材料，是供我觀察的永恆對象。在我看來，一個男人如果沒有熱情去研究女人，那麼在這個世界上，你說他是什麼都有可能，祇是惟獨不能說他是一位美學家。美學的光輝與神聖恰恰在於它只與美的事物有關。在本質上，美學只與美文學和女性相關。〔註41〕

中國當代女作家王安憶在談創作體會時，亦發表了大致類似的看法，她說：「我還是喜歡寫女性，她有審美的東西，男性也寫，但寫得很少，而且不如女性，我覺得女性更加像一種動物，再造的東西少了，後天的東西少了。」「男性審美的東西少一些」，「男性不是一種情感的動物，我覺得女性特別是一種情感動物，當我想到女性是一種情感的動物時，我就覺得她特別可愛，她爲了情感，他是什麼都可以不顧的。」〔註42〕具體而言，女性與藝術審美的親密關係主要表現在以下幾個方面：

　　其一，女性是最具審美意味的藝術題材。考察古今中外以人爲對象的藝術品，女性出場的頻率遠遠高於男性。西方自中世紀以來以展示人體美爲目的的人物畫，絕大部份是以裸體女性爲題材的。古代中國唐宋以來的人物畫，亦以女性爲主。之所以如此，是因爲女人就是美人，女性就是美的呈現。藝術爲了展示美，就必然要以女性爲題材。所以，朱自清在《〈子愷畫集〉跋》一文中說：「最宜於藝術的國土的，物中有楊柳和燕子，人中便有兒童和女子。」當代作家王安憶之所以喜歡寫女性，就是因爲「她有審美的東西」。正因爲女性「有審美的東西」，所以她才成爲藝術家喜歡選取的題材。明人何景明《明月篇序》中有一段話耐人尋味，其云：

　　　　僕讀杜子美七言詩，愛其陳詞切實，布詞沈著，鄙心竊慕之，以爲長篇聖於子美矣。既而讀漢魏以來歌詩及唐初四子者之所爲而復之，乃知子美詞因沈著而調失流轉，雖成一家之語，實則歌詩之變

〔註41〕索倫‧克爾凱戈爾《愛之誘惑》第 268 頁，王才勇譯，上海社會科學院出版社 2002 年版。
〔註42〕王安憶《我是女性主義者嗎？》，見李小江等著《文學、藝術與性別》第 38、45、46 頁，江蘇人民出版社 2002 年版。

體也。夫詩，本性情之發者也，其切而易見者，莫如夫婦之間，是以《三百篇》首乎《雎鳩》，六藝首乎風；而漢魏作者，義關君臣朋友，辭必託諸夫婦，以宣鬱而達情焉，其旨遠矣。由是言之，子美之詩博涉世故，而出於夫婦者常少，致兼雅頌，而風人之義或缺，此其調或反在四子下與？〔註43〕

何氏冒天下之大不違，發難詩聖，雖有不敬之嫌，但卻道出了實情：即杜詩「出於夫婦者常少」，或缺「風人之義」，故其詩乃詩之「變體」，「其調或反在四子下與」。亦就是說，詩之正體當「出於夫婦」，當具「風人之義」。即詩歌未必專寫女性，但總需以女性為創作的重要題材。

其二，女性是天生的藝術家。女性被認為是最富詩人氣質的性別。所謂的詩人氣質或藝術能力，主要包括三項內容：一是直覺能力；二是敏銳的感覺；三是想像能力。女性在這三個方面的能力都遠遠超過男性。一般而言，女性都有很強的直覺能力，女性對溫度、色彩、聲音、氣味的敏感，遠遠超過男性。如果說男性是現實的、功利的、世俗的，那麼女性則是浪漫的、詩性的、超越的。因此，女性的想像能力往往比男性發達。相對於男性，女性具備發達的直覺、敏銳的感覺和豐富的想像能力。所以，中外理論家都承認：女性是天生的藝術家。

女性適於作詩，明清時期的學者對此有準確的觀察和認識。他們認為，男性文人因為受到人文學術傳統的浸染，由於在曲折仕途上的掙扎，在複雜政治生活中的歷練，而漸失詩性，其創作往往體現出一種程式化的特點。而女性處於政治生活之邊緣，較少受到人文學術傳統的浸染，因此更能保持其本真之性情，故而更適合作詩。

首先，女性「心靜」，適合作詩。如徐野君《閨閣序目》說：「吾嘗謂女子不好則已，女子而好學，定當遠過男子，何也？其情靜心專，而無外務以擾之也。」〔註44〕清人周際華《棗香山房詩集序》亦有類似的說法，其云：

夫天地清淑之氣，豈獨鍾於男子？儻使女子從師，其聰明洞達，必能較勝於男子。蓋其心靜，其氣恬，故其記誦為較易。惜乎以其非所尚務而捨之者眾耳。〔註45〕

〔註43〕《何大復先生全集》卷十四，清咸豐壬子世守堂刻本。

〔註44〕見汪淇《尺牘新語初編》。

〔註45〕《民國貴州通志‧藝文志》卷十八。

「心靜」、「氣恬」非僅便於記憶，而且亦是藝術創作必具之精神前提，這與劉勰《文心雕龍・養氣》篇中提出的「率志委和」說，頗爲近似。

其次，女性不關功名事務，適於作詩。如吳國輔在爲王端淑詩集《吟紅集》所作序中說：「至於閨閣麗媛，絕不聞科制事，譽非所望也，故其言眞。亦不與興亡數，騷非所寄也，故其言冷。」又如鍾惺《名媛詩歸序》云：「詩，清物也。其體好逸，勞則否；其地喜淨，穢則否；其境取幽，雜則否。」在他看來，女性的性情近於詩，故更適合作詩，他說：

> 蓋女子不習軸僕輿馬之務，孵苔芳樹，養絲薰香，與爲恬雅。男子猶借四方之遊，親知四方，如虞世南撰十郡志，敍山川，始有山水圖；敍郡國，始有郡邑圖；敍城隍，始有公館圖。而婦人不爾也。衾枕間有鄉縣，夢幻間有關塞，惟清故也。

所以，美國學者孫康宜指出：在傳統中國，女性成了詩性的象徵，女性被認爲是最具有詩人氣質的性別，「由於缺乏吟詩屬文的嚴格訓練，反而保持了詩的感性；由於在現實生活領域的局限性，反而有更豐富的想像；被隔離的處境反而造成了她們在精神、情感上的單純、純淨。這一切都使她們更能接近『眞』境界」。〔註46〕「眞」的境界，即詩的境界。

女性是天生的藝術家。可是，一個很棘手的問題擺在我們面前：爲什麼沒有偉大的女藝術家？美國女性主義藝術史家琳達・諾克林（Linda Nochlin）就發出過這樣的疑問。她在題爲《爲什麼沒有偉大的女藝術家》一文中指出：

> 我認爲：的確是「制度」使婦女沒有可能取得傑出的或成功的藝術成果，以同樣的立足點看男人，與他們的所謂才能潛力或天才無關。整個歷史上女藝術家極少，這是不可反駁的，只有極少數人取得了成功。因爲當她們工作時，她必須同時與內心自我懷疑和內疚的魔鬼搏鬥，與外在可笑的或優越感的鼓勵抗爭，二者都與藝術品本身沒有特別的聯繫。〔註47〕

在琳達看來，造成沒有偉大女藝術家的原因，在於社會「制度」，是「制度」導致男女兩性的不平等待遇，包括後天教育上的不平等、藝術教育活動中的

〔註46〕 孫康宜《走向「男女雙性」的理想——女性詩人在明清文人中的地位》，見葉舒憲主編《性別詩學》第13～14頁，社會科學文獻出版社1999年版。

〔註47〕 琳達・諾克林等著《失落與尋回——爲什麼沒有偉大的女藝術家》第34頁，李建群等譯，中國人民大學出版社2004年版。

性別歧視、以及社會對男女兩性角色期待上差異。亦就是說，女性不能成為偉大的藝術家，與她本身的才能潛力無關，主要原因是社會「制度」。因此，女性是天生的藝術家，卻難以成為偉大的藝術家。

其三，女性是藝術創作靈感的源泉。在古今中外的文化史上，有一個值得注意的現象，即哲學家多與女性無關，要麼是獨身主義者，或者極端憎惡女性、輕賤女性，如笛卡爾、霍布士、萊布尼茲、康德、休謨、洛克、尼采、叔本華等等。而藝術家則與女性有千絲萬縷的關係。因此，有學者指出：「藝術家與女性的關係，也就是藝術家與藝術的關係。女性的誘惑，也就是藝術的誘惑。」〔註48〕

藝術家與女性的關係，就是追求美與展現美的關係。美作為一個中介，吸引藝術家與女性走到了一起。女性美在藝術家的創作中得以呈現，藝術家在對女性美的鑒賞中獲得靈感。所以，王銍《默記》稱北宋著名詞人晏幾道的小詞「妙在得於婦人」，即晏詞創作靈感「得於婦人」的啟發。錢謙益在《季滄葦詩序》裏亦說：「有真好色，真怨誹，而天下始有真詩。」〔註49〕袁中道《代少年謝狎妓書》，替一位因狎妓而招致父兄責罵的新安少年辯解說：

> 文有仗景生情，託物寄興。麗人燃燭，遠山磨墨，千古一道。弟每枯坐，文思不屬。微聞香澤，倚馬萬言，出神入鬼，驚天動地，兩儀發耀於行中，列星迸落於紙上。

在誘發文思、激發靈感方面，美人與山水有同樣的效果。衛泳《悅容編‧借資》云：

> 美人有文韻，有詩意，有禪機，非獨捧硯拂箋，足以助致。即一顰一笑，皆可以開暢玄想。彼臨去秋波那一轉，正今時舉業之宗門。
> 能參透者，文無頭巾氣，詩無學究氣，禪亦無香火氣。〔註50〕

《紅樓夢》第二回中，甄寶玉對冷子興說：「必得兩個女兒伴著我讀書，我方能認得字，心裏也明白，不然我自己心裏糊塗。」亦正是此意。在傳統中國人的心目中，女性獨得天地山川清靈之氣，如宋人謝希孟說：「自遜、抗、機、

〔註48〕蕭關鴻《誘惑與衝突——關於藝術與女性的箚記》第 15 頁，學林出版社 2001 年版。
〔註49〕《錢謙益全集》（伍）第 759 頁，上海古籍出版社 2003 年版。
〔註50〕《香豔叢書》一集卷二。

雲之死，而天地英靈之氣，不鍾於男子而鍾於女子。」〔註51〕如賈寶玉說：「原來天生人爲萬物之靈，凡山川日月之精秀，只鍾於女兒，鬚眉男子不過是些渣滓濁沫而已。」〔註52〕因此，面對美人，就是面對天地英靈之氣，可使人神清氣爽，心智開通，悟性增強，靈感迸發。

西方美學家喬治・桑塔耶納對此亦有深切的體會和高明的見解，其云：

> 由於性欲的放射，美才取得它的熱力。正如一個豎琴，手指一彈就振動，向四面八方傳出音樂。男人的天性也是如此，只有對女性多情，他才能變得同時對其它影響也敏感，而且對每一對象都能夠有溫情。戀愛的能力給予我們的觀照一種光輝，沒有這光輝，觀照往往不能顯示美。我們審美敏感的全部情感方面——沒有這方面便是知覺的和數理的敏感而不是審美的敏感了——就是來源於我們的性機能的輕度興奮。〔註53〕

在喬治・桑塔耶納看來，女性之所以能成爲藝術靈感的源泉，是因爲藝術家面對美麗的女性時，容易產生「性機能的輕度興奮」，並導致其審美敏感能力的提升。這亦是西方學者常常討論的人的性活力與創造精神的關係問題。傳統中國學者的觀點似乎要溫婉一些，他們強調女性是藝術家創作靈感的源泉，但很少從性機能方面立論，而是著重強調女性給藝術家帶來的身心愉快。當然，這實際上是一回事。

總之，女性帶給藝術家的，無論是西方學者強調的「性機能的輕度興奮」，還是傳統中國文人強調的心靈愉悅。其共同點就是神清氣爽，悟性增強，靈感迸發。

〔註51〕《宋豔》卷五引《豪譜》。
〔註52〕《紅樓夢》第二十回。這種天地間的精華靈秀獨鍾於女兒的觀念，或可稱爲「女性崇拜」的思想，在明清時期特別流行，如明趙世傑《古今女史序》說：「海內靈秀，或不鍾於男子，而鍾於女人。」（《古今女史》卷首）明萬徵奇《續玉臺文苑序》說：「非以天地靈秀之氣，不鍾於男子，若將宇宙文字之場，應屬於女人。」（《續玉臺文苑》卷首）馮夢龍《情史》卷四「情俠類」之「情史氏」說：「豪傑憔悴風塵之中，鬚眉男子不能識，而女子能識之。其或窘迫急難之時，富貴有力者不能急，而女子能急之。至於名節關係之際，平昔聖賢自命者不能周全，而女子能周全之。豈謝希孟所云『光嶽氣分，磊落英偉，不鍾於男子，鍾於婦人』者耶？」
〔註53〕喬治・桑塔耶納《美感》第39～40頁，繆靈珠譯，中國社會科學出版社1982年版。

六

在傳統中國文人的精神世界裏，詩、酒、山林，是不可或缺的。他們以詩抒懷，以酒頤情，以山林養性。當然，還有一件非常重要的東西，就是美人。美人如詩，美人如酒，美人如山林，美人有頤情養性的精神營養作用。所以，醇酒、美人、山林，是傳統中國文人心靈的桃花源。當其窮途末路或委頓失意之際，酒館、青樓、山林便成爲其創傷心靈的避難所。

醇酒成爲中國文人生活中不可或缺的精神寄託之物，當從魏晉名士開始。故魏晉名士關於酒的見解，亦頗能代表傳統中國文人的一般看法。在魏晉名士看來，飲酒與吃藥、遊賞山水一樣，非爲解愁，乃爲培養遠勝之情、超越之心，如王蘊說：「酒正使人人自遠。」即飲酒可以使人超越塵世而入於遠境。王薈亦說：「酒正自引人著勝地。」〔註54〕所謂「勝地」，就是指雅遠的人生之境。酒是人們通往此種雅遠人生之境的載體。劉伶《酒德頌》描述醇酒之樂境說：

> 無思無慮，其樂陶陶，兀然而醉，豁然而醒，靜聽不聞雷霆之聲，
> 熟視不睹泰山之形，不覺寒暑之切膚，利欲之感情。俯觀萬物擾擾，
> 焉如江漢之載浮萍。〔註55〕

這是一種超然物外、絕對自由的人生至境。而進入這種人生至境之途徑，是飲酒。所以，王瑤先生指出：「飲酒正是他們求得一種超越境界的實踐。」〔註56〕

實際上，在現實生活裏，我們每一個人皆處在各種束縛和限制中，我們都會感覺到或輕或重的壓抑和拘限，皆不免戴著一幅或明或暗的面紗生活。我們渴望自由，我們希望超越。當我們飲酒，當我們略有酒意或者醉酒之時，我們感覺到無比的自由，可以隨心所欲地說話和做事。同時，在旁人眼裏，亦更顯眞實，更覺自然。也許，這正是傳統中國文人熱衷於飲酒的眞實原因。

再說傳統中國文人的山林之戀。自然山水成爲傳統中國文人的心靈避難所，亦是從魏晉時期開始的。所以，魏晉名士關於山水的種種見解，亦足以代表傳統中國文人的一般看法。縱情山水是魏晉名士一時之時尚，崇尚自然是導致魏晉名士縱情山水的直接原因。魏晉名士崇尚自然，以自然爲人生的最高境界，以自然爲人格本體。在他們看來，「山水質有而趣靈」，〔註57〕最

〔註54〕《世說新語‧任誕》。
〔註55〕《文選》卷四十七。
〔註56〕王瑤《文人與酒》，見《中古文學史論集》，古典文學出版社 1957 年版。
〔註57〕宗炳《畫山水序》，《全宋文》卷二十。

能體現自然之道。如阮籍《達莊論》曰：「夫山靜而谷深者，自然之道也。」
〔註 58〕所以，暢遊山水，隱居山林，是爲了追求自然之性。通過與山水的親
和，頤情養性，如孫綽「屢借山水，以化其鬱結」。〔註 59〕無名氏《廬山諸道
人遊石門詩序》說，欣賞山水使人「神以之暢」，觀賞山水，「乃悟幽人之玄
覽，達恒物之大情，其爲神趣，豈山水而已哉」。宗炳《畫山水序》曰：「峰
岫嶢嶷，雲林森渺，聖賢映於絕代，萬趣融其神思。余復何爲哉？暢神而已。
神之所暢，孰有先焉？」〔註 60〕謝靈運《遊名山志》云：「夫衣食，人生之所
資；山水，性分之所適。」〔註 61〕魏晉人或以山水養性，或以山水頤情，總
之，皆欲通過山水陶冶自然之性情。

　　醇酒和山林是傳統中國文人的精神寄託之所、情性頤養之物。故追求獨
立自由精神之文人，仕途委頓失意的文人，或隱於醇酒，或居於山林。

　　醇酒與美人向來並稱。而山林與美人，其初則頗多扞挌，似乎山林之趣
與聲色之樂格格不入。因爲「隱居是爲了追求心境的平和清靜，而女色使人
血脈賁張，正與玄虛靜寂相牴觸」。〔註 62〕所以，早期的隱士，或不娶妻妾，
或割捨妻妾而獨處山林岩穴之中。將山林之趣與聲色之樂打通，使二者珠聯
璧合，是東晉名士謝安。當代學者龔斌說：

> 在魏晉名士的觀念中，隱居是體認自然，志尚高遠；畜妓是達生任
> 情，享受聲色。謝安既隱逸又畜妓，並攜之遨遊——山水之樂從此
> 便與聲色之樂相結合。青山綠水，紅巾翠袖，弦歌相續，還有比這
> 更美妙、更有趣味的生活圖景嗎？因此，毋寧這樣說：在最能體現
> 士大夫文人理想生活與美學情趣的畜妓方面，謝安是最早、最值得
> 一提的典型人物。特別是他的攜妓遨遊，將山水美與女性美「打通」，
> 在中國文學史和中國美學史上具有特別的意義，因此一直爲後世文
> 人豔稱和仿傚。「東山妓」、「東山攜妓」成了文學中常見的典故，攜
> 妓遊蕩也積澱成風流文人的習性。〔註 63〕

自此以後，山林與美人相映成趣，攜妓冶遊成爲文人士大夫理想的消遣生活

〔註 58〕《全三國文》卷四十五。
〔註 59〕孫綽《三月三日蘭亭詩序》，《全晉文》卷六十一。
〔註 60〕《全宋文》卷二十。
〔註 61〕《全宋文》卷三十二。
〔註 62〕龔斌《青樓文化與中國文學研究》第 189 頁，漢語大詞典出版社 2001 年版。
〔註 63〕龔斌《青樓文化與中國文學研究》第 9 頁，漢語大詞典出版社 2001 年版。

方式。如前引吳從先《小窗自紀》所謂：「山水花月之際看美人，更覺多韻，是美人借韻於山水花月也。」「山水花月，直借美人生韻。」即山水花月與美人皆以韻爲美。袁宏道《序陳正甫會心集》說：「世人所難得者惟趣。趣如山中之色，水中之味，花中之光，女中之態，雖善說者不能下一語，惟會心者知之。」即山水與女人皆有「趣」。或如前引謝希孟、賈寶玉所說，「凡山川日月之精秀，只鍾於女兒」。所以，遊於山水與隱於青樓，可獲得同樣的美感享受。

隱於山林和沈於醇酒可獲得超然物外的精神享受。值得注意的是，明清名士還提出隱於美色的「色隱」說。衛泳《悅容編·招隱》云：

> 古未聞以色隱者。然宜隱孰有如色哉！一遇冶客，令人名利心俱淡，視世之奔蝸角蠅頭者，殆胸中無癖，悵悵靡託者也。眞英雄豪傑，能把臂入林，借一個紅粉佳人作知己，將白日消磨。……須知色有桃源，絕勝尋眞絕欲，以視買山而隱者何如。〔註64〕

此種「色隱」論，實爲中國文化史上別開生面的創說，眞可讓道學家大跌眼鏡。然其說亦頗切情理，即隱於色與隱於山、沈於酒有同樣的功效：「令人名利心俱淡」，獲得超然物外的審美享受。

要之，傳統中國文人興於詩、醉於酒、隱於山、沈於色。詩、酒、山、色，其名雖四，其實則一。美人如詩，美人如酒，美人如山水。美人、醇酒、山林、詩歌，是傳統中國文人心靈的桃花源。

〔註64〕《香豔叢書》一集卷二。

說風騷：
關於情愛與詩學之隱秘關係的探討

　　「風騷」一詞，由特指「十五國風」和《離騷》，到概指《詩經》和《楚辭》，到泛指詩文作品，再引申爲文人之通稱，其義皆與文學有關。宋、元以來，或用以褒指女性的俊俏體態，或喻指文人的才情風流，而最爲普遍的用法，則是專指男女、特別是女性在兩性關係上的放蕩風流和不檢點行爲。考察「風」、「騷」二詞之本義，或指異性相慕，或指行爲上的放蕩風流，合而言之，皆與男女情愛之事相關。「風騷」一詞兼具文學與情色二義，這說明文學與情色之間原本就有非常密切的關係。本篇通過「風騷」詞義引申之考察，討論情愛與詩學之間的隱秘關係。

一

　　在現代漢語**裏**，「風騷」是一個貶義詞，指行爲上風流輕佻、不拘禮法、放蕩不羈，尤其是指女性在兩性關係上的放蕩和不檢點。因此，在現代漢語語境中，說一個女人「風騷」，無疑是對她人品、操行的全盤否定。

　　考察「風騷」一詞之語源，可知它早期是指《詩經》和《楚辭》，是一個中性詞，不含貶義。「風」乃指《詩經》中的十五國風，因爲它最能代表《詩經》之思想價值和藝術成就，故古代學者常以「風」概指《詩經》。「騷」乃《楚辭》中的《離騷》，因爲它是《楚辭》中最具代表性的篇章，故古代學者常以「騷」概指《楚辭》。如鍾嶸《詩品序》說：「夫四言文約意廣，取效風騷，便可多得。」沈約《宋書・謝靈運傳論》亦說：「是以一世之士，

各相慕習，原其飆流所始，莫不同祖風騷。」賈島《喜李餘自蜀至》詩云：「往來自此過，詞體近風騷。」這裏的「風騷」，皆是以偏概全，指《詩經》和《楚辭》。再進一步引申，則以「風騷」一詞泛指詩文，如《文選·任昉〈奉答敕示七夕詩啓〉》云：「竊惟帝跡多緒，俯同不一，託情風什，希世罕王。」李周翰注云：「風什，謂篇章也。」高適《同崔員外綦毋拾遺九日宴京兆府李士曹》曰：「晚晴催翰墨，秋興引風騷。」蘇舜欽《奉酬公素學士見招之作》云：「留連日日奉杯宴，殊無間隙吟風騷。」另外，魏晉以來，學者亦常以「風人」、「騷人」代指詩人或文人，如《文選·曹植〈求通親親表〉》曰：「是以雍雍穆穆，風人詠之。」呂延濟注云：「風人，詩人也。」《文心雕龍·明詩》曰：「自王澤殄竭，風人輟采。」蕭統《文選序》曰：「騷人之文，自茲而作。」

「風騷」一詞，由特指「十五國風」和《離騷》，到概指《詩經》、《楚辭》，到泛指詩文，再引申爲詩人或文人之通稱，其義皆與文學有關，並且不含任何褒貶色彩。宋元以來，「風騷」詞義之引申，則逐漸染上感情色彩，有作褒義使用的，指文采、才情，如鄭光祖《倩女離魂》第一折：「他多管是意不平自發揚，心不遂間綴作，十分的賣風騷，顯秀麗，誇才調。」或指體態俊俏美好，如《紅樓夢》第三回說王熙鳳「身量苗條，體格風騷。」無心子《金雀記·定婚》說：「有貌有貌多俊俏，陳平說我最風騷。」「風騷」一詞在宋元以後的貶義引申，則指男女性行爲上的輕佻放蕩，如《醒世恒言·一文錢小隙造奇冤》云：「那老兒雖然風騷，到底老人家，只好虛應故事，怎能勾滿其所欲？」梁辰魚《浣沙記·見王》云：「我爲人性格風騷，洞房中最怕寂寥。」李漁《憐香伴·女校》云：「他出這等風致題目，一定是個老風騷，做首肉麻的詩應付他。」在近現代漢語中，「風騷」作爲貶義詞使用，已是盡人皆知，勿須例舉。

此外，與「風騷」一詞之詞義引申同步發生的，是構成「風騷」這個合成詞的兩個詞根的詞義，自宋元以來亦分別朝著兩性風情、男女性事方面演進。宋元以來的戲曲小說中，與「風」有關，或者以「風」爲詞根構成的詞彙，如「爭風吃醋」、「風情」、「風花雪月」、「風塵」、「風月」、「風月館」、「風流債」、「風流韻事」等等，皆與兩性情愛之事有關。其中「風月」一詞，義近「風騷」，既可用來指稱文學作品，亦可用來指稱兩性情愛之事，如韋莊《多情》詩云：「一生風月供惆悵，到處煙花恨別離。」《金瓶梅詞話》第一回回目云：「景陽崗武松打虎，潘金蓮嫌夫賣風月。」《二刻拍案驚奇》卷三八云：

「四娘爲人心情風月，好結識個把風流子弟，私人往來。」此以「風月」指稱男女性愛之事。歐陽修《贈王介甫》詩曰：「翰林風月三千首，吏部文章二百年。」羅燁《醉翁談錄·小說引子》云：「編成風月三千卷，散與知音論古今。」此以「風月」指稱文學作品。又如「騷」字，明淸以來多用指兩性關係上的不檢點行爲，如《初刻拍案驚奇》卷二六云：「可恨那老和尙又騷又吃醋，極不長進。」《儒林外史》第四三回云：「今日還那得工夫去看那騷婊子。」以「騷」爲詞根構成的詞，如「騷托托」，形容女子淫蕩，如《初刻拍案驚奇》卷三一：「我看這婦人，日裏也騷托托的，做妖撒嬌，捉身不住。」如以「騷貨」指淫蕩的女人，以「騷情」指男女間的風騷豔情。

綜上，「風騷」一詞，從特指「十五國風」和《離騷》，發展到槪指《詩經》和《楚辭》，到泛稱詩文，再引申爲詩人之通稱，其義皆與文學有關，且不含感情色彩。宋元以來，其詞義則溢出文學範疇，並且逐漸染上感情色彩，或襃指女性的俊俏體態，或喻指文人的才情風流，而最爲普遍的用法，則是專指男女、特別是女性在兩性關係上的放蕩風流和不檢點行爲。

二

考察「風騷」詞義的引申演進，聞一多的見解最有啓發性。據王瑤《念聞一多先生》說：

> 他講《詩經》中的風詩是愛情詩，就從「風」字的古義講起，說「風」字從蟲，「蟲」就是《書經·仲虺之誥》中的「虺」字的原字，即蛇；然後又敘述《論衡》和《新序》中記載的孫叔敖見兩頭蛇的故事，習俗認爲不祥，見之者死，其實就是蛇在交尾，這是「虺」字的原義。《顏氏家訓·勉學篇》引《莊子》佚文就說「蛻（虺）二首」，它本來就是指異性相接，所以《左傳》上說「風馬牛不相及」，意思是說馬牛不同類，故不能「風」；後世訓「風」爲「遠」，實誤。由此發展下來的詞彙，如風流、風韻、風情、風月、風騷等，皆與異性相慕之情有關。〔註1〕

所謂「兩頭蛇」，實際上是兩條蛇在交尾，即民間所謂的「蛇相晤」，見之者不祥，非死卽病，今日民間仍有此說。據此，「風」字本有雌雄交配、異性尋

〔註1〕 轉引自聞黎明、侯菊坤編《聞一多年譜長編》第473頁，湖北人民出版社1994年版。

歡之意。

　　證諸文獻，此說頗有理據。如《尚書·費誓》曰：「馬牛其風，臣妾逋逃，勿敢越逐。」孔穎達疏云：「僖四年《左傳》云：『惟是風馬牛不相及也。』賈逵云：『風，放也。牝牡相誘謂之風。』」《左傳·昭公元年》載：「晉侯求醫於秦，秦伯使和視之，曰：『疾不可爲也，是謂近女，室疾如蠱。非鬼非食，惑以喪志。良臣將死，天命不佑。』……趙孟曰：『何謂蠱？』對曰：『淫溺惑亂之所生也。於文，皿蟲爲蠱。谷之飛亦爲蠱。在《周易》，女惑男、風落山謂之蠱。皆同物也。』」《周易》「蠱」卦的卦象是巽上艮下，巽代表長女，象徵風；艮代表少男，象徵山木。長女以自己的魅力誘惑比自己年少的男子，使之愛悅於己，神魂顛倒，好像風吹拂開去能把山木搖落一樣。在這裏，「風是女性媚惑於男子，使男子迷癡的喻象」，「風不是一般女性的象徵，而是那種對男子有挑逗、媚惑意味的女性的象徵」。〔註2〕又《莊子·天運》云：「夫白鶂之相視，眸子不運而風化。蟲雄鳴於上風，雌應於下風而風化。類自爲雌雄，故風化。」「風化」指動物兩性間的交合受孕過程，「風」就是白鶂雌雄間達成交合與受孕的物質媒介。葉舒憲借用心理分析學家榮格的觀點，分析指出：風是攜帶和運載著神聖生命的氣息，在神話和幻覺中出現的「風」常常帶有性的意蘊，宇宙間運動著的風雲雨露皆可作爲天神實施其生化意向的特質媒介，是生命力運行的表現，從運行流轉的意義上又可以產生「風流」、「風騷」、「風情」等系列詞彙。〔註3〕

　　另外，在雲南麗江納西族的青年男女間，普遍存在著一種爲追求自由愛情而發生的殉情現象，那些殉情而死的女性在東巴教中被稱爲「風鬼」，東巴教爲殉情者舉行的祭奠儀式稱「奠風」。「風」是納西族青年男女殉情的契機，是殉情者通往聖域的神秘媒介。在很多殉情故事中，都講到風傳送來殉情鬼的弦歌妙樂，使戀愛中的男女心神恍惚，不能自持地去殉情，去追隨她們，因此在風與殉情之間形成一種密切的關係。據說，在納西語中，「風」這一詞彙與男女情愛有著某種特殊的內在聯繫，「風」在納西語中兼有「風流」、「風騷」、「浪蕩」、「不正經」等貶意，如某個人在男女關係上有點放蕩，不正經，

〔註2〕　王政《〈周易〉〈焦氏易林〉中的婚配喻象》，見葉舒憲主編《性別詩學》，社會科學文獻出版社 1999 年版。

〔註3〕　葉舒憲《風、雲、雨、露的隱喻通釋——兼論漢語中性語彙的文化編碼邏輯》，見葉舒憲主編《性別詩學》，社會科學文獻出版社 1999 年版。

或者過於隨便，就會被斥爲「哈斯」，直譯的意思是「挾帶著風」，其語源與東巴教中所說的風鬼阿莎咪等挾帶著風，領著風兵雲將作祟人間的傳說有關。這個貶義詞仍用於現代納西口語中，並且多指放蕩、風騷的女人。〔註4〕納西語中的這一語言現象，爲我的上述討論提供了一個有趣的民俗例證。

關於「騷」，起初亦有不正、過分、淫蕩之義，如《方言》卷六曰：「吳楚偏蹇曰騷。」《廣雅・釋詁三》曰：「騷，蹇也。」蹇者，跛行，即行不正。清梁同書《直語補證》曰：「《方言》：『吳楚偏蹇曰騷。』本言行不正也，今俗以媚容取悅曰騷。」即從走路不正引申爲行爲不正，以媚容取悅於人，是品行操守上的不正，故稱「騷」。

要之，「風」、「騷」二詞之本義，或指異性相慕，或指行爲放蕩風流，合而言之，皆與男女情愛之事相關。後因「風」、「騷」分別作爲《詩經》、《楚辭》之篇名，遂被借用來概指《詩經》、《楚辭》，進而以之泛指一切文學作品，或指稱詩人，或指稱才情。宋元以後，又用以指稱男女情愛之事，特別是指女性在兩性情愛關係中的主動姿態。宋元以來的這種用法，正是「風騷」一詞的本義回歸。

三

「風騷」一詞與兩性情愛相關，特別是指女性在兩性關係中的主動姿態；與文學有關，係指以《詩經》、《楚辭》爲代表的文學作品；與文人有關，用以之爲詞根構成的「風人」、「騷人」指稱文人。實際上，通過對「風騷」詞義引申過程的考察，我們已經注意到女人、文學、文人三者與「風騷」一詞的內在聯繫，即「風騷」是女人、文人、文學三者的共同特點。這使人聯想到林語堂關於「文人似女人」的妙喻，即文人薄命與紅顏薄命同；文人好相輕與女人喜歡互相評頭品足同；文人可以叫條子，妓女也可以叫條子。〔註5〕需要補充說明的是，文人的風流與女人的風騷相通。女人在兩性關係上的主動態度被稱作「風騷」，文人的拈花惹草被稱作「風流」。風流是才子必具之品性，一個才子，若不風流，便難稱才子。所以，風流才子，常被世人所稱道，亦爲佳人所青睞。

古代中國人的愛情理想有二：一是才子佳人，二是英雄美人。才子之所

〔註4〕 楊福泉《殉情》第 48 頁，江西教育出版社、海天出版社 1999 年版。
〔註5〕 林語堂《人生的盛宴》第 297～298 頁，湖南文藝出版社 1988 年版。

以戀佳人，佳人之所以慕才子，就在於他們皆具風騷之特性。才子佳人之戀愛，實為才子之「才」與佳人之「色」的互動，是才色之戀。才子重色，佳人尚才，「有情必有才，才若疏，則情不摯」。〔註6〕佳人鍾情於才子之「才」，即鍾情於才子之深情與義氣。才子、佳人皆具風騷之情性，皆是具有詩性精神和藝術特質的人格範型。牟宗三指出：

> 從草莽中起而打天下的英雄人物，其背後精神，吾曾名之曰「綜合的盡氣之精神」。盡才盡情盡氣，這是一串。盡心盡性盡倫盡制這一串代表中國文化的理性世界，而盡才盡情盡氣，則代表天才世界。詩人、情人、江湖義俠，以至於打天下的草莽英雄，都是天才世界中的人物。……這是一種藝術性的人格表現。與「綜合的盡理之精神」下的聖賢人格相反。這兩種基本精神籠罩了中國的整個文化生命。〔註7〕

牟氏之論，高屋建瓴，很深刻地指出了才、情、氣三者的相通之處，以及詩人、情人、義俠和英雄的藝術性人格特徵。分而言之，才子代表才，情人代表情，英雄代表氣。才、情、氣相通，故才子、情人、英雄三者間具有天然的親和力。合而言之，才、情、氣三者都是具有詩性精神的品格，才子、情人、英雄身上都具有此種綜合的詩性精神，因而亦較其它群體更有親和力。所以，才子佳人，英雄美人，從來被人們視為天作之合。

才子以風流著稱，雖始於漢代之司馬相如，但風流作為才子之普遍特徵，並為世人所豔羨，則自唐宋始。這與古代詩人地位之陞降有關，與古人對詩歌社會功能之界定有關。唐宋以前，詩歌被界定為「經夫婦，成孝敬，厚人倫，美教化，移風俗」的政教工具，詩人的身份是政治教化的執行者，故而詩人之品性必須是端莊穩重的。唐宋以後，詩歌的社會功能和詩人的社會身份皆發生顯著變化，逐漸朝著世俗化、個人化、抒情化方向發展，詩歌被普遍視為抒寫個人情性之載體，詩人以展現個人才性的姿態出現，個性化和自由化成為詩人的主要特點，對自然本性的追求，成為詩人的目標。於是，文人身上的風流情性亦就得到最充分的顯示和發揮。

詩歌功能的變遷，詩人地位的變化，文人風流情性之發揚，與魏晉時期「人的自覺」以及隨之而來的「文的自覺」密切相關，但它的普泛化，則是

〔註6〕 《青樓夢》第一回瀟湘館侍者評語。

〔註7〕 牟宗三《中國文化的特質》，見《道德理想主義的重建》第 60 頁，中國廣播電視出版社 1993 年版。

在唐宋時期。因此，「文人無行」的話題亦興起於魏晉，〔註8〕盛行於唐宋，成為宋元以來的道德家老生常談的一個話題。魏晉學者談論「文人無行」，多指文人放任曠達、任性不羈、目中無人等不良品性。唐宋以來的道德家談論「文人無行」，則於上述內容之外加上風流放蕩一目，這正如魯迅所說：「輕薄，浮躁、酗酒、嫖妓而至於鬧事，偷香而至於害人，這是古來之所謂『文人無行』。」〔註9〕應該說，這是「人的自覺」的必然結果。追求「人的自覺」的先驅者——文人，其追求人的自然本性之實現，必將男女情愛置於首要位置，並必然表現出風流情性。所以，「文人無行」是文學藝術之本質要求，文人的風流品性，是由他們所從事的藝術創作這項工作所決定的。從這個層面上講，文人、女人和文學三者是相通的，即皆具有風騷之特點。

　　「風騷」一詞，作為貶義詞來使用，專指女性在兩性關係中的主動姿態，是宋元以來的引申。同樣，文人的放蕩風流，作為道德品質上的一個缺陷，成為道德家指責「文人無行」的口實，亦是宋元以來的事情。宋代以前，人們對詩人的放誕風流，總能持一種寬容和庇護的態度。這兩種現象的同時出現，與宋元以來儒家禮教的深入影響有密切關係。

〔註8〕　汪文學《漢晉文化思潮變遷研究》第181～191頁，貴州人民出版社2003年版。

〔註9〕　魯迅《辯「文人無行」》，見《集外集拾遺》第407頁，人民文學出版社1973年版。

距離產生美：情愛發生
與詩學生成的共同原理

　　儻若要給愛情下定義，就像要給詩歌作界定一樣，是一個人言言殊的問題，因此是一個非常困難的問題。有人說：愛情如一顆落在地上的水銀。有人說：愛情如燈光。有人說：愛情如一聲歎息。有人說：愛情如水。或者說愛情就像鬼，相信的人多，看見的人少。我認爲：愛情如詩。一段攝人心魄的愛情，就是一首婉轉悠揚、激情浪漫的詩篇。愛情與詩學之間有著十分密切的關係。首先，愛情本身就是一種具有藝術性、審美性的情感；其次，愛情的發生、發展和保持，皆與藝術創作的各個環節有著驚人的相似之處；其三，愛情與詩學最爲近似之處，就是它們皆遵循著距離產生美感的審美原則。距離產生美，距離產生詩，距離說是情愛發生和詩學生成的共成原理。

一

　　在人類的種種欲望中，食欲和性欲是最基本、亦是最本能的欲望，故告子曰：「食色，性也。」〔註1〕《禮記・禮運》曰：「飲食男女，人之大欲存焉。」食欲是維持自身生存的欲望，性欲是維持種族綿延的欲望。雖說二者皆是人類的本能欲望，但它們又有性質上的區別，這正如王國維所說：「男女之欲，尤強於飲食之欲，何則？前者無盡的，後者有限的也。前者形而上的，後者形而下的也。」〔註2〕「男女之欲」是「無盡」的，是「形而上」的，是精神

〔註1〕　《孟子・告子》。
〔註2〕　王國維《紅樓夢評論・紅樓夢之精神》，見俞曉紅著《王國維〈紅樓夢評論〉

領域的，具有超越性，因而亦就是審美性和藝術化的。

在人際交往所產生的所有情感中，愛情和友情，是略為相近而又稍有區別的兩種人際情感。雖然兩者都具有藝術化、審美化的特點，但是，相較而言，愛情的藝術化、審美化特徵更為顯著，愛情是一種更為純粹的藝術化、審美化的人際關係。墨西哥文學家奧克塔維奧·帕斯對愛情與詩歌的關係作過專門討論，特別注意到詩歌與色欲間的密切關係，他說：

> 詩歌的證言向我們揭示出此世界裏的彼世界，彼世界即此世界。感覺既不丟失原有的能力，又變成了想像的僕人，讓我們聽到不可聽之物，見到不可見之物。可是這一切難道不是夢幻和性交中所發生的事情嗎？當我們做夢和做愛時，我們擁抱幻想。交合的一對人都有一個肉體，一張臉，一個名字，但是他們真正的現實就在擁抱最熱烈的那一刻消散在感覺的瀑布中，而瀑布也隨之消逝。所有戀人都相互追問一個問題，性愛的奧秘就凝縮在這個問題中：你是誰？一個沒有答案的問題……感官既是在這個世界裏的，又不是這個世界裏的……色欲與詩歌之間的關係是如此密切，因此可以毫不誇張地說，色欲是肉體之詩，詩是語言之色欲。它們是對立互補的關係。〔註3〕

朱光潛在討論性欲與詩歌之關係時，亦說：

> 依達爾文說，詩歌的原始功用全在引誘異性。鳥獸的聲音都以雄類的為最宏壯和諧，它們的羽毛顏色也以雄類的為最鮮明華麗。詩歌和羽毛都同樣地是「性的特徵」。在人類也是如此，所以詩歌大部份都是表現性欲的。《國風》中大半是言情之作，已為詩人公認。朱熹說：「吾聞之，凡《詩》之所謂『風』者，多出於里巷歌謠之作，所謂男女歌詠，各言其情者也。」〔註4〕

李敖在《上電視談現代婚姻的悲劇性》一文中，更以美為男女情愛關係最重要的特徵，他說：

> 我以為男女之間，最重要的一種關係，是「美」，是唯美主義下的發展，是美的發展，美的開始，美的結束。……我相信男女之間的一

　　　箋說》，中華書局2004年版。

〔註3〕奧克塔維奧·帕斯《雙重火焰——愛與欲》第2頁，蔣顯璟、真漫亞譯，東方出版社1998年版。

〔註4〕朱光潛《性欲「母題」在原始詩歌中的位置》，見《朱光潛全集》第8卷第483頁，安徽教育出版社1993年版。

切關係，都是唯美的關係，戀愛應該如此，結婚應該如此，離婚更
應該如此。男女之間除了美以外，沒有別的，也不該有別的。〔註5〕

瓦西列夫對愛情與藝術審美的關係，作過深入的探討，他指出：

愛情是作為男女關係上的一種特殊的審美感而發展起來的。愛情創
造了美，使人對美的領悟能力敏銳起來，促進了對世界的藝術化認
識。〔註6〕

審美化，作為愛情的成份和因素，其職能特別重要。陶醉於理想化
中的情侶，彼此把對方看作審美的形象。兩人都會在對方身上看出
美的特徵，它體現在對方的獨一無二的個性中，具有一種征服力量。
〔註7〕

他認為：藝術和愛情的互相滲透，不是偶然的，而是必然的，「一方面，愛情
追求藝術，追求感受的戲劇性。而另一方面，藝術本身自古至今一直反映愛
情，凝聚著愛情的生命力和美，藝術地再現和提高男女之間的性關係」。〔註8〕
他還具體探討了愛情與舞蹈、音樂、雕塑、繪畫、詩歌、小說等藝術的相互
關係。應該說，他對愛情與藝術審美關係的探討，是全面而深刻的，亦頗有
啟發性。但是，他的著眼點在於研究二者間的影響關係，特別是藝術審美對
愛情價值的提升影響，而於愛情何以能成為藝術化、審美化的情感，則是略
而不論，或語焉不詳。

二

在愛情與藝術審美之間，不僅存在著十分近似的關係，而且愛情的發生、
發展和保持，皆與藝術創作的各個環節有著驚人的相似之處。

首先，想像和聯想，是藝術創作構思中不可或缺的一個重要環節，亦是
男女愛情剛剛萌芽時的一種重要心理活動。想像力是人類固有的一種基本能

〔註5〕 小琪、春林編《怕老婆的哲學——文人筆下的男女與情愛》第114頁，群言
出版社1993年版。
〔註6〕 瓦西列夫《情愛論》第42頁，趙永穆、范國恩、陳行慧譯，生活·讀書·新
知三聯書店1997年版。
〔註7〕 瓦西列夫《情愛論》第248頁，趙永穆、范國恩、陳行慧譯，生活·讀書·
新知三聯書店1997年版。
〔註8〕 瓦西列夫《情愛論》第270頁，趙永穆、范國恩、陳行慧譯，生活·讀書·
新知三聯書店1997年版。

力，這種能力在藝術創作和戀愛活動中得到最充分的展示。康德說：「想像力是一個創造性的認識功能。」〔註9〕黑格爾亦說：「想像是創造的。」〔註10〕想像的創造性，在於它借助原有的表象和經驗而創造一個新的形象。想像力是藝術家進行藝術創作時必須具備的一種能力，因為只有通過想像，藝術家才能創作出源於生活而又高於生活的藝術形象。

戀愛亦是如此。奧克塔維奧·帕斯說：

> 促發性行為和詩歌行為的動因就是想像。想像把性交變成禮儀和儀式，把語言變成節奏和比喻。〔註11〕

相互傾慕的男女雙方，在愛情火花即將迸發之時，都有超乎尋常的想像力。在一定程度上，想像力愈發達的人，對戀愛感受的程度亦就愈深。在戀愛中，相互傾慕的男女雙方都盡情地發揮想像力，將對方理想化和審美化。隨著理想化和審美化的加強，愛情亦就產生了。司湯達把愛情的發生過程，依次分為「讚歎」、「多麼愉快啊」、「期望」、「愛情的產生」、「第一次結晶」、「產生懷疑」和「第二次結晶」七個階段，其「期望」階段，就相當於我所謂發揮想像力的戀愛早期階段。「期望」如同想像，在戀愛準備階段至關重要，正如司湯達所說：「些微的期望就足以導致愛情的產生。」〔註12〕康德認為，人類在性吸引力上區別於動物，就在於人的想像力，他說：

> 性的吸引力在動物的身上僅僅是靠一種轉瞬即逝的、大部份是周期性的衝動，但它對於人類卻有本領通過想像力而加以延長，甚至於增加；對象離開感官愈遠，想像力就確實是以更大的節制，然而同時卻又更為持久地和一貫地在發揮它那作用。〔註13〕

「正是由於愛的想像力，一個人對另一個人才具有性感吸引力」，〔註14〕瓦西列夫亦說過：

> 熱戀中的男女總是透過相互理想化和精神裝飾化的稜鏡看待對方。

〔註9〕康德《判斷力批判》，見中國社會科學院文學研究所編《古典文藝理論譯叢》，知識產權出版社 2010 年版。

〔註10〕黑格爾《美學》第 1 卷第 348 頁，商務印書館 1979 年版。

〔註11〕奧克塔維奧·帕斯《雙重火焰——愛與欲》第 2 頁，蔣顯璟、真漫亞譯，東方出版社 1998 年版。

〔註12〕司湯達《愛情論》第 12、9 頁，崔士篪譯，遼寧教育出版社 1997 年版。

〔註13〕康德《歷史理性批判文集》第 64 頁，商務印書館 1990 年版。

〔註14〕歐文·辛格《愛的本性——從柏拉圖到路德》第 1 卷第 21 頁，高光傑等譯，雲南人民出版社 1992 年版。

他們看到或者覺得，他們的對方一切都好，都美，甚至可說是神聖的。〔註15〕

這就是戀愛中的偶像化、理想化和審美化問題。而戀愛中的此種偶像化和理想化，又是通過想像來實現的，即戀愛雙方「按價值哲學改造現實，以『彌補其不足』，通過抽象和幻想把現實理想化」，「按照美的規律，借助於幻想改造欲求的對象」。〔註16〕據瓦西列夫說：

> 一個精神組織細膩、具有豐富的審美、文化和道德修養的人，在情愛體驗發生時會產生許多動的、感奮的聯想。相互瞭解在這種情況下變成相互發現。其所以是發現，是因為隨著愛情的產生，情侶的個人品質在雙方心目中必然獲得更高的審美價值和道德價值。〔註17〕

> 人的聯想能力越強，精神文明越豐富多彩，愛情也就越高雅。〔註18〕

藝術創作因想像而具有理想化特徵，戀愛亦是如此。處於創作狀態中的藝術家和沈溺於戀愛中的男女一樣，皆不免於顧影自憐的「自我戀」，而想像正是實現「自我戀」的重要途徑。藝術家因為「自我戀」，因想像的作用，故其所寫的人與物，皆著「我之顏色」，是「自我」的理想化，此即王國維在《人間詞話》中所謂的「有我之境」。〔註19〕戀愛中的男女因為「自我戀」，每為其情人鋪張揚厲，此即精神分析學家所謂的「性的過譽」。於此，潘光旦對馮小青「影戀」的研究，最有見地，其云：

> 青年人之於其情人，當其未得之也，則擬為種種高遠之條件而加以景仰；既得而察之，則竟無一事不合其所理想者；於是移其崇拜理想之心崇拜其情人。然自旁人觀之，覺其情人殊無崇拜之價值，於是乃疑其所崇拜者，名則為情人，實則始終為其人自我所創造之理想，亦即其人自我之推廣；所不同者，即自得一異性之人物，其理

〔註15〕瓦西列夫《情愛論》第 263 頁，趙永穆、范國恩、陳行慧譯，生活・讀書・新知三聯書店 1997 年版。

〔註16〕瓦西列夫《情愛論》第 247 頁，趙永穆、范國恩、陳行慧譯，生活・讀書・新知三聯書店 1997 年版。

〔註17〕瓦西列夫《情愛論》第 141 頁，趙永穆、范國恩、陳行慧譯，生活・讀書・新知三聯書店 1997 年版。

〔註18〕瓦西列夫《情愛論》第 167 頁，趙永穆、范國恩、陳行慧譯，生活・讀書・新知三聯書店 1997 年版。

〔註19〕許文雨編著《鍾嶸詩品講疏・人間詞話講疏》第 170 頁，成都古籍書店 1983 年版。

> 想乃有所附麗；從此理想之魔力，有若鬼附人身而作威福之語，非
> 被附者之自語也。〔註20〕

在傳統中國，有一句婦孺皆知的話，叫做「情人眼**裏**出西施」。一個平庸無奇
的女子，在情人眼**裏**會有如西施般的美貌，就是「自我戀」的結果，就是由
想像所促成的。所以，藝術創作和情愛活動都離不開想像，想像力愈發達，
其藝術創作就愈成功，其愛情生活就愈豐富。藝術創作因想像而有美感，情
愛活動因想像而富有詩意。

其次，進入創作境界的作家，和沈溺於愛情中的男女一樣，皆有一種不
可理喻的迷醉感和夢幻感。一個作家，在進入到真正的藝術創作境界時，往
往是如癡如醉，產生迷醉感和夢幻感。如司馬相如，據說他在作賦時，是「意
思蕭散，不復與外事相關，忽然而睡，煥然而興」。〔註21〕自古以來關於「文
人無行」的指責，亦與作家在創作中呈現出來的迷醉感和夢幻感有關，如南
朝史家姚察說：

> 魏文帝稱「古之文人，鮮能以名節自全」，何哉？夫文者妙發性靈，
> 獨拔懷抱，易邈等夷，必興矜露。大則凌慢侯王，小則傲蔑朋黨，
> 速忌離憂，啓自此作。若夫屈、賈之流斥，桓、馮之擯放，豈獨一
> 世哉！蓋恃才之患也。〔註22〕

顏之推《顏氏家訓‧文章篇》云：

> 自古文人，多陷輕薄。……有盛名而免過患者，時復聞之，但其損
> 敗居多耳。每嘗思之，原其所積，文章之體，標舉興會，發引性靈，
> 使人矜伐，故忽於持操，果於進取。今世文士，此患彌切，一事愜
> 當，一句清巧，神屬九霄，志凌千載，自吟自賞，不覺更有傍人。

作家在創作中呈現出來的此種精神狀態，有迷醉和夢幻的特點。這種迷醉與
夢幻，在道德家看來，就是「矜露」、「矜伐」，亦就是所謂的「無行」。而事
實上，正如姚察、顏之推所說，文人的輕薄、無行，是必然的，是由文學創
作「標舉興會，發引性靈」的本質特點所決定的。或者說，處於真正藝術創
作狀態中的作家，必然會呈現出迷醉感和夢幻感。

〔註20〕 潘光旦《馮小青——一件影戀之研究》，見潘乃谷、潘乃和選編《潘光旦選集》
第一冊第32頁，光明日報出版社1999年版。
〔註21〕 《西京雜記》卷二。
〔註22〕 《梁書‧文學傳》。

戀愛亦是如此。瓦西列夫說：「愛情產生的第一個表現是迷醉。」「一個人如果沒有體驗到由於迷醉而產生的戰慄，他就不會墜入情網。」〔註23〕朱一強把迷醉感作爲初戀的五個心理特徵中最重要的一個，他認爲，迷醉感「是由對方的氣質、長相、身材、姿態、語言等品質組成的魅力所激發的一種近乎幻覺性的思念情緒。這種迷醉感具有一種綜合性的情感效應，心靈的戰慄、慌恐、幻覺、羞澀、急盼等各種情緒重疊在一起，佔據了初戀者的身心，使他們陷入一種強烈而又無理智的恍惚之中，被愛者的形象時常在腦際縈繞，並想像他和她的一切，表現出不可抑制的親近衝動欲求」。〔註24〕

三

愛情作爲一種藝術化、審美化的人際情感，它與藝術審美最爲近似之處，就是它們皆遵循著距離產生美感的審美原則。

「距離」說是一種關於審美態度的學說，自從英國美學家愛德華・布洛首次提出並加以闡釋後，它在西方美學史上產生了特別重要的影響，至今仍然被許多美學家用來解釋審美經驗的特徵。根據布洛的觀點，「距離」是一種「介於我們與對象之間」的心理狀態，是一種特殊意識的心理構成，或者說，是一種特殊的心理狀態在自我與對象之間的「插入」。在一個主體與他所喜愛的對象之間只要能「插入」這種心理距離，就能夠產生出審美經驗來。〔註25〕一個普通物體之所以變得美，就是由於插入一段距離而使人的眼光發生了變化，使某一現象或事件得以超出我們個人需求和目的的範圍，使我們能夠客觀而超然地看待它。美的事物通常都有一點「遙遠」。近而熟悉的事物往往顯得平常、庸俗，甚至醜陋。但將之放在一定距離之外，以超然的態度看待它們，則可能變得奇特、動人，甚至美麗。距離產生美感，藝術必須保持一定的距離，對事物取一定的距離，對藝術創作和欣賞都極爲重要。〔註26〕但是，「距離」亦有一定的限度，即「距離」既不能太遠，亦不宜太近。在審美活動中，距離太近，主體與客體過分貼近，引不起審美經驗；距離太遠，主體與客體完全脫離了關係，亦

〔註23〕瓦西列夫《情愛論》第 183 頁，趙永穆、范國恩、陳行慧譯，生活・讀書・新知三聯書店 1997 年版。
〔註24〕朱一強《愛情心理學》第 14～15 頁，黑龍江朝鮮民族出版社 1986 年版。
〔註25〕參見朱狄《當代西方美學》第 297～298 頁，人民出版社 1984 年版。
〔註26〕參見朱光潛《悲劇心理學》第 23～27 頁，人民文學出版社 1985 年版。

引不起審美經驗。在藝術創作中,「距離過度」是理想主義藝術常犯的毛病,它往往意味著難以理解和缺少興味;「距離不足」則是自然主義藝術常犯的毛病,它往往使藝術品難於脫離其日常的實際聯想。〔註27〕

布洛以航船在海上遇霧爲例,說明「心理距離」在審美活動中的重要性,這是有相當深意的。正如朱狄所說:

> 值得注意的是布洛似乎故意地用了一個自然現象而不是藝術作品來作例子,以便使「心理距離」的學說具有更大的適應性,也就是説,它不僅適合於藝術作品的審美經驗,而且也適合於一切自然物的審美經驗。〔註28〕

我認爲:距離說不僅適合於藝術作品和自然物的審美經驗,而且亦適合於人際關係的解釋。

人際情感大致可以分爲親情、友情和愛情三類。一般而言,作爲家庭內部人際交往而產生的親情,具有包容性、等級性和固定性,因此,親情與家庭一樣,「有一種使什麼都平等化的平凡性,因了肉體的熱情,否定了精神上的崇高」,使「我們無法超臨自己」,導致我們「精神水準的降低和墮落」。〔註29〕親情關係是親密的、熟悉的,在英語中,familier 一辭,作「親密」、「熟習」解,但其語源,出於「家庭」(famile)一辭。〔註30〕構成親情關係的成員之間,因爲太親密、太熟悉,沒有距離,或者說距離太近,不易產生陌生感,引不起審美經驗。親情關係是現實的、是善的,親情是一種缺乏詩意化、審美化的情感。同時,過於瑣碎而平凡的家庭生活,亦難以令人產生詩意化、審美化的精神追求。因此,親情關係雖爲人生之必需,但同時亦往往比任何情感都更能激起你的憤怒,這亦是獨立意識較強的人往往反抗家庭的主要原因。所以,「即使在最偉大最優秀的人的生涯中,也有不少時間令人想到爲完成他的使命起見,應得離開這過於溫和的家,擺脫這太輕易獲得的愛,和相互寬容的生活」。〔註31〕

愛情和友情,雖然亦必須以親密、熟悉爲基礎,但它們與親情那種家庭

〔註27〕朱光潛《悲劇心理學》第 27 頁,人民文學出版社 1985 年版。
〔註28〕朱狄《當代西方美學》第 295 頁,人民出版社 1984 年版。
〔註29〕莫羅阿《人生五大問題》,見莫著《戀愛與犧牲》第 42～44 頁,傅雷譯,安徽文藝出版社 1998 年版。
〔註30〕莫羅阿《人生五大問題》,見莫著《戀愛與犧牲》第 40 頁,傅雷譯,安徽文藝出版社 1998 年版。
〔註31〕莫羅阿《人生五大問題》,見莫著《戀愛與犧牲》第 44 頁,傅雷譯,安徽文藝出版社 1998 年版。

式的親密、熟悉不同，它們是有適當距離的親密和熟悉，有一定的陌生感和神秘性。如果說親情是現實的、世俗的，是善的。那麼，愛情、友情則是理想化的、精神性的；它不是肉體上的熱情，而是精神上的傾慕；它不僅肯定精神生活的崇高，而且亦能導致精神生活水準的提高。那些最偉大最優秀的人物，爲了物質和精神生活的健全發展，常常離開溫和的家，擺脫太容易獲得的親情，去追求詩意化、審美化的愛情和友情。

友情是有距離的，是詩意化的人際情感。「君子之交淡如水」這句話，就說明友情是有距離的，因而亦是有詩意的。以下，我擬就愛情中的距離問題，以及由此形成的詩意化、審美化特徵，作專門的探討。

愛情作爲一種審美化、藝術化的人際情感，它應當遵循藝術審美的一般規律，即距離產生美感的規律。或者說，相愛的男女雙方，只有保持適當的距離，才能保證愛情的神秘化和理想化，才能保證彼此間有長久的吸引力。愛情亦因此而具有了詩意化、審美化的特點。歌德《浮士德》云：「若使伉儷恩情深，只有彼此兩分離。」所謂「彼此兩分離」，即指相愛雙方保持一定的距離。只有如此，才能伉儷情深。康德在《論萬物的終結》一文中亦說：

在愛情中，拒絕是一種有魅力的手段，它可以把純粹的肉欲變成理

想的愛好，把動物的需要變成愛情，把簡單的快感變成對美的享受。

康德所謂的「拒絕」，即歌德所說的「彼此分離」，亦就是我所講的距離。假若相愛的男女雙方，一墜入愛河，便如膠似漆，卿卿我我，過早地發生肉體關係，不懂得「拒絕」，不能保持一定的距離，這樣的愛情往往是曇花一現。當肉體上的欲望逐漸消減的時候，愛情之花亦就日趨枯萎。故衛泳《悅容編·晤對》討論男女相處之道說：

晤對何如遙對，同堂未若各院，畢竟隔水閒花，礙雲阻竹，方爲眞

正對面。一至牽衣連坐，便俗殺不可當矣。〔註32〕

民國文人何海鳴亦說：

天下有情人與其得歡會之交酬，不如有離別之情況。蓋人之愛情因

愈思而愈眞，苟形影相隨，不離左右，其歡悅愛戀之情反覺味同嚼

蠟也。且好事難長，歡情易去，有聚有散本屬常道，與其散於歡聚

之後而生悲，何若久處離散之境而相安若素乎？願持此語以超度天

〔註32〕《香豔叢書》一集卷二。

下癡男女。〔註33〕

朱一強《愛情心理學》說：

情侶在戀愛中如果親熱越限，或者一方殷勤過度，舉動過昵，也可
能出現厭煩、冷淡等負逆反心理現象，從而減低性愛的吸引魅力，
使戀愛溫度陡然下降。〔註34〕

朱一強討論男女情愛，從心理學角度出發，特別重視情感越限、個性相斥和
環境阻力所導致的戀愛中的逆反行為。所謂「情感越限」，是指過度的殷勤和
過昵的舉動，導致距離的喪失，其結果是「使戀愛的溫度陡然下降」。所謂「個
性相斥」，是指相愛雙方在個體性格上的差異，朱一強指出：「情侶之間的愛
慕的誘發點有時是由彼此之間互相冷淡、輕視、傲慢、嘲諷引起的，即由個
性的相斥導致相吸。」「由相斥而產生相吸的基礎是好奇驅力」，「好奇是很容
易變成好感的。這種相斥引起相愛有時或許來自無意，有時人們也會自覺或
不自覺地使用這種『心理效應』，製造若即若離的懸念來奪取或加深愛情。」
〔註35〕實際上，由個性相斥而產生好奇、吸引和好感，亦就是我所說的距離
產生美感、距離加深愛情的問題。相愛雙方在性格上的差異，實際上就是性
格上的距離。性格上的適當距離，可使雙方保持長久的好奇心和吸引力。所
謂「環境阻力」，是指相愛雙方受到外物的干預和阻止，如父母兄弟的反對或
阻撓等等。如鄭光祖《倩女離魂》中倩女之唱詞云：

可待要隔斷巫山窈窕娘，怨女鰥男各自傷，不爭你左使著一片黑心
腸。你不拘箝，我可倒不想，你把我越阻隔，越思量。

所以，朱一強指出：

愛情往往是與激動的強度聯繫在一起的，而激動的強度卻依賴若干
客觀因素為轉移，阻礙戀人不能與所愛之人接觸，就更增加了愛的
情感。國外心理學家的「羅密歐與朱麗葉效應」的研究表明，一開
始就受到父親干涉的愛情關係，無論後來兩人是否成婚，彼此相愛
之情隨著這種干涉程度之增加反而愈加遞增，甚至至死不渝。〔註36〕

「環境阻力」增進愛情的逆反現象，亦是距離加深愛情的問題。總之，朱一

〔註33〕何海鳴《求幸福齋隨筆》第78～79頁，上海書店出版社1997年版。
〔註34〕朱一強《愛情心理學》第116頁，黑龍江朝鮮民族出版社1986年版。
〔註35〕朱一強《愛情心理學》第116～117頁，黑龍江朝鮮民族出版社1986年版。
〔註36〕朱一強《愛情心理學》第120頁，黑龍江朝鮮民族出版社1986年版。

強指出的戀愛活動中的三種逆反行爲，皆關涉到距離。「情感越限」導致距離的喪失，從而使愛情降溫。「個性相斥」和「環境阻力」造成適當的距離，從而導致愛情的增強。

距離增進愛情，猶如距離產生美感一樣，是有心理學依據的。在現實生活中，我們常常亦是不自覺地運用這種規則來解決愛情婚姻中出現的問題。比如，人們常說「小別勝新婚」，夫妻之間，朝夕相處，過份的熟悉導致距離的喪失，從而使夫妻關係變得相互厭煩和彼此冷淡。這時，如果有一次「小別」，即在夫妻之間製造一段適當的距離，則又可能產生如新婚那樣的恩愛激情。事實上，若想長久地保持夫妻間的恩愛和激情，適時的、周期性的創造「小別」機會，是非常必要的。當一樁婚姻出現危機，夫妻間已有厭煩和冷淡情緒而不至於反目成仇的時候，適當的分居是必要的，心理學家亦常常提出這樣的建議。因爲適當的分居，正如「小別」一樣，是爲了創造距離，化解厭煩和冷淡情緒，重塑夫妻間的神秘感和好奇心。

希望裏的東西永遠比那些已經存在的東西要豐富、完美。有些事情必須永遠蒙著一層面紗，不能盡然揭開。如果貿然揭開，便失去了理想中的神秘色彩和神奇魅力。愛情就是如此。古今中外許多動人的愛情故事，都是按照這個規則演繹的。如但丁與貝雅特麗齊，但丁九歲時認識貝雅特麗齊，產生了愛戀之意，十八歲時再次與貝氏不期而遇，行禮問候後一閃而過。一生中的兩次會面，使但丁終身念念不忘。他著有詩集《新生》（31 首），記述他對貝氏的愛和思念。在《神曲》中，他把貝氏比作天使，視爲自己走向天堂的引路人。又如彼特拉克與勞拉，披特拉克在聖克拉教堂遇上了二十三歲的勞拉，被對方的魅力所征服，開始寫情詩獻給她。勞拉平靜地接受了他的愛，但對他保持一定的距離，對他的熱情給予剋制性的鼓勵。這種若即若離的關係，讓彼特拉克如癡如醉。爲此，他寫了兩百多首十四行詩表達對勞拉的愛戀之情。還是拜倫《唐璜》說得好：「假如勞拉做了彼特拉克的妻子，想一想吧！他會終身寫十四行詩嗎？」〔註 37〕這句話不僅適合於彼特拉克，亦適合但丁。亦就是說，如果貝雅特麗齊和勞拉分別做了但丁和彼特拉克的妻子，他們也許不會終身寫詩表達愛戀之情。因爲一旦結爲夫妻，喪失了距離，愛情之花亦就逐漸枯萎，或者轉換成其它形式的情感。但丁和彼特拉克之所以

〔註37〕參見劉成紀《欲望的傾向——敘事中的女性及其文化》第 64～67 頁，河南人民出版社 1999 年版。

能夠終身對一位女性保持著一種信仰式的詩性愛情，就是因爲這兩位女性始終對他們保持著一段距離。

中國民間社會最經典的愛情故事——牛郎織女，亦是按照距離原則演繹的。牛郎織女的愛情故事，最早見於《詩經·小雅·大東》，其後經過層層累積，逐漸演繹成如今民間流傳的故事梗概。其中最重要的兩個情節——河漢阻隔和鵲橋相會，成爲歷代愛情詩詞吟詠的重要題材。如《古詩十九首》云：

> 迢迢牽牛星，皎皎河漢女……河漢清且淺，相去復幾許。盈盈一水間，脈脈不得語。

秦觀《鵲橋仙》云：

> 纖雲弄巧，飛星傳恨，銀漢迢迢暗度。金風玉露一相逢，便勝卻人間無數。　　柔情似水，佳期如夢，忍顧鵲橋歸路。兩情若是久長時，又豈在朝朝暮暮。

牛郎、織女河漢阻隔，每年七月七日鵲橋相會，夫妻恩愛，「柔情似水，佳期如夢」，有如新婚。我認爲，這正是距離產生的獨特效果。假若牛郎織女朝夕相處，形影不離，便不會有「勝卻人間無數」的神奇魅力。沈際飛《草堂詩餘》云：「（世人詠）七夕，往往以雙星會少離多爲恨，而此詞（即秦觀《鵲橋仙》）獨謂情長不在朝暮，化朽腐爲神奇。」的確，《鵲橋仙》作爲一首歌詠愛情的詞作，其成功之處就在於它道出了「兩情若是久長時，又豈在朝朝暮暮」的愛情規則。「兩情若是久長時，又豈在朝朝暮暮」，這句經典名言，可以理解爲：若要「兩情」長久，就不能「朝朝暮暮」；反過來說，如果「朝朝暮暮」，「兩情」就不能長久。即便長久，「兩情」亦發生了變化，或爲責任意識所滲透，或轉變爲友情。

「妻不如妾，妾不如妓，妓不如偷，偷著不如偷不著」，這句流傳甚廣的諺語，據說早在明初江盈科《雪濤小說》一書中就曾有載錄。〔註38〕這句鄙俗的諺語，非常深刻地反映出男性對於女性以稀遇爲貴的隱秘心理。一般說來，得不到的或希望中的東西總是最美好的，輕易到手的和必須經過一番曲折才能得到的東西，又大有區別。距離能使對象更具誘惑力。相對而言，與男人的距離，妻最近，並且是法定的性愛對象，因最易得手，故亦最易失去引力；妾、妓次之，因其距離大於妻，故其引力亦大於妻。

「妻不如妾」體現了傳統社會男性愛妾厭妻的普遍心理，如《聊齋誌異》

〔註38〕陳東原《中國婦女生活史》第 207 頁，上海書店 1984 年版。

卷十《恒娘》中，「姿致頗佳」的朱氏失寵於丈夫（其夫當時正寵倖一位名叫寶帶的妾），她說：「良人之愛妾，爲其爲妾也，每欲易妻之名呼作妾。」男性「每欲易妻之名呼作妾」，體現了男性愛妾厭妻的隱秘心理。所以，擅長媚術的**恒**娘爲其傳授「易妻爲妾之法」，其云：

> **恒**娘一日謂朱曰：「我術如何矣？」朱曰：「道則至妙；然弟子能由之，而終不能知之也。縱之，何也？」曰：「子不聞乎：人情厭故而喜新，重難而輕易。丈夫之愛妾，非必其美也，甘其所乍獲，而幸其所難遘也。縱而飽之，則珍錯亦厭，況藜羹乎？」「毀之而復炫之，何也？」曰：「置不留目，則似久別；忽睹豔妝，則如新至。譬貧人驟得粱肉，則視脱粟非味矣。而又不易與之，則彼故而我新，彼易而我難，此即子易妻爲妾之法也。」朱大悦，遂爲閨中之密友。

恒娘奉勸朱氏放縱其夫與妾熱戀，其目的就是要使朱氏與其夫的關係由故變新、由易變難。使其夫與其妾之關係由新變故、由難變易，利用男人「厭故而喜新，重難而輕易」的心理，達到重固恩寵的目的。**恒**娘規勸朱氏在容飾上先「毀之」而後「炫之」，在行爲上「不易與之」，亦是改故爲新，變易爲難，以迎合男性「厭故而喜新，重難而輕易」的心理。通過上述兩種方式，朱氏「易妻爲妾」，寶帶「易妾爲妻」。其結果是：其夫對朱氏「如調新婦，綢繆甚歡」，「相對調笑，跬步不離閨闥，日以爲常，竟不能推之使去」；對寶帶則是視之「益醜，不終席，遣去之」，並「漸施鞭楚」，致使她落得「拖敝垢履，頭類蓬葆，更不復可言人矣」的悲慘下場。這就是**恒**娘所謂的「易妻爲妾之法」。其背後體現出來的就是傳統社會男性心中妻不如妾、愛妾厭妻的普遍心理。而從根本上講，這亦還是情愛生活中普遍存在的一個「距離」問題。

在古代社會，男人與妾、妓發生性愛關係，是合法的，並且容易得手，因其距離不如「偷」，故其引力亦不如「偷」。「偷」是非法的，要頗費周折，或者說有相當距離，因而對男人的引力亦是最大的。試著去「偷」而又「偷」不著，這種引力就更大了。所以，這句鄙俗的諺語，的確生動形象地反映了男女情愛心理中的「距離」問題。

另外，在中國古典詩詞中，有一個具有象徵意義的「原型」，即「美人幻象」。「美人幻象」作爲一個重要的詩詞題材，源遠流長，經久不衰，如《詩經·秦風·蒹葭》、《離騷》、張衡《四愁詩》、曹植《洛神賦》和《雜詩》、傅玄《吳楚歌》、阮籍《詠懷詩》「西方有佳人」、杜甫《寄韓諫議》等等，這些

作品的主題，或各有所指，未可一概視為抒寫愛情的作品。〔註39〕但詩人既然以追求美人為興象，其寫作亦就必須循著愛情追求的距離原則。因此，這類作品通常皆把美人置於一個可望而不可即的境地，作品描述詩人對美人的追求，亦著重在這個跨越距離的追求過程，而不是美人本身。美人所處，或「道阻且長」（《蒹葭》）、或「路遠莫致」（《四愁詩》）、或處於「飄颻恍惚中」（《西方有佳人》）、或「其室則邇兮限層崖」（《吳楚歌》）、或「美人娟娟隔秋水」（《寄韓諫議》）等等。總之，皆有一段不可跨越的距離。美人因為距離而更加神奇、完美，詩人亦因為距離而輾轉反側，感傷困惑。其實，大體地說，中國古代的愛情文學，並不在於展示愛情生活的甜美與歡樂，和男女相親相愛的柔情蜜意。而大多著力於描繪對愛情的艱苦追求，和遊子思婦的相思相戀之情。或者說，展示的是跨越愛情距離的過程。張方在《風流人格》一書中，通過對李商隱詩歌的研究，就發現中國古代愛情文學中「隔」這個古老的母題。所謂「隔」，「具體說是有情人相戀相愛而難以相親相近，以及由此產生的淒涼、衰怨之情」。〔註40〕這個「隔」，亦就是作者所說的「距離」。

　　西方柏拉圖式的精神戀愛，猶如中國古典詩詞中的「美人幻象」，亦遵循著「距離」原則。以柏拉圖精神不朽的神秘主義哲學為思想基礎的精神戀愛，主張精神與肉體的對立，鄙視對動物性肉欲的追求，是一種不食人間煙火的靈魂之戀。這種戀愛觀，與基督教的禁欲主義和神秘主義精神若合符契，因而在西方社會有廣泛而深入的影響。問題是，西方社會在經過了「文藝復興」後，西方人在衝破了禁欲主義，實現人性解放之後，精神戀愛觀雖然遭到一定的衝擊，卻仍然在知識階層的心靈深處普遍存在著，西方文學中的情愛描寫在相當廣泛的程度上亦還保留著精神戀愛的影響。應該說，人性解放和現世享受與精神戀愛是有一定距離的，甚至是矛盾對立的。那麼，在西方社會，人性解放思潮何以能夠與精神戀愛並行不悖呢？我認為：精神戀愛卑視動物性肉欲，拒絕物質性追求，崇尚純粹精神或心靈的愛情，固然有其缺陷，因為驅使男女追求愛情的原動力，在很大程度上是性欲衝動和種族繁衍的需要。然而，不容置疑的是，作為人，他既有物質性追求，亦有超越性嚮往。或者說，他既是世俗的，形而下的；亦是超越的，形而上的。詩意地棲居，

〔註39〕參見黃永武《古典詩中的美人幻象》，見《中國詩學‧思想篇》第71～79頁，巨流圖書公司1983年版。
〔註40〕張方《風流人格》第128頁，華文出版社1997年版。

對超越境界的嚮往，是人尤其是知識階層不可或缺的精神支撐。作爲男女交往產生的愛情，它既有物質性、肉欲性，亦有精神性、詩意性。但是，愛情的最高境界是詩意化的境界，愛情的詩意化排斥肉欲，愛情以適當的距離爲前提。精神戀愛正是一種詩意化的愛情，它的詩意化，正是在排斥肉欲和保持距離的前提條件下形成。撇開精神戀愛的宗教神秘主義因素不論，單就它在人性解放之後仍有廣泛的影響而言，說明它的確擁有繼續存在的現實依據。這個依據，就是人類固有的詩性嚮往和超越追求。所以，精神戀愛是西方人意識中的「美人幻象」，「美人幻象」是中國人意識中的精神戀愛。無論是「美人幻象」，還是精神戀愛，皆以距離爲前提，顯示了人類對詩意化人生境界的追求和嚮往。

總之，愛情是一種詩意化、審美化的人際情感，愛情的產生、發展和保持，與藝術創作之構思和寫作的各個環節，有驚人的相似之處，皆遵循著距離產生美感的原則。人類對詩性愛情的追求，與對藝術審美的嚮往一樣，展示了人類天性中不可抑制的對超越的、形而上的人生境界的追慕。愛情之所以能成爲藝術的永恆主題，其原因亦正在於此。